本书获湖南省重点建设学科怀化学院中国现当代文学学科资助

中国当代农村小说研究
1949—1966

王再兴◎著

中国社会科学出版社

图书在版编目(CIP)数据

中国当代农村小说研究:1949～1966/王再兴著. —北京:中国社会科学出版社,2016.1
ISBN 978-7-5161-7541-5

Ⅰ.①中… Ⅱ.①王… Ⅲ.①乡土小说—小说研究—中国—1949～1966 Ⅳ.①I207.42

中国版本图书馆 CIP 数据核字(2016)第 018052 号

出 版 人　赵剑英
责任编辑　郭晓鸿
特约编辑　王　彬
责任校对　郝阳洋
责任印制　戴　宽

出　　版　中国社会科学出版社
社　　址　北京鼓楼西大街甲 158 号
邮　　编　100720
网　　址　http://www.csspw.cn
发 行 部　010-84083685
门 市 部　010-84029450
经　　销　新华书店及其他书店

印　　刷　北京君升印刷有限公司
装　　订　廊坊市广阳区广增装订厂
版　　次　2016 年 1 月第 1 版
印　　次　2016 年 1 月第 1 次印刷

开　　本　710×1000　1/16
印　　张　17.25
插　　页　2
字　　数　283 千字
定　　价　66.00 元

目 录

序

蔡　翔

王再兴曾经跟我念过博士。我记得再兴入学的时候，就表示要研究乡土问题。再兴是农家子弟，研究乡土，大概和经验或者感情有关。经过一段时间的学习，再兴又把研究的重点放在“十七年”文学，而具体的题目则是：从“单干”到“社员”，似乎暗含了一种“身份”的焦虑。那一段时间，我和再兴的讨论比较多；有时候我不满意他的表述，也有时候，他觉得不太能接受我的意见。

一开始，我有点担心，主要是担心再兴的时间。而当再兴发来他的论文的第一章，我的这种担心消失了。再兴下了工夫。阅读范围之广，超出我的预料。有些作品，我闻所未闻，有些材料，我也第一次看到。后来，据再兴说，那段时间，他白天工作，晚上写作，每天只睡几个小时。我能想象。写作的艰辛。博士论文的写作，就是一种地狱般的煎熬。就这样，再兴写完了他的论文，厚厚的一本，然后盲审，盲审成绩很好。然后答辩，答辩也通过了。现在，再兴的博士论文出版了，我为他高兴。

再兴是农家子弟，按照他的说法，赶上了人民公社的尾巴，所以，当年的生活，在他的记忆里，还是有些印象的。记忆最深的，大概还是当时的缺吃少穿，当然，还有别的记忆。另外的记忆，因为读书，或者讨论，或者思考，也慢慢地浮现出来。这一点，蛮有意思。实际上，记忆也常常被主流文化所控制。但是这样一来，就给论文的写作带来相当的难度，一方面，是农村生活的艰难，这一点，不用回避；而另一方面，是当时的文学所呈现出来的对“新生活”的想象，而且，这一想象多少也转换成为某种历史实践，这一点，再兴多少也有记忆。可是，两个三十年毕竟存在着某种断裂，怎么理解？怎么叙述？我不能说，再兴思考得多么深刻、多么周全，现在看，再兴的论文还存在着许多不足。但我觉得，能带着这种困感进入学术研究，是好的。

再兴的论文，反复出现的一个概念，是欲望。

再兴首先从合作化的“前史”说起。这个前史一直追溯到20世纪40年代，在这里，再兴触及的一个历史命题是，中国革命的动员力量究竟来自何处。再兴强调了“欲望”，或者说，是“身体”，而对农民的身体动员，混杂着各种思想脉络，从而形成20世纪40年代乡土文学的复杂景观。在这一文学景观中，“翻身”农民究竟该怎样命名，是传统的小生产者，还是带有现代色彩的“个人”？今天，这仍然是一个可以再讨论的问题。也正是这一新的农民形象，也许他依然是传统的小生产者，也许是带有现代色彩的个人，或者，兼而有之。革命之后的中国，必须继承这一历史事实。

而再兴也由此进入历史的难题。如果说，此前的中国革命着力于动员农民的身体，或者说，是欲望，那么，到了合作化阶段，遇到的困难，恰恰是要重新处理这一被革命动员起来的身体——不仅翻身，还要翻心。而“组织起来”，正是这一新的形式化的历史要求。经过再兴的叙述，我们或许可以稍微理解，为什么当时的作家对合作化给予了那么多的写作热情，按照再兴的说法，正是合作化，给作家带来一种新的生活想象的可能。这一新生活的想象，大概有两个来源：一是对小农经济的挑战，这一点，来自现代化；二是对个人主义的批评，这一点，却和社会主义的意识形态有关。所以，再兴花了一定的篇幅，来讨论《韩梅梅》（1954），所谓“受不得委屈，也是一种个人主义”。

有点遗憾的是，再兴在此已经涉及一个很重要的历史主题——改造。社会主义改造并不仅仅针对知识分子，也涉及一般民众，包括农民。改造和启蒙的关系是什么，为什么要改造，怎么改造，改造谁？改造的结果是什么，什么是社会主义新人，新人的来源是什么？只有搞清这些问题，才能更深刻地重新解释当时的文学。好在再兴还很年轻，可以慢慢思考。

可是，再美好的“新生活”想象，也需要解决人的“身体”问题，或者，按照赵树理的说法，就是“有饭吃，有钱花”。合作化解决了这些问题吗？实事求是地说，没有。因为没有，才会有20世纪80年代的土地承包，乃至人民公社的解体。又因为20世纪80年代的介入，反过来使合作化问题简单化，简单到彻底否定就行。这也是一直困扰再兴的问题，而这个问题又和再兴的记忆有关。但是，在20世纪80年代之后，还有20世纪90年代，还有21世纪，中国农村的日渐凋敝，恰恰可以使我们就此重新观察前三十年的合作化运动。

这样，就会要求我们暂时进入题材领域，回到历史语境。而我想，重新思考合作化运动，无非两点：解决了什么，没有解决什么。在论文中，再兴很关注乡村的治理，而治理则涉及乡村的结构性调整。调动的，是写作者的政治想象，而在这一结构性的调整或创造中，人始终是最为重要的问题，而塑造什么样的人，则关乎什么才是真正的现代。那么，合作化没有解决的究竟是什么呢？其实还是赵树理的问题：有饭吃，有钱花。这个问题也要具体分析，比如化肥和种子，这个不是合作化自身能解决的。合作化不能解决的，还有国家现代化的资本积累，并因此向农村汲取资源，而当国家现代化积累到一定阶段，减轻农村负担，直至反哺乡村。所谓20世纪80年代的乡村改革，难道和这个因素没有一定关系吗？在这个意义上，两个三十年又是有着一定的关联性的。但是，合作化运动又有自身的结构性问题。比如说，为什么在开荒、水利等公共性事务上，它的优越性得以体现？当时的小说在展示合作化的优越性的时候，也多会以此类场景作为描写对象。但是，为什么在精耕细作的时候，合作化的优越性反而得不到充分体现？而在小说中，矛盾也多在这一空间中展开，为什么？也许，合作化并没有彻底改变中国传统的农业经济形态，在这一点上，20世纪80年代并不是毫无意义，它给我们提供了另外一个观察或者思考的视角。即使制度，也有重新讨论的空间——合作化，尤其是公社制度，它的现代性质，和乡土中国的关系究竟是什么？赵树理为什么那么反对“瞎指挥”？诸如此类的问题很多，而中国的农村问题根本上是人多地少，因此，乡村工业化就显得极为重要。费孝通早就提出中国农村的“兼业”问题，但是，这个业怎么兼？乡村和城市是什么关系？要不要市场？这又和当时的意识形态有关。

问题很多，再兴的论文也在这些问题上展开各种思考，当然，不能说他的思考已经很成熟。粗疏的地方也在所难免。

我们在研究的过程中，会慢慢感觉到，很多的工夫实际上是在文本之外的，文本之外的工夫用足，才能更深刻地进入文本内部。回到上述问题，把这些问题想清楚，才能分析当时的写作者，肯定了什么，回避了什么，哪些话说出来了，哪些话没有说出来，哪些话只说了一半，哪些话说得直截了当，哪些话说得吞吞吐吐，哪些意思在文本中呈现了，哪些意思被文本压抑了——更何况，文本自身又是一个很复杂的语言结构，它的意义是必须经过解读和分析才能获得的。

“十七年文学”在整体上，是一种面向未来的文学，按照再兴的说法，或多或少具有浪漫主义的气质。因为这个未来，“十七年文学”也付出了自己的代价，有些教训，是值得记取的，这一点，不用回避。问题是，我们怎样才能更深刻地进入那个时代，包括，如何理解“未来”。

现在，再兴的书出版了，我祝贺他，同时要说，这只是再兴学术生涯的第一步，今后的路还很长。这些闲话，不算序，算是一种共勉吧。

2015 年 8 月，上海

引言 作为问题的农民"解放"及其叙述(1949—1966)

一

一些晚清时代流传下来的老照片，以影像方式记录了中国农民的极端贫困与精神"蒙昧"。由于基本都是当时外国人拍摄的，它们可能源出西方殖民者隐含的东方主义，及茅盾在《关于乡土文学》中所说的"具有游历家眼光的作者"的混杂视角①。但是我们仍然必须承认，在这些影像之外，中国农民的问题的确是中国历史的一个极端重要的方面。20 世纪 30 年代前期晏阳初曾称，"中国的民族，人数有四万万，在农村生活的，要占到 80%"，这就是"为数在三万万以上"的农民②。这"三万万以上"的中国农民生活之悲惨，在当时恐怕也是罕见的。1925 年《中国共产党告农民书》列举了中国农民要忍受地主的高额地租，外国资本家的洋货输入，军阀们的连年兵祸，以及贪官、劣绅们在国家征收的正项钱粮之外"另收陋规至少也在正项一倍以上"等苛重的盘剥③。据王亚南的《中国地租总论》(1943)，中国农民一般的租额"总要占土地生产物百分之五十左右"，而中国的平均地租率约为十一年（土地的总价格除以土地年租额)，其租率之高远非"现代任何国家所可比拟"，"高到无可比拟"④。中

① 茅盾:《关于乡土文学》,《文学》1936 年第 6 卷第 2 号。

② 晏阳初:《农村运动的使命》(1934)，于建嵘:《中国农民问题研究资料选编》(第一卷·上册)，中国农业出版社 2007 年版，第 476—477 页。

③ 《中国共产党告农民书》，陈翰笙、薛暮桥、冯和法:《解放前的中国农村》(第一辑)，中国展望出版社 1985 年版，第 2—3 页。

④ 王亚南:《中国地租总论》，陈翰笙、薛暮桥、冯和法:《解放前的中国农村》(第一辑)，中国展望出版社 1985 年版，第 660 页。

国农民的种种悲惨处境使得农民问题和解放（“翻身”）、革命等话题联结在了一起。如1919年李大钊在《青年与农村》一文中就疾呼，我国是一个农国，“大多数的劳工阶级就是那些农民”，如果他们得不到解放，我们国民全体也不可能得到解放①。1927年亦生的文章《论农民的解放》也认为，“农民的解放”是“很重要而且急需解决的问题”，农民问题正确的解决，“是中国革命成功的重要条件”②。

但是如何来进行这个农民的“解放”呢？这可能既是一个历史的实践问题，同时也是一个关于想象的问题。20世纪20年代后期亦生在《论农民的解放》中曾称：

> 农民解放的要求是些什么？这虽然是各省、区有个大小的区别，然而在整个的日趋破产的中国农村经济，农民的积极的要求不外是下面这几种：
>
> 一，在经济上要求减轻租谷，减轻利息，及废除各种苛捐杂税；
>
> 二，在政治上要求乡村的地方自治，反对一班万恶的土豪劣绅把持乡村政权，鱼肉百姓；
>
> 三，再进一步使农业生产的方法进步，生产力增高。

沿着上述农民悲惨处境的提问逻辑，浮现出来的正是农民的土地问题和“翻身”（解放）问题。这在民主革命年代曾经被简洁地表述为“打土豪、分田地”，以及表现为20世纪20年代后期直到50年代初中共的各种土地法令。然而，亦生对于“解放”的理解显然具有历史的时间性。以“十七年”为例，其时农民“解放”在亦生那里的想象事实上已经实现：不仅再无地租和利息剥削，土地也以单干、互助组、合作社或者人民公社等形式归属了农民，旧式地主、士绅在乡村的统治已经被新型的国家基层政权所代替，各种新作物品种和新耕作方法确实也都在实验当中。然而，至此中国农民是否就获得了最终的“解放”呢？问题恐怕并不这样简单。

---

① 李大钊：《青年与农村》，陈翰笙、薛暮桥、冯和法：《解放前的中国农村》（第一辑），中国展望出版社1985年版，第93页。

② 亦生：《论农民的解放》，于建嵘：《中国农民问题研究资料汇编》（第一卷·上册），中国农业出版社2007年版，第315—317页。

显然，这涉及对“解放”做何理解的问题。如在阿伦特的《论革命》中，“解放”一词使用的是 liberation（“解放、释放”），它的原词 liberate 在意思上更多地暗含了解放所意味的自由状态，即 liberty（“自由”）。但困难在于，阿伦特依然认为“解放”并不直接意味着“自由”，她的一段人所熟知的话是：“解放与自由并非一回事；解放也许是自由的条件，但绝不会自动带来自由；包含在解放中的自由观念只能是消极（negative）的，因此，即便是解放的动机也不能与对自由的渴望等而视之。”① 这样看来，阿伦特此处的“解放”，倒是有些像上述亦生等人对于“解放”的理解了，而自由的渴望，则更超出于狭义“解放”的意义之上。

同样不奇怪的是，按照吉登斯《现代性与自我认同》中的理解，在今天这样一个当地—全球的现代性语境下，个体或群体处境的解放其实是与反思性精神联结在一起的，正是在这种反思性的穿刺之下，他提到了“解放政治”和“生活政治”的概念。吉登斯把“解放政治”定义为“一种力图将个体和群体从对其生活机遇有不良影响的束缚中解放出来的一种观点”，认为它包含了两个主要因素：一是力图打破过去的枷锁，因而也是一种面向未来的改造态度；二是力图克服某些个体或群体支配另一些个人或群体的非合法性统治。他反复表明：“解放政治所关心的是减少或是消灭剥削、不平等和压迫。”② 或许就是因为这样的理解，在吉登斯那里，解放政治中的“解放”被提及时原文是 emancipatory（“解放的”），它的原词是 emancipate（“释放、解放”）意味着“使……从束缚中解放出来”。简言之，在阿伦特和吉登斯等人那里，“解放”并不只是简单地等同于暴力革命（“翻身”）的胜利，它的真正意义是指向人的对自由之境的渴望。这一渴望遭遇到了“剥削、不平等和压迫”等三大敌人：这三大敌人只有第一个，即“剥削”，才是通常被讲述成历史的和革命（“翻身”）的；而第二个和第三个敌人则更有可能是社会的、文化的，乃至精神的，它们仍然会以隐蔽的姿态存在于革命之后的状态之中。应该说，正是在这个新的逻辑上，农民“解放”的意义超出了上述亦生等人对于解放的朴素理

---

① ［美］汉娜·阿伦特：《论革命》，陈周旺译，译林出版社 2011 年版，第 18 页。

② ［英］安东尼·吉登斯：《现代性与自我认同：现代晚期的自我与社会》，赵旭东、方文译，生活·读书·新知三联书店 1998 年版，第 247—249 页。

解，从而重新成为今天我们需要继续讨论的“问题”。而当年社会主义的农村小说（1949—1966），或许就保留了解放实践中更多鲜活的想象和场景。

二

由于人民国家社会主义实践的曲折，以及“舆论一律”的文化体制，今天我们去追溯这些“解放”想象的出现及其互文关系的契机，其实面临着各种困难。寻常被称誉为“史诗性”的文学叙述，或许早已经潜藏了被隐秘地选择过的痕迹，一些关于中国农民的事实更有可能隐藏在文学文本以外的材料当中。如高王凌《人民公社时期中国农民“反行为”调查》一书，试图在社会调查的基础上展开对中国农业集体化时期的研究，讨论那个时期农民的怠工、压产、偷拿、瞒产私分、包产到户等“反行为”。有意思的是，这本书的序言里说到有一些文学作品已经反映了人民公社时期农村生活中的那些“猫腻”，并举了五个例子；但是也许作者并没有注意到，这五个例子全部出现于20世纪80年代以后，而不是当年此类行为出现的历史时刻。书的序言中并称：“也有朋友向我问起农民这些行为在法律法令上的地位，这时我才发现，这在有关的资料中竟是查不到的……好像这些现象就不曾存在似的。”[①] 这里提示了当年农民的真实世界与文学表现之间，其实存在着一个巨大的“空洞”。它也意味着，关于当时农民的生活可能有两条反差极大的呈现路线：一条是通常高昂而令人鼓舞的文学性叙述，另一条则是这些叙述背后隐蔽乃至抗拒的“沉默”。而我们所要寻求的阐释，正是处在这些叙述与“沉默”的互文关系之中。然而，上述“沉默”背后的诸多事实，由于其敏感性，或许不太可能通过当时媒体议程设置的过滤，从而也就无法被更多的人“看见”。不仅如此，媒体甚至出现特殊的新闻制作过程（如“摆拍”），这自然又进一步引发了作为阅读者的我们，对于当年某些报道材料用作文学背景的真实性的怀疑。由此，寻找另一类农民历史的事实或表述，以使“解放”的话题重新被置于繁密、真切的互文关系之中，实属相当重要的事情。

---

① 高王凌：《人民公社时期中国农民“反行为”调查·序言》，中共党史出版社2006年版，第1—4页。

可是，这一类材料能否被我们发现并且理解，可能还需要超越我们自身的个人经验的某些思考。20 世纪早期鲁迅因为“哀其不幸”的隐痛，曾将中国农民升格为文学表现的主要对象之一；而另一面，读者的印象也更多地被指向了农民苦楚和悲凉的一面，这当然有其合理性。但是这种强烈的批判性，导致了农民穷困中的日常生活内容，即所谓“生活方式”的有机部分，也渐而被人淡忘了。新中国成立后，自 20 世纪 50 年代初对《我们夫妇之间》等作品的批判以来，“日常生活”通过文本中情节的辩论方式（蔡翔语）被证明失去了合法性，此后在总体意义上就被逐出了文学正面表现的领域。问题当然不是说农民的生活不是艰辛的，而是说，农民的“生活方式”及其价值并不依赖于“被表述”（即所谓“代言”）而存在，也不局限于后者的呈现内容。事实上，“生活方式”不仅是农民作为社会阶层的身份表征，而且更隐含了农民作为社会群体的自我同一性，他们也是“主体”，尽管文字语言匮乏、表达方式破碎甚至是沉默的主体。根据吉登斯的说法，“生活方式”本身就是一种政治，“生活政治便是生活方式的政治……生活政治的关怀，预示了未来一种影响深远的变迁”①，它正是“解放政治”的极为重要的方面。可见，对于如何阐释农民的“解放”，一方面，我们需要从自身狭窄的经验中逃逸出来；另一方面，这种转述或者“代言”无论出于怎样的诚恳，又几乎必然会引发其他相关的问题。虽然在柯文的《历史三调》中，个人经验正是构成“历史”的要素之一，但它们之间如何进行统合，却绝不是一件容易的事情。雷蒙德·威廉斯从“经验”概念进而提出的“感觉的结构”的说法，曾经指称了生活在同一种文化中的人们所共享的那种感知是何等重要，同时又是如何难以被圈外人轻易获得：“在研究过去任何一个时期时，最难以掌握的事情就是，这种感觉到的对特殊地点和特殊时代生活性质的感知：把特殊活动结合成一种思考和生活方式的感知……我建议用以描述它的术语是感觉的结构。”② 这似乎可以看作前述困难的一个佐证。

即便是如此，无论是作为想象者的作家，还是作为阅读者的我们，

---

① ［英］安东尼·吉登斯：《现代性与自我认同：现代晚期的自我与社会》，赵旭东、方文译，生活·读书·新知三联书店 1998 年版，第 252 页。

② ［英］雷蒙德·威廉斯：《文化分析》，罗钢、刘象愚：《文化研究读本》，中国社会科学出版社 2000 年版，第 130—132 页。

“感知”也是经常难以被轻易信赖的。一些论者从当年社会主义农民小说的分析中，提出了诸多的文本裂隙，从中可见一斑。如有人提到，作为“并喻文化”（指一种横向面向同时代人的学习创新的文化）代表者之一的梁生宝的行为，也带来了新的“前喻文化”（一种面向先辈的全盘纵向守成的文化）的危险，形成了一支愚顽的“跟跟”队伍；并提到了在梁生宝的塑造中，不自觉地从作者笔下躲过理性审查、时不时迸发出的“面对文化的自卑和由此而来的偏斜”——外表强调梁生宝忙，实则是因为他对徐改霞“有文化”心存疑惧，终于导致梁徐爱情的悲剧①。而在实际上，柳青当年是打算把梁生宝塑造成社会主义“新人”的，他曾直言：“我要把梁生宝描写为党的忠实儿子。”② 这样看来，柳青自己的“感知”似乎也不太能够让人完全信赖。也有人将《三里湾》中的主任委员范登高、《山乡巨变》中的乡支书兼农会主席李月辉、《创业史》中的代表主任郭振山、《艳阳天》中的农业社副主任马之悦等作为代表，认为这些形象在较早的战争年代或者土改时期都曾经积极拥护并执行了革命者的各种路线和政策，身先士卒且成为广大底层农民的带头人，“是革命意识形态之下的农民阶级的先进者”。然而到了合作化时期，这些人却转而迷恋于个人发家致富的道路，对主流意识形态宣谕的合作化变得越来越隔膜了起来③。这其中包含的问题是，“革命的意识形态为了实现自己的革命目的，在不同的革命阶段会选择并传唤新的革命主体”，这意味着在历史背景下，其实同样具有劳动者属性和私有者属性这一“农民阶级两重性”的王玉生、梁生宝、萧长春等新型农民主体，将会一样地面临着“形象的焦虑”。这种焦虑催促这一组主体更加“革命”，以至于发展到最后只可能产生一个近乎完美光辉的“高大泉”形象。这实在是一个颇有意思的话题，它意味着正是原先的那种“革命”的激情，却带来了“继续革命”的困境，反而形成了某种压抑。也就是，对于阐释农民的“解放”来说，在历史材料的寻觅和感知“经验”之外，其浑然不觉的观察、思索和呈现中的后设主体性，亦有可能使前两者显得更加扑朔迷离。

---

① 王国民：《“十七年”中国文学中的农民形象思考》，《教学与管理》2006 年第 27 期。

② 柳青：《提出几个问题来讨论》，《延河》1963 年第 8 期。

③ 王永春：《动力抑或对象——从农民的两重性看“十七年”合作化小说中农民形象的焦虑现象》，《山东省农业管理干部学院学报》2008 年第 1 期。

但是，话题在文学上的严肃性仍然存在：如果以失去真切性为基础，那些农民形象将在多大程度上具有真正的“审美”意义呢？虽然这是我们共同的困境，我们也不应该忘记，“审美”化冲动的出发点和最后目的，原是指向促进我们的现实生存的。这种隐喻着政治的宿命所提出来的反思性要求，将引领着我们前行。它可能也意味着我们必须延纳历史化的考察方法，去回溯中国农民的身份历史及其相关的多重互文关系——或者这是较好的回应方式之一。正是在这里，它几乎预示着，“人民”的概念将可能再度浮现。

三

张旭东曾经对“当代性”有过非常精彩的讨论，将其作为逃离外表强大的刻板“历史”和“知识”的路径①。由此，如果我们能够脱出这些刻板的印象，使“十七年”农村小说的叙述展示出它们自身的复调，文本原先所试图传达的整体性主题就会出现矛盾，并重新上升为“问题”——或许，这是对“舆论一律”时代社会主义农村小说进行再阐释的可能条件，虽然它也会带来新的问题。这也意味着相关的探索将会自然地转到各方主体所呈现出来的现代性“解放”想象上面。也正是因为这样，“十七年”关于农民和乡村的社会主义叙事将在现代性的层面，不单可能为农民自身的解放与生活方式的正当性赢得有力的话语资源，同时也可能使得农村叙事与当下的城市叙事在题材意义上价值相等，并且走向独立而阔大的讨论/表现空间。当然，这一研讨其实面临着李杨所说的“化神奇为腐朽”的危险②：它将从何开始，如何开始？又最终走向何处，如何走去？综合考虑，窃以为采取文本细读与文化研究相结合的方式，或许是可供考虑的选择之一。

（一）以“故事”作为场域的方式。从两千多年前先秦诸子的寓言、神话，到南北朝时期的“志怪”“轶事”，到唐宋传奇（文言小说）、宋元话本，到明清章回小说与传奇（戏曲），再到20世纪中国文学的“故事”与

① 张旭东：《在“当代性与文学史”圆桌讨论会上的发言》。此文节选部分包含在《当代性·先锋性·世界性——关于当代文学六十年的对话》中。全文发表于《学术月刊》2009年10月号，参与者：张旭东、蔡翔、罗岗、陈晓明、刘复生、季红真、王鸿生、千野拓政、林春城。

② 李杨：《50—70年代中国文学经典再解读》，山东教育出版社2006年版，第366页。

“情节”因素，“故事”承载着中国人太多的情感与智慧。也因此，“故事”成为一个被争夺的场域。这也是本书选择以“十七年”社会主义农村小说的叙事作为讨论对象的理由。王德威在《想象中国的方法：历史·小说·叙事》中说，“由涕泪飘零到嘻笑怒骂，小说的流变与‘中国之命运’看似无甚攸关，却每有若合符节之处”，比起历史或政治论述里的中国，“小说所反映的中国或许更真切实在些”；并称“我们如果不能正视包含于国与史内的想象层面，缺乏以虚击实的雅量，我们依然难以跳出传统文学或政治史观的局限”[①]。董之林在《旧梦新知：“十七年”小说论稿》中也说，“其实重新讲述这段小说史并不是为了怀旧，而是为真实地了解我们的过去。”[②]

（二）将“叙述”区分为不同层次。齐泽克的《幻想的瘟疫》开篇即说，“潜意识就在外面，并不是隐藏在什么深不可测的深渊中……当我们分析幻想是如何同意识形态结构的内在冲突联系起来时，如果像这样把注意力集中到物质性的外表上，往往能取得丰硕的成果。”[③] 本书也赞同从齐泽克所称的“物质性外表”——对于故事来说，它指的是“讲述”——来切入，即在讨论中借鉴某些历史性材料而使原先的叙述区分为不同的层次，就像里蒙—凯南在她的《叙事虚构作品》中将文本内容区分为“故事”和“本文”一样[④]。通过这样的方式，“叙述”在“十七年”社会主义农村小说中将呈现出分裂与混杂的面貌，成为不同主体的想象之间进行意义争夺的场域。“讲述”的这种特质，使它在“重述历史”中的作用显得格外突出。蔡翔在《革命/叙述：中国社会主义文学—文化想象(1949—1966)》中敏锐地指出，“我们已经可以清楚地看到，‘去政治化’往往需要首先从‘去历史化’开始。”[⑤] 董之林也称，“实际上，今天关于

---

① 王德威：《想象中国的方法：历史·小说·叙事》之《序·小说中国》，生活·读书·新知三联书店1998年版，第1—2页。

② 董之林：《旧梦新知：“十七年”小说论稿》，广西师范大学出版社2004年版，第21页。

③ ［斯洛文尼亚］齐泽克：《幻想的瘟疫》，胡雨谭、叶肖译，江苏人民出版社2006年版，第1页。

④ 在里蒙—凯南那里，“故事”是一系列前后有序的事件，而“本文”则是口头讲述或书面描写这些事件的话语。简单来说，“本文”就是我们所读的东西。［以色列］里蒙—凯南：《叙事虚构作品》，姚锦清等译，生活·读书·新知三联书店1989年版，第5—6页。

⑤ 蔡翔：《革命/叙述：中国社会主义文学—文化想象（1949—1966）》，北京大学出版社2010年版，第19页。

当代文学史叙述中一些令人头疼的问题，正由于对历史相关性的片面理解造成的。”[①] 正是在叙述的暧昧之处，不同的主体意识在彼此冲撞或者克服，它将成为我们考察不同想象的窗口。

（三）作为矛盾闭合点的“叙述”。历史总是连贯的，真正的对于历史的阐释是“旧”和“新”的彼此熔铸。但根据新历史主义的说法，历史同样是一种叙述，一种诗学方式的“神话”，那么这两者之间如何弥合？齐泽克直接指陈：“叙述之所以会出现，其目的就是在时间顺序中重新安排冲突的条件，从而消除根本矛盾冲突……叙述悄悄把它意在再生产出的东西预设为业已存在之物。”[②] 齐泽克对“叙述”的批评，正可以反证福斯特所谓“一本结构严密的小说，往往许多事情是错综复杂、互相呼应的”虚构自信（《小说面面观》）。同样是在齐泽克的《幻想的瘟疫》中，作者还指示了“幻想”（“想象”）影响受众的方式，即以图示化的方式打动接受者的情绪，并令人毫无觉察地进入接受者的潜意识，使其像接受自己的思想一样悦受。这也是十七年时期，文学代替性、爱情乃至战争而生产着“激情”的原因。此外，它也是延安文学及十七年文学中许多小说，如《太阳照在桑干河上》《暴风骤雨》《山乡巨变》等集体庆典/仪式的意识形态功用，一种规训的中介和路径。

（四）历史编纂学事实的“真实”观[③]。“真实”在1933年苏联的“社会主义现实主义”传入中国时，仍然是其经典定义中的主要内容。这种“真实”/“不真实”的视角一直在“十七年文学”和“文革文学”中存在，但所谓“真实”的胜利往往依靠的并不是文学自身的力量，而是依靠主流意识形态将异质性表达迫入沉默的深渊所致。直到新时期之初，关于“真实”的争论又重新出现了，在对后三十年农村小说的批评中也可以重复地听到同样的声音。从这个总体过程来看，“真实性”始终是20世纪中国文学“现实”或“现实主义”等诸多概念的焦点问题。然而，这个概念仍然是歧义纷出的，董之林著作中有一段话描述了这个“真实性”原则在“十七年”中的纠结，相当有针对性：

---

① 董之林：《旧梦新知：“十七年”小说论稿》，广西师范大学出版社2004年版，第300页。

② ［斯洛文尼亚］齐泽克：《幻想的瘟疫》，胡雨谭、叶肖译，江苏人民出版社2006年版，第12页。

③ 参见陈新《西方历史叙述学》，社会科学文献出版社2005年版，第177—181页。

> 回顾文革前十七年，关于社会主义现实主义的理论批评文字颇多，不过，对这种创作方法规定性的种种解释，不论为“现实主义”加上怎样的前缀，却始终围绕着一个如实反映现实的“真实性”原则。至于文学创作方法是否只有这一个原则，而且这种现实主义强调的“现实”究竟是“日常生活”的真实，还是“源于生活、高于生活”的真实，或者是“本质”的真实，大家的理解并不一样。但出于当时的政治环境，很少有人直接质疑周扬阐释的社会主义现实主义……由于一直缺乏穷根究底的追问，人们对原则的理解实际上各执一词，这就使今天对这一问题的考察不能下简单断义。①

正是因为这个困难的问题，蔡翔和董之林的著作不约而同地追溯到了“想象”这一语词。

（五）“永远历史化”。文学或历史自有其生命——它是某种关于知识的起源、发生、衍变、转移的自在时间与方式。文学本文作为时间与世界的“流传物”，在伽达默尔看来，“流传物像一个‘你’那样自行讲话。一个‘你’不是对象，而是与我们发生关系……我们宁可认为，对流传物的理解并不把流传的本文理解为某个‘你’的生命表现，而是理解为某种脱离有意见的人、‘我’和‘你’的一切束缚的意义内容……因为流传物是一个真正的交往伙伴，我们与它的伙伴关系，正如我和你的伙伴关系。”② 我们有过太多的教训，当时的偏至诠释都在历史的后续时间里被重新还原回去，回到历史现场的“原点”，去再次凝视历史的细节和联络，如文学五四、学衡派、左翼运动、七月派和九叶派、胡风、沈从文和张爱玲，等等，都是如此。显然，我们需要在过往的缺失与想象的正义两者之间建立起有效的历史关联，套用蔡翔的逻辑来说，就是“要再政治化，先从再历史化开始”。正是在这个去历史化/再历史化的差异中，可能隐伏着勾连起前后两个三十年的最为有力的某种知识路径。诚然，这种回返并不容易达到，困难还同时来自我们自身思维的成规。

本书分为五个部分。第一章将 20 世纪 40 年代的农民小说视为后续

① 董之林：《旧梦新知：“十七年”小说论稿》，广西师范大学出版社 2004 年版，第 305 页。

② ［德］伽达默尔：《真理与方法》，洪汉鼎译，上海译文出版社 1999 年版，第 460 页。

“十七年”农村小说的“前史”，试图发现影响到后来1949—1966年农村小说的几个大的命题，如封建性空间、个人、欲望，以及历史化，等等。第二章则尝试说明革命话语下欲望形式化的被压抑，可能留给了整个社会主义文学持久的和结构性的动荡不安。第三章主要讨论社会主义农村小说中“个人”与“集体”的关系及其困境问题。第四章争取重现20世纪50年代末到60年代前期文学—政治的复杂关系，并从中钩沉某些被淹没的积极的想象。它们是另一种意义的历史“真实”。结束语部分表明，看起来，“人民”/“人民性”文学似乎值得我们期待——让农村小说中农民及其生活的想象与叙述重返尊严和平等的维度，让“解放”的讨论从象征界回返到实在界，使“问题”得以命名，就文学来说，这或者是农村小说以后的可能出路。诚然，对于20世纪中国农民的“解放”故事及其故事的叙述，尽管很难说有哪种阐释方式是最终更为有效的，但是我们的文学与批评，却显然向我们提出了一项艰难的挑战：经由怎样的路径，我们才能恢复（更准确的说法可能是“建构”）那个失落的主体间的“承认/认同”关系呢？本书愿意以绵薄之力加入到这一有意义的工作之中去。

第一章　单干农民:乡村政治及土改叙述下的处境化问题

一句话：吃的、穿的、喝的、住的、拿的、用的、头顶的、脚踩的，从天上到地下，哪一样不是咱造出来的？为了这些东西，咱们也不知道流了多少汗，死了多少人。咱村二十年前的开荒户一个也没有，搬的搬死的死了，就剩了我这个老干柴棒一直没有死！就这样一辈又一辈，抓起一把土，就有穷人一股汗腥气。可是这些东西，一直捞不着咱享受！

——韶华：《北大荒的故事》，1947 年 10 月①

蔡翔在《革命/叙述：中国社会主义文学—文化想象（1949—1966）》第五章，曾以赵树理 1944 年的小说《地板》为例，讨论过劳动过程中到底是"地板"还是"劳动"带来了增值的问题。可见，"垦荒"对于探究农民如何在乡村环境中生存，有着朴素的起源性意义。通过韶华 1947 年的小说《北大荒的故事》，我们甚至可以更清晰地看到这种基本的乡村剥削模式，这是那个土改后改名叫作"翻身屯"村的前史——它原名徐家窝堡，正是一个随着传统乡村的剥削关系而被完全复制出来的新村庄。但是，赵树理的先锋性在于，通过一种被称为"辩论"（蔡翔语）的方式，他的《地板》对于财富增值起源的质疑，似乎更像是讲给有一定觉悟和思考力的农民或者是其他稍具知识水平的读者听的，如干部或者知识分子。因为质疑意味着批判性，也就是某种启蒙。麻烦的是，这种内置于现代性

① 韶华：《北大荒的故事》，中国社会科学院文学研究所现代文学研究室：《中国现代短篇小说选（1918—1949）》（第七卷），人民文学出版社 1981 年版，第 531—539 页。

视野的有关劳动剥削的批判性，事实上却很难为当时的一般农民所持有①。而后者，正是中国农民面临“解放”时更普遍的前提，就像我们在叶紫的《丰收》（1933 年 5 月）、夏征农的《禾场上》（1933 年 8 月）、茅盾的《春蚕》（1933 年 11 月）等作品中遇到的情形那样。

今天广义上的农民“解放”，仍然是个沉重的话题。但是困难在于，在目前包括某些方面的不可预期性在内的后现代语境下，我们如何确认农民的“解放”状态？在革命意识形态的时代，历史的合力曾经依据什么样的理解，给予过他们怎样的“解放”历程？它们又为未来（新时期以后）进一步的农民“解放”，埋下了哪些纠结的起源？本章尝试分析文学怎样记述、反映，包括生产了其中的诸多内容。

第一节 《一个绅士的长成》(1941)与两难而诡异的乡村化空间

据陈翔鹤之子陈开第回忆：1939 年二、三月间，因日军侵略，山东济南中学师生奉命南迁，经长途跋涉到达四川罗江县，组成国立六中四分校，因在此校任教的诗人李广田的推荐，陈翔鹤也到该校担任了教职。陈还和李一起筹办了刊物《锻冶厂》，1939 年 6 月 1 日正式出版，作为发表青年文艺的园地。陈翔鹤到此校后不久就发现，“经过流亡生活磨炼的青少年具有特殊的气质”，与大后方和平舒适环境中成长起来的青少年“很不一样”；更因为受到学生作文课卷中记述的流亡片段的启发，他鼓励学生集体写作一部“流亡史”。这部“流亡史”最后经过陈翔鹤和李广田审定，定名为《在风沙中挺进》，陈翔鹤为之作序②。“序”中说：

（这四五百曾经流亡过六七千里地青年们）在他们的流亡中，却

① 小说中二洪大爷对地主计算后连“本”带“利”的粮食账说：“不还当然没理。”这与赵树理的《地板》宣称“地板什么也不能换”很不相同。《中国现代短篇小说选（1918—1949）》（第七卷），人民文学出版社 1981 年版，第 536 页。

② 陈开第：《文化战士陈翔鹤》，中国社会科学院老专家协会编：《学问人生：中国社会科学院名家谈》上册，高等教育出版社 2007 年版，第 127 页。《在风沙中挺进》最终由于国民党的审查而未能问世，只剩下这篇序言。

完全的看见了“事实”了。这即是说，沿途的破产荒凉的农村，胼手胝足，劳苦终年不得一饱的大众以及兵匪、烟毒、疫疠，贪官污吏，土豪劣绅，苛捐杂税，将国家弄得极端贫乏的每一个中国角落里，都使他们大大的睁开了眼睛。使他们不再去相信那种“说仁道义”，而于大众生活丝毫无补的中国旧式传统的一切。因为从“实践”中，他们早已确实的证明这些历来只便于封建组织的“理论”的落后和无用。不管你是怎样转弯抹角，有意无意的，想去对他们加以蒙混罢，然而“事实胜于雄辩”，“公道自在人心”，这实在是无法可想的了。于是，真正的求知欲发达起来了……①

值得注意的是，在这同一篇文章中，陈翔鹤其后说到了这些流亡记录也有一两个小缺点。其中之一，是“他们都太年青，关于中国旧社会的种种‘玩意’，和人世的一切都是何等的艰难而且复杂，他们似乎还不懂得”。如此说来，陈翔鹤认为学生们的流亡记述，即使是亲历事件，也还只能说既是“事实”，却又不完全是全部的事实。那么，在陈翔鹤那里，这些到底指称着什么呢？或者正是由于上述考虑，陈翔鹤在1941年1月1日出版的《中苏文化·文艺特刊》上，发表了小说《一个绅士的长成》②。

《一个绅士的长成》的故事，发生在1937年抗战爆发后四川的××市，一个规模很小的国民党县治所在地的小城。这个县治小城本身就有一个寓意：它是传统的国家权力与乡村自治相结合的地方。——虽然查尔斯·蒂利等西方学者提出的“国家政权建设”在清末的新政和预备立宪时期有所进步，但是在乡村治理方面，国家权力的边界仍在于县，也就是所谓“王权止于县政”，其他的则基本上鼓励地方自治③。从清末新政到民国时期，中国的乡村治理均没能实现各级机构与人员的正规化和官僚化，而是全面走向了杜赞奇所称的“经纪化”（“保护型经纪”和“赢利型经纪”/

① 陈翔鹤：《在风沙中挺进·序》，篇末注：“民国二十八年双十节。”李岫编：《李广田研究资料》，知识产权出版社2010年版，第288页。原载《锻冶厂》1939年第8期。

② 篇末日期为：“一九四〇年，八月卅日。”

③ 魏光奇：《官治与自治：20世纪上半期的中国县制》，商务印书馆2004年版，第80—85页。

“掠夺型经纪”)。当时的乡村自治，其实不是村民自治，而是乡绅自治①。这意味着在帝国至民国治理下的中国乡村，是以“绅权”自治为主的。而这种绅权自治，由于明清以来经济的发展，乡绅（地主）早已出现了“乡居”和“城居”的区别，后者如《围城》中方鸿渐之父方遯翁，《子夜》中吴荪甫之父吴老太爷，等等。当然，由于特殊的时代历史环境，其后出现了在村地主的土豪恶霸化②。也正因为如此，《一个绅士的长成》中那个民国时期县治所在地的小城，不仅成为城乡治理的地理接合节点，而且也成为一个特殊的“空间”，各种话语与关系在其中繁复地展演和博弈。在费孝通的《乡土中国》里，乡村空间似乎总可以给我们以某种温情与寄托，这也是中国乡土文学传统中古典时代的田园诗和近现代以来牧歌情调的依据。由此，在超出剥削、压迫的模式之外，一种乡村的空间，即乡村错杂的人际关系的总和状态，在土改以前同样是现代性的民国时代，以《一个绅士的长成》为例，它激发了哪些实践，又回归了什么样的想象呢？

“武汉告急”，也就是20世纪30年代后期武汉会战时的中国，年轻时的七老爷阿舜与后来的七少娘琼华本来“极少有结婚的希望”，他们之间的种种不平衡喻示着当时城乡社会的不平等。但在大后方有一个“三百多石谷子的收入”的家这一点，终于使他们结合在了一起。这个家按文中叙述，是设在作为××县中心的××市，身为家长的宋二老太爷正是一个城居地主。在20世纪30年代末，阿舜和琼华退回到后方的××市，无意中从国民党“国家政权建设”下的现代性社会，重新退回到了与乡村的亲密接触状态。这是一个几乎完全靠食利而生的旧式家庭，与封建时期的乡村剥削方式（“地租”）没有什么不同。但是初中毕业，当年这是个可以引以自傲的学历，“住过”无线电专修班的阿舜，不仅只能被安置于家里“从前本为用人们住宿之所”的东厢房，在家吃闲饭，听父亲的抱怨，还

① 于建嵘：《抗争性政治：中国政治社会学基本问题》，人民出版社2010年版，第180页。

② 参见邓若华《现代化过程中的地方精英转型——以20世纪前半期江苏常熟为个案的考察》，许纪霖、刘擎《知识分子论丛第6辑：公共空间中的知识分子》，江苏人民出版社2007年版，第155—193页；刘昶《在江南干革命：共产党与江南农村，1927—1945》，黄宗智《中国乡村研究》（第一辑），商务印书馆2003年版，第112—137页。此两篇文章均以江南地主为例，涉及了“城居地主”及其后的乡村地主恶霸化现象。

要在饭桌前公开领受冷言冷语的“庭训”。小说以这样一个压抑性的开头，展开了这个县治小城中现代性与封建性之间的相遇，即作为已被现代性社会规训的科层制人员、民族国家的抗战中曾在“武汉广播无线电台”同事的阿舜和琼华，遭遇了基本保留旧式地租剥削、以供养其寄生生活的“城居地主”宋二老太爷夫妇。这个小城毕竟是现代国家治理之下的“县”城，它的大环境是现代性的，所以它不仅有县政府、公园、民众教育馆等现代国家治理机构，也有“县政府的钟会计”、被钟会计称作“敝东家”的“张县长”“民众教育馆馆长”九公公等现代科层制人员和身份。但是出人意料的，这种特殊的相遇，在当时的时代迅速地重新诞生出它对某种结构性人际“关系”的生产能力。事情起源于钟会计对于宋七老爷的特殊身份的寻找[①]。作者嘲讽地指出，这是“抗战第三周年的春间”，也是“钟会计东家”张县长在做满第一任××县县长后，继续充任第二任的第二个月以内的事情。这意味着，时序恰在1939年春（据小说上下文推测，1937年应当被计为头一年）。小说中对于时代环境的体验刚好是与陈翔鹤小说写作时间非常切近的历史，按照柯文在《历史三调》中的说法，这里的“历史”还未来得及被神话化。它还非常原生态，非常淳朴而真切。

早在20世纪20年代后期，国民党对农民解放还是很强调的，并宣称为此目的要坚决“铲除”“封建制度的残余势力”。国民党称：“中国国民革命最大部分的目标在于使农民得到解放，农民如不得到解放，国民革命断不能彻底于完成”；“本党为领导代表民主势力的农民与代表封建势力的土豪劣绅、不法地主的争斗……的任务，即在领导农民反抗这种剥削”。国民党将此作为“本党历史的使命”，声言“务使一切剥削农民的特殊阶级失去其凭借……使每个受压迫的农民都得到切实的解放”[②]。一则1927年5月26日的“武汉国民政府农政部”《布告》也称，“照得农民占全国

① 陈翔鹤：《一个绅士的长成》，刘绍棠、宋志明：《中国乡土文学大系·现代卷》，农村读物出版社1996年版，第847—848页。

② 1927年3月16日《中国国民党第二届第三次中央全会（宣言）》。参见于建嵘《中国农民问题研究资料汇编》（第一卷·下册），中国农业出版社2007年版，第874—876页。本次国民党“中央全会”的《决议案》还表达了对“农民协会”的支持，和“一定要铲除这一切封建制度的残余势力”的决心（因为它们是“农民痛苦之所在”）。1927年3月16日《中国国民党第二届第三次中央全会（决议案）》，同上书，第877页。

人口之最大多数,国民革命主要目的之一,在乎扶助农民,以求解放"[①]。为此,1927年国民党南京政府建立后,也曾筹备进行土地改革,如1930年6月公布的《土地法》等,不过并未获得成功。小说《一个绅士的长成》中虽然没有直接反映农民的解放,但与上述国民政府的决心相反的是,小说却反映了那种顽固的"剥削"欲望的复活方式。首先值得注意的,钟会计是个"外江佬",这是一个与费孝通《乡土中国》里的"外村人"相当的命名[②]。这种"外来户"/"坐地户"("本村人")的划分是中国20世纪农村小说中很常见的现象之一,如赵树理《李家庄的变迁》(1946)中作为"外路人""外来户"的铁锁、二妞夫妇等。同时,这种区分实际也以二元对立的隐喻形式,较为广泛地存在于城乡相遇模式的小说当中,如萧也牧的《我们夫妇之间》(1950)、路遥的《人生》(1982)等。这种依据利益获得机会的差异所做出的身份区分,正与封建时代的社会区隔形态相一致。钟会计是聪明的,他"找寻"到了七老爷(文中透露他此前"找寻"了很久),一个身上有着丰富人脉资源的当地绅粮。这导致了表层"国家政权建设"下的某种旧式乡村空间的复活——即对于费孝通《乡土中国》里所谓"血缘与地缘"关系的利用。果然,精明的钟会计"自从通过七老爷的关系,他便结识了当地不少的士绅"。可笑的是,在钟会计与七老爷利用菜油和棉花的投机生意大赚了一笔以后,张县长也开始同七老爷"有了密切的往还",时常到七老爷府上有意无意地打上几圈公余麻将,并进而成为七老爷儿子小罗罗的"干爹"。后者正是露骨地对《乡土中国》里所谓"血缘"关系的借用。与此相适应,原民众教育馆的馆长九公公,一个几乎把全县里的事情都"闹酸了"的旧式前清乡绅,被迫让位给了宋七老爷;钟会计被邀请到本地财委会兼理会计;七老爷被选举为财委会的常委主席,后来又接替精神有些不济的钟会计做了合记米庄的经理;等等。在这里,一个旧式的乡村化空间不断膨胀,悄悄地,然而也是惊人地侵蚀并替代了原有的"国家政权建设"的现代性空间。

值得注意的是,这一空间的暗中转换,甚至同时导致了指向实践行为的意义如"公平正道""抗战的重要性"和"日趋繁荣"等的篡改。小说

① 《武汉国民政府农政部布告》,汉口《民国日报》1927年5月27日。

② 费孝通:《乡土中国·生育制度》,北京大学出版社1998年版,第72页。

《一个绅士的长成》中，钟会计不惜辛劳地对地方人士宣讲他的“正义”哲学:“要找钱么，还得正明公道的将本求利才是正理。那一味只晓得从老百姓身上想法的人，实在为我兄弟个人所不取。”他还举例说，“就以我们的敝东家张县长而论，他也实在最恨那种不值一钱的贪官污吏的……他所有的几个钱，也还是从正明公道的生意中得来的……”这是怎样的一种“正明公道”呢？作者陈翔鹤在小说中写道：

> 将本求利，天公地道，不错，这种极合于常识的逻辑，又有谁能以反对呢？于是“合记米庄”，“合记糟房”等等字号的组织，便以商会会长王立斋以及县政府钟会计为中心而成立起来了。这是一个为本城里所从来未有过的资金已超出了二十万元以上的庞大组织。他们大量的收买稻子，粮食，而且更将附城十里地以内的水碾，榨房，全部包在手中。此外，更兼备有汽车式的橡皮轮子的木板大车三十多辆，以便将本地出产最富而从来不曾大量输出的稻米，利用穿城而过的公路，向距本地估有二百来里的××市运输了出去。从××市更带了布匹，绸缎，日常用品，化妆品等等回来。在这种一来一往之间，其获利之颇有可观，那是谁也能以想象得到的了。①

夸张一点说，这在一个县治小城中可算是一个超级商业帝国了，它的亦官亦商的路数，甚至不是后世所称的“权力寻租”，而是从晚清的“官商合办”式工业延伸而来的。耐人寻味的是，这个高度垄断性的集团组织正是通过市场，也就是那只“看不见的手”来实现的；而且它在公开视野里，也通常不能为民众所直观，这就更增加了此种盘剥的隐蔽性。在这里，貌似自由市场等价交换的公平原则，将非正义的收益漂洗成冠冕堂皇的“正明公道”收益，实际上我们在此看见的却是血腥的丛林原则，一个没有天敌的徜徉在衰败社会与大众躯体上的吸血（金）巨兽。钟会计更直接而无耻地宣称，“在这种非常时期中，比做米粮生意更加有利的买卖，正多着呢”。这里，我们看不到民众的利益，所以，合记米庄的水碾、榨

① 陈翔鹤：《一个绅士的长成》，刘绍棠、宋志明：《中国乡土文学大系·现代卷》，农村读物出版社1996年版，第848—849页。

房、板车的轮子一天不断地飞转着忙碌着，××市的米价和粮价也就“一天不断一天的出乎正规之外的向上飞涨着”，甚至导致饥民抢粮事件。但是按照他们的逻辑，这还不能怪他们，因为他们认为这些“说其到底还是要让‘抗战’二字负责才是正理”。另一面却是，仅以七老爷的个人私房而论，还未等到抗战第四周年终了（按文中时间推测，约为 1940 年年底），已经变成了“二百多石谷子的水田”，并且这还不到他全部财产的二分之一。年轻的宋七老爷终于和他的父亲一样，成为封建性的城居地主。想想不过四年以前尚且穷迫困窘、被亲生父亲鄙视的宋七娃阿舜和琼华，想想他们的生活不过是打打麻将，看看江边风景，而对于当时的民族抗日事业和大众日常生活并无切实的贡献，我们确实忍不住惊奇。

同样地，抗战事业的“正义”阐释也发生了暗中的转移。原本来自战区的宋七老爷和他的娇妻，对于一切爱国行动向来都并不落后于人，比如募寒衣捐、征求伤兵之友等。在谈到抗战的重要性时，“软绵绵甜蜜蜜”的七少娘会很真诚地说：“侬勿要以为日本人的炸弹掉下来是好白相的，只消一听轰隆的一声，许许多多的屋顶，墙壁都会从你头上倒塌下来。这种苦难，我们在前方的时候，吃过的真正勿少呢。性命吗，到那里才真交关。所以我们身住后方的人，必须得主张抗战到底才行。赤老，伊拉啥人反对抗战，啥人就是勿爱国，汉奸！”显然，七少娘的这种态度是得到了七老爷的默许和支持的。但是天晓得，为什么当年大战后宋七娃和琼华要从前线回来，而回来时虽然屈辱地寄住着，光景惨淡，却也并不坚决地声言这个“抗日的重要性”？为什么一定要等到他们生活得过分丰裕、可以随意花上两三千元巨金买下全堂上等木器的时候，才会想起“必须得主张抗战到底”，并严斥“勿爱国”和“汉奸”呢？让人颇感讽刺的是，只有到了这种境地，宋七老爷的身份才被扎实而妥帖地安置下来，才被认为是“克家令子”。于是乎，一个新的“绅士”终于“长成”了。虽然，在表象的世界看来，××城确实已经走上了日益繁荣的道路，甚至“将来必定会有更加繁荣的一日”，但是这里没有谈到民众的切实生活，也没有谈到当时的环境下抗战的可能前景。回想起当初钟会计的那番高论，这市场与繁荣似乎不过是他们放养和渔利的鱼场（钟会计：“不过既然想要谋利呢，那第一步就必须得从繁荣本地市面，活动本地市面，这一点来入手了”）。在这种情形下，无论是国民政府的“解放”农民，还是“建设”乡村的运动，都成为暧昧不明的东西。在这个县治小城，虽然环境不同于以前的封闭自足的乡村环境了，但是乡村剥削与压迫关系却被神奇地几乎全盘复制出来。由此，不独农民无法解放，即便是地主，也与旧式的地主并无本质的不同。结果是，“解放”被改写和悬置了。

有一点颇为让人奇怪的是：和其他小说一样，《一个绅士的长成》也没有追问宋二老太爷的“三百多石谷子”的“母田”最初是怎么来的，虽然这其中可能有着结构文体的局限。如果最初，当其相对弱小之时，这些土地是买来的，那么用于购买的资本所包含的劳动，不也可能曾经是一种正当劳动吗？如果全然是抢来的，这又无论与历史或者文学的两种叙述都不能印证。恰当的理解可能是，最初是买；后来做大之后，是亦买亦逼（抢）来的——就像《红旗谱》中冯老兰对于严志和家那块祖传“宝地”的作为。但是问题仍然存在于那里：那些用于购买土地的资本，特别是最初的启动资本，难道它所包含的劳动就不是正当的，甚至未曾包含着他们的被牺牲掉的尊严吗？类似这样的疑问，在后来“地主”和“富农”被阶级符号化的年代，似乎是不太容易进入文学文本的。但是20世纪90年代初陈忠实的《白鹿原》则通过白嘉轩特别是鹿子霖祖上的发迹故事，非常明白地讲明了这一点。“这是白鹿村乃至白鹿原最漂亮的一座四合院。它是鹿子霖的老太爷的杰作。那位老太爷过烂了光景讨吃要喝流逛到西安城里，在一家饭铺先是挑水拉风箱……”[①] 后来的叙述更揭示了这位老太爷付出过的非人的屈辱（即“尊严”），等等。

讨论这一点的意义在于，仅仅将农民的“解放”定位于一种显性的剥削和压迫关系的解除，其实远不能称之为真正的解放。在土改后的初期，分给农民个人的私有土地，当时并未限定不准买卖[②]，正是一种依据市场原则（其时对于工商业经营持温和的保护政策）可以流通和增值的原始资本，那么在个体农民面前摊开的，恰是小说《一个绅士的长成》中未曾讲

① 陈忠实：《白鹿原》，人民文学出版社1993年版，第57页。

② 1949年9月29日通过的《中国人民政治协商会议共同纲领》第四章第二十七条：“凡已实行土地改革的地区，必须保护农民已得土地的所有权。”1950年6月28日通过的《中华人民共和国土地改革法》第五章第三十条：“土地改革完成后，由人民政府发给土地所有证，并承认一切土地所有者自由经营、买卖及出租其土地的权利。”中共中央文献研究室编：《建国以来重要文献选编》（第一册），中央文献出版社1992年版，第7、343页。

述的早期宋二老太爷发迹的可能性。指明这一点并不是危言耸听，不仅当时的史料证明了这一点①，并且在文学叙事上，从赵树理《杨老太爷》中杨大用“驴工换人工的剥削计划”、韶华《北大荒的故事》中二洪大爷“想种几年积攒几吊钱，自己买几垧荒地”，到新中国成立后李準《不能走那条路》中宋老定的“啥都没有置几亩地算事”、柳青《创业史》中每年冬天都接收破产庄稼人“卖地契约”的郭世富（原先也是外来佃户），都写到了农民稍有富余后即想雇工和买地的愿望。而部分干部则趁机分得好地，如土地改革（“填平补齐”）过程中，赵树理的《邪不压正》、周立波的《暴风骤雨》、丁玲的《太阳照在桑干河上》都讲到了某些干部多占好地和浮财，超过中农甚至原先的地主的现象；委婉一些的，如柳青《创业史》中的郭振山、赵树理《三里湾》中的范登高等，也都有表现。从结构性认识来说，这正是处于最早阶段的“宋二老太爷”的故事。而接续在后面的，最有可能的就是《一个绅士的长成》中宋二老太爷的儿子宋七老爷“二百多石谷的水田”的故事了。绝境在于，不仅在十七年前期，对于农民的“集体”富裕方式在文学作品里留下了太多的怀疑与争辩，而且现实的农民“集体”道路又被有的学者如高王凌称之为“不赢利的经济”，如哈耶克称之为“致命的自负”。当然，如何细节化地讨论当年农民的集体经济，是另一个问题。

有意思的是，几乎正是由于作者的“党员”身份（1938 年，一说 1939 年）和写作这篇小说时的认识状态，稍晚的皖南事变后，作者陈翔鹤被国民党当局再度从教职上辞退了。这也就说明，能够在《一个绅士的长成》的故事材料中发掘出上述“空间”性认识的作者，其实拥有的正是一个后设的现代性视野。作者当时形成这样的视野时，一则，他自己和当时的读者们是对之信赖的，这种信赖转化为农民必须被给予“阶级解放”的合法性前提——于是，“阶级解放”也就成为一种辉煌的承诺；再则，小说里又可能再度留下哪些令人浑然不觉的问题呢？我们逆推一下的话，如果不是有着某些结构性的问题，穿越半个多世纪的时空之后，《一

① 《山西省忻县地委关于农村阶级分化情况的调查报告》（节录）（1952 年 7 月 16 日），黄道霞、余展、王西玉：《建国以来农业合作化史料汇编》，中共党史出版社 1992 年版，第 106—107 页。

个绅士的长成》中关于乡村精英和乡村政治的情景，为什么在20世纪90年代陈源斌的《万家诉讼》(1991)、阎连科的《乡间故事》(1991)等作品中，几乎没有任何改变地再次被复述出来，并在张宇《乡村情感》(1990)中引发老一辈革命者的浩叹①？在这半个世纪的演变过程中，我们在“阶级解放”的想象与努力中，到底忽略了些什么？

第二节 《刘二和与王继圣》(1947)：“不是翻了身了吗？”

1929年4月28日，在沁水县城关第一小学刚刚任教一个月的赵树理，因被人贴黑标语举报是漏网共产党而遭逮捕。1930年5月，赵树理获释。从这一年的下半年到1937年，赵树理基本过着流浪的生活②。他只好回到农村老家，家中债务累累，生活艰难。父亲对于他的落魄非常生气，赵树理却说：“这不能怪我。非得整个社会变了，咱们的家运才能好转，不然咱家就得穷下去。”这个故事写在了杰克·贝尔登那本著名的《中国震撼世界》里。我们注意到，同样在这本书里，紧接着就记述了赵树理1934年那桩被贝尔登称为令“西方人难以相信的一件奇事”，即被土匪跟踪、绑架并跳湖自杀(后被人捞起)的事件。它喻示着一个问题：作为弱者的赵树理，为什么一定要等到整个社会变了，他和他的家才可以得到解放？耐人寻味的是，正是在这以后，赵树理走上了较为明朗的抗争道路③。我们也注意到，同样是在这一年，赵树理的创作立场有了方向上的深远转折：“我有意识地使通俗化为革命服务，萌芽于一九三四年，其后一直坚持下来。”④

由此，我们联想到另一个类似的话题，即鲁迅在1918年《热风·随

① 张宇：《乡村情感》，刘绍棠、宋志明：《中国乡土文学大系》(当代卷·下)，农村读物出版社1996年版，第1440页。

② 董大中：《赵树理评传》，百花文艺出版社1986年版，第36—66页。另见《赵树理年谱》，黄修己：《赵树理研究资料》，知识产权出版社2010年版，第486—493页。

③ [美]杰克·贝尔登：《中国震撼世界》，邱应觉等译，北京出版社1980年版，第111、114页。

④ 赵树理：《回忆历史 认识自己》，黄修己：《赵树理研究资料》，知识产权出版社2010年版，第145页。

感录三十八》中，激烈地嘲讽过中国人人性里的“合群的自大”[①]——这个话题的另一面当然就是“个人”的卑弱无能了。鲁迅的这种激愤无疑接续了他在1908年《摩罗诗力说》中所谓“哀其不幸”“怒其不争”的批判性[②]。在这里，鲁迅遗留下一个与后来的赵树理的人生相关的话题：农民的个人为什么不反抗？当然，20世纪40年代的解放区文学，就出现了小二黑和小芹（《小二黑结婚》，1943）、王贵和李香香（《王贵与李香香》，1946）以及刘巧儿（《刘巧团圆》，1947）这样的农民“新人”，他们可以算得上是既“怒”也“争”的农民了。今天，我们不应该再像当年的启蒙主义者那样，只是简单地批评农民的麻木和冷漠了事了，因为无论如何，没有任何一个农民在有可能做出更好选择的情形下，愿意成为闰土或者阿Q，而不愿意成为小二黑或者王贵。对于我们来说，在不贬低革命者先驱意义的前提下，无论以怎样同情的态度来对待绝大多数农民面对反抗选择时的沉默，可能都并不为过，因为它背后的代价几乎总是铁定的失败和重大牺牲。正是这样的不断重复出现的世俗历史，终于规训了他们的性格，养成了他们的“习性”（布迪厄语）。但是这并不代表农民心中的“解放”渴望，就已经完全寂灭。正是在农民的这种古怪态度里，潜藏了鲁迅“怒其不争”批判的有限之处：为什么“个人”的农民最终不能够以“自大”，即怒和争的反抗，来获得自主选择的权利（“解放”）呢？而这恰恰是与赵树理1937年以前的经历所面临的相同问题，也就是——弱者个人与他们的生活处境的关系。

1947年严寒的1月，杰克·贝尔登与赵树理见面时，赵树理正在写作小说《刘二和与王继圣》，小说最后于1947年2月1日到7月1日在《新大众》杂志第34期到第39期上发表[③]。这篇小说被人谈论并不多。20世纪80年代中期，美国人马若芬《赵树理笔下的旧乡村人景——谈谈〈催粮差〉与〈刘二和与王继圣〉》的文章，曾将题目中这两篇小说与赵树理

① 鲁迅：《鲁迅全集》（第一卷），人民文学出版社1981年版，第311—314页。

② 同上书，第80页。

③ 当年《新大众》杂志发表完一至三章后，没有继续连载。赵树理死后，其家属保存的遗稿中第四章和第五章被发现，于1980年10月在工人出版社《赵树理文集》（第2卷）中最早发表。参见《刘二和与王继圣》页底注①，董大中主编：《赵树理全集（第三卷·1945—1950）》，大众文艺出版社2006年版，第169页。本书所据小说，本自赵树理《赵树理文集》四卷本第2卷，人民文学出版社2005年版，第239—289页。

的其他作品作了比较，认为区别在于它们没有描写社会改变的波折，只是给乡村生活动态摄了一个“快照”，这两个场面成为“报道过去人生插曲的自身完整的场”——可能论者未将《刘二和与王继圣》的第四、第五章包括在内；更由于时间上的极有限度，故事发生在二十四小时之内，小说“对未来的演变毫无推测”。作者认为它们代表了赵树理本人对旧农村社会的透彻的看法[①]。事实上，《刘二和与王继圣》也被称为赵树理唯一“富有自传性而又不解决问题的小说”，但小说中的刘二和与聚宝，正是曾经怒与争过的农民“个人”。

小说写的是 1934 年秋天一个名叫黄沙沟的村子（又是一个关于 1934 年的“记忆”，赵树理的小说通常都有明确的时间和空间）中一群十一二岁农村少年的故事。我们也许感到，赵树理为小说第一章起的标题有点离题的意味，因为他明明写的是放牛坡的故事，却偏要叫个《学校与山坡》。然而，有一点是这两个地理空间所共享的：一个离开成人世界的未经完成规训的“可能”空间，它与已经完成世俗“历史”规训的前一空间相区别。但是我们看到，这个空间仍然无法独立，它复制了成人世界的关系，并把它们延伸过来。在学校里，五个学生中一个是村长的儿子，四个是社首的儿子，村长的儿子可以随便使坏打社首的儿子；在山坡上，三个逃荒户（“外来户”）的儿子和四个本村户的儿子虽然都是给别人家放牛的，但前三个孩子面对欺辱不敢吭声，后四个孩子却敢捉弄村长的儿子并进而惩罚他。刘二和、铁则、鱼则这样的逃荒户（“外来户”）孩子是真正的弱者，他们不敢怒与争，刘二和更是村长王光祖家的放牛孩，他家种的坪上那块又远又薄的荒地也是认租村长家的。我们会在这里试图寻找那个可能的“怒”与“争”的弱者反抗，使人意外的却是，这里不仅有与成人世界一样的等级关系和压迫关系，反抗也只可能发生在四个本村孩子与村长儿子之间，而联盟倒可能产生在同是给别人放牛的孩子们之间。由于刘二和的特殊身份，他在放牛坡的行止是压抑的，不敢抱怨，不敢去玩游戏，不敢回应咒骂。但是如此压抑和顺从的刘二和，在没有任何过错和预

---

① ［美］马若芬：《赵树理笔下的旧乡村人景——谈谈〈催粮差〉与〈刘二和与王继圣〉》，马若芬等：《赵树理研究文集（下卷）（外国学者论赵树理）》，中国文联出版公司 1998 年版，第 26—32 页。此文为中文写作。

兆的情况下，却依然免不了被诬陷和被殴打的命运。这个放牛孩子终于开始申辩自己的权利了，“头也不回，牛也不圈，饭也不吃，一股劲跑回自己家里去了”。[①] 这是第二章《说什么理》里的故事。二和被无故打成重伤，但是二和的反抗虽然得到他娘和兄长大和的微弱支持，而老刘，这个外来户的家长，却陷入痛苦之中，“唉，孩子呀！打就是打了吧，还能问人家该不该？人家是什么人？咱是什么人？”“说什么理？咱没有找人家说理人家就找咱算账啦！有理没理且不论，这账怎么敢跟人家算呀？”[②] 这是小说中刘二和的第一次“怒”与“争”，换句话说，是小说叙述中世俗历史对于他的第一次严厉规训。当然我们无法知道，如果这种规训无限次地重复，如果没有后来的那个“翻身”，1934 年的刘二和，凭什么不会最终变成那个可怜又可气的孤寡长工李安生（“李老驴”）。这里仅凭他的一点点自我申辩来改变他的命运，无论如何是远远不够的。

这篇小说最初只是发表了前三章，对于我们正在讨论的弱者反抗和乡村“空间”的话题，它更像是个倒叙的故事。先是孩子的世界——放牛坡或者学校，一个应该是“桃源”般远离成人世界的福地，但是成人世界的等级和压迫关系却被延伸进来了，从而宣告了“桃源”世界的不可能。然后是家庭（二和家）内部，一个从某种程度来说应该可以对抗世俗历史的私人空间，但照样没有办法从中逃逸出来。小说移步到了第四个地理空间，也就是集中性的乡村人情关系展示的公共空间——“关帝庙”。小说似乎正在一步一步地围堵和抑止弱者个人反抗的可能。并不让人意外，由于诡异的“历史”本身，赵树理在此再次复活了陈翔鹤在《一个绅士的长成》里讲述过的乡村化空间，这一回却是实实在在的乡村空间了。在这一点上，马若芬的文章虽然把这篇小说的主题定位在“天真的夭折”，及“有权者滥用职权的行为和社会对这种滥用职权的默许”，看起来似乎有点将赵树理式的主题做了简化而浅显的处置一样，但此文采用的“结构比喻”似乎从另一个侧面阐明了上述逻辑，“《刘二和与王继圣》的故事结构是一个以儿童从属成人利益的比喻来表明人的境遇或观点……故事的开展是不断地转向于村中的庙堂。这个转变也可以说是象征儿童无法逃避的

① 赵树理：《赵树理文集》（第 2 卷），人民文学出版社 2005 年版，第 257 页。
② 同上书，第 259 页。

命运：从无忧无虑的童年踏进成年人的框框，不可避免地放弃沟中和草原上的自由，不得不迈进一个人为制造的环境。”①

我们讨论这种空间，正因为它是弱者个人进行抗争的处境。它既是乡村伦理的，即宗法的或者血缘的，以及地缘的；又是经济关系的，即阶级的。就前者来说，这个“空间”同样包含了陈翔鹤的小说中“外来户”/“本村户”的区分视角。小说解释二和父亲老刘为何被人叫去庙里点灯的时候②，在并置的空间里表现了这种等级化：一面是老刘、老黄、老张三个逃荒的外来户家长在准备点灯，这是无人愿意干的义务劳动；另一面却是社房楼上那顿对于当时的乡村来说奢华无比的社首宴，按前面谈到的老刘家也必须交“社钱租子”，这当是村民公摊支付。小说更是在后一“空间”社首宴上，表现了王光祖和四个社首作为不同等级和经济条件的地主以及“小疙瘩”户之间，话语与势力的张力关系。这其中同时杂有血缘关系，因为其中的一个社首王海还是村长王光祖的“本家弟弟”。我们会看到，不仅地主们内部有这种等级与话语的关系，在他们与村民之间，这种关系更没有理由消失。这种等级关系非常有意味地以物理空间的形式展现了出来。小说里有两段这样的描写，一是社房楼上对面“专叫妇女们看戏用的”东敞棚楼上：

> 他们两个（指继圣他娘和他姨姨——引者）来得迟了一点，靠栏杆的一列已经排满了板凳坐满了人，按常理她们只好坐在后边，可是她们这两个人就不能以常理论了：上年纪的老婆们见人家这些贵人们来了，不用等人家开口就先给人家躲开；年轻的媳妇们舍不得让开前边的座位，婆婆们就怪她们不懂礼体，催着她们快搬了板凳；十来八岁的小孩们，就更简单——他们连凳子都没有，只是靠栏杆站着，老驴只向他们喊了一声“往后”，他们便跑过后边去了。逼过了大人，

① ［美］马若芬：《赵树理笔下的旧乡村人景——谈谈〈催粮差〉与〈刘二和与王继圣〉》，马若芬等：《赵树理研究文集（下卷）（外国学者论赵树理）》，第26—32页。此文同时提出一个严肃的问题：赵树理的这两篇小说“是否对当前中国社会（20世纪80年代中后期——引者）现实情况仍然具有一定的意义呢？这个问题只能提出来。我的经验不够，不能回答，希望你们多多指教。”

② 赵树理：《赵树理文集》（第2卷），人民文学出版社2005年版，第260页。

撵过了孩子，长工把椅子排好，打发她们两个坐下，老驴这才提着马灯领着长工们下去。椅子本来就要比板凳占的地方大许多，再加上是圈椅，逼得后面的板凳离她们至少也有五尺远。①

二是情形几乎完全相同的男客们看戏的“拜亭”上②，此略。

无论从哪一个方面来考虑，这个乡村空间的表现，都是旧有的封建性关系，它绝非现代性的，因为“现代性”的典型特征是科层制社会形式。根据韦伯“科层制”的理想型概念，虽然它也有“等级制”的说法，但那不过是它的组织形式，是边界清晰的职级内工作关系；并且人员有“人格自由”，在不同层级之间有自由流动的可能，是不坚固而变化的，即与所谓“一切坚固的东西都烟消云散了”的现代性相契合。这些都并非身份的等级化③。“科层制”（“官僚制”）也绝不等于“官僚主义制度”，前者是“当今社会……已成为主导性的组织制度，并在事实上成了现代性的缩影”，而后者恰恰代表着浓厚的封建主义残余④。上述关于“科层制”的实际内容不仅无法在黄沙沟村看到，而且它的“等级”（封建主义）话语反而通过马先生一家和三益堂家族，在地理上延伸到了城里——马先生是城里高小校长，三益堂在城北关；并且通过时间和空间两者混合的方式，这种等级关系与它的获利，在时间上向过去延伸到了“明朝”——“这三益堂从明朝时候就是财主”，甚至可能延伸到“未来”——“人家（三益堂）家里七八十口，子弟们也有做官的也有念书的，有在省里的，有在各县的，还有在北平和南京的。县里出北门五十里哪村没有人家的地？一亩地七八分粮银，人家名下就有一百多两。要说外边那些大地方，哪家银行有多少存款，哪家大公司有多少股本，除了人家自己那就谁也不知道了”。这后面未讲出的发生在“城里”的故事，很可能就是陈翔鹤《一个绅士的长成》里的叙述内容。这使得小说这一部分看上去仿佛是一个似曾

① 赵树理：《赵树理文集》（第2卷），人民文学出版社2005年版，第265—266页。

② 同上书，第266—267页。

③ 韦伯的理想型“科层制”概念通常主要包含“专业化”“精确性”“人格自由”“等级制”（工作上）等原则，原因是现代法理型统治的高效率管理。参见周建国、麻乐平《理性、新教伦理、科层制与社会发展》，《社会科学家》2002年第6期。

④ 王春娟：《科层制的涵义及结构特征分析》，《学术交流》2006年第5期。引语见此文转引彼得·布劳、马歇尔·梅耶《现代社会中的科层制》，学林出版社2001年版，第8页。

相识的旧故事，但是这显然不能成为责怪赵树理的理由，反倒是让我们深深地惊讶于这种旧式封建主义空间惊人的扩张力。其实，"反封建"是赵树理小说的长期主题，因此，才会有人在后来的20世纪80年代初，针对别人提出的赵树理及其流派对"种种封建主义表现缺乏足够的揭露和批判"的所谓"时代局限"，表明了这样的反批评："他十分明确地认识到：'合作化以后，从生产资料的所有权方面看，农村的阶级是消灭了，可是由旧文化，制度、风俗、习惯给人们头脑中造成的旧影响还没有消灭。'(《随〈下乡集〉寄给农村读者》)正是由于他对封建主义残余阻碍社会主义事业的危害性有如此清醒的估计，因此，不仅写了《杨老太爷》，重新发表了《刘二和与王继圣》《金字》等以民主革命时期为背景，以反封建为主题的作品，而且在许多以社会主义时期为背景，以合作化为题材的作品中，以自己独特的观察角度和表现方式，恰如其分地揭示了封建主义在新的历史条件下的种种表现和危害。"①

小说至此，出现了另一个弱者反抗的人物聚宝，在最先发表的前三章里，最后由他接续了刘二和的反抗故事。奇怪的是，小说名称叫"刘二和与王继圣"，这证明在赵树理最初的设想中，聚宝或许不过是一个必要的故事"叙述者"而已②。聚宝出现在第三章《关帝庙挤不挤》中，是一个坏脾气的锻磨子的石匠，人送外号"锻磨锤"。在社首王海故意找碴儿的"拨灯"事件中，这个硬脾气的农民发出了关键性的抗议③。聚宝的反抗被统治阶级的王光祖极有意味地称为"这么野的东西"。从拘拿未获的王海那里，我们知道了聚宝是一个破产的农民，然而带有游走性，除了带着吃饭的家伙锤钻出逃，家里几乎一无所有，这使得他的身份特别类似于政治分层中的无产阶级。而聚宝的出逃，正象征着从刘二和到他自己的弱者反抗的失败。也说明了，陷于这种繁密的乡村封建关系/乡村空间中的弱者个人，在这种庞大而有组织的处境面前，是全然无力的。小说以物理空

① 武世统：《赵树理创作流派"时代局限"说质疑》，中国作家协会山西分会：《赵树理学术讨论会纪念文集》，1982年12月（内部发行），第179页。

② 赵树理的主要故事或者意不在此，但由于第五章后缺失，其命意不得而知。席扬发表于《文艺研究》2006年第11期上的《多元文化视域中的"价值形象"——半个世纪以来国外赵树理研究评析》一文也以为，"这部小说分别在1947年和1957年两次发表，在赵树理是别有寄托的。"见该文后注21。

③ 赵树理：《赵树理文集》（第2卷），人民文学出版社2005年版，第268—269页。

间的形式回应了先前的乡村关系“空间”的隐喻：等到《游湖》唱完，马先生、王光祖等八人回去，“庙里的人们……觉着庙院猛一下就宽大了许多”。这里也同时表现了赵树理个人的困惑：在这一阶段，个人的反抗极有可能被悬置。由此，他们的故事在很大程度上回答了前述鲁迅和赵树理呈现出来的那个问题，即弱者个人为什么不能怒与争。

据赵树理自述，《刘二和与王继圣》是“写抗战开始前后地主与农民对抗斗争的，只写了抗战前的一部分，可以独立存在。后因提纲失落，小报停刊，未再续”[1]。虽然尚不知这篇小说的第四、第五章写于何时，但小说借聚宝想家而终于在十来年之后回到黄沙沟村，延续了这个村庄在初次“解放”，即反霸除奸、减租减息、分土地与浮财以后的故事。小说艺术地、然而也是朴素地再现了这次乡村解放后的村庄“新”秩序——这里其实已经比较明显地表现出了上一辈黄沙沟村人乡村关系的复制。最初的“解放”之后，前代的乡村空间并没有真正溃散，而是比较隐蔽地延续了下来，并在后一辈人二和、继圣、小满等的身上表现为一种继承性，它们是我们在本章第一节里讲过的某些明显的迹象。这是弱者个人的新处境，但是重复的是与前此一样的逻辑。所以毫不奇怪，小说的这两章似乎专为了回答聚宝的一个重复出现的疑问，“不是翻了身了吗？”无论是聚宝刚见到河滩地里割麦的老刘、二和、宿根、铁则、鱼则他们的对话，还是老张老婆在村合作社买东西的场景，以及第五章《打麦场上》的斗争，都可以非常明显地看出这一点来。这里的聚宝虽然没有实际参加斗争的任何一方，但通过他的眼睛，就仿佛维尔托夫的“镜头眼”一样，观察和表达了关于“翻身”的不彻底和困惑。二和与王光祖老婆争吵之后，小胖气不忿召集互助组会议，提议结算和开除王继圣、老李（李老驴）出互助组，但是除了二和痛痛快快地喊了一声赞成以外，其余的人都没有马上开口，各有各的想法，以至于“把个会场弄得静悄悄的”。于是就出现了这样的对话：

小胖本来很起劲，见老刘自己这样怂，也觉泄了点气，就问大家

① 赵树理：《回忆历史　认识自己》，黄修己：《赵树理研究资料》，知识产权出版社 2010 年版，第 143—144 页。

说："你们都为什么不说话呀？"又指着问大和、宿根、铁则、鱼则四个人，四个人的答话都一样，都说："大家看吧！"

聚宝看了半天，后来见大家这样，生了一口气说："唉！照你们这样，一千年也翻不了身！"说了就又到场边锻他的石头去了。①

这篇小说中的刘二和与第四、第五章基本处于斗争之外的聚宝的关系，其实更像是一种互补型的"一人两角（角色）"式关系，而重心仍在于"个人"与"环境（处境）"的关系问题。竹内好在《新颖的赵树理文学》（1953）一文中谈到赵树理的小说《李家庄的变迁》时，曾颇为感慨地转述了当时的九州大学国语专业本科生冈本庸子读书报告里的意见，其中也涉及这个问题，颇为引人深思②。换句话说，赵树理的小说人物，"个人"的描写和命运，都是从集体命运表现出来的。这里隐伏的问题是，在一种历史化的叙述中，斗争中的"个人"，尤其是弱者个人，为什么无法解放自身，而必须将这种"解放"放置在集体命运中来看待？在一种传统因现代性而变得有些驳杂的乡村空间中，这个"个人"遭遇了什么样的历史情境和历史过程？而且我们可以看到，赵树理在直到新中国成立以后漫长的后续时间里，仍然长久地关注着"个人"的各种问题，这就使得这个"个人"显得尤为意味深长。而这个话题，从某种程度来说，正是与这里从刘二和到聚宝的个人抗争处境有着密切的关联。

也许正是由于上述弱者个人抗争的处境问题，小说同样使人想起它的另一个隐蔽的层面：与陈翔鹤的小说《一个绅士的长成》一样，赵树理的这篇小说也有"被讲掉"的故事，即缺失了小囤、小胖、村民与村长之间矛盾的叙述。赵树理在这篇小说的前半部分，写了放牛坡上村长儿子被溅泥水和被"老牛看瓜"的恶作剧，显然，由于刘二和与他父亲的解释，村长可能怀疑和过问到二和以外的孩子。但小说中作为小囤、小胖、小管等本村户的一方，与王光祖作为本村地主一方的矛盾并未做出更多的交代。社首宴及社戏费用虽然可能依照乡约传统实行全体村民分摊支付，但小说

① 赵树理：《赵树理文集》（第2卷），人民文学出版社2005年版，第288页。

② ［日］竹内好：《新颖的赵树理文学》，黄修己：《赵树理研究资料》，知识产权出版社2010年版，第423—425页。

也没有讲述村民对此有什么更多的反应。这种相对整齐统一的话语“分治”，与赵树理后来在《与读者谈〈三里湾〉》一文中所说的“两种势力的区别”（指“两条道路”）表现“在具体的每个人身上，父子、夫妻都不一定走的是同一条路，一个人在每一段时间每一件事情又表现得不一定统一”[①] 的复杂情形，显得非常不同。可以看出赵树理在这篇小说中的“凝视”焦点，依然和《李家庄的变迁》一样着重于集体性的阶级矛盾。这是一个与“解放”的历史叙事相关的表现，而且也是赵树理的小说在1949 年以前的通行原则。

好在，小说《刘二和与王继圣》的末尾，在区上开会的小囤、满囤和小管回来了，并且马上招呼小胖开干部会，一个“派遣”形式的新权威力量开始空降到这个乡村了。由此，一种新的隐喻开始了，它喻示着中国农民新的“解放”历史即将展开……

第三节 《受苦人》(1942)和《金宝娘》(1948):“解放”背后的身体

将农民解放与拥有作为生存和经济双重资本的土地联系起来，这是赵树理小说《刘二和与王继圣》在表面上预留下的“翻身”主题。同时，这也是很早就有前驱者在关注的重要命题。1927 年 2 月 24 日第 4 期《江西第一次全省农民代表大会会场日刊》[②] 的第 2 版，曾登载了署名“亦生”的文章《论农民的解放》。文章一开头即称，“农民的解放问题谁都知道是一个很重要，而且急需解决的问题。但是农民解放的要求是什么？怎样去正当解决？这个问题，恐怕这是很少的人去注意。”此文并警示说，凡是熟悉老中国历史的人，必定知道每一个朝代的兴替都源于农民要求解放的苦斗，都是农民对于封建地主作战的记述，由此需要“把土地问题弄个解决……只有这个问题解决后中国的革命问题才能够

① 赵树理：《与读者谈〈三里湾〉》，《赵树理文集》（第 4 卷），人民文学出版社 2005 年版，第 269 页。

② 江西省农民协会印。1927 年 2 月至 3 月间，江西省第一次农民代表大会在南昌召开，选举方志敏为省农协委员长。

彻底成功”[①]。中国农民解放问题的急迫，其实在此延续了某些先驱者的关注，如李大钊写于1919年2月的《青年与农村》一文就曾经提出过，“我们中国是一个农国，大多数的劳工阶级就是那些农民，他们若是不解放，就是我们国民全体不解放；他们的苦痛，就是我们国民全体的苦痛；他们的愚暗，就是我们国民全体的愚暗；他们生活的利病，就是我们政治全体的利病……”[②] 此外，李大钊在1925年12月的《土地与农民》中还对“中国今日农民破产的趋势”和“农民中最多数最困苦的阶级——自耕农与佃农”等，做了数据很详细的分析[③]。所以毫不奇怪，在随后的土地革命时期，就出现了缘起于毛泽东秋收起义的著名的“打土豪、分田地”口号，虽然体现这个口号所含思想的红军政策在后续漫长的时期里有过一些调整与波折，但是按人口平分土地给农民始终是其核心的做法。而对于农民解放的意义，晏阳初在他1934年10月的《农村运动的使命》一文中，将其表述为“培养民族的新生命，振拔民族的新人格，促进民族的新团结”[④]，等等。上述李大钊、陈独秀（见注释)、亦生、毛泽东、晏阳初等的农民立场虽然不能说完全一样，但他们对于中国农民问题的关注，都还是相当严肃的，可以相互参证发明。

问题也随之而来，农民得到了土地，是否就意味着“解放”历史的完成？没收地主土地并主要按农民人口为标准平分的政策，基本上在各根据

---

① 亦生：《论农民的解放》，于建嵘：《中国农民问题研究资料汇编》（第一卷・上册），中国农业出版社2007年版，第315—317页。

② 李大钊：《青年与农村》，陈翰笙、薛暮桥、冯和法：《解放前的中国农村》（第一辑），中国展望出版社1985年版，第93页。

③ 李大钊：《土地与农民》，陈翰笙、薛暮桥、冯和法：《解放前的中国农村》（第一辑），中国展望出版社1985年版，第95—102页。对比之下，陈独秀1923年7月的《中国农民问题》一文，则将当时的中国估计为“自耕农居多数而且是小农的殖民地半殖民地”，认为农民所受地主的压迫，“不象地主强大的国家（如旧俄罗斯、印度）或资本主义发达的国家（如欧美各国）那样厉害”。不过，从陈文中所引的数据（所谓“民国七年农商部统计”一类）来看，陈文不仅图表数据比较单薄，文中“至少”“当亦”“不至”“必有”一类推测性字眼频繁出现，而且出现“民国三年至民国七年，四年之间，全国农民减少了一千五百万户以上，其中失地农民必有可惊之数”这样与其整体判断明显有异的次结论。故陈文提出的“限田（限制私有地权在若干亩以内，即以此等大地主、中地主等限外之地权分给耕种该地之佃农)”和“限租（每年应纳地主之租额，由各农村佃农协会按收成丰歉自定之)”这样的温和理想，也就容易理解了。陈文原载于《前锋》创刊号，1923年7月1日。参见同上书，第318—321页。

④ 晏阳初：《农村运动的使命》，于建嵘：《中国农民问题研究资料汇编》（第一卷・上册），中国农业出版社2007年版，第483页。

地一直到抗战爆发后的20世纪40年代初，才演变成普遍的“减租减息”运动。其间，农民初步分到了土地，物质上摆脱了最初的赤贫状态，甚至有所节余（20世纪30年代初的“查田运动”等除外）。诚然，从一个逆溯的视角，历史已经告诉了我们，最后的农民“解放”其实并未就此来临。在此，作为艺术作品的解放区小说，为我们留下了意味丰富的历史化叙事。孔厥的《受苦人》（1942年5月）就是这样一个非常有代表性的小说文本，一则它的主人公贵女儿是一个女性，当然她也是农民，处于男性话语的对方位置，有助于发现“战争—男性”话语之外的内容；再则，这个小说正好完成于延安文艺座谈会之前，所以它还带有许多不能为后来的“解放区的天是明朗的天”的格调所完全覆盖的内容。所以，对于这篇小说的重新解读，或许可能给我们带来关于农民解放的某些更为复杂的理解。

孔厥的小说《受苦人》原名《苦人儿》，最早发表在1942年6月2日的《解放日报》上[①]。小说缘起于孔厥在延安中区五乡当副乡长的“下乡”过程中，当时他亲手处理了几桩婚姻案子，掌握了第一手材料，并为了学习使用群众的语言表现群众的生活，特意用农民第一人称写成[②]。后来的一些论者通常将其解读为“女性解放”，这个自然比较容易理解。但问题是，同时期的男性形象往往并非这种压抑的意味，如周扬的《一位不识字的劳动诗人——孙万福》，其中的孙万福就是“沾着口沫的胡须，因兴奋而有些颤动”，“热情的动作”，和“简单而又热情的言语”的形象[③]，那么此处的“解放”如果被解读成女性的，它又如何与普遍的农民“解放”更好地结合？本着谈论“农民解放”这个话题，孔厥的这篇小说表达了些什么是需要继续探讨的。另有一些论者将小说解读为“人性解放”，同时附生的说法是“自我生命主体意识”或“自我意识”的觉

① 小说在《人世间》1943年第5期被转载。后以《受苦人》为题收入短篇小说集《受苦人》，1947年1月上海海燕书店出版。此处小说文本依据《中国现代短篇小说选1918—1949》（第六卷），人民文学出版社1981年版，第206—212页。

② 参见孔厥《下乡和创作》，湖南省文学艺术界联合会筹委会：《文艺工作者怎样参加土改》，新华书店湖南分店1950年初版，第112—113页。同篇文章中可以看到，孔厥读到毛泽东的《在延安文艺座谈会上的讲话》是在后者发表的1943年。

③ 原载于《解放日报》1943年12月26日，见《周扬文集》（第一卷），人民文学出版社1984年版，第432—436页。

醒与成长[①]。值得商榷的地方是，“人性解放”的帽子似乎略嫌过大，可能因为无往不利反而带来相应的含糊性；且“自我意识”之“自我”命名，也需要进一步与“个人”或“主体”等语词相区别，根据泰勒或者霍耐特等人的说法，后者理论上是可以因“承认”的政治/斗争而达到调和的。事实上，贵女儿式的“个人”和“主体”在毛泽东的《在延安文艺座谈会上的讲话》以后，确实很大程度上被调和了，这也正是本书后续分析的任务之一，但它属于另一个问题。

我们可以看到，“身体”在《受苦人》中居于特别醒目的位置，这是颇有意思的话题。《受苦人》的故事按时间来分，大概可以分为三个部分。第一部分主要说的是“民国十八年上，山北地荒旱”，由此引出贵女儿父女与丑相儿母子“将老换小”的事，这是1929年及以后；第二部分讲的是贵女儿记得“娃娃脑筋开是在九岁上，那年，穷人到底翻了身”，这应该是在1935年，或者正是红军到达陕北的时候；第三部分则是从贵女儿虚岁十六那年腊月底，名誉上先“上起头”后（“我们说‘上起头’，就是把头发梳起，打成髻儿，就算婆姨了”），到次年新年初，这个按文中时间推测是1942年春。小说第一部分的故事时间正是柳青《创业史》开篇“题叙”中讲到的，“一九二九年，就是陕西饥饿史上有名的民国十八年”。小说在五百余字的导入以后，即转到了关键的“身体”：十七岁的丑相儿本来就是个“半躄子”，即跛子，由于拼死劳动，并因劳动中的小失误遭到地主的毒打，终于“人打坏，人也一股子气气坏了”。七个月后，丑相儿病好起，人可好不起了。小说在这里有一大段关于丑相儿近乎恐怖的身体描写[②]。

在第一部分的故事时间里，关于丑相儿身体描写的文字总共占到了这部分篇幅的三分之二，很让人惊讶。而这些描写，又正是呼应了小说开端贵女儿那句“旧根儿作下多大孽呵”的题头语，并且是全部故事的缘起。可以说，《受苦人》就是由“身体”引起的故事。这个畸残的身体，它的意味甚至远远超过了所谓“疾病”或者“病”的隐喻，它直接控诉了

---

① 如张丽军：《翻身欢歌中的“一声叹息”——孔厥〈受苦人〉女性农民形象的主体意识》，《中文自学指导》2007年第3期。

② 中国社会科学院文学研究所现代文学研究室：《中国现代短篇小说选（1918—1949）》（第六卷），人民文学出版社1981年版，第207页。

"旧根儿"/旧社会的摧残，即因过度劳动而致残——这正是孔厥在小说中想说的，从那个短句（"旧根儿作下多大孽呵"）的反复运用中也可以看出来。这一类形象并不孤单，如柳青《创业史》中的梁三老汉等，他们的身影在20世纪的90年代现实社会中的中国农村还可以见到。有意思的是，农民的解放在小说中也以"身体"的方式被叙述出来。1935年的"穷人翻身"意味着红军到达陕北后的打土豪、分田地，农民因为得到土地、浮财而获得了经济上的解放，"我们已经种着自家的地，住着自家的窑了。牛羊我们也分了一份。这些年岁真是好日月！"这正是发生在小说中第二部分时间里的故事。就像孔厥在后来1943年《一个女人翻身的故事》中所说的"革命就是解放"一样，这种解放引起的幸福感是非常明显的，"我大欢天喜地的，'丑相儿'也欢天喜地的……我呢，我，自然也好罗。"并且这种幸福感与"身体"十分相关：两三年过去，丑相儿虽然手还是抖，腿还是直，但"黑脸上的青光也褪了，眼睛也活了，口也常嘻开了……光景就一天天好起来。"不过，耐人寻味的是，不仅这个"翻身"带来的身体愉悦在小说中十分短暂，而且，这里的身体不过是承担了叙事的功能，它的真正的故事却在于这个丑陋的身体所引起的"怕"和"害怕"。这两个词在短短四千多字的小说文本中，仅在涉及贵女儿与丑相儿的关系时就提到了八次。因为"怕"和"害怕"，"身体"这个符号的意义开始发生了转变，它转义成了齐泽克意义上"有里比多支撑"的身体（《幻想的瘟疫》），也就是——欲望。

针对孔厥的这篇小说，周扬在1942年11月14日的《解放日报》上，曾发表了一篇《略谈孔厥的小说》的文章。虽然周扬也认为，《苦人儿》是一个为婚姻所苦恼的女性的悲怆的故事，作者是要告诉人们：即使是在新社会长大，本来可以幸福地过活的年轻人，也不能不非常无辜地吃着旧社会所遗下的恶果。作者想通过这样的叙述来引起人们对于过去的憎恶。但就在这个批判主题之后，周扬更有意味的一段文字出现了：

> 他写出了一颗被新生活新教育所唤醒了的女性的活跃的纯真的心。然而女主人公的陷于不幸，却并非是由于觉醒了的心与旧家庭环境不能调协，如农村中一般的情形一样；而是那将要做她丈夫的男子的身体上的缺陷在她心上投下了太可怕的阴影。他比

> 她大十七岁[1]，她在三岁上就许配给了他的，是个“丑相儿”，“半躄子”，残废了的人。可是这个男子又是何等地对她忠心，何等地疼爱她呵，他在她身旁守候了十三年之久，把和她的结合当做了自己一生的最大的理想。她也曾几次地下过决心：“我就拼一世和他过光景吧”，但终于压抑不住对他的肉体的嫌恶，而和他最后地决裂了。这就是这个悲剧的梗概。造成这悲剧的与其说是作为社会原因的婚姻制度的不合理，而更毋宁说是作为生理原因的男主人公偶然的残废。作者虽曾点明了这残废也正是过去地主剥削制度的赐与，追寻了一切社会的不幸和罪恶的最后的根源，但是这个根源对于这个悲剧不但不是直接的原因，而且也并没有必然的联系。于是呈在读者眼前的便是一个生理的悲剧，命运的悲剧了。[2]

尽管周扬也说，我们的心在应当向往于新人物的生长的时候，却先被对于小人物的命运的同情所牵引住了，还谈到“作品之思想的教育的意义”，但是显然这些说法已经无法涵盖上引这一段敏锐的描述，即“对他的肉体的嫌恶”和所谓“生理的悲剧”了。而且也正是在这里，我们应该能够觉察到“欲望”与自我“主体”或“个人”之间的巨大区别：前者是潘多拉手里的“魔鬼”，只有被关住和没关住的不同，魔鬼本身从未改变；而后者虽然是结构性关系的支点，但它依然是可以被揣摩、调理或规训的。它们引发了极为不同的叙事路径和景观。

在泰勒和霍耐特那里，正是为了调整不同主体之间的间性关系，“法律”作为中介进入了他们的分析，但是这在《受苦人》里却遇到了麻烦。各解放区20世纪三四十年代之交，先后通过了多个《婚姻条例》或《婚姻暂行条例》，如1939年4月4日公布的《陕甘宁边区婚姻条例》，其第二条规定：“男女婚姻照本人之自由意志为原则。”[3] 这个在后续很长时间里被作为新式婚姻代表的词汇“自由”，在贵女儿的“大”（父亲）那里

---

① 原文如此，但据小说内容，应该是大十四岁——引者。

② 周扬：《略谈孔厥的小说》，《周扬文集》（第一卷），人民文学出版社1984年版，第425—426页。

③ 《陕甘宁边区婚姻条例》（1939年4月4日），中华全国妇女联合会妇女运动历史研究室编：《中国妇女运动历史资料（1937—1945）》，中国妇女出版社1991年版，第177页。

却有了另一种解释："两个自由，只要上起头就对了！"当"我"（贵女儿）再等几年的请求遭到"大"的否决以后，"我"想到了杨教员讲过的"新社会的法令"，于是讲给"大"听，这当然是"上学"所带来的现代性启蒙力量。然而，可以构造"新社会"新型人群关系的法令，在贵女儿的"大"那里遭遇了另外两种不同的力量——情感与伦理。为了辩难这种情感与伦理的正当性，小说还出现了第三个妈和"大"之间关于"旧根儿关系"的一段对话。这里的"旧根儿关系"，指的就是丑相儿极为小心地随身带了十几年的旧式封建婚书，这是另一种意义上的源自乡村空间的法令，被借用来指证包办婚姻的合法性。正像我们说过的"主体"的间性关系可以被调理或规训一样，起中介作用的"法令"自然也可以调适或更替。问题是，"大"听到妈很随意就解构了这份旧式婚书的合法性以后，他的阐释几乎本能地重新转向了"情感"的力量，借此来加强婚书所代表的旧式伦理的约束力："不作用！你们看他（的样子）吧！"

伦理、情感与欲望的搏杀引起了剧烈的后果，它导致了身体的崩溃，"去年开春我却因此病倒了"。正是在这里，贵女儿面对隐喻着解放引导者的"同志"，有一段为自己的欲望进行隐秘辩解的文字："是我害了他的吗？是我心愿的吗？……病里我就想不开，旧社会卖女子的，童养媳的，小婆姨的，还有人在肚子里就被'定亲'的……女的一辈子罪受不住，一到新社会就'撩活汉，寻活汉，跳门踏户'，也不晓好多人，说是双方都出罪啦。"然而，小说在此的处理方式，还是让伦理与情感最终战胜了欲望，为了挽救丑相儿，不能由他送了命，贵女儿答应名誉上先上起头。结果出人意料的是，这个魔鬼般的"欲望"不仅无法被完全地规训，反而在几乎所有人的内心，竟然都得到了一种婉曲的承认：

> 可是，同志，你想不到的呵，我应承了，我大也没甚快活！一满年下来，冤家也没全复原！直到做新女婿了，他戴上黑缎小帽，鲜红结儿，他可还是缩着面颊，凸着颧骨，一副猴相儿，瘦得成干，黑黑的，带青的！……不过，你没见他眼睛呵！不晓那来的光彩，唉，他就是不看我，我也知道他是怎样的感激了！……别人呢，自然，大也象是很快乐，妈也象是很快乐，我也象是很快乐，连弟兄俩，连邻居们，连亲戚友人，也都象是很快乐；本来不够年龄不行的，可是村长

竟也不敢说甚，见了我们，他也象是很快乐。同志，快乐呵!①

无论如何，后面的一连串“快乐”暴露了对欲望在场的指认，以至于伦理对它的胜利显得如此脆弱和不值得信赖，甚至最后那个“同志，快乐呵”的感叹，竟明显地透露出悲惨而嘲讽的意味来。

小说这种浓烈的情绪力量，当然也来自所谓“农民第一人称”的口吻。这种第一人称的写法似乎是孔厥在小说写作中比较热衷的，他的《一个女人翻身的故事》和后来与袁静合作的《在岗位上》等都秉承了这种声口。虽然通常孔厥只把这看成一个学习群众的语言的问题，但我们不得不承认，作为倾诉对象的“同志”代表的是新政权的解放权威（参见孔厥《下乡和创作》中的自述)。可以说，正是在这种新政权的现代性视野下，女性的解放才会成为一个“问题”，中国女性悲惨的无名历史才会被发现。而这个献祭般的历史，却不完全是经济的和政治的解放就可以完成的。身体是可以被驯服的，贵女儿已经“上了头”，并和丑相儿住到了同一孔窑里的同一个铺上，然而“欲望”又从身体里固执地复活了过来，它的表征就是那个“害怕得心直发抖”的“怕”。终于，两者的张力在此戛然断裂，丑相儿绝望地举起斧子向贵女儿发疯地砍了下去。斧劈事件意味着以身体来重置“自我”（“个人”或“主体”）关系的失败，被压抑的“欲望”终究无法被“治愈”。作者虽然是来自正在“改造”着自己的思想感情以求与群众融合在一起的作家，被诉求的对象虽然代表了新社会的政治解放权威，但小说最终只能是一个开放性的结尾：“好同志呵，我被砍死倒好了，我这不死的苦人儿，你叫我以后跟他怎样办呀！可是我不怨他的，我不怨他的！他也是够可怜的呵，够……可怜……的呵……”小说在“欲望”主题早已超越“旧根儿”批判主题的情况下，此处略为勉强地重新召回了后者，但看上去，不仅在感情逻辑上并没有能重回“旧根儿”的批判之路，反而使得“欲望”的主题更加显得严峻而不可调和。由此，最后“解放”的内涵依然面临着如何被清晰指认的难题，也正是从这里，一个原本属于女性解放的话题，被以“欲望”为路径并入到了更广

① 中国社会科学院文学研究所现代文学研究室：《中国现代短篇小说选 1918—1949》（第六卷），人民文学出版社 1981 年版，第 210 页。

大的农民解放的主题当中。

我们也可以看到，农民解放背后的“身体”，随着时间的推移出现了另一种历史化叙事。1946 年 5 月 4 日《中共中央关于土地问题的指示》（即“五四指示”）在中共高层会议上通过，称“在广大群众要求下，我党应坚决拥护群众从反奸、清算、减租、减息、退租、退息等斗争中，从地主手中获得土地，实现耕者有其田。”[①] 此后各解放区出现了热烈的土地改革运动。1947 年春末，晋绥边区亦开始了土改运动。当年 25 岁的山西作家马烽被分配到六专署工作团，集中学习了几天有关文件后，工作团分成十几个工作队分别进驻崞县（今山西原平县）各村领导土改，马烽所在的工作队驻在大牛堡村。“工作队进村后，首先是进行社会调查，整天和贫下中农同吃同住同劳动。访贫问苦，扎根串联，启发他们的阶级觉悟；然后就是组织贫农团，讲解土改政策，划分阶级成分，召开大大小小的诉苦会，和地主们清算剥削账，进行面对面的斗争，最后就是分配胜利果实”[②]，马烽这样说。土改是典型的中国农民经济上和政治上的翻身（“解放”），这其中就包括了妇女翻身的问题。此时期马烽的几个较好的短篇小说，都是根据他这一时期参加土改的日记材料写成的[③]。其中的短篇小说《金宝娘》，连载于 1949 年 2 月 28 日到 3 月 3 日的《晋绥日报》上。后来这篇小说改名为《一个下贱女人》，收在他 1949 年 11 月出版的同名短篇小说集中[④]。

《金宝娘》从一九四七年冬天，“我”——也就是“工作团那马先生”——被分派到店头村领导土地改革，住在中农刘拴拴院里的一天下午开始。小说很快就写到了金宝娘：

---

① 《中共中央关于土地问题的指示》（1946 年 5 月 4 日），中央档案馆：《解放战争时期土地改革文件选编（一九四五——一九四九年）》（内部发行），中共中央党校出版社 1981 年版，第 1—6 页。“五四指示”的补充说明，参见《毛泽东、刘少奇关于土地政策发言要点》（1946 年 5 月 8 日）等，同上书，第 7—8 页。此书内的书名页和版权页均将书名误为《解放战争时期土地改革文件选辑》，而与封面书名不符，特此说明。

② 陈为人：《生命的碎片——马烽谈话录》，冯克力：《老照片》（珍藏版 · 拾叁），山东画报出版社 2009 年版，第 94 页。

③ 马烽：《我是怎样学习写作的》，高捷等编：《马烽西戎研究资料》，山西人民出版社 1985 年版，第 48 页。

④ 马烽：《一个下贱女人》（小说集），天下图书公司 1949 年版。

那媳妇一进来，就坐在了炉台上，和我正对面。这时我才看清她并不是个年轻媳妇，看样子有三十大几快四十了。惨白的脸上有很多皱纹，眼圈发黑，剪头发，宽裤腿，还穿着一对破旧了的红鞋。她这一身和年龄十分不相称的打扮，引起了我一种厌恶的感觉，一看就知道是个不正派的女人。

我继续看材料，没有去理睬她，只有刘拴拴，杂七杂八地和她胡扯。只听那女人低低地说："不要瞎说了，我早就不啦。"

……她走后，刘拴拴对我说："老马，你看这女人怎样?"我说："不是个正派女人！年纪那么大了，还那样打扮。"刘拴拴说："以前还擦粉抹脂咧！自从土地改革开始，才不敢了。"我问："她有男人没有?"刘拴拴说："原先是有，如今大概死了！"我又问："靠甚过活?"刘拴拴笑着说："靠甚过活? 田不耕，地不种，腰里就有米面瓮。这女人，嗨！不能提了，以前接日本人、警备队，后来又接晋绥军。烂货！"停了一下又说，"听说以前也是好人家女人，后来因家穷，才做了这事。不过做什事不能赚碗饭吃，为甚要挑这种丢人败兴营生? 我就最看不起这种人！"我说："就没有人管教?"刘拴拴说："怎没人管教? 自去年春天解放以后，干部们可多管教啦，定成个'女二流子'，戴纸帽游过街，坐过禁闭。可是前晌放出来，后晌又接下客了。谁能常跟着她?!"①

这里所描述的金宝娘的打扮，以及二十来岁爱开玩笑的刘拴拴那些杂七杂八的胡扯，已经指向了"身体"这个话题。不过，小说一开始就表现了与孔厥的《受苦人》极为不同的一点是，这是一种在道德感控制之下的非欲望的身体，其重点恰恰是所谓道德厌恶，而不是周扬评价孔厥《受苦人》时所说的那个"肉体的嫌恶"。这也同时表现在上述尽量压抑叙述情绪的"我说……""刘拴拴说……"等简洁句式中。并且小说因为"就没有人管教?"这个话题，前述道德感很快转向了阶级政治的内容，即"旧社会逼害"。《金宝娘》正是在这个基调下，进入了第二节关于根元娘花了五升米买下来的流浪难民被迫遗弃的女儿翠翠，也就是后来的金宝娘的故

① 马烽：《马烽小说选》，作家出版社2009年版，第1—3页。

事：受地主儿子刘贵财的迫害，1936 年春，李根元“被捆去了”，遭受严刑拷打，后因翠翠暗中帮助外逃避祸；更由于刘贵财的阻拦，村里人不敢接济这一家老小，根元娘最终病饿而死，孩子又年幼。翠翠埋葬了老人，家中更没法活了，粮没粮，地没地，索性就“泼出身子”，“指那事”过日月。正是这个翠翠的故事，也即金宝娘的前史，使得“我心里很乱”，心上好像压了一块石头，同时感到极大的惭愧。作者对这种惭愧的解释是，“一个革命工作干部，单从片面的印象出发，骂了一个被旧社会逼害的女人，这是一个极大的耻辱！”小说中的“我”由于责任感的谴责，半夜也没有入睡。工作团老马的“责任感”，正是上述故事开始时被误用的道德感在醒悟过来以后的被确认。

耐人寻味的是，小说在这里非常自然地出现了一个沉重的话题——“尊严”。金宝娘悲惨的自我指认是：“我是个下贱女人，名声坏，活得还不如条狗！谁也看不起，亲戚也不来往了”；“我这人不人鬼不鬼十来年了”。这种耻辱的身份标识在封闭的乡村熟人社会里出现了代际流传，“金宝也懂事了，别人骂的话，他也知道说甚，小心眼也受着老大怔营，儿跟上我也有罪啦！想起来我心上滴血咧！”小说在这里出现了一句看似平淡，但本书期望在以后能够反复延伸其叙述的话：“我安慰他们说：‘今天就该我们这些受罪人翻身了……’”① 这个“翻身”，当年在前述赵树理的《刘二和与王继圣》和陈翔鹤的《一个绅士的长成》的那个压抑与剥夺、并使得弱者哀苦无告的封建性空间里，曾引起了多少人的泪水！正是它叙述了弱者解放的正义，从历史来看，这是无论给予何种正面的评价都不为过的。同时，《金宝娘》解放话题的沉重，更指向了精神领域，就像泰勒和霍耐特所说的，压迫者将被压迫者指认为下贱和屈辱的方式，给被压迫者造成了更大和更深的伤害。如泰勒在《承认的政治》一文中说，“我们的认同部分地是由他人的承认构成的；同样地，如果得不到他人的承认，或者只是得到他人扭曲的承认，也会对我们的认同构成显著的影响。所以，一个人或一个群体会遭受实实在在的伤害和歪曲，如果围绕着他们的人群和社会向他们反射出来的是一幅表现他们自身的狭隘、卑下和令人蔑视的图像。这就是说，得不到他人的承认或只是得到扭曲的承认能够对人造成

① 马烽：《马烽小说选》，作家出版社 2009 年版，第 11 页。

伤害，成为一种压迫形式，它能够把人囚禁在虚假的，被扭曲和被贬损的存在方式之中……从这个角度来看，扭曲的承认不仅表现为缺乏应有的尊重，它还能造成可怕的创伤，使受害者背负着致命的自我仇恨。正当的承认不是我们赐予别人的恩惠，它是人类的一种至关重要的需要。”[①] 与此类似，霍耐特在《为承认而斗争》一书中同样引人注目地提出了与“承认”相对的“蔑视”概念。霍耐特称，“蔑视”一词所含意义就是人的特殊脆弱性，它来自黑格尔和米德所提示的个体化与承认之间的相互依存；蔑视的经验使个体面临着一种伤害的危险，可能会把整个人的同一性带向崩溃的边缘[②]。这个反复被提到的词汇指向对于个体承认的拒绝，以及这种拒绝对于个体自我认同，即霍耐特所谓“个人同一性”的摧毁。与承认的三种模式对应，“蔑视”同样表现为三种不同的形式：强暴（拷打等肉体虐待形式）、剥夺权利以及侮辱。这些蔑视经验带来的伤害是触目惊心的，第一种会导致“心理死亡”，而后两种会导致“社会死亡”[③]。正是工作团领导老马的致歉，才使得金宝娘的尊严问题被“看”到，她的要求之一是，谁想丢人败兴做这些事？实在是因为没办法，“把我定成二流子成分，我心上有些怔营”。小说在这个时候，才又回应了开篇时金宝娘的那身醒目的衣着所引起的嫌恶，她说道：自己也觉知穿戴得不像个人，可是没个换上的。有了这些过程性的叙述，不仅从故事上，而且从情感上，我们或许就更多地能够理解金宝娘在斗争会上的那一番控诉：

> 她讲到刘贵财怎样勾引她，怎样逼走她男人，怎样把她送到碉堡上……全场子人都在叹息，女人们偷偷地哭了。金宝娘起初是一面讲一面哭，随后一下气昏过去了。等人们拿冷水喷过来后，她忽然像疯了一样，跳了起来，头发散开了，她傻笑着，露出一口白牙齿，扑在地主刘贵财身上，用嘴乱咬。金宝也扑过去了，哭着，拿小拳头乱

---

① ［加］泰勒：《承认的政治》，汪晖、陈燕谷：《文化与公共性》，生活·读书·新知三联书店2005年版，第290—291页。

② ［德］霍耐特：《为承认而斗争》，胡继华译，曹卫东校，上海人民出版社2005年版，第140页。

③ 同上书，第142—143页。

打，全场的人愤怒得大声叫：“打得好！”刘拴拴也挥着拳头大喊，“打得不亏！”……①

我们可以看到，与孔厥《受苦人》一样，马烽的《金宝娘》也是依托于“身体”演绎出来的故事，没有刘贵财对翠翠身体的贪婪，整个故事将无法按照小说中的叙事路径讲述下去。但是这个身体却由原来的欲望身体演变为阶级的身体。这个阶级的身体不仅迎来了解放——闹了土地改革，刘贵财也被斗倒了，“甚也有了，分下房，分下地”；同时，像黄子平的讲述一样，那个金宝娘的“病”（“赖病”，即性病），也被最终治愈了，当然，这也意味着弱者个人的尊严的恢复。也是在这里，泰勒和霍耐特曾经不约而同地提到的那个“好生活”概念出现了它的朴素形态：“她含着两眶热泪，激动地说：‘感谢毛主席救了我们一家！’我问他们生产情形，根元说：‘庄稼长得挺好！’又指着树底下拴着的一头驴说：‘你看还买下了头驴！’金宝抢着说：‘我妈还纺线咧！’他娘笑了笑说：‘初学！’……”

在《金宝娘》的末尾，“解放”景象已经初现，但是这里仍然浮现了一个问题，即小说对于那个欲望身体的刻意忘却，是否也会在历史叙事中留下某些缺憾呢？这恐怕也是一个颇值得深思的难题。有意思的是，这篇小说不仅不自觉地找到了一种与“疾病”相对应的“治病”的表层隐喻，它在实际上也找到了一种与“不正派”“烂货”或者“丢人败兴营生”“没脸事”等相对应的“好人”和“新生”两种说法。如“听说以前也是好人家女人”，“这对鞋上，记载着一个女人苦难的经历，也标记着一个女人的新生”，等等。而后面两个概念恰恰表明了一种清洁的道德。在马烽小说和后来的诸多类似小说中，这种清洁的道德不知不觉地延伸出了一种关于“健康”的审美观。比如艾斐的《〈讲话〉与马烽的文学道路》一文就无意识地谈到这一点，称其1942年的第一篇小说《第一次侦察》，全篇流溢着“清新自然，明朗刚健”的色彩②。思蒙的《读马烽同志的短篇小说》也认为，马烽的小说（篇中主要指新中国成立后十年的作品）中那

① 马烽：《马烽小说选》，作家出版社2009年版，第12页。
② 艾斐：《〈讲话〉与马烽的文学道路》，《文艺理论与批评》1992年第5期。

融合在情节里的幽默风趣，是“一种朴素健康”的幽默，并称“他的创作思想，总的来看是健康的”，虽然站在当年的批判格调上也认为极个别作品“不是十分健康”[①]。我们应该注意到，这种“健康”观念显然是指向道德审美的，但它却明显来自“身体”的隐喻，而且，正是这个充满了道德感的身体，替代了原来孔厥《受苦人》中的那个欲望的身体。这种道德感的身体通过阶级斗争话语，就转化为寄寓在作为场域的身体上的思想正义，它的背后正是指示着那个光明正大地生存的“好生活”概念。这样我们也就可以理解了，为什么这篇小说成为北京市1949年、1950年“教育改造妓女”运动中，妇女生产教养院对妓女进行思想教育和改造的教材之一（另外提到的教材是辛大明的《烟花女儿翻身记》、康濯的《活影子》等）[②]。无独有偶，这种身体的“健康”美学正是出现于20世纪30年代末的延安，如朱鸿召《延安日常生活中的历史（1937—1947）》中“飒爽英姿是怎样炼成的”一节，就曾经谈到延安当年“最有典型意义”的“女同志”的身体变化：走进延安革命队伍里的知识女青年，首先改变的是身体，集体生活练就了她们青春健美的飒爽英姿。值得注意的是，这种集体生活并不仅仅是改变了她们身体的外貌，而且这种针对身体的力量最终指向了精神和意志[③]。史新粉的《十七年新年画创作中的农民情结》一文，也描述了1949年11月23日毛泽东同意文化部部长沈雁冰署名发表文化部《关于开展新年画工作的指示》之后出现的新年画运动，指出：关于新年画中的人物形象曾有过多次讨论，后来一致认为应该反映健康的形象。新年画的人物形象都健壮、有力、朴实、乐观，充满了幸福感和自信感，具有一种内在的精神力量和感人魅力。而这种变化，与1940年春节在延安、太行山等一些抗日根据地出现的“翻身年画”不无关系[④]。

所以，我们从马烽的短篇小说《金宝娘》中，已经可以看到后来新社

---

① 思蒙：《读马烽同志的短篇小说》，《人民文学》1959年第11期。

② 这则史料同样提到了妇女“新生”一词，并说“多亏共产党把我们从火坑里救出来，并且教育培养我们，使我们由鬼变成了人”。北京市地方志编纂委员会：《北京志·人民团体卷·妇女组织志》，北京出版社2007年版，第202—206页。

③ 朱鸿召：《延安日常生活中的历史（1937—1947）》，广西师范大学出版社2007年版，第218、223、226、229页。

④ 史新粉：《十七年新年画创作中的农民情结》，《文艺理论与批评》2008年第2期。

会文化想象的精神“健康”观念了，它虽然以身体为媒介，却正是起源于这种思想（即道德正义）与欲望的隐喻争夺。最终，通过阶级的解放话语，即从“被旧社会逼害”到“咱这里解放了”，身体终于被安妥（“我说：‘你的病治了没有？’她说：‘好光了，打了两针六〇六。’”），“自我”或“个人”的间性关系也得以被重置，“欲望”反而被忘却或压抑，或者说它业已转化为阶级仇恨这样的道德话语。而后者反倒是另一种性质的“欲望”，如那件被金宝娘收藏起来并且无法忘记的李根元的血衣，正是蔡翔提到的非常经典的一个“深埋”情结①。由此，我们理解了马烽为什么在谈到题材问题时会着重加以区别地说，“有的题材要自觉地不去写，因为写出来没有好处，没有用。除了使人们看到社会上一片黑暗之外，没有其他作用……”以及理解他亲自口述过的当年晋绥边区土改运动中那次悲惨的“斗牛大会”，即开明且对革命有功的士绅牛友兰含冤致死的事件，为什么没有进入他的小说叙述②。我们也可以理解了，为什么是马烽，在20世纪80年代末紧张的政治风波之后的冬天，被中央调到北京担任中国作家协会党组书记，在各项工作走向正常之后才又在1994年9月卸去这个职务回到了山西③。我们也可以理解了，为什么一生都被人尊敬地称为“老马”的马烽，何以可能在1948年8月27日《晋绥日报》上发表《关于群众路线的点滴经验》一文——这是一个极似“赵树理式”内容的反思文本，其中出现了复杂的农民情绪的景观④。因此，特别是前述的最后一点（《关于群众路线的点滴经验》），我们亦可以见到，理解并不能完全取代历史本身的前进逻辑，这个被压抑的“欲望”其实并没有被完全驯化，所以它在后来的小说历史中一再地化身出现，并与“道德”或者“思想”产生极大的纠缠与麻烦。它的韧性就像是地底下的萌芽一样，总是千方百计地要生长到地面上的日光之下来。

---

① 蔡翔以李凖小说《李双双小传》中的细节为例，谈到过“深埋”与历史“记忆”的关系。蔡翔：《革命/叙述：中国社会主义文学—文化想象（1949—1966）》，北京大学出版社2010年版，第257页。

② 陈为人：《生命的碎片——马烽谈话录》，冯克力：《老照片》（珍藏版·拾叁），第94—96页。

③ 杨品：《无愧于时代的人民作家——马烽的生平与创作》，《新文学史料》1999年第3期。

④ 高捷等编：《马烽西戎研究资料》，山西人民出版社1985年版，第20—26页。此文是书信体，落款为“孔华联”。

第四节　《太阳照在桑干河上》(1948)：阶级及其暴力解放的叙述

不仅农民的“解放”本身面临着如何被清晰指认的难题，而且怎样叙述“解放”，同样也存在着复杂的困难。后者在丁玲于1948年9月光华书店初版的《太阳照在桑干河上》（即注重新文学实证研究的龚明德之谓“光华书店本”①)，就有了表现。据陈企霞《真诚坦白的心灵》一文所称，该小说在东北出版后，“有人甚至赞扬它是一部‘史诗似的作品’”②。但是就像柯文在《历史三调》中的说法，对于历史的叙述，在后续的时间里总会出现“神话化”的衍变③。作为叙述经典农民解放实践之一、1946年“五四指示”(《中共中央关于土地问题的指示》）以后解放区土地改革的最早的代表作品④，《太阳照在桑干河上》的写作时间比较特殊：第一轮解放区土改，也就是所谓“半老区”土改刚刚过去，作者丁玲是事件的亲历者之一，而土改出现了1947—1948年的复杂状况，即杨奎松所称的“暴力土改”⑤。所以，丁玲在这个特殊的新旧相杂的历史时刻，应该说，一方面，对于土改本身的叙述带有很强的真实性，这是历史化叙事应有的特征之一；另一方面，对于土改这一解放实践也出现了“改写”，即多次

---

①　丁玲的《太阳照在桑干河上》由于多次的审阅与修改等原因，有多种版本。参见龚明德《〈太阳照在桑干河上〉版本变迁》,《新文学史料》1991年第1期。另可参见袁良骏编《丁玲研究资料》之“丁玲著作目录”部分，天津人民出版社1982年版。

②　陈企霞：《真诚坦白的心灵》，胡国华整理，《瞭望》1986年第11期。“史诗似的作品”的说法，可能较早源于冯雪峰1952年的文章《〈太阳照在桑干河上〉在我们文学发展上的意义》(“它对于我们伟大的土地改革，也已经在一定的高度上成为一篇史诗了”)。该文原载《文艺报》1952年5月25日第10号。

③　柯文：《历史三调：作为事件、经历和神话的义和团》，杜继东译，江苏人民出版社2000年版，第247—248页。

④　陈企霞称，“这是根据地作家写的第一部正面反映土改的杰出作品”。见陈企霞《真诚坦白的心灵》，胡国华整理，《瞭望》1986年第11期。周立波的《暴风骤雨》虽然同年4月比丁玲小说略早出版于佳木斯东北书店，但实际上当时还未写完，出版的只是上卷，下卷则迟至1949年5月才出版于北平新华书店。见龚明德《不见于报刊的一次论争——〈太阳照在桑干河上〉问世前后》,《长城》2000年第4期。

⑤　杨奎松：《1946—1948年中共中央土改政策变动的历史考察——有关中共土改史的一个争论问题》,《开卷有疑》，江西人民出版社2007年版，第290—355页。

的审阅和修改，并在后续时间里以她在石家庄附近宋村的四个月的土改经验来补充修正小说的内容，等等。原本，丁玲在作为初版序言的《写在前边》（1948）中说，“我当时的希望很小，只想把这个阶段的土改工作的过程写出来，同时还象一个村子，有那末一群活动的人，人物不要太概念化就行了”[①]，但是作者也自述了“动摇了”“又发生动摇”等理解性变化。这些可能正导致了历史叙事本身容易带来的神话化等特征。丁玲的小说《太阳照在桑干河上》就带有了复杂性的混合表达，在这些混合表达里，如何讲述“解放”历史，最终同样出现了隐晦的面貌。

丁玲的《太阳照在桑干河上》[②]，按照她本人的理解，是着重写了土改运动中的“闹斗争”（《写在前边》），也就是作者在初版序中说的“土改工作的过程”。但小说无论如何看上去，都像是首先表现了中国农村社会的复杂性，即“象一个村子”之谓，当然这是通过人物来表现的。冯雪峰《〈太阳照在桑干河上〉在我们文学发展上的意义》（1952）一文当年曾被丁玲认为特别有见地，以至于难以被超越，此文把这篇小说中的人物分成了几个系列，全书最主要的一条线索，被认为是以张裕民、程仁、赵得禄、张正国、董桂花等为代表的一群本村农会干部，即“主角是村干部和农民群众”[③]。实际上，这与丁玲本人的初衷可能并不一致：在原载于1955年3月8日《人民文学》第3期的《生活、思想与人物——在电影剧作讲习会上的讲话》一文中，谈到人物的创造与作者思想的关系时，除去谈到因为“生活”熟悉写了“黑妮”以外，丁玲首先讲到的却是顾涌：

> 当时任弼时同志的关于农村划成分的报告还没有出来。我们开始搞土改时根本没什么富裕中农这一说。就是雇农、贫农、富农、地主。我们的确是把顾涌这一类人划成富农，甚至划成地主的。拿地的时候也竟是拿他的好地，有些作法也很“左”，表面上说是献地，实际上就是拿地，常常把好的都拿走了，明明知道留下的坏地不足以维

---

① 丁玲：《写在前边》（《太阳照在桑干河上》前言），袁良骏编：《丁玲研究资料》，天津人民出版社1982年版，第118—119页。

② 本书以此小说的人民文学出版社1956年8月北京第2版为基础文本进行讨论。

③ 冯雪峰：《〈太阳照在桑干河上〉在我们文学发展上的意义》，袁良骏编：《丁玲研究资料》，天津人民出版社1982年版，第328—334、338、334页。

持那一大家子人的吃用，但是还是拿了，并且认为这就是阶级立场稳。在这样做的当中，我开始怀疑。有一天，我到一个村子去，我看见他们把一个实际上是富裕中农（兼做点商业）的地拿出来了，还让他上台讲话（当时有些工作也是一会儿“左”，一会儿右，拿了他的地又要让他在群众中说话，要群众感谢他，真又是很右的作法），那富裕中农没讲什么话，他一上台就把一条腰带解下来，这那里还是什么带子，只是一些烂布条结成的，脚上穿着两只两样的鞋。他劳动了一辈子，腰已经直不起来了。他往台上这一站，不必讲什么话，很多农民都会同情他，嫌我们做的太过了。我感觉出我们的工作有问题，不过当时不敢确定，一直闷在脑子里很苦闷。所以当我提起笔来写的时候，很自然的就先从顾涌写起了，而且写他的历史比谁都清楚。我没敢给他订成分，只写他十四岁就给人家放羊，全家劳动，写出他对土地的渴望。写出来让读者去评论，我们对这种人应当怎么办？……从富裕中农这个问题中，就设计了顾涌这一个人物。①

或者正因为如此，从小说本身来看，顾涌与钱文贵的故事在小说文本结构上的相对地位②，显示了作者内心更多的纠结可能并不在于钱文贵，而在于顾涌这个“富裕中农”。顾涌从十四岁就跟着哥哥来到暖水屯，早先是个拦羊的孩子，终于因为不气馁的勤苦，慢慢地有了些土地，“抬起头来了”。这其实是习仲勋 1948 年 1 月给中央的报告中所称的“老区的阶级成分，原来一般订的高（内战时），群众不满意”，和“把富裕一点的农民，订成地富”的土改问题；即便认为顾涌是富农，也应该是习仲勋上述报告中所指出来的“新升富农”才对③。在土地改革的“五四指示”

---

① 丁玲：《生活、思想与人物——在电影剧作讲习会上的讲话》，袁良骏编：《丁玲研究资料》，天津人民出版社 1982 年版，第 160—161 页。

② 小说中，作为开篇的第一节《胶皮大车》和第二节《顾涌的家》都因顾涌而始，钱文贵的故事紧随其后，最早出现在第三节《有事就不能瞒他》。到小说第五十节《决战之三》钱文贵被斗垮，其故事的文字部分基本结束，顾涌的故事却在后面的第五十一节《胡泰》和第五十二节《醒悟》里重新出现。由此，据小说最后几节大致相当于尾声的情形来看，顾涌与钱文贵的故事在小说文本结构上其实是以前者为主而后者为辅的。

③ 《习仲勋关于检查绥属各县土地改革情况的报告》（1948 年 1 月 4 日），中央档案馆：《解放战争时期土地改革文件选编（一九四五——九四九）》，中共中央党校出版社 1981 年版，第 99—100 页。

中，原本对于顾涌这样的中农，就算称之为“富农”，也是有着保护态度的，而且肯定其勤勉节俭、兴家立业、发财致富的“吴满有方向”，宣称“在解决土地问题后，凡由于自己的勤勉节俭，善于经营，因而发财致富者，均应保障其财产不受侵犯”①。

毕竟“新人”的改造最终是以成为自食其力的劳动者为目的的。如丁玲在《〈太阳照在桑干河上〉俄译本前言》（1949）中曾说，苏联读者可能把她的书作为理解中国的新时代和新人的基础，作为理解中国革命的基础。然而，在后续的运动发展中情况却发生了极大的变化，地主与富农几乎被剥夺了全部土地和财产，根本无视其无法保持最低的生存需要的状况，甚至直接进行残酷的肉体消灭②。麻烦的是，这样一个依据劳动和勤俭“发家”的人群，他们在乡村生活中具有天然的伦理正当性，从而激发出一种对于农民来说往往是发自内心的道德认同感。这也就是为什么这一“勤劳致富”的理想甚至可以一直保持到20世纪末改革开放时期的原因。

从这个意义上来说，丁玲首先被顾涌这个人物引起关注，实在是很正常的，而绝不单纯是一种刻意的思想设计。总之，顾涌数十年来依靠劳动和勤俭致富，使他不仅成为中国农村社会的中坚经济阶层，即老区和半老区占农民人口比例最大的中农，并且也成了道德化的象征力量。丁玲的内心虽然不能公开承认这一点，但是并不证明她能免除这种直觉的想象。不然的话，大概很难解释在顾涌与钱文贵的故事相对性上，为何她是以顾涌这样一个绝不可能让读者讨厌的农民老汉的故事开篇和收束，而不是以钱文贵，所谓暖水屯八大“尖”中最厉害的“第一个尖”的故事来进行了。

但问题是，顾涌的故事在当时却并不容易叙述，这首先源于顾涌的社会阶级成分的认定困难。因为总体上来看，对于“中农”与“富农”区别的认定，中共不同历史时期的几个标志性文件的表述并不完

① 《中共中央关于土地问题的指示》（1946年5月4日），中央档案馆：《解放战争时期土地改革文件选编（一九四五——九四九）》，中共中央党校出版社1981年版，第2—5页。

② 杨奎松：《1946—1948年中共中央土改政策变动的历史考察——有关中共土改史的一个争论问题》，《开卷有疑——中国现代史读书札记》，江西人民出版社2015年版，第320—328、340、343页，等等。

全一致[①]。因此我们就可以理解，虽然按小说中顾顺的说法，顾涌家的地比钱文贵多多了，但是胡泰的说法却表明，由于他家连长工也没雇，全家受苦，“就连富农也说不上”。所以顾涌才总想找人问问清楚：像他这样的人，受了一辈子苦，为什么也要和李子俊他们一样？如果仅凭地多就算成了地主（这是顾涌的忧虑；所谓“金银地主”，即经营地主），他的地，按照他自己的说法，却无疑是凭他的血汗、凭他的命换来的。无论是依据“耕者有其田”的说法[②]，或是依照是否亲自参加劳动以及雇工剥削的分量在总收入中所占比例等来划定阶级成分，或者根据农村社会“勤俭发家”的道德伦理，我们实际上都无法剥离顾涌对于当时他的家产权属的正当性与合法性。因此我们也不难理解，老顾涌会“觉得很不舒服”，且很“不服气”了。我们也可以看到，顾涌的故事几乎是出于直觉般地被丁玲所选择，对其背后的“意义”的困惑与考虑，早在小说最初的设想和后来的强调中，都得到了证实。如作者曾在1949年5月5日的《〈太阳照在桑干河上〉俄译本前言》中就称，“我认为关于顾涌的社会阶级成分问题在小说中没有获得足够明确的解决”，“顾涌是富裕农民，可是他自己辛勤劳动，几乎不雇工”，“仍然必须把他们与地主区分开。”作者觉得，她在解决村领导对待顾涌的态度问题上的处理是对的，因为，为了在中国发展商品经济，剥夺这类农民的土地是不应该的[③]。丁玲在1955年的《生活、思想与人物——在电影剧作讲习会上的讲话》一文中，再次谈到了她对于划

① 参见《土地问题与反富农策略——中共苏区中央局通告第九号》（1931年2月8日），《苏维埃共和国中央政府关于土地斗争中一些问题的决定》（1933年10月10日），《怎样分析阶级》（1933年10月10日）。于建嵘《中国农民问题研究资料汇编》，中国农业出版社2007年版，（第一卷·下）第589、615页，（第一卷·上）第265—266页。参见任弼时1948年1月12日在西北野战军前线委员会扩大会议上发表的讲话《土地改革中的几个问题》。中央档案馆《解放战争时期土地改革文件选编（一九四五——九四九）》，中共中央党校出版社1981年版，第104—114页。参见《中央人民政府政务院关于划分农村阶级成分的决定》（1950年8月20日），《关于划分农村阶级成分的补充规定（草案）》（1951年3月7日），等等。于建嵘《中国农民问题研究资料汇编》，（第二卷·上）第1046—1062、1072页。通常，本人和家庭成员是否参加劳动，以及雇工剥削在总收入中所占的具体比例，是上述划分的关键。但在不同时期，考虑的因素和比例的标准并不相同。

② 《中共中央关于土地问题的指示》（1946年5月4日）中语。虽然当时并未公开宣传，只是党内指示，初期实践中也没有较好地实行，但这是中共土地改革的最终方针，并在1948年2月纠正“左”倾“暴力土改”潮流后最终得到回归。

③ 丁玲：《〈太阳照在桑干河上〉俄译本前言》（1949年5月5日），《读书》1981年第7期。

定顾涌成分的困难。可以看出，丁玲的这种困难，不仅是当时土改的工作“问题”，更重要的，它是价值观念的“问题”。但是土地改革的现实是，像顾涌这样的富裕中农同样受到了冲击，被强制剥夺了土地——名义上以“献地”的形式，而且是过度剥夺，不考虑其余下的土地与财产能否保证原业主的最低生活（丁玲：《生活、思想与人物》，1955）。然而这些情形，因为出于对政策的顾忌，在当时的小说中是无法被讲述的[①]。或许就是出于上述考虑，小说因此发生了一个很大的叙述策略偏移：以钱文贵的故事，来侧面叙述顾涌故事的现实处境。

丁玲曾经说，农民“翻身”如果不彻底，生活仍然是可能过回去的；而彻底翻身，就需要农民“翻心”[②]。这是关于农民“解放”的又一个层面的意义，如小说描述程仁的心理态度发生关键转变的第四十六节，就是以“解放”名之的。我们可以看到，小说中的钱文贵应该说是一个让人颇费思量的人物：

> 钱文贵家里本来也是庄户人家。但近年来村子上的人都似乎不大明白钱文贵的出身了；虽然种二亩菜园地的钱文富同大家都很熟识，大家都记得他就是那个钱广庚老汉的儿子，说起来也知道他和钱文贵是亲兄弟，可是钱文贵总好像是个天外飞来的富户，他不像庄稼人。他虽然只在私塾里读过两年书，就像一个斯文人。说话办事都有心眼，他从小就爱跑码头，去过张家口，不知道是哪一年还上过北京，穿了一件皮大氅回来，戴一顶皮帽子。人没三十岁就蓄了一撮撮胡髭。同保长们都有来往，称兄道弟。后来连县里的人他也认识。等到日本人来了，他又跟上层有关系。不知怎么搞的，后来连暖水屯的人谁该做甲长，谁该出钱，出夫，都得听他的话。他不做官，也不做乡长，甲长，也不做买卖，可是人都得恭维他，给他送东西，送钱。大家都说他是一个摇鹅毛扇的，是一个唱傀儡戏的提线线的人……他坐

① 丁玲在1948年6月16日日记中说，“把稿子（《桑干河上》）交给乔木了，乔木问我有何希望。我说请看看，如在政策上没有问题，有可取之处，愿出版。他说不一定看，出版好了，我说还是看看好。”丁玲：《四十年前的生活片断》，《新文学史料》1993年第2期。

② 陈明口述，查振科、李向东整理：《我与丁玲五十年——陈明回忆录》，中国大百科全书出版社2010年版，第94页。

> 在家里啥事也不干，抽抽烟，摇摇扇子，儿子变成了八路军，又找了个村治安员做女婿，村干部中也有人向着他，说不准还是他的朋友，谁敢碰他一根毛？村子上的人遇见了他，赔上笑说："钱二叔，吃啦吗？"遇不着最好，都躲着他些，怕他看你不顺眼，在什么看不见的地方就来害人。他要坑害人可便当，不拘在哪里说几句话，你吃了亏还不知道这事从哪儿说起，究竟是谁的过。老百姓背地里都说他是一个"尖"，而且是村子上八大尖里面的第一个尖。[①]

在这个二百多户人家的村子里，论钱财，他比不上地主李子俊，李子俊虽然又卖房子又卖地，但仍然剩下"一百三十六亩半地，一所房子"，是暖水屯现存最富裕的地主，甚至也比不上江世荣（有地"一百二十七亩"）。论家族关系，他的亲兄长钱文富和堂房兄弟钱文虎，与他之间也是"井水不犯河水，就没关系"；就连黑妮也"不喜欢二伯父，也不被喜欢"。这样看来，钱文贵的家族人脉既比不上李子俊，也比不上江世荣。论教育与智识，钱文贵只在私塾里读过两年书，而李子俊却是受过正规教育的"师范毕业生"，江世荣也既能读信，亦能写字据，从小说中看似乎并不比钱文贵文化水平低。再论农村作为现代性表象的可见国家权力，李子俊做过甲长；江世荣在日据时代也是甲长，一九四六年春，即小说中所谓"今年春天"，在赵得禄的提议下又重新复职为村长，诸如收租、私吞财物、欺诈、抄家，以及"乱派款项，乱派夫子，把咱村上人送到唐山，送到铁红山，到如今还有人没回家"等蛮狠的坏事，江世荣都做过不少。这些都与钱文贵很不相同。但我们应该感到奇怪的是，除去作为背景处理、已经被镇压与打倒的许有武、侯殿魁以外，李子俊却是最早败给了贫雇农势力的地主，其次是地主江世荣，最后才是钱文贵，这与前面的比较顺序刚好相反。

显然，在这里，仅用农村的"宗法关系""血缘关系"等是没法明了钱文贵的威势的。有分析者尝试借用"农村宗法社会"，即宗族关系、邻里关系来解读钱文贵这个人物[②]，实际上可能还需要商榷。这一点也可以

---

① 丁玲：《太阳照在桑干河上》，人民文学出版社1956年版，第6—7页。

② 这位作者认为，"由血缘构成的家族及至宗族关系，由地缘构成的邻里关系，以及由血缘、地缘共同构成的宗族关系，形成暖水屯地方共同社会宗法关系网络。"万直纯：《〈太阳照在桑干河上〉中的农村宗法社会》，《中国现代文学研究丛刊》2000年第3期。

由小说作者本人最初的观察来予以证明[①]。实际上，这个人物的独特性当年同样被冯雪峰感受到了[②]。然而，与冯文主要是将其理解为“通到国民党反动政权去的蔓藤的根”来予以阐释的路径不同，如果认定钱文贵的行事逻辑是前后一致的——小说中的写法正是这样，则如何解释他在本村农会干部和群众中的拉拢做法（值得说明的是，这种拉拢并不是后来的所谓“腐蚀”，即自己一方处于相对安全的位置）？况且即使是上述所谓“国民党反动政权”，在日本占领时代由于特殊情势，还存在着相当普遍的在中共、国民党和日本人之间曲折敷衍以求自保的地方性“两面政权”，甚至小说本身也写了江世荣当年做甲长时就属于这种两面政权的表现[③]，那么小说提到日本侵略时期钱文贵“跟上层有关系”，这种选择性关系又作何解释？所以无论是宗法关系、血缘关系这样偏于“乡土中国”式的分析方式，还是“通到国民党反动政权去的蔓藤的根”这样偏于政治化的分析方式，都没有能够清晰地描述钱文贵这种深重的心理影响力量的来源。况且，即以“出身”这种阶级政治最容易引用的标识而论，钱文贵“本来也是庄户人家”，他的父亲被人称作“钱广庚老汉”，看来也并不高贵。这些都使得如何阐释钱文贵这个关键人物显得疑难重重。

正是在这里，我们应该回到乡村化空间的分析模式，这是一种封建性人群关系的普泛化隐喻。我们知道“封建”一词本来源于“封邦建国”的说法，即所谓“封建亲戚以藩屏周”，它的特征至关重要的却在于随此而来的权力资源的等级化[④]——这种“等级化”应该从两个方面来理解，

---

① 丁玲：《生活、思想与人物——在电影剧作讲习会上的讲话》，袁良骏编：《丁玲研究资料》，天津人民出版社 1982 年版，第 161—162 页。

② 冯雪峰：《〈太阳照在桑干河上〉在我们文学发展上的意义》，袁良骏编：《丁玲研究资料》，天津人民出版社 1982 年版，第 329—330 页。

③ 参见张鸣《乡村社会权力和文化结构的变迁（1903—1953）》中“抗战时期‘两面政权’的属性”一节。陕西人民出版社 2008 年版，第 208—218 页。此节内容正谈到了当年的晋察冀地区。

④ “‘分封’一词起源于《左传·定公四年》”，“所分之物以民众和稀有物品为主，而封则以土地为主……直接后果是周王室地方政权的建立。”“‘封建’一词源于《左传·僖公二十四年》：昔周公吊二叔之不咸，故封建亲戚以藩屏周”，讲的是“用封的办法把土地和民众授予同姓兄弟建立国家，目的是像藩篱那样保卫周王室”。从周初情形来看，两词的意义完全一致。商代亦有“册命诸侯的制度”。参见李雪山《商代分封制度研究》，中国社会科学出版社 2004 年版，第 9—10 页。另：秦、汉以后分封制度虽然式微，但这种等级化处置的方式却更为广泛地弥散开来。而法国当代著名历史学家布洛克（Marl Block）在分析欧洲封建制度时也指出，“这种（转下页）

一是"等级"本身隐喻着一种人际关系网络，它后来产生了"身份"这一说法①；二是"等级"不过是因权力与利益资源的划分和联络而生成的。在20世纪前半期，中国乡村精英出现了相当深刻的变化：新的乡村精英并不像他们的前辈们一样通常注重地方声誉，并积极服务于乡里；他们往往更多地越出乡村，向外攀结更上一级的，如县、省的政治力量，而更加隐蔽地借用暴力手段掠夺地方财富，以至于在20世纪30年代革命风潮时期及以后相当普遍地蜕变为乡村恶霸，即"土豪劣绅"②。这种分析模式超出前两种方式的合理性在于，它并不局限于经济财富，也不局限于出身阶层，同时对于政治力量的借用也并非出于个人有什么政治立场，一切不过是随权力与利益资源而流变，根本无关乎"信仰"。正是在这些方面，钱文贵虽然原本出于庄户人家，但通过跑码头，去过张家口、上过北京，同保长们有来往、称兄道弟，后来连县里的人也认识，日本人来了以后又跟上层有了关系，结果，才"不知怎么搞的，后来连暖水屯的人谁该做甲长，谁该出钱，出夫，都得听他的话"，人人都得恭维他，"给他送东西，送钱"。然而实际上钱文贵却既不做官，也不做乡长、甲长，也不做买卖。这种颇为神秘的影响力为当时的一般农民所不解，所以大家都说他是一个摇鹅毛扇的，是一个唱傀儡戏的提线线的人，因为他在家里确实什么事也不干，抽抽烟、摇摇扇子就安排妥当了一切。

虽然限于当时的时代，丁玲有意把钱文贵作为阶级仇恨的对象来描

（接上页）制度的人际关系围绕着四组纽带形成：1. 亲属纽带；2. 奴仆纽带；3. 封臣纽带；4. 国家纽带"，同样说明了这一情形。参见何新《中国文化史新论——关于文化传统与中国现代化》，黑龙江人民出版社1987年版，第102页。

① 何新《中国文化史新论——关于文化传统与中国现代化》中"传统中国社会中的身份制度"一节称："在中国社会制度中，我们始终可以看到两个系统：（1）君统——政治制度；（2）宗统——家族制度。宗统与君统合一，就是中国传统政治体制的关系之所在"；"中国传统社会的第二个大特点，就是执行森严有序的社会等级身份制度"，一是指社会家族身份，如父母、子女、夫妻等，一是指社会政治身份，如君、亲王、公侯、臣、民等。很明显这两者都是等级化处置的，"这种身份关系的规定（'名分'），就是所谓'礼制'"。身份社会最大的不公平之一，就是在法律面前并不人人平等，"早在先秦就有'礼不下庶人，刑不上大夫'的规定"，秦代即"建立了以身份不同，而实施不同法规的身份法原则"，秦律中并有"以'爵'抵罪的制度"。何文称，这种制度在现代的残留，"转化为以官职、党籍等社会身份抵罪的不成文规定"。参见此书第104—109页。

② 参见邓若华《现代化过程中的地方精英转型——以20世纪前半期江苏常熟为个案的考察》，许纪霖、刘擎：《公共空间中的知识分子》，江苏人民出版社2007年版，第155—193页。

述，但实际上我们又不得不承认艺术本身超越了作者的这一识见。因为钱文贵做着这一切，其实并非由于他有什么真实的政治信仰（小说中找不到这方面的内容），而是因为他可以随时势变化，毫无心理障碍地安排二儿子钱义投了八路军，大女儿大妮嫁给了村治安员，并且积极鼓动侄女黑妮去拉拢农会主任程仁，等等。这个人物让人多么惊讶地联想到赵树理《李家庄的变迁》中那个神通广大的“小喜”。换句话说，正是在传统的宗法社会和现代性表象的政治社会以外，钱文贵通过个人努力促成了一个隐秘的乡村化“空间”的生成，虽然它表面不能被直观看到。——钱文贵做过的许多坏事其实当时大多不为人所知，都是直到最后控诉他的斗争会阶段才被人全面弄清楚的，并且他在经济力量以及政治权力上甚至可能表现为表面的弱势。但是，这种乡村化空间的力量（即“威风”）却是实实在在的：一跳脚几条河几座山都要发抖，人们“甚至于不敢提到他的名字”。小说在写到斗争钱文贵时情节的发展明显充满了阻隔和艰难，等到第五十节《决战之三》钱文贵被斗倒以后，小说的叙述才转而变得比较通畅并且走向尾声。此外，这种乡村化空间更加惊人的方面，在于它的寄生性与惊人的生长性：虽然它常常并不可见，但它却能存在于一切地理空间，穿越一切现实人际关系而生成，并可能彼此联结成更大的封建性网络，从而成为隐身的社会权力和资源的“吸金器”①。一切正与 20 世纪 40 年代陈翔鹤的《一个绅士的长成》和赵树理的《刘二和与王继圣》等作品中讲到的情形完全一样。

小说对于土改这一解放实践的讲述，我们也会注意到一个醒目的“暴力”问题。可以看到，在《太阳照在桑干河上》中的暖水屯，除了恶霸陈武被镇压，其余地主无一死亡或伤残，如侯殿魁、李子俊、江世荣等，相反的是，精神上致残的倒是刘乾、侯忠全这样的人。在小说第四十七节《决战之前》中，县宣传部部长章品因工作关系要离开暖水屯，张裕民一直送他到村口，在分开前他们有一段对话：

---

① 不得不指出的是，在某些面临压力的极端情形下，这种隐性空间的策略也可能被正当者一方作为自我防御和自我保护，甚至是自我实现的工具来借用。但无论如何，这种借用通常都远远低于它被负面征用的可能和力度，并且几乎毫无悬念地必然导致它最终的在负面征用上的普泛性，从而成为开放社会的“敌人”。

张裕民望望他，他也对他望望，两个人都明白了是个什么问题梗着，半天，章品不得不说：“人千万别打死。”

“那末交给你们吧。”

章品又沉思起来，他想不出一个好办法，他经常在村子里工作，懂得农民的心理，要末不斗争，要斗就往死里斗……

“唉，”张裕民也感觉得太为难了，说道：“你还有什么不知道的？老百姓有劲没劲全在这里。”

“你也有这种想法么？”章品问。

“干部里边有这种想法的可多着呢。”

“这是一种变天思想，咱们要纠正它，随便打死人影响是不好的。咱们可以招集他的罪状交给法院，死人不经过法院是不对的。咱们今天斗争是在政治上打垮他，要他向人民低头，还不一定要消灭他的肉体。你得说服大家。”①

章品的回答最后将这种原则称为“要往死里斗，却把人留着”。由此，在小说第五十节《决战之三》里的钱文贵斗争会上，就出现了危急时刻，“眼看要被打坏了”。经过张裕民和民兵的努力，才保住了钱文贵的性命。小说这里以“杀人总得经过县上批准”和“死他几个也偿不了”的道理，平息了人们的怒潮。然而事实上，不必说丁玲参加土改的晋察冀根据地正是当年暴力土改的主要地区之一，即使是在后来小说难以顺利写下去，她在撤退及继续参加土改工作所到过的行唐、阜平（包括石家庄附近的宋村），其地名也正出现在杨奎松研究1947年土改的那篇实证文章中。我们无法回避土改过程中那些残酷的死亡事件，因为陈明和丁玲确实听到过处决“土豪劣绅”的枪声，并交流过彼此的深深困惑②。有意思的是，章品是在土改工作徘徊不能深入的时候来到暖水屯的，这时他的到来，其实隐喻着1947年以后刘少奇在4月30日会议指出的激烈斗争的工作方式；但章品强调的“把人留着”，却回应了1947

① 丁玲：《太阳照在桑干河上》，人民文学出版社1956年版，第202—203页。

② 参见陈明口述，查振科、李向东整理《我与丁玲五十年——陈明回忆录》第三章“在晋察冀（1945—1949）”，第98—100页。另可参见丁玲《四十年前的生活片断》中1947年5月16日的日记，《新文学史料》1993年第2期。

年7—9月全国土地会议（西柏坡）上刘少奇试图纠偏的“要叫地主过得下去，不要肉体消灭”的讲话精神，包括小说第四十五节《党员大会》的整党意味。历史与文学叙述的差异，我们或许可以将其视为丁玲在作为暴力土改象征、被喻为“决战”的斗争会的召开前夕，安排章品离开暖水屯的主要原因：章品的宣传部部长身份是非常特殊的，他是更靠近“党”的政治权威，让他在血腥处境下先行离开，或许就是丁玲出于在“政策上”有无问题的考虑吧？因为我们还记得，在赵树理小说《李家庄的变迁》的暴力斗争李如珍的场面中，县长虽然是老根据地做政权工作的，理当经验丰富，虽然他也做了与此处钱文贵斗争会上张裕民几乎完全一样的阻拦和解释，但事实是，最终却并未能阻止李如珍生生被肢解的血腥一幕的出现。我们甚至看到，几乎在整个1946—1948年土改运动中，中共各种政策和指示都充满了一种深刻的矛盾：一方面要鼓励群众放手起来清算斗争；但是另一方面，中共总体上一直都努力对“乱打乱杀乱没收”（毛泽东《中共中央致华东局电》，1948年7月20日）等现象“要坚决参与进去，改造领导，甚至坚决制止”（《习仲勋关于检查绥属各县土地改革情况的报告》，1948年1月）。这事实上涉及了土改暴力的“正义性”矛盾，我们似乎有理由相信，可能正是由于此种疑难，作者安排了章品的离开。

但是，问题或许同时在于，一种政治势力由弱变强，竟至重新复生的情况也是非常常见的：在陈翔鹤《一个绅士的长成》（1941）里，我们可以看到回到家里的宋七老爷，几乎从一个徒手的失败者，神奇地复活而成为地方“绅士”；我们可以看到在赵树理《刘二和与王继圣》（1947）里，虽然抗战胜利后已经反奸除霸，但封建权力却出现了代际流传，刘二和们的“翻身”依然成为聚宝眼里的疑问；回到《太阳照在桑干河上》（1948），我们了解了那个只“摇鹅毛扇”、什么也不必做的钱文贵是如何威压一方，使得人人心存恐惧的。一切的秘密正在于神秘的乡土化空间的寄生性与生长性。现代革命，如果无法消解这种封建性的乡土化空间，则任何“人性”与“文明”的反思，都无法阻止其重新发生。果然，由于1947年间土改中的“暴力”没有得到实际上充分的呈现与严肃的反思，它的威胁在后来的新区土改、反右、文化大革命等之中不断重现。它在更后来的泛化，可以在《中国农民调查》等著作中重新被读到。正是与这一点相关，或许我们确实有必要重新评估当年社会主义想象与建设“新的人民的文艺”的远大意义，虽然从历史过程来看，它确实存在非常多的失误与问题，远非完美。即使从一个最简单的层面，我们也可以看到，后来“十七年”时期那些比较优秀的农村作品，如《四访孙玉厚》(1957)、《李双双小传》(1959)、《老社员》(1959)、《耕云记》(1960)、《社迷》(1963)、《公社书记》(1963)等，其中的农民关系包括干群关系，通常不再有支持这种封建化空间生长的余地——新式的合作化和人民公社的“社员”关系，是一种新型的平等关系，至少从理论及命名上可以这样认为。它们代替了旧式封建人际关系，乡土化空间从而被隐匿起来。如果没有这种取替，那么一切暂时弱小，而没有被毁灭的封建力量，或许都有可能以寄生与生长的方式重新复活并疯狂起来。这也就是为什么王西彦的《春回地暖》(作家出版社1963年版)，李亚如、王鸿、汪复昌、谈暄的《夺印》(《剧本》1963年第3期)，浩然的《艳阳天》(作家出版社1964年版；人民文学出版社1966年版)等小说或戏剧作品，对于原本已经很微弱的地富势力，仍然莫明其妙地怀有极强警惕的原因之一吧？这个“敌人”虽然当时还不能被给予恰当的解释，但是它的威胁绝非只是一种完全虚构的力量，更不能说它就无法再度复活并遍地疯长起来。我们是否可以理解为，在某种未来的特殊历史语境里，昔日的阿Q(《阿Q正传》)、王秋赦(《芙蓉镇》)、赵刺猬和赖和尚(《故乡天下黄花》)们，也有可能或者已经变成了陈翔鹤《一个绅士的长成》里有现代性官僚身份的宋七老爷、钟会计、张县长们？那种曾被“人民文艺”强行压制的旧式封建性空间，是不是也有可能被重新唤醒过来呢？

正是在这样的情形下，小说《太阳照在桑干河上》中顾涌的“富裕中农”故事重新出场并有了新的意味。对于当时未经严肃讨论的暴力土改而言，作者这是何其艰难的发现与说服的努力！无论如何，小说作者在此把关注点不知不觉地重新拉回到“富裕中农”的身上(“保卫土地”“保卫果实”的故事必然通向“勤劳致富”，而“中农”恰是其象征)，潜意识地表达了个人的良好愿望。

结　语

邓若华《现代化过程中的地方精英转型》一文，曾经提到1916年江苏常熟的所谓“杨案”：何市人徐凤藻暗中与当时作为进步力量、正在沿沪宁线各县准备起义的国民党人取得联系，“力图有所为”，但因事情泄露遭到常熟县知事杨梦龄的逮捕，后因营救被具保释放，杨梦龄终因此事而去职。徐凤藻其人，出身何市地方陈泾村的大族，毕业于日本大森体育学校，并参加过同盟会，其长兄徐凤书属常熟最早读马、恩著作的进步人士，族侄徐兆玮是当时民国国会议员。显然，从这些情形来看，徐凤藻应该是20世纪初的革命者之一。但令人意外的是，正是这个初期看似革命者的徐凤藻，却是20世纪二三十年代苏浙一带地方武装“匪化”的突出代表，他包揽讼事，开设赌场，贩卖鸦片，残害妇女，配合日军袭击抗日人民武装，杀害抗日志士，骚扰城乡；设立关卡，敲诈勒索，等等，罪行累累[①]。从貌似革命者，到作为革命的对象，徐凤藻可能本无所谓变化，只在于暴露或没暴露出来而已，但是这到底给我们留下了一个什么样的故事？

从20世纪30年代的左翼文学，到20世纪70年代末的社会主义文学，“革命”的故事往往被解释成不同“阶级”之间压迫和反抗的故事，比如叶紫的《丰收》（1933）、夏征农的《禾场上》（1933）、茅盾的《春蚕》（1933），直到浩然的《金光大道》（1972）、郑万隆的《响水湾》（1976）等，都是如此。无论是暴力革命，还是社会主义革命，隶属于不同的社会“阶级”，即意味着带有不同的剥削或者被剥削者的身份印记。它既被预设成革命正当性的前提，也被设置成革命过程展开的策略；同时，更被据以想象成阶级“解放”的美好前景。如《金宝娘》（1948）所讲述的翠翠（金宝娘）作为“下贱女人”的凄惨命运，《太阳照在桑干河上》（1948）里贫苦农民欢迎土改的正义，等等。它也是未来《不能走那

① 邓若华：《现代化过程中的地方精英转型——以20世纪前半期江苏常熟为个案的考察》，许纪霖、刘擎：《公共空间中的知识分子》，江苏人民出版社2007年版，第168—169、178、187—188页。

条路》(1953)、《山乡巨变》(1957)、《创业史》(1959)、《艳阳天》(1964)等小说的叙述逻辑。但是,“革命”的故事被转换成“阶级”的故事,是不是就没有问题了呢?可以看到,革命故事另有一种比较隐蔽的叙述:从赵树理《杨老太爷》(1947)中杨大用“驴工换人工”的剥削计划、韶华《北大荒的故事》(1947)里垦荒户二洪大爷也想“自己买几垧荒地”,到李準《不能走那条路》中宋老定“置几亩地”的生活愿望、柳青《创业史》中郭世富大量接收破产农民的“卖地契约”等,诸多作品都写到了原来贫苦的农民在稍有富余之后就想着买地和雇工的历史现实;而部分干部趁土改之际分得好地甚至多分浮财,在赵树理的《邪不压正》、周立波的《暴风骤雨》、柳青的《创业史》、赵树理的《三里湾》里,都曾经有所涉及。那么文学的景观就演变成,一方面,上述小说正是在讲述一个“革命”正在展开的过程故事,并提供了一种欢愉的乃至想象的解放前景,如“翻身乐”(《太阳照在桑干河上》),或“未来的草图”(《山乡巨变》);另一方面,在这个“革命”的过程中,杨大用、小昌、宋老定、郭世富、范登高们,已经从原来的被剥削阶级,正在或者濒临着潜变为新的剥削阶级。结果,“革命”的故事进入了新阶段,而“阶级”的故事,却有了重新回归旧阶段的迹象,它给人一种幻觉般的“循环”感。后来它也使得不少人产生了“变天论”或者“修正主义”的危机焦虑。或许,这就是当年“无产阶级专政下继续革命”的思维的由来吧。

革命叙事与阶级叙事的这种纠结,当然不是一个新的话题。1927年鲁迅曾在《语丝》周刊第四卷第一期发表了《小杂感》,嘲讽过“革命,革革命,革革革命……”和“曾经阔气的要复古,正在阔气的要保持现状,未曾阔气的要革新”的“大抵如是”的景象[①]。类似的所谓“革命”事件也被鲁迅讥讽为“城头变幻大王旗”[②]。20世纪40年代在陕北的延安,黄炎培关于中国社会变革“周期律”的说法也让人深思[③]。这种原本由“阶

---

① 鲁迅:《小杂感》,《鲁迅全集》(第三卷),人民文学出版社1981年版,第531—532页。

② 鲁迅:《无题》(惯于长夜过春时),1931年2月作,《鲁迅全集》(第十五卷),人民文学出版社1981年版,第23页。

③ 黄炎培:《延安归来》(节录),《延安民主模式研究》课题组:《延安民主模式研究资料选编》,西北大学出版社2004年版,第220—221页。

级”矛盾的尖锐所导致的革命，在“革命”表象完成的节点上却往往转向了新的阶级压力政治的结构性复制。这在勒庞的《乌合之众》所记述的法国资产阶级革命后的景观①，以及阿兰·巴丢的《共产主义设想》中所认为的21世纪问题与19世纪神似的现象描述中，令人惊讶地表现了出来②。毫无疑问，这样的阶级叙事必然会导致某种对于相关革命叙事的幻灭感。可能正是由于这种逻辑，在20世纪80年代以后的文学中，“阶级”叙事几乎被彻底厌弃，同时，关于阿Q（《阿Q正传》）如果成为革命政权的领导者后会怎样的话题出现了③，王秋赦（《芙蓉镇》）、邵南孙（《蛇神》）、赵刺猬和赖和尚（《故乡天下黄花》）们也出现了。在陈忠实的小说《白鹿原》中，革命就被理解成古老原野上的“翻鏊子”运动——它正是前述所说的循环幻觉。这样说来，20世纪80年代后所谓的“告别革命”，似乎也就可以理解了。但是另一方面，在这些作品当中，“革命”/“阶级”的故事又常常被再度转换成了“人性”的故事，恰如1979年朱光潜《关于人性、人道主义、人情味和共同美问题》一文的讨论。这里引起的问题是，无论意味着性、财富、地位、权力、快感或者其他什么，“人性”一词假设了每个人都有一个决定其行为的高度类似的推动力，从而使得革命事件中的阶级差异被隐匿了起来，由此，“人性”的故事就重新将革命的叙事拉平化了。这样一来，“革命”叙事就成为一个不必要的事件，它听上去更可能像是一个角色可以互换的游戏。因此，革命的故事被悬置了，而“人性”的故事，却再次走向了虚拟的本质化：如果人性的故事确

① “作为例证，让我们来看看法国历史上非常短暂的一个时期，即1790到1820年这30年的时间，这也正好是一代人的时间。在这段时间，我们看到，最初的保皇派的群体变得十分革命，然后成为极端的帝国主义者，最后又变成了君主制的支持者。在宗教问题上，他们在这段时间从天主教倒向无神论，然后倒向自然神论，最后又回到了最坚定的天主教立场。这些变化不只发生在群众中，而且发生在他们的领导者中。我们吃惊地发现，国民公会中的一些要人，国王的死敌、既不信上帝也不信主子的人，竟会变成拿破仑恭顺的奴仆，在路易十八统治下，又手持蜡烛虔诚地走在宗教队伍中间。在以后的70年里，群众的意见又发生了无数次变化。本世纪初‘背信弃义的英国佬’在拿破仑的继承者统治时期，成了法国的盟友。两度受到法国入侵的俄国，以满意的心情看着法国倒退，也变成了它的朋友……”［法］古斯塔夫·勒庞：《乌合之众》，冯克利译，广西师范大学出版社2007年版，第150—151页。

② 参见阿兰·巴丢《共产主义设想》，汪民安：《生产·第6辑：“五月风暴”四十年反思》，广西师范大学出版社2008年版，第17页。

③ 参见王富仁《中国反封建思想革命的一面镜子——〈呐喊〉〈彷徨〉综论》中的著名讨论。北京师范大学出版社1986年版，第31—32页。

实是这样一致的，那么我们还有什么必要讲述那么多的同义反复的故事呢？而更为严重的问题可能还在于，20 世纪 80 年代后的文学虽然失去了“革命”叙事的热情与冲动，但构成革命前提、过程以及愿景的阶级化社会差别，却并未因此而有根本性的改变，反倒是“解放”之路似乎也随之被悄然悬置了。这可能就是后来“新阶级化”语词得以被提出的缘由。

从阐释角度来说，上述逻辑或许正是当年徐凤藻的故事留给我们的某些启示。如果我们将徐的故事理解为代表弱势“阶级”的，则他在 20 世纪二三十年代的表现就无法被这一“阶级”的含义所覆盖。当然，阶级反抗的意义也不应该简单地止于“取代”被反抗的阶级。而如果我们将徐在 20 世纪二三年代的故事理解成“人性”（欲望）泛滥的，则他在 20 世纪初的“革命”就显得没有什么必要——因为“革命”试图推翻的对象，正是后一阶段徐凤藻那样的“人性”（欲望）的泛滥者。看来，革命或者说解放的问题，一直有它的吊诡之处。从这个意义上，本书试图提出一个尝试性的讨论农民解放的视角，即“处境化”，它或许会将更具阐释性的“空间”理论，从不直接可见的空间延伸到可见的农民人物的身上，以增加讨论的方便。毕竟，我们要讨论和实现的，乃是既不要成为被压迫阶级，同时也不要成为压迫阶级。因为成为后者，即同时意味着前者必然共时存在，而阶级“统治”就可能偏离“人性”（人道），甚至阶级“革命”的某些情景或许就会重现。也就是说，不应该花了大把力气讲述了徐凤藻的故事，换来的却是新的张凤藻、李凤藻或者王凤藻的类似故事需要再度被讲述。回到农民小说的叙事上来，上述话题的诸多方面可能早就已经隐藏在作为前史的历史化文本当中了：陈翔鹤的《一个绅士的长成》中那个现代性组织形态的“××市”怎样被宋七老爷、钟会计、张县长们变成了一个封建性的盘剥社会大众的吸金（血）市场？孔厥的《受苦人》和马烽的《金宝娘》中，我们如何在阶级解放的话语下措置那个欲望的身体？在赵树理的《刘二和与王继圣》中，农民的“个人”为什么不反抗？本村户与逃荒户（外来户）的区分在“翻身”的故事以外究竟意味着什么？为什么黄沙沟村解放以后，那种压迫与被压迫的人群关系仍然隐蔽地出现了代际流传？丁玲的《太阳照在桑干河上》里，本身并没有多少土地的钱文贵，为何居然是暖水屯最让人惧怕的“第一个尖”？丁玲为什么在顾涌的故事那里一再陷入犹疑和困惑？……我们说，无论以怎样的理由，“人性”一词都不应该被高度化约为区别革命者与被革命者的最终标识——即使我们将“人性”的理解赋予其中的任何一方，它也将造成另一方是“非人性”或者乃至是“反人性”的事实。当然，通常的情况是，我们可能将革命者预设成合乎“人性”的，但这样一来，我们又将如何解释“革命”之后的小昌、杨大用、二洪大爷、宋老定、郭世富、范登高、郭振山们，为什么模仿的正是不久前被镇压者（地主）们曾经一辈子追逐的买地和雇工（剥削）等生活理想呢？由此，文学提出了如何进行新的想象的困难：如何让农民最终理解只有公正、平等、尊严的生活，才可能是正当而可靠的“解放”呢？当然，这种想象相对于处在革命、传统、现代等复数话语下的中国，注定会遭遇到很多的误解和艰难吧。

第二章　互助组农民:革命话语下被压抑的欲望形式化

兄（唱）：“雄鸡雄鸡高呀高声叫，叫得太阳红又红。身强力壮的小伙子，怎么能躺在热炕上做呀懒虫。扛起镢头上呀上山岗，山呀么山岗上，好呀么好风光。我站得高来，看得远来么咿呀嘿，咱们的边区到如今成了一个好呀地方。哪哈咿呀嘿嘿呃嘿，哪哈咿呀嘿，哪哈咿呀嘿！”

——王大化、李波、路由：《兄妹开荒》，1943 年 2 月[①]

1943 年 2 月 5 日正是春节，在陕北延安南门外广场，由鲁艺教师王大化和一年级新生李波演出的秧歌《兄妹开荒》（原名《王小二开荒》）受到空前的欢迎。这个只有 270 多字的短剧被称为解放区“第一个新的秧歌剧”[②]，事实上它的确源于当时《解放日报》上关于边区劳动模范马丕恩、马杏儿父女勤劳垦荒摆脱贫困的故事[③]。值得注意的是，这个短剧突出地表现了对于“劳动”与幸福生活之间稳固关系的信赖，如“咱们生着有两只手，劳动起来就样样有……赶走了日本鬼呀，建设新中国。”而且，《兄妹开荒》之所以被称为新秧歌，是因为“实际上已是和旧的秧歌完全不同的东西”了，去除“骚情”意味（即“色情的露骨的描写”），摒弃

① 葛一虹：《中国新文艺大系·戏剧集》（下）（1937—1949），中国文联出版社 2000 年版，第 1511—1514 页。

② 张庚：《兄妹开荒·说明》，马健翎等：《秧歌剧选集》（第一卷），东北书店 1947 年版，第 30 页。

③ 李波：《黄土高坡闹秧歌》，艾克恩：《延安文艺回忆录》，中国社会科学出版社 1992 年版，第 206 页。

“调情的舞姿”，改“丑角”和“反派”为正面形象，等等，传统的“溜勾子秧歌”才得以变成了“新的群众的时代”的“斗争秧歌”①。不用说，“色情”“调情”，甚至“丑角”的放诞，都无不指向人的某些“欲望”，它们往往指向“身体”，而新秧歌一概弃绝了这些。另外，《兄妹开荒》中的主要戏剧关节，即哥哥同样关于“身体”的“假装在地里瞌睡”，遭到了妹妹的严厉指责——这里甚至引入了更高层级的政治力量的监控，“我去报告刘区长，开会把你斗，开会把你斗”。因此，我们发现，当时的历史时期中，艺术不仅表达了健康向上的景象，而且起到了宣教的作用，这是非常好的；但问题的另一方面可能在于，它也在公开层面上同时压抑甚至丧失了表达“欲望”的形式，即“欲望”可能在后续的解放区文学和十七年文学中无法进行相应的形式化。可以肯定的是，“个人”作为利益形式时，可以被调节和重置；作为意义时（“个人主义”），可以被阻遏和压抑；但作为“欲望”时，它却始终无法被彻底地规训。换句话说，缺乏相应的“欲望”的形式化通道，它也许会给文学造成深远的结构性动荡不安。

“劳动”开始在革命文化中获得荣誉、审美与教化等特征的时期，正是“互助组”比较盛行的时代。在这个互助组的时代，劳动、欲望、个人主义等，彼此造成了哪些麻烦？它又给当时的文学带来了怎样的景观与后果？这是我们值得讨论的话题。

第一节　《村歌·上下篇》(1949)：“流氓主要是不生产”

1949 年 1 月 15 日天津解放。三十六岁的孙犁骑着自行车，沿公路经杨柳青进入了天津，后被分配到《天津日报》，在郭小川领导的文艺部任副刊科副科长（正科长方纪），主持《天津日报·文艺周刊》。当时他的家属还没有进城，他独住在报社一间轰鸣的机器房楼下，业余时间可以用

① 周扬：《表现新的群众的时代——看了春节秧歌以后》，《解放日报》1944 年 3 月 21 日。很多文章提到《兄妹开荒》最初拟定的人物关系是夫妻二人，但出于对旧秧歌“骚情”“调情”老套的规避，而改为兄妹二人，不过到目前为止，本书作者未查找到当年直接的文献证明这一点。

来写作。4月，孙犁完成了小说《村歌》的上篇，第1至9节以“互助组”为题发表于5月6日、12日《天津日报·文艺周刊》，第10至13节曾以“抗旱”为题发表于7月1日《劳动文艺》第1卷第1期；9月1日又完成了《村歌》的下篇《复查以后》。1949年10月全书以《村歌》为名由北京天下图书公司出版。孙犁在这篇小说中讲述了1947年夏至冬在冀中博野县（后到饶阳县）参加土改试点工作的经验，当时他曾经被“分配到饶阳张岗小区”，每天往返于“张岗大街”之上，大约在此住了三个月。1948年夏，还曾留在张岗写了几篇小说[①]。而“张岗”正是小说《村歌》中的地名。这部小说中的李三、大顺义、香菊等人物，都曾经在孙犁1947年前后的一些农村作品如《王香菊》《香菊的母亲》《张金花纺织组》《曹蜜田和李素忍》中出现过，似乎可以被看作孙犁在冀中工作时记下的素材，后来用在了《村歌》中。1947年上半年写的《张秋阁》，和1950年1月的短篇小说《秋千》（发表于《人民文学》第1卷第5期），更是与《村歌》有着明显的互文关系。由于这部中篇如此之深地植根于史实、经验和文学的繁密关系当中，加之写作时间的特别，正可以被认为是一个表现了劳动、欲望、个人主义等方面复杂纠葛的小说文本，虽然事实上在关于孙犁的评论中，论及《村歌》这部作品的并不多。

《村歌》[②] 的故事始于区长老邴与县妇救会王同志到张岗“组织农民生产”，此时正是各根据地倡导互助生产合作的时期，即小说中的“生产组”。在这个故事中，张岗镇由于是河间府通保定府的大道，事变前地主在街上开了一些绸缎店和大钱庄，“造成村里无数的穷人，吸收来很多流氓”，后来更由于添了十几处赌局烟馆，结果在人民的日常生活中，造成了一种虚假的“浮华”与“轻视正当劳动生产”的不良风气。但是这些在事变后发生了极大的改变，街上出现了广大的土布摊，游手好闲的人也少了，“大家知道劳动生产是光荣。”这种以“事变”前后，即以根据地民主政权的建立为界来区分社会“风气”的情形，在后来区长老邴参加双眉生产组成立会上的发言中同样也可以听到，并说“现在是新社会，为什

① 孙犁：《〈善闇室纪年〉摘抄（二）》，《铁木前传》，花城出版社2010年版，第101—103页。

② 小说参见中国社会科学院文学研究所现代文学研究室《中国现代短篇小说选（1918—1949）》（第七卷），人民文学出版社1981年版，第606—636页。

么没有那些坏地方，坏人了？劳动是光荣的，赌钱是可耻的……”引人注目的，不仅是这前后两种社会情形的对比，更因为这种对比中两次提到了“劳动光荣”的说法。回到历史，我们发现，20 世纪 30 年代末期和 40 年代前期对于“劳动”的信赖，并不是个别的现象，它可能来自相近历史时间中某些其他事件的影响。1940 年春耕开始，各根据地都出现了根据乡村旧有换工互助习惯建立起来的各种劳动互助组织[①]。这同样是小说《村歌》的内容，后来的许多“好光景”与“劝人好”的故事，如《刘巧团圆》（1947）等，都产生于这种劳动互助生产的背景之中。同时，出于培养新式乡村领袖，以增强 1941 年根据地“村选”后新参加政权人员（多为贫农、雇农等）的政治影响力的考虑，在之后几年，中共陕甘宁、晋绥、晋察冀、晋冀鲁豫等根据地各级政府普遍涌现评选劳模英雄运动。这一举措非常成功，终于导致乡村劳模英雄的政治资本日益雄厚，很多人因此锻炼成了各级干部，而传统乡村权威（乡绅）的影响力则明显衰落[②]。但是同时我们也应该注意到，中共所倡导的“革命”是一种超越制度变革的社会运动，其中出现一些激越性的主张本也正常：20 世纪 30 年代后期，毛泽东的文献中出现了对人的“改造”的说法，如《实践论》（1937 年 7 月）中即提到“改造客观世界，也改造自己的主观世思”，“所谓被改造的客观世界，其中包括了一切反对改造的人们，他们的被改造，须要通过强迫的阶段，然后才能进入自觉的阶段”，“世界到了全人类都自觉地改造自己和改造世界的时候，那就是世界的共产主义时代”了[③]。其后不久，延安报刊出现“二流子”一词，并随之出现了“改造二流子”的广泛运动[④]。大致同时期，延安也出现了以革命女性为突出代表的“飒爽英姿”

---

① 潘淑淳:《互助组》,《档案天地》2008 年第 7 期。

② 以晋西北为例，1941 年中共根据地出现了乡村基层政权的“村选”运动，以打破原 1937 年以来阎锡山推出的大编村制。但实际上 1941 年村选后参加政权的人员，“其作用是有限的”，乡村基层政权的权力依然执掌在村选前的人员手中。王先明:《变动时代的乡绅——乡绅与乡村社会结构变迁（1901—1945）》，人民出版社 2009 年版，第 410—414、427—440 页。

③ 毛泽东:《实践论》（1937 年 7 月），《毛泽东选集 · 一卷本》，人民出版社 1967 年版，第 273 页。同上书，第 259 页页底注称，“毛泽东同志曾以这篇论文的观点在延安抗日军事政治大学作过讲演”。

④ “二流子”一词据称最早出现在 1939 年延安报刊中。孙晓忠:《延安时期改造二流子运动》，《中华读书报》2010 年 7 月 28 日第 13 版。

的审美文化[①]。另一方面，早在1932年8月中华苏维埃司法人民委员部颁布的《中华苏维埃劳动感化院暂行章程》，就具体规定了对犯人实行劳动改造和教育感化的内容[②]。——因此，我们可以看到，“劳动”一词在20世纪30年代末至40年代前期出现了许多新的意义：它是一种踏实的信赖，因为确信能够换来“好光景”；它演变成一种新的时代美学精神，因为代表朴实、忠诚、坚定和健康；它成为一种自然的伦理，因为可以形成新的乡村权威；它也是一种可靠的教育方式，因为可以使二流子们变成好人；等等。在与《村歌》有着明显互文关系的《张秋阁》的开头，孙犁曾这样写道：“一九四七年春天，冀中区的党组织号召发动大生产运动，各村都成立了生产委员会。”小说中亦出现张秋阁生产组。反复强调“真正的现实主义”的孙犁[③]，将“互助组”的故事安排在此时来叙述，一则可能出于他对张岗切实生活经验的历史时间的考虑，这也是孙犁作品一贯的特点；再则，可能也出于他对“组织起来”这一“形式化”如何成为影响当时历史事件的结构性因素，从而影响到文学叙述的考虑，因为此时的互助合作运动经毛泽东同志1943年11月29日的《组织起来》的号召，又经1946年的普遍整顿，明显地带有了“社会主义萌芽的性质”[④]，此时已经比较成熟。并且，冀中地区的互助合作工作也在其后通向了发生于1947年冬的“土改”与后来的“复查”。

有意思的是，《村歌》这篇小说虽然讲的是一个“组织起来”互助生产的故事，但其中的这个“劳动”与“欲望”有着非常复杂的结构性关系，其中的主要人物双眉，正是这样一个文化符号。小说开头在区长老邴

① 朱鸿召：《延安日常生活中的历史（1937—1947）》，广西师范大学出版社2007年版，第218—234页。

② 《中华苏维埃共和国劳动感化院暂行章程》（1932年8月10日），韩延龙、常兆儒：《中国新民主主义革命时期根据地法制文献选编》（第3卷），中国社会科学出版社1981年版，第313—315页。

③ 孙犁：《关于〈铁木前传〉的通信》（1979年10月1日），及孙犁：《文学和生活的路——同〈文艺报〉记者谈话》（1980年3月27日）等，《铁木前传》，花城出版社2010年版，第110、130页。

④ 潘淑淳：《互助组》，《档案天地》2008年第7期。1946年春初，老区出现了“整顿互助、准备春耕”运动。参见太行区群英大会编委会《太行老区的农事业生产情况（节录）》（1947年1月）；宋劭文等《华北解放区财政经济史资料选编》（第一辑），中国财政经济出版社1996年版，第880—903页。

从香菊家院里到双眉家院里与双眉发生的典型的孙犁式"遭遇"之后，双眉即回身取过一个小板床让老邴坐下，这代表着一种非常认真严肃的态度，然后提出了她的困惑。双眉的问题是：

"……我问区长，凭什么，她们不让我参加?"

"参加什么?"老邴问。

"参加生产组。"双眉的嘴唇有点发白，"不是讲生产吗?我们可以比一比呀，她们一天卸一个半布，我一天卸三个，她们不叫我参加。你看看!"她一扯自己的花褂子，"她们能织这样的布?一道街上，都到我这里来讨换布样子；可她们不叫我参加。"

"谁不叫你参加?"老邴问。

"她们!"双眉的眼里噙着泪。

"她们说什么?"

"说我参加过剧团，有男女问题。"双眉的声音放低了。……"我没有问题。我问区长：什么叫流氓?"

老邴笑了笑。

……"我问区长：登台演戏算不算流氓?"

"那是宣传么，怎么能叫流氓?"老邴说。

"夜晚演戏算流氓吗?"

"那也不是。"

"出村演戏算流氓吗?出村体操算流氓?"

"不是那么个问题。"老邴说。

"什么问题?"双眉说，"她们就根据这个叫我流氓!我问区长：好说好笑，算不算流氓?赶集上庙算不算流氓?穿干净点算不算流氓?"

"报上说得明白，"老邴很郑重地说，"流氓主要是不生产。"

"却又来!"双眉扬眉一笑，"我一天能卸三个布。好说好笑是我的脾气，赶集上庙是我要买线卖布，穿的花布是我自己织纺的。我问问她们还能说出我什么来!"①

---

① 中国社会科学院文学研究所现代文学研究室：《中国现代短篇小说选（1918—1949）》（第七卷），人民文学出版社1981年版，第608—609页。

为了叙述简明，我们在此将明显带有弗洛伊德色彩，主要关于本能的身体或潜意识的性，如爱、恨、嫉妒、死亡等，称之为“欲望”；而将普通心理或情绪的激化表现称为“个人主义”，它相对来说与齐泽克所称的那个“里比多的身体”距离比较远一些；并将与集体平均状态不同的利益诉求，称为“个人利益”。小说里当时十七八岁的双眉是最重要的人物形象，这个姑娘很美，性格突出，甚至敢于顶撞干部。她能干且心灵手巧，会安排生活，也热衷于剧团演出，“周围几十里，谁不知道张岗剧团?”于是我们可以看到，小说中的“组织起来”实际成为一个形式化的平台。在这里，小说虽是从“生产”问题切入的，由此牵出的却是双眉在张岗村引起的明显指向“性”意味（“欲望”）的批评，如“有男女问题”“流氓”“破鞋”，等等。但是事实上，这些批评可能只不过是出于心底的嫉妒，它们仍然是对欲望的指认：不仅是双眉的美的确在一开篇就为区长老邴感受到了，“有男女问题”也不过是因为参加过剧团，其他的则奇怪地语焉不详。另一个令人惊讶的事实是，虽然王同志因为双眉与她顶过嘴而颇有成见，说了很多双眉的坏话，但是这些污称却都没有直接说清楚源出的主语。所以，前引对话就出现了非常奇怪的由说“布”（“生产”）开始，又回到以说“布”（“生产”）结束的怪圈上来的现象，无怪乎双眉失望地说“却又来!”

虽然双眉得到老邴与李三的支持，然而这些闲话无疑给她的生活带来了相当的困扰，如妇女自卫队队长被撤，不被获准参加互助组，甚至出现谣言四散的“黑帖子”事件，等等。这些或许是因为，现在是“新社会”，提倡的是新的“劳动光荣”的道德标准，以前那些露骨的欲望的形式化通道，如“性”，以及其他的边缘化形式如“烟犯、赌徒、暗娼、偷盗”等，它们无一例外地以快感/安逸为中介而与“身体”相通，此时却都已经无法公开存在了。所以老邴会说：现在是新社会，为什么没有那些坏地方，坏人了？然而这很难说“欲望”已经被完全规训，它很可能只不过是被“深埋”起来而已。比如小说中事变前被称为“真破鞋”的大器、常往双眉家跑而被她骂跑的郭环和西头“爱抹牌”的小黄梨等等欲望的残余表现，均被归入了负面形象系列。前述张岗村民和王同志对双眉的指责所借用的话语方式，正是欲望的隐曲表现，也是它依然隐秘在场的明证，虽然它看起来如此含糊其词。另外，由于传统伦理同样有着特殊的力量，这种道德化批判，即针对“欲望”的批评方式，仍然在后续的社会生活、乃至文学创作和批评里被普泛地征用着，情况与孟悦那篇有名的论《白毛女》的文章①中提到的“民间道德逻辑”一样。

但是，正是由于“性”（“欲望”）在新时代和新生活条件下，除非特殊情况，已经缺乏一种公开的形式化可能，上述“性”意味批判的能指意义悄悄发生了偏移——它转向了个人主义或个人英雄主义。因为针对双眉的指责，我们能从小说中看到的比较切实可证的原因是：她“强迫命令”，“瞧不起不如她的人”，并且“说话刻薄”，从而得罪了很多人，这些才是她招致闲话的真正因由。而王同志对她的成见，包括把双眉互助组在“出心用意”上暗指为“流氓组”，只不过是因为王同志对于双眉的看不惯，和双眉曾经顶撞过她而已。同时我们可以看到，将双眉的问题认为是“个人主义或个人英雄主义”，在一些敏锐的批评者那里几乎是一个普遍的默认。如方纪写于1958年的《一个有风格的作家——读孙犁同志的〈白洋淀纪事〉》一文说道：

> （双眉）这样的人，无论在什么地方，革命深入了，就一定会碰到她们。旧社会给了她们比别人多的折磨，特别是精神上的折磨；也锻炼了她们的反抗性，革命精神。在旧社会里，敢于和那些压迫者面对面碰一碰的，也只有这种人。由于她们生长的环境，和商业资本，和贫无立锥之地的流浪无产者的接触，使得她们在精神上比起那些只死守在土地上的农民，要开阔得多。因此她们多半是聪明的、敏感的、带点神经质；容易接受新事物，走上革命的路，但也往往经不起挫折，容易伤感。在这些人物身上，带着小资产阶级知识分子的狂热性和脆弱性，而她（他）们的社会地位，又使她们往往不是站在斗争的正面，而是站在它的旁边。这种人在过去的农村里，特别是冀中的农村里，每一个村子都能找到一两个最突出的。她们性格鲜明，精神强烈，最有名，也最被人看不起。
>
> ……这种人的精神生活往往比较丰富，个性比较发展；在旧社会

---

① 孟悦：《〈白毛女〉演变的启示——兼论延安文艺的历史多质性》，唐小兵：《再解读：大众文艺与意识形态》，北京大学出版社2007年版，第56—58页。

里的反抗，也往往是个人的。因此到了新社会，在集体里面，就会产生不谐调，突出个人，强迫命令，和群众对立。①

当然我们也应当承认，这种对双眉的批评实际上也经历了一个在历史时间中寻找批判语词的过程。原载1951年10月6日《光明日报》上的林志浩、张炳炎《对孙犁创作的意见》和王文英《对孙犁的〈村歌〉的几点意见》两文中所持的批判指称与上述引用文章并不相同，而带有一定的含混性：前者批评说，“除了《荷花淀》等少数几篇以外，很多是把正面人物的情感庸俗化，甚至，是把农村妇女的性格强行分裂，写成了有着无产阶级革命行动和小资产阶级感情、趣味的人物”；后者则更为严厉地宣称，小说“歪曲地塑造了”新人物的典型形象，缺乏生活与内在的真实，“从这样一个阶级出身的农村妇女的身上，却看不到半点农民阶级质朴的影子，相反地，作品里的双眉，却是一个道道地地的小资产阶级的典型人物。不论她的思想，感情，性格，姿态等方面，都是如此”②。这些带有含混性的批判，到了方纪文章中就变得比较清晰了。虽然方纪将双眉指称为聪明、能干、泼辣、敢于斗争，而又带着浑身弱点的姑娘，但无疑他非常强调的倒是后面一点：她到了新社会，“在集体里面，就会产生不谐调”，从而“突出个人，强迫命令，和群众对立”。文中举其原任妇女自卫队长被撤职一事为证，并同样提到了双眉瞧不起不如她的人，且说话刻薄，这样得罪的人就多了等事实。方纪的说法里，“个人英雄主义”和“个人主义”的意味已经非常直接了，而且对此表达了一种道德厌恶。他的文章不仅意味着浪漫主义的文学批评，同时也带有明显的时代话语的意味。这种将其命名为个人英雄主义或个人主义的批评一直延续到后来的20世纪80年代，如当时的一篇署名“冉淮舟”的文章提到《村歌》这篇小说时，对于双眉这个人物，的确出现了“个人的因素”“个人色彩”，乃至“个人英雄主义”的直接指认③。

小说的后续情节正是在“组织生产”的框架里，围绕个人与集体两者

① 方纪：《一个有风格的作家——读孙犁同志的〈白洋淀纪事〉》，《新港》1959年第4期。
② 刘金镛、房福贤：《孙犁研究专集》，江苏人民出版社1983年版，第281、419、423页。
③ 冉淮舟：《略论〈村歌〉——兼评对孙犁作品的评价问题》，《莲池》1981年第1期。

之间的矛盾来展开的，这恰好是那个反复出现的“改造”的话题。有意思的是，因为互助组的特殊形式，特别是1946年后逐渐明确的“自愿”“互利”“民主管理”等原则①，在此时劳力、畜力、农具由互助组统一安排，实行评工计分，按熟结算等基本制度之下（指经过新政权提倡互助和土改及土改复查以后的状况）②，通常围绕个人利益发生的矛盾尚不特别地尖锐。这在《村歌·上篇》双眉互助组订生产计划时两次强调“计工清工”的办法这一点上，也可以看出来。或许正因为如此，《上篇》第八节双眉互助组成立后第一天劳动中所出现的纷争，虽然看似一个“个人利益”的事件（大顺义要先给自己地里拿棉花杈，小黄梨要先给自己地里翻山药蔓），但它对全篇的发展具有推动力，它的话题在很大程度上转变为一个关于“个人主义”的问题，即前述的“改造”话题。也因此，双眉会自我安慰地想，做工作是一定要碰钉子的，并认为她们的任务“就是要把自私自利的人组织起来，叫他慢慢变得不再自私”。小说这里出现了后来在十七年文学中非常常见的“远景”雏形：苏联用机器摘棉花，那棉花什么颜色的都有，所以就不用染布；推碾子拉磨都是机器，解板有机器；而且到那时候村里都有电影看——最重要的，“那个时候”，会“很快哩”。在这种远景所召唤的激情之下，双眉提出了一个政治性的思考：你们说毛主席号召的“组织起来”怎么讲？她进一步表达了自己的理解：“组织起来，就是叫我们慢慢入大伙。”这其实是小说作者孙犁对于毛泽东1943年11月的《组织起来》讲话的诠释。约半年之后的张岗村进入了1947年土改“复查以后”的秋季，村里成立了秋收大队，双眉不仅成为张岗妇女的领导人，也成为秋收大队长。小说至此也仍然是按照“个人主义”的思路发展下来的，这正是李三（土改后的贫农总代表，支委书记）批评她的“后一个阶段，又犯了过去的毛病”的意思，也是副支书说的双眉“好反油”，“一当秋收大队长，又闹起来了”的意思。但是我们看到，双眉即使有这样那样的问题，由于她在互助组和土改复查中都算得上一员闯将，所以她入党的问题，在支委会上仍然“拧拧支支地通过了”。

颇有意味的是，《村歌》的下篇与上篇之间发生了巨大的改变。我们

① 萧鸿麟：《中国农业生产互助合作》，中华书局股份有限公司1954年版，第65页。
② 潘淑淳：《互助组》，《档案天地》2008年第7期。

的第一个感觉是，双眉再不像上篇中那样可爱了；同时故事也变得松散起来，明显可以看到，《村歌·下篇》的特点在于每一小节的故事几乎都可以自我独立，是一种直线向前而连缀事件的方式。当然，本书并不想讨论孙犁这个《下篇》的艺术手法问题，而是尽可能地将其作为一个历史化的文本，来讨论其中与史实、思想，及与文学叙述有关的内容。也因此，虽然作者在《下篇》中似乎仍然想将双眉的“个人主义”与集体之间的矛盾作为小说叙述的推动力，来维持下去，但麻烦却出现了。在《下篇》开头不久的第三节，即提到：好不容易开始分“果实”，刚分了一部分，县里就来了指示，停了下来；代表会把粮食红货衣裳，清点入库封存，成立了保管股[①]。一座原属“大三班”的大宅子装得满满的，其中仅包袱就有三百个，“足有三千件衣裳”。直到《下篇》结束，这大批的“果实”仍然没有最后分下去。这赫然一大批的“果实”集中在当时“领导一切”的贫农会手里，同时随着收割任务的迫近，出现了超越互助组形式的统一的“秋收大队”，所以，这个时期的张岗村实际上具有了1956年后的“高级社”乃至人民公社的基本特征，即已经有了明显的“集体化”的组织形式。换句话说，“组织起来”在这一个特殊的历史时刻发生了深度改变，结果，作为一种心理和情绪的“个人主义”的故事就很难讲述下去了。这种情形在《下篇·复查以后》的第三节就非常明显地表现了出来：

李三说，“还有，把你们的互助组拾掇起来。”

“什么互助组？”双眉说。

“我们的互助组。我们不是挑过战，要坚持全年吗？”李三说。

“哎呀！”双眉笑着，“我们不是有了秋收大队，还要那个小互助组干什么使？”

“秋收大队是临时的。”李三说。

“拖拖拉拉干什么呀，赶紧入了大伙算了！”双眉说，“秋收大队多醒脾，一声哨子吹，人们就到齐，又好领导，又没意见。想起那个

---

① 史实可参见《中共中央工委关于土地改革中挖窖问题的几点意见》（1947年7月15日），中央档案馆：《解放战争时期土地改革文件选编（一九四五—一九四九年）》，中共中央党校出版社1981年版，第59—60页。

小互助组，就叫人头痛，满共不到四五个人，鸡一嘴，鸭一嘴，事情还是满多！”

李三说：

“秋收大队，为的是不叫庄稼烂在地里，秋耕耘上麦子，那些日子，我们正在斗争，力量组织得越整齐越大越好。以后，地要分，粮食也要分，明年春天，还得是互助组。”

双眉不耐烦地说：

“不分就不行？我就不明白，为什么走一步又退一步！已经走出村去了，又退回炕头上去，有这样的理？以后反正是要集体吧，现在已经集起来了，东西在一块，人也在一块，大锣大鼓也敲过了，又要哼哼吱吱吹细乐了！”①

早在《上篇·互助组》中，我们还记得老邴在双眉互助组成立会上说过：我看谁再敢赌钱，我把他抓起来！而王同志则在抗旱事件中威胁说：我看谁敢求雨，我把他送到区里！到了《下篇·复查以后》，村里成立了秋收大队，双眉每天摸黑集合妇女们下地，天很晚才收工，“两头见星星”；晚饭后又在月亮下尖声吹着哨子，集合人们开会，以至于妇女们发出“连叫孩子吃口奶的工夫都没有”和“有两个月没和俺当家的说句话了”的抱怨。对比之下，此处双眉所说的“秋收大队多醒脾，一声哨子吹，人们就到齐”，“又好领导，又没意见”等，是多么地引人注目。比起原来的那个小互助组，她所说的“叫人头痛”的感慨，事实上也说明了：随着“组织起来”的形式更为扩大和更加严密化（《上篇·互助组》时期，王同志称“我们组织起来的还不到百分之五十”，“就是已经组织起来的这些组，不好好教育，我看也不巩固”。她的话或许有些“主观”，但仍可以作为参考），“个人主义”的故事已经很难按照原路数继续往下叙述了。因为那时双眉已是被撤职的身份，个人主义的矛盾基本发生于普通个人与群体之间；同时，它的激情所产生的“好比出兵打仗”那样的回报，还没有超过它所产生的损害。由此，故事的推动力再一次演变，成了“个人利益”，虽然这两者在20世纪50年代末艾芜致黄祖良的信中作了仔

① 《下篇·复查以后》，孙犁：《村歌》，人民文学出版社1961年版，第229—230页。

细的讨论区分[1]。结果，此处故事竟然有了赵树理后来说的“劳力少的过共产主义生活，没有就跟国家要；劳力多的过的是社会主义生活”的危险[2]。比如小黄梨出于私心使坏牛和车；荣军老郝要了家具拒绝落账，还想要个“做饭的”（媳妇）；烈属老婆子“借”几根木头支老屋；七班的大少奶奶讨要被没收的东西；等等。同时，阶级斗争的情节模式也开始出现，如第二节的“地主们开始破坏庄稼”，第三节所谓“一举一动都要分个里外码才行”，第七节的“其实，现在什么不是我们的?”第十节称“地主富农到处破坏我们，恨不得把我打死，不敢明出明入，他们就进行挑拨”，“咱们是一家人”，等等。这可能正是为什么这篇小说的《下篇·复查以后》虽然完成于1949年，但是读起来却让人莫明其妙地感到与20世纪50年代后期的高级社乃至人民公社时期的作品非常神似的原因吧。这也说明，这个《村歌·下篇》中的深度组织化虽说只是短时期才出现的，却因为具有了德勒兹式“装置”的意义，一切内在的东西和运作方式都发生了很大的改变。

然而回到最初的话题，在“组织起来”（集体化）的情形下，那个“欲望”的故事是不是已经完全被抑止乃至漫灭了呢? 恐怕不然。从《上篇》来看，其中不仅有一些欲望的残存形式，引人注意的，更在于还有另一种欲望的隐蔽形式。小说中的“王同志”是个非常有意味的形象：这个文化高，上过抗战学院的干部，好吃乡下的“鲜儿”，使得爹娘早已死去却还要养活着一个妹妹的香菊，每天特别为她准备下难得的食物；吃饭的时候，却任由香菊端着碗坐到门限（门槛）上去；白天饭后照例歇晌，晚上倒有精神把浇了一天园、疲惫不堪的人们召集起来开会，一讲至少是三点钟；等等。由于王同志“县妇救会干部”的身份与“组织”这个“装置”并不相违背，附着在这个身份上的“欲望”就得以幸存了下来；奇怪的是，它却并未得到相应清晰的命名。小说中只是通过大顺义之口很不贴切地将王同志批评为“主观劲就不小”，而批判《村歌》言辞最为激烈

---

① 《艾芜同志关于〈百炼成钢〉与黄祖良同志的通信》(1959)，艾芜：《百炼成钢》，人民文学出版社1983年版，第351、352页。

② 赵树理：《在大连“农村题材短篇小说创作座谈会”上的发言》（1962年8月），《赵树理文集》（第4卷），人民文学出版社2005年版，第257页。赵树理此处讲的是“所有生产资料人了社”后的20世纪60年代初期农民生活的情形。

的王文英也不过认为，“这个干部工作作风很坏”[①]。其结果，能指的无法被确切指认，所指当然也就只能含糊其词了。《上篇》叙述抗旱事件时[②]，张岗村村民无奈之下只能寄希望于子虚乌有的“求雨”旧俗，王同志的激烈反应却是这样的：“谁组织的？谁的头？”“群众的意见？群众的意见也得先通过我！”“赶快散了回家去！我看谁敢求雨，我把他送到区里！”——我们注意到，王同志的上述表现，要么关乎美食，要么关乎安逸（食物、睡眠两者都指向“身体”），要么关乎权力快感，所以我们在此将这些概而言之指认为“欲望”，庶几符合于事实。这个被王文英认为应该“受到教育，并给以正确的批判”的领导，显然遭到了张岗村村民的不屑，特别是郭环和大顺义。如郭环就说，区里县里，一天一斤四两米，敢情他们不着急。因此我们可以看到，虽然《村歌·上下篇》中有老邴、李三这样的好干部，但王同志却可能反映了更多的文学叙述中的“意味深长的沉默”（马舍雷语）。和事变前曾有过的“烟犯、赌徒、暗娼、偷盗”经由安逸的身体而指向欲望一样，王同志的吃“鲜儿”、开长会、歇晌、耍干部权威等，同样指向快感和欲望。问题是，小黄梨爱抹牌、郭环爱找漂亮女性搭讪一类的边缘欲望形式，即使是残余的形式，被阻遏和压抑了，而王同志一类的欲望却在不被命名与不被监督的情形下延续了下来。相同的情形也发生在双眉的“个人主义”问题上，因为它一面受到软弱的批评，一面却又得到默许和鼓励。就当时的时代来说，上述问题显然是一个禁忌，或许也正是因为这个缘故，作者的处理方式也显得特别耐人回味：对于前者，在《下篇》第三节的开头就安排老邴和王同志“回县去了”[③]；对于后者，则借用张岗剧团慰问演出等事件，将其一直维持到篇末。

---

① 王文英：《对孙犁的〈村歌〉的几点意见》（1951），刘金镛、房福贤：《孙犁研究专集》，江苏人民出版社 1983 年版，第 425 页。

② 中国社会科学院文学研究所现代文学研究室：《中国现代短篇小说选（1918—1949）》（第七卷），人民文学出版社 1981 年版，第 629 页。

③ 这就是王文英《对孙犁的〈村歌〉的几点意见》一文所说的：“作者仅提出了这样一个问题，而没有设法把它解决。到最后，作者就像变戏法似的安排了‘县里就来了指示……老邴和王同志回县去了。’于是，这个人物（也就是这种思想）就一去不返，再没有下文了。”刘金镛、房福贤：《孙犁研究专集》，江苏人民出版社 1983 年版，第 426 页。

看来，虽然《村歌》被称作孙犁创作的“一个突进，一个新的里程”①，但是作者实际上叙述的是一个更为丰富的故事。在这个故事里，不仅劳动生产已经成为新生活的“正当风气”和“光荣”，更在组织起来（集体化）的过程中由于“流氓就是不生产”的道德逻辑，导致了两个并行缠绕的话题：一是人的“改造”；二是对于“欲望”的压抑。或许正是为此，公开的欲望叙事已经很难在新生活中继续作为小说发展的推动力出现了。至少在孙犁的这部小说里，这种推动力转变为一种外化层次的个人与集体的那个“个人主义”（或“个人英雄主义”）。然而，随着“组织起来”的形式进一步发展，出现比较彻底的类似于所有生产资料入社的深度组织化时，“个人主义”的话题似乎又潜移为更加外化的“个人利益”了。如果上述分析确乎有某种程度的合理性的话，它对于后续的“十七年”文学乃至新时期文学的发展，影响将是极为深远的。但是我们也不得不承认，艺术本身是非常复杂的：一方面，在前述的组织化过程中，“欲望”的表达实际上越来越失去其曾经有过的形式化通道，个人主义和个人利益也都受到明显的批判；但是另一方面，以王同志为标志，由于她的身份与“组织”工作并不相悖，她的借助身份附带表达出来的欲望内容，却通过匿名的形式得以保存了下来。事实上，只有“生活作风”或“腐败”等语词，才可能隐蔽地表达了这些内容是涉及欲望的，但这两个批评语词的普遍使用显然是非常晚的事情。同样麻烦的是以双眉为代表的“组织”工作内的“个人主义”，它总是被摇摆于软弱的批评与犹疑的默许和鼓励之间，不知如何措置才觉得稳妥。自然，这同样给后来的文学发展带来了复杂的影响。总体上来说，虽然孙犁的这部小说使用了“村歌”的名称，与一年以前的“太阳照在桑干河上”和“暴风骤雨”等小说名称一样，是一个关于中国乡村“新时代”诞生的隐喻，但是这部小说显然有着许多孙犁自己的特色。小说结尾处正在舞台上演出《比武从军》的双眉的那一段内心活动，与其说是典型的孙犁式美学风格的抒情，不如说是一段极为含混的暧昧表达：“欲望”的形式化被遏止，个人利益也遭遇到严厉的压制，个人主义在“组织起来”的工作以内时，原来有时也可以和集体主义结合得很好，而成为一个大家都很满意的好东西么？……

① 冉淮舟：《略论〈村歌〉——兼评对孙犁作品的评价问题》，《莲池》1981年第1期。

第二节　《不能走那条路》（1953）：解放的形式想象与叙事程式

原本为了农民解放而提出的“组织起来”互助生产与合作，在确实帮助了缺乏劳力、畜力或者农具的贫雇农家庭之外，对于欲望、个人主义或个人利益等的压抑，确实是一个颇为引人注意的问题。因此，我们可以看到，“解放”之于农民不仅是历史的，其实也是“形式”的。换句话说，“组织起来”虽然源自一种传统变工互助的民间经验，它的发展和被中共积极加以引导，则显然是由于它可以成为某些“解放”想象据以展开的形式基础。继续历史化地讨论这种解放的“形式”想象，我们或许会发现，劳动、欲望、个人主义等等，在文学的叙述里曾经呈现过相当缠结的互文关系和某种附生的困境。1953 年 11 月 20 日，《河南日报》刊登了李準的第一篇小说《不能走那条路》。这篇仅一万来字的作品，由于最早反映了土地改革以及初期互助组工作之后农民出现的贫富分化问题，引起文坛的轰动，并于 1954 年 1 月 26 日被《人民日报》转载。李準的这篇作品总计被“全国各地共 38 家报纸先后转载，并被改编成电影、话剧、梆子、坠子、闽剧、豫剧、眉户剧、连环画等多种艺术形式”，在各地产生了极大影响，当然也引起了争论①。这一切，可能正是因为这个文本直接涉及了前述所指的互文关系和附生的困境。

《不能走那条路》② 的故事并不复杂。重要的是，“不能走那条路”其实喻示着一种影响深远的解放想象——在李準自己随后写的创作谈《我怎样写〈不能走那条路〉》（1953 年 11 月）中，这叫作“共同上升”③，用较晚近的语言来表达，也就是“共同富裕”。值得我们关注的是，这种解放想象在这个小说文本中的“形式”，正是备受当时国家话语、批评者以及作者自己都特别关注的“两条道路的斗争”，即社会主义道路和自发的

① 李云雷：《“不能走那条路”——对当代中国农村政策的文学考察》，《文艺理论与批评》2004 年第 2 期。

② 小说文本据李準：《李準小说选》，人民文学出版社 2009 年版，第 1—13 页。

③ 李準：《我怎样写〈不能走那条路〉》，卜仲康：《中国当代文学研究资料·李準专集》，江苏人民出版社 1982 年版，第 75 页。原载《长江文艺》1954 年 2 月号。

资本主义道路之间的斗争。这种“引导农民向共同上升的社会主义道路走”（《我怎样写〈不能走那条路〉》）的理想，一方面包含了邓子恢在1953年7月《农村工作的基本任务和方针政策》报告中所说的“大家富裕共同发展”[①]；另一方面，也涉及了劳动和尊严的正当性。如小说一开篇就对张拴不好好种地持以道德批判的姿态，小说中大家对勤劳俭省的上升户宋老定充满了尊重，对热心资助张拴的长山老汉所用语言也透着温和与亲切，等等。与小说显得有点过“硬”的宣教意味不同的是，这种对于劳动及其带来的尊严的赞许，并未采取故意拔高的方式，而是将其表现为一种如自然法理般的正派、公道的氛围之美。它直接延伸了土地改革以后的“新社会”寓言。

但是有意思的是，法国学者德勒兹、迦塔利曾以“法律/欲望”或者“施压/受压”等对立的方式来指证“欲望”，称凡是人们认为有法律的地方，其实只有欲望。所以，根据他们的说法，“正义”也不过是一种欲望[②]。因此，我们将“两条道路的斗争”称为小说《不能走那条路》的解放想象的“形式”，在德勒兹、迦塔利的意义上，它还是一个讲述“欲望”的故事[③]。这个欲望即延安时期与“十七年”时期农民小说中反复出现的“发家致富”的固执愿望，一个对于“好生活”[④]的强烈企望与行为冲动。它甚至曾经被明确地表述为民间化的“30亩地一头牛，老婆娃娃热炕头”的生活图景[⑤]。当然，在当时中共农村文件不断提出的“组织起来”的号召下，它是作为“自发倾向”而屡屡受到严厉批判的。然而我们仍然不能忘记，《不能走那条路》中的故事首先是基于日常生活的正常欲望而获得自身的推动力的：宋老定买地的动机，源于“咱也不能光吃花

① 邓子恢：《农村工作的基本任务和方针政策》（1953年7月2日），张培田等：《新中国法制研究史料通鉴》（第五卷），中国政法大学出版社2003年版，第5109页。

② ［法］德勒兹、迦塔利：《卡夫卡——为弱势文学而作》，《什么是哲学》，张祖建译，湖南文艺出版社2007年版，第108—111页。

③ 《中共中央关于土地问题的指示》（1946年5月4日）以后的历次土改文件，对于农民通过勤勉节俭、积极生产所达成的“发财致富”或者“劳动致富”，大方向上都是予以确认的，并且事实上认可这是“农民生产兴趣”。参见本书第一章第四节内容。同时，中共在20世纪四五十年代不同的文件中也多次提及“丰衣足食”的生活理想。

④ 德沃金的《自由主义》一文提到了“美好生活”的说法。［美］罗纳德·德沃金：《自由主义》，张国清译，应奇编：《自由主义中立性及其批评者》，江苏人民出版社2008年版，第40页。

⑤ 龙牧：《〈新湖南报〉关于李四喜思想的讨论》，《人民日报》1951年9月26日。

卷馍，咱也得打算打算吃个白馍”，“敢说咱每年再添几亩旱麦……麦子就见年吃不完了”，这样也好改变粮食“有是有，可总是不宽绰”的生活渴望。宋老定作为旧式农民身份的“买地”情结，确实在后来的一些批评文章中被指认为了“欲望”。如于黑丁《从现实生活出发表现人物的真实形象——评〈不能走那条路〉》（1953年12月）一文就说，“他被强烈的欲望支配着想要买地，想要叫自己的麦秸垛变大。”[①] 我们其实很难批判宋老定这种生活渴望的正当性。何况宋老定的这一渴望在当年其实是极有代表性的，如邓子恢的报告曾指出：一九五二年全国的粮食总产量为三千二百亿斤，以全国总人口平均，每人每年还不足六百斤原粮，这是很不够的；按照我国农民通常说的“大口，小口，三石六斗”来计算，人均每年需要原粮八百五十斤。邓子恢称，现在解放了，土地改革实现了，农民手中的粮食增加了，他们要求改善生活，多吃一点粮，还想储存点粮食以备荒歉，“这是农民的正当要求”[②]。

不得不说，在当年分散的小农生产的记忆仍旧十分坚固的情形下，宋老定的这一“好生活”的渴望，与中共提倡组织起来走共同富裕之路的“善政”之间，是有着相当对立性的。前者其实早在1948年的《关于农业社会主义的问答》中，就被当作“‘平均的’小农经济”（即所谓“农业社会主义”）进行了批判[③]。这种对立性在《不能走那条路》中首先就包括了对于“私有”观念的不同反映。如小说中东山承诺借给张拴“五十万块钱”引起的父子态度的差异，就显得十分耐人寻味。“中间人物”宋老定老汉之所以反应强烈，是因为作为旧式人物的他仍然有着清晰的财物权属观念。这正是“私有”的观念及个人化“发财致富”（《中共中央关于土地问题的指示》，1946年5月4日）的欲望的体现。当然，“私有”的观念仍然与“私有制”是不同的，当时的互助合作运动虽然已经有了明显的社会主义萌芽性质，但它并不完全排斥“私有”的观念。在这种互助

① 于黑丁：《从现实生活出发表现人物的真实形象——评〈不能走那条路〉》，孙广举：《河南新文学大系·理论批评卷》，河南大学出版社1996年版，第235—236页。

② 邓子恢：《农村工作的基本任务和方针政策》，张培田等：《新中国法制研究史料通鉴》（第五卷），第5108页。

③ 新华社信箱：《关于农业社会主义的问答》（1948年7月27日），中华人民共和国国家农业委员会办公厅编：《农业集体化重要文件汇编（1949—1957）》上册，中共中央党校出版社1981年版，第23—28页。

合作条件下对于“私有”的阐释中，我们注意到，土地改革后的少数生产资料，如土地、农具、牲畜等，是为了保障农民个人或家庭基本生活的；此外的房屋、家具、衣着、家禽，个人劳动的收入和积蓄等，其实都是生活资料，主要用于日常生活的消费[①]。而小说《不能走那条路》的情节发展，关键的转折就在于：宋老定并没有把东林寄回来的钱直接用于改善生活，而是依然沿用旧社会庄稼人必须“得有几亩地”的发家策略，试图将那些钱由“私有”的个人财产，转变为“私有制”的生产资料（“买地”）。小说显然暗示着需要合理地对待私有财物，但对生产资料的私有制则持鲜明的反对态度，这一区别是非同小可的。

可以看到，宋老定由“私有”转向“置业”的冲动，带出了一个十分重要的概念：剥削。由于中共互助合作政策的渐进性，从土地改革时期的“五四指示”到1950年6月的《中华人民共和国土地改革法》，都是对农民的土地私有权予以明确认定的，同时对于富农经济整体上持保存态度。这在上述1953年邓子恢的《农村工作的基本任务和方针政策》中同样如此。但艺术家的敏感在于，越过互助合作初期农民生产生活的艰难，农民进入了初步丰裕的阶段，那些富余的个人财产到底向何处去？在20世纪40年代后期的东北和华北地区，由于土地改革实行得比较早，加上其他有利条件，上述问题最先在这两地爆发出来。这正是1950年东北富农问题之争与1951年山西农业合作社问题之争的原因[②]。在1950年东北富农问题之争中，刘少奇对于当时农村中出现了土地买卖、党员雇工剥削等现象，是持肯定态度的[③]。1951年的山西农业合作社问题之争，刘少奇将山西省和长治地委的做法称为“幻想的社会主义”“空想的社会主义”“空想的农业社会主义”[④]，并力主保存富农经济，说“现在农村阶级分

---

① 邓子恢：《农村工作的基本任务和方针政策》，张培田等：《新中国法制研究史料通鉴》（第五卷），第5111页。

② 关于土地改革后东北、华北和部分新解放区农民生产生活的发展，以及1950年东北富农问题之争、1951年山西农业合作社问题之争的情况，参见罗平汉《农业合作化运动史》，福建人民出版社2004年版，第20—61页。

③ 刘少奇：《东北的插犋换工和富农问题》（1950年1月23日），中共中央文献研究室：《刘少奇论新中国经济建设》，中央文献出版社1993年版，第154页。

④ 刘少奇：《“三年准备，十年建设”》（1951年5月7日），中共中央文献研究室：《刘少奇论新中国经济建设》，中央文献出版社1993年版，第183页。

化，正是将来社会主义的基础。将来富农作为一个阶级出现后，可以采取税收、价格、工会等办法加以限制”。值得注意的是，罗平汉《农业合作化运动史》一书，虽然也说刘少奇对山西省委的批评有过火的地方，但对于薄一波和刘少奇的意见基本上都是持肯定态度的。[①]

但本书仍然想在此提出的一个思考角度是：当年允许富农经济和雇工剥削在一定程度上存在虽然是合理的，然而，在不考虑监督与制度改进的条件下，如果对此不加限制，甚至予以鼓励，却可能会留下某些隐患。“雇工”如何演变为“剥削”，中间其实涉及一个严峻的社会公平分配问题。[②] 正是在这个意义上，本书认为“十七年”的农民问题与20世纪80年代后新时期的农民问题的讨论，是应该作为一对紧密的互文关系的阶段来看待的。设想一下，20世纪70年代末以来农村的土地承包制（包括私人企业），以及20世纪80年代城市改革对于私有经济的鼓励发展，似乎可以被认为是以另一种方式回应了十七年时期未能被充分观察到的“土地私有”和“雇工剥削”的历史后果（虽然农民只有土地使用权，而无所有权；私营经济仍处于“公有制经济为主体”的制度前提之下，等等）。其结果是，这种趋势的继续发展，在随后的20世纪90年代使得局面更趋明朗化，从而出现了孙立平说到的中国“断裂”社会，和汪晖所称的“新阶级化”现象。看来，当年刘少奇同志所说的对富农有办法，将来再予以限制，或者是有些过于乐观了。从这方面来说，倒是1948年7月新华社信箱的《关于农业社会主义的问答》中的一段文字，似乎显得更合乎后来社会发展的某些状况：

> 土地改革只是废除了封建阶级的私有财产，没有废除资本主义的私有财产，并在客观上还为资本主义的广大发展扫清道路。因为在土地改革之后，农村中的经济竞争，不可避免地会有新的发展，并使农民之间不可避免地会有新的阶级分化，而绝不能永远保持平均的小农经济。农民在分得土地后，是作为小的私有主而存在的，他们的生产

---

① 罗平汉：《农业合作化运动史》，福建人民出版社2004年版，第59—60页。

② “社会主义的本质是什么？最根本的就是分配公平。”杨奎松：《权力平等，才能分配公平——〈南方周末〉访谈录》，《学问有道：中国现代史研究访谈录》，九州出版社2009年版，第32页。

条件不可能完全相等，尤其不可能保持不变。有些农民，因为生产条件比较有利，又努力生产，善于经营，他们的经济就可能发展，而逐渐地富裕起来，其中有小部分就有可能进行剥削，而成为新的富农。而另外有些农民，因为生产条件比较不利，或者不努力生产，或者不善于经营，或者遇到某些不可抗拒的打击，他们的经济就不能发展，而逐渐地穷困下来，其中有一部分就不能不受人剥削而成为新的贫农或雇农。[①]

虽然该“问答”也认为土地改革后农民中一定程度的阶级分化，是不可避免的，但这篇文献仍然提出了“绝不能让少数资本家少数地主‘操纵国民生计’，绝不能建立欧美式的资本主义社会，更不能恢复旧的半封建社会”的严重警示[②]。

我们注意到，《不能走那条路》中对于宋老定的批判，虽然关节确实在于“买地”，却正是将其延伸到可能的“雇工剥削”和“阶级分化”的意义上来推动故事发展的。小说中宋老定梦想依靠生产发家并过上富裕生活的欲望，是通过“私有”这个环节，将本为生活节余的财富（即东林的那些钱）转变为“私有制”的“买地”来尝试实现的。因为土地在当时按规定确实可以买卖，作者也就无法在“买地”的合法性上继续讨论[③]。但是当王老三劝说他买地和雇长工的时候，宋老定的反应显得特别大。这里无疑是将叙述指向了雇工剥削。与历史可以相互印证的是，在中共土改以来的文件中，是否有经常性或主要赖之以生存的雇工剥削，一直是富农与中农的划分标准所在。这种情形直到1950年8月的《中央人民政府政务院关于划分农村阶级成分的决定》中，依然如此[④]。小说随后出

① 新华社信箱：《关于农业社会主义的问答》（1948年7月27日），中华人民共和国国家农业委员会办公厅编：《农业集体化重要文件汇编（1949—1957）》上册，中共中央党校出版社1981年版，第24—25页。

② 新华社信箱：《关于农业社会主义的问答》，中华人民共和国国家农业委员会办公厅编：《农业集体化重要文件汇编（1949—1957）》上册，中共中央党校出版社1981年版，第25—26页。

③ 李凖《我怎样写〈不能走那条路〉》：“最后我想：政策准自由买卖土地是不错，不过决不是提倡，也决不是坐视其分化。我们农村中党组织应该保证不使农民两极分化，而应该引导农民向共同上升的社会主义道路走。”卜仲康：《中国当代文学研究资料·李凖专集》，第75页。

④ 《中央人民政府政务院关于划分农村阶级成分的决定》（1950年8月4日政务院第四十四次政务会议通过，1950年8月20日公布），于建嵘：《中国农民问题研究资料汇编》（第二卷·上册），中国农业出版社2007年版，第1048—1049页。

现了宋老定在麦场里对于麦秸垛的想象。似乎已经无须说明，宋老定对于麦秸垛和瘦孩子的想象，其实正是虚拟的“买地”如果成功的话，必将带来的农村“雇工剥削”和“阶级分化”的景象了。小说在这里，不仅将这种剥削可能产生的后果指向了道义，“谁的心公道，谁见天为群众打算，村里人都知道”，也指向了个人的体验——宋老定父子对民国三十二年自家破产卖地的悲惨记忆。所以小说中东山反问他爹，“那时候也没人救济救济咱?”小说就是以这样的路径，使“买地”的欲望叙述，最终被转折牵引向了弱者的生存正义话题。这也是作者为什么会说宋老定这个人物，虽然并不是一上来就想剥削人，可是小农经济的自发势力必然会使他逐渐发展到剥削人的道路上去的原因①。

另一方面，“两条道路的斗争”成为小说解放想象的“形式”，也导致了合作化故事在叙述过程中表现出一些特殊的程式。这些程式中首先引人注意的就是，作为当时被认为应该批判的“欲望”，派给了中间人物宋老定；而当时被认为应该予以赞扬的“公道”，则派给了“新人”宋东山。宋老定属于那个时代典型的人物系列，写得比较成功，这自不必说；而作者对于宋东山的形象塑造，就有些不一样②。这种差别化的判断也见于苏金伞的《读〈不能走那条路〉》（1953 年 12 月）③、于黑丁的《从现实生活出发表现人物的真实形象——评〈不能走那条路〉》④，以及那篇关于《不能走那条路》的著名批评文章，即李琮的《〈不能走那条路〉及其批评》。不过，虽然东山这一形象被明显地批评为“概念化”，但是这却是作者在以后相当长的时间内，“努力着试图写些农村新人物的形象”的开端⑤。

应该承认，今天看来当年建设“新社会”和“新人”的想象确实有

① 李凖：《我怎样写〈不能走那条路〉》，卜仲康：《中国当代文学研究资料·李凖专集》，江苏人民出版社 1982 年版，第 76—77 页。

② 同上书，第 76 页。

③ 苏金伞：《读〈不能走那条路〉》，孙广举：《河南新文学大系·理论批评卷》，河南大学出版社 1996 年版，第 226、229 页。原载《河南日报》1953 年 12 月 25 日。

④ 于黑丁：《从现实生活出发表现人物的真实形象——评〈不能走那条路〉》（1953），孙广举：《河南新文学大系·理论批评卷》，河南大学出版社 1996 年版，第 235、237 页。原载《长江文艺》1954 年 1 月号。

⑤ 李凖：《〈车轮的辙印〉后记》（1959），卜仲康：《中国当代文学研究资料·李凖专集》，江苏人民出版社 1982 年版，第 80 页。选自《车轮的辙印》，人民文学出版社 1959 年版。

着许多问题，针对这一问题的批评也不能否认其合理的成分。但我们仍然不能完全忽略的，也许是一个相反的质疑：为什么当年我们如此需要这样一些“新社会”和“新人”的想象？对于这一问题，“现代民族国家想象”“国家意识形态规训”和“新型主体人格的询唤”等说法，我们都比较熟悉了。然而本书想提出的是——如果不是这样的新人和新的社会空间的想象（小说中围绕着东山所叙述的人物，彼此之间是新型的人际关系，这是“新社会”的一个特别重要但通常易于被忽略的方面），比如让当年的中间人物的理想，即“单干”和“买地”致富，获得全部的合法性，并在前述制度缺陷的前提下允诺其自由向前发展的话，那么会怎样？由于特殊的历史语境的原因，这个问题的思考可能就指向了20世纪70年代末以后新时期，特别是20世纪90年代后的中国农村和社会的某些景象。正是从这个方面考虑，我们才可以理解为什么东山、秀兰会对互助合作有着如此的信赖。它原是一种珍贵的“现代民族国家”的情感，但未来并未得到很好的发育。我们也可以理解了，为什么长山老汉会抱着安适的心境去帮助张拴，而宋老定老汉最后也会要求张拴往后要好好下劲种地，不然，任谁他都对不住。然而，如何创造这个“新社会”和“新人”的想象，确实存在着比较严重的问题。以这篇小说为例，其中公认代表自发的资本主义的旧式人物宋老定，是小说中写得最好的人物形象，而作者作为“正面典型人物”创造出来的宋东山，却难以进入小说中的“行动”：只见他说话，不见他动作，无法拿自己生动的事迹以及实际表现出来的互助合作的优越性，来带领人们前进。这个人物缺乏性格，也缺乏特点。“正因为这样，就使这篇作品，批判旧的多，建设新的少。只是用回忆对比，阶级同情等办法解决问题，而用社会主义前途教育解决问题的部分既少也概念化，因此也削弱了这篇作品的思想性。”①

关于这一点，李琮的上述批评文章和康濯的反批评文章《评〈《不能走那条路》及其批评〉》，曾经执着地纠结于“过去的回忆”或“过去的诉苦”对于小说情节的推动之争。李文说：

---

① 苏金伞：《读〈不能走那条路〉》，孙广举：《河南新文学大系·理论批评卷》，河南大学出版社1996年版，第229页。

作品中斗争的开展，在东山来说，完全依靠的是讲一般的道理；斗争的解决，在宋老定来说，则完全是依靠对于过去的回忆（苏金伞同志文中曾认为作品细致地、成功地描写了宋老定转向新道路的三个关键："一是谈起了过去，原来他也卖过地。"再一个是他在地里，看见了从前和他一块受过苦的张拴他爹的坟。三是听到张拴说："我也知道老定叔……他也知道卖地啥滋味。"这些事实上都是回忆过去的痛苦），这样就使人感到，要使得农民克服自发倾向，走上社会主义的道路，是不需要互助合作运动的实际的、长期的教育，而只消说些道理，回忆一下过去，就可以办得到的。这样的描写，容易使作品本身所提出来的矛盾被掩盖起来，使人感到农民的克服自发倾向和向农民进行教育，都是容易的事。①

康濯的文章曾经对此提出了强烈的反批评。但我们还是可以注意到，李文中有一个非常重要的方面，在康文中的回应是非常薄弱的：李文对于宋老定的"转向"理由的批评，针对的是一种纵向的处理方式，即对旧社会体验的"诉苦"，这原是一种"历史"化的策略。这个"诉苦"在当年的土改和20世纪50年代的文化扫盲运动中曾经起过十分重要的作用，但是这种对比诉苦必须得依赖一种不同质的"过去"（"旧社会"或"旧时代"）的存在。然而，宋老定买地所代表的可能的"雇工剥削"和"阶级分化"，却首先是一个横向的"共时"问题。这是十分重要的一点。康文中的回应虽然对此有所涉及，但显然无法有力地回答这一疑问。如果宋老定"买地"所代表的发家致富倾向确实是一个严重的"问题"的话，李文的意义即在于，它指明了对于宋老定的批评的这种对比模式，在后来的类似主题中将随着时间的远逝而失去其合理性。比如，在"十七年"后期和新时期的农民小说中，这种模式将显得十分勉强，甚至有些怪异。而对于东山这个人物形象，依靠的完全是讲一般的道理，或者正是因为作者对于他的"共产党员"身份与渴望"好生活"之间的关系无法处理得比较圆满的缘故。因为直至今天，从情绪上来说，我们仍然对于刘少奇当年所谓"富农党员"，"认为党

---

① 李琮：《〈不能走那条路〉及其批评》，卜仲康：《中国当代文学研究资料·李準专集》，江苏人民出版社1982年版，第263—264页。

员便不能有剥削，是一种教条主义的思想”，“现在还必须有剥削，还要欢迎剥削”等说法，比较难以接受。原因就在于，我们虽然可以承认刘少奇同志对于当时需要单干和剥削等来维持国家经济总量发展的认知合理性，但在监督与制度没有积极跟进的条件下，这个“剥削”作为“装置”（德勒兹语）所捆绑的“阶级分化”以及“尊严”丧失，甚至“操纵国民生计”等诸种可能的景象，却不得不让人深怀疑虑。但是麻烦在于，疑虑虽然存在，欲望却无法最终被完全规训。由此，如何合理地疏导社会人群（在小说中则是人物形象）的合理“欲望”，正是需要讨论的问题之一。小说对于“欲望”的防范的另一处表现是：李文主张，只把宋老定当作自发资本主义思想的代表者，而把张拴放在好像不需要着重批判和改造的地位上的处理方式，是不对的，因为“宋老定的落后思想和张拴的‘吃飞利’思想，是同时存在，并且相互关联的。两者都是农村资本主义倾向的根据”。李文也不完全同意作者是“受了作品中的结构上单线发展的限制”，而造成此种情形的[①]。——这里似乎应该理解为，张拴代表的“胡倒腾”已经被指认为一种致富的非道德性，即违背了“劳动”正当性的民间道德逻辑，从而不再深具威胁；反倒是东林挣的钱来得合法，宋老定买地在当时又为法规所允许，从而显得更具有深层的威胁性，成为“共同上升”想象的最难被说服之“敌”。

而且，这个问题看似轻微，实际上却是十分坚韧的，也就是说，它意味着欲望难以被规训。仅就作者本人的创作经验来说，我们会发现，他以后逐渐放弃了这种后来他戏称为“提炼‘酒精’”的模式。1953 年的时候作者说，作品要表现矛盾，要写两条道路的斗争，而且这是要通过人物来表现的，“我知道应该正确的表现农民，我力图使自己创造的农民形象，能够表现农民阶级的本质。”[②] 为此，作者甚至不惜将小说情节巧为安排，从而构成一个齐泽克所批评的“叙述”神话[③]：

---

① 李琮：《〈不能走那条路〉及其批评》，卜仲康：《中国当代文学研究资料·李凖专集》，江苏人民出版社 1982 年版，第 263 页。

② 李凖：《我怎样写〈不能走那条路〉》，卜仲康：《中国当代文学研究资料·李凖专集》，江苏人民出版社 1982 年版，第 75 页。

③ 齐泽克曾在《幻想的瘟疫》中讲到“叙述”的作用：“叙述之所以会出现，其目的就是在时间顺序中重新安排冲突的条件，从而消除根本矛盾冲突……叙述悄悄把它意在再生产出的东西预设为业已存在之物。”［斯洛文尼亚］齐泽克：《幻想的瘟疫》，胡雨谭、叶肖译，江苏人民出版社 2006 年版，第 12 页。

> 我感到在写作之前，必须对情节有缜密的安排。那一段放在前面，那一段放在后面，那些可以拆开分成两段。经过安排后再写，这样人物就会在故事里自然地、合乎情理地行动着。总之，结构是和高度的概括分不开的，结构要求严谨，但也不能吝啬使用文字。我就正因为只注意严谨，所以在有些段落中没有造成“气氛”，有些感情没有充分写出来。我想以后写东西，需要更加周密的布局，使我们的作品能够从正面看五色缤纷，从背面看则是井井有条。①

1959 年的时候作者仍然表示，从《不能走那条路》开始，他之后写的小说，如《孟广泰老头》《冰化雪消》等等，都是沿着这样一条线来叙述故事和人物的——“那就是崭新的社会主义思想和腐朽的资本主义思想的斗争”；尽管这一时期他的小说更多地关注了“家庭关系的变化”，因为在作者看来，一个家庭的前进和变化，能够代表一点整个社会的前进变化②。到了 1977 年，作者重新编辑出版旧作时，态度有了一些改变。谈到 1958 年以后的作品时，作者将早先写中间人物多的特点指认为“缺点”和“毛病”，并表示要尽力克服它；写新的英雄人物时，则力求丰满一些，生动一些，真实一些。提到早期的一些小说，如《不能走那条路》《白杨树》《冬天的故事》等，他说：“有的是在生活中提出了一个比较重要的问题，有的反映合作化中的一些问题，但是偏重于有落后一点人物的形象描写。有的立意也不够深。从今天看来，仍然是我创作上的缺点和弱点。”③ 1979 年，作者的优秀长篇《黄河东流去》由北京出版社出版，他在《〈黄河东流去〉开头的话》一文中，关于人物形象的见解则进一步发生了较大的转变④。

---

① 李準:《我怎样写〈不能走那条路〉》，卜仲康:《中国当代文学研究资料·李準专集》，江苏人民出版社 1982 年版，第 77—78 页。

② 李準:《〈车轮的辙印〉后记》，卜仲康:《中国当代文学研究资料·李準专集》，江苏人民出版社 1982 年版，第 79、80 页。

③ 李準:《〈李双双小传〉后记》，卜仲康:《中国当代文学研究资料·李準专集》，江苏人民出版社 1982 年版，第 83 页。

④ 李準:《〈黄河东流去〉开头的话》，卜仲康:《中国当代文学研究资料·李準专集》，江苏人民出版社 1982 年版，第 86—87 页。

以上就是作家当年《不能走那条路》中宋东山为代表的“提炼‘酒精’”式“新人”模式的步步后撤的轨迹了。当年的“讲一般的道理”逐渐向深层的欲望（“生命活力”）转化，而表层的“典型”环境则逐渐向“就是那样”的日常生活回归，但文学叙述的感染力量似乎并未减弱，而是加强了。而且事实上，与宋老定老汉个人化的“买地”致富及张拴买卖牲口所代表的个人欲望相类似，李準自身作为作家的成功之路，恰恰也是依循个性化的。我们可以在李準自己的创作谈中不断地发现“我想……”“我准备……”“我感到……”“我曾经……”等等这样的句式。这些句子的主语不是“我们”，它们含混地指向了个性化乃至某种愿望，也就是说正意味着合理的欲望。这一切，都体现了小说《不能走那条路》将“两条道路的斗争”作为一种解放想象的“形式”，在当年所留下的程式化痕迹。它们的确影响了后来的合作化小说的叙述，并进一步留下了其他的问题。而此篇中其他细节上可能存在的错误——如张拴买小叫驴回来做活，实际上在农村十分少见；赶回老口牛碰上“麦前霜灾”，又显得过于巧合；张拴父亲的坟埋在耕地的中央，而不是农村常见的在田边地头，或无法耕作的山坡；等等——都不是处理得比较圆满的方面，就不必赘述了。

总结起来说，当年年轻又充满热情的作家李準，在他的《不能走那条路》这篇小说中，凭借着对于弱者的关注与艺术家的敏感，依托“两条道路的斗争”这一“形式”，展开了农民解放的相关想象。出于描绘“新社会”和“新人”的需要，他也将这种“形式”发展为一套讲述的程式，其中涉及：将横向、共时的政治化主题转化为容易受到置疑的历时化的“过去的回忆”模式，也就是“诉苦”；对个性化的“买地”致富，包括买卖牲口所代表的合理欲望，予以强力说服与压抑；为了主题的达成而不惜多方巧为排定情节顺序，以造成“叙述”的闭合；以及为了故事的推动力，在细节上开始依赖某些过于巧合的因素；等等。这些方面对于后来的合作化小说都带来了不同程度的影响。在上述小说的“意义”（由形式带来的）与“程式”两者之间，如何处理“欲望”，成为其中最为令人纠结的问题。但无论如何，本书对于作者所表达的中国社会决不应该再走人剥削人、人吃人的路，不能再走富一家穷千家的路，以及无论是文学家还是艺术家，也不应该走精神贵族的路的拳拳之心[1]，都由衷地表示敬佩。本书并且认为，包括这篇小说在内的当年试图建构“新社会”和“新人”想象，以取代旧式封建性的乡土化空间的诸多“社会主义小说”，在一定程度上来说，其意义与作用应该得到历史相应的尊重。今天，它们同样是值得我们重新去再三审视和思考的想象性资源：当年，它们叙述的正是关于劳动、尊严、公道、共同富裕、人的平等关系等的故事——我们无法否认，这些故事与我们未来可能的“好生活”图景，确实密切相关。

第三节　《铁木前传》(1956)及其生命的“火力”、改造与爱情

1950年春的一天晚上，作家孙犁在滨江道光明影戏院看电影《青灯怨》，一张票价钱超过了当日每斤“棒子面牌价”的3.5倍，让他很是惊讶，因为当时仍是粮食匮乏的时代；而颇为踊跃的观众，按农村的习惯来看，都是生活比较富裕者，也使他颇不自在。他坐在中间，一时感到这是以前跋山涉水、吞糠咽菜的时候所未能想象到的。更由于本次电影前面加映的皖南救灾新闻片中突然出现农民的劳苦干瘦的脸、破烂的衣衫和黑暗的小屋等画面，作家不禁心里一阵难过：“难过不在于他们把我拉回灾难的农村生活里去，难过我同他们虽然共过一个长时期的忧患，但是今天我的生活已经提高了，而他们还不能，并且是短时间还不能过到类似我今天的生活。”孙犁以为，类似于光明影戏院《青灯怨》观众的这些人，很多还是过去那些不事生产的人，不仅如此，有时候他们乐的更没有道理，而加强着他们的剥削的、寄生的、丑恶的意识[2]；因此，我们还要继续努力，“建设起全体劳动人民的新的康乐富强的生活，在建设过程中，并改造人们的思想、传统的优越感和剥削意识。”此心理过程见于孙犁1950年3月25日、26日的《两天日记》[3]。

---

① 转引自曾镇南《现代文学馆里的沉思》，《光明日报》2000年9月28日。

② 20世纪50年代初期，私营经济仍然存在。

③ 孙犁：《两天日记》，《孙犁文集·5·杂著》，百花文艺出版社1982年版，第237—239页。原载《天津日报》1950年3月30日，署名“纵耕”。

孙犁的这种情怀，事实上明显地指向了与农民“解放”有关的体验与想象。并且，他的这种解放想象虽然也包括城市或者工人，但无疑农民才是孙犁在此特别强调的对象。或许就是出于这样的心境，他在其后写作了《村歌》（1949）、《风云初记》（1954）等农村叙事的作品。1952 年冬，孙犁曾经到安国县下乡，这是作家在《〈善闇室纪年〉摘抄（一）》里提到过的少年旧地，虽然他当时并没有到过长仕村[①]。长仕是离他家乡安平县东辽城村五十里路的村庄，他在此住了半年。孙犁据这次下乡经历写成的最突出的作品，是 1956 年的《铁木前传》[②]。但是这篇小说却给孙犁带来了厄运，不仅写作未完成即病重至家人和同事都觉得他“活不长了”，“感到自己就要死亡”（《红十字医院》)[③]，而且在后来的文化大革命期间，孙犁家前后被抄六次，其中至少有三次，就是借口查抄这本《铁木后传》[④]。这也是作者在《耕堂书衣文录·铁木前传》（1975）、《关于〈铁木前传〉的通信》（孙犁 1979 年 10 月 1 日信）、《答吴泰昌问》（1980）等篇中提到的“以此书，几致丧生……不祥之甚”“不祥之物”和“迫使我几乎丧生，全家遑遑”等说法的由来。这篇令人着迷的小说让我们感兴趣的是，在 1951 年秋至 1952 年秋 6 人文艺界为主要领域之一的“知识分子思想改造运动”，以及 20 世纪 50 年代前期系列文艺思想批判的浪潮之后，作为对作品拒绝轻易修改的作家孙犁[⑤]，是如何辨识他一直推崇的

① 孙犁：《〈善闇室纪年〉摘抄（一）》，孙犁著，谢大光编：《铁木前传》，花城出版社 2010 年版，第 78—81 页。

② 孙犁说，“这本书，从表面看，是我一九五三年下乡的产物”。孙犁：《关于〈铁木前传〉的通信》，孙犁著，谢大光编：《铁木前传》，花城出版社 2010 年版，第 108 页。小说篇末时间为“1956 年初夏”，原载于《人民文学》1956 年第 12 期。

③ 1956 年 3 月，孙犁的《铁木前传》已经写至第十九节，长期劳累的身体突然暴发一场大病，而且一病就是十年。在病体稍安的间隙，孙犁匆匆补写了简短的第二十节即告结尾。事见郭志刚、章无忌《孙犁传》，北京十月文艺出版社 1990 年版，第 307—312 页。但据克明《一个作家的足迹——孙犁创作生活片断》一文，事件略有出入，而重伤则一。刘金镛、房福贤：《孙犁研究专集》，江苏人民出版社 1983 年版，第 49 页。原载《长城》1981 年第 2 期。

④ 孙犁：《人道主义·创作·流派——答吴泰昌问》，刘金镛、房福贤：《孙犁研究专集》，江苏人民出版社 1983 年版，第 178 页。原载《文汇月刊》1981 年第 2 期。

⑤ 孙犁称其作品“在写作期间，反复推敲修改”，但是“在发表之后，就很少改动。只有少数例外”；并且声称“不轻视早期的作品”，“常常以为，早年的作品，青春的力量火炽，晚年是写不出来的。”孙犁：《文集自序》，刘金镛、房福贤：《孙犁研究专集》，江苏人民出版社 1983 年版，第 185 页。

"真正现实主义"的那些艺术感受和审美发现的呢？他的这些感受与发现，是否会在当年"舆论一律"[①] 的主流话语下被迫改变或隐蔽成某种特殊的形式，也就是某种历史化的互文关系？在那个短暂而引人神往的"百花时代"，这些特殊的声音是以什么样的状态被表达出来的？它的后续历史影响为何会一直延续至今？从另一个方面说，这篇小说写的是20世纪50年代前期，据他的安国县下乡经验呈现出来的互助合作运动"起源"时的图景[②]，它天然地与"社会主义"的农村经验和农民解放的相关想象发生着必然的联系。可以看到，几乎无论上述哪个方面，这篇小说都是十分特殊的，它在文学之美的话题以外，显然还有着更多的"意义"，有待于我们去发现。

从结构上来说，孙犁1956年的小说《铁木前传》，仍然沿用了在《村歌》（孙犁，1949）中萌芽，而在《不能走那条路》（李準，1953）中鲜明形成的"两条道路的斗争"模式，作为解放想象的初始"形式"。孙犁自己被广为转述的说法是，"它的起因，好象是由于一种思想。这种思想，是我进城以后产生的，过去是从来没有的。这就是：进城以后，人和人的关系，因为地位，或因为别的，发生了在艰难环境中意想不到的变化。我很为这种变化所苦恼。确实是这样，因为这种思想，使我想到了朋友，因为朋友，使我想到了铁匠和木匠，因为二匠使我回忆了童年，这就是《铁木前传》的开始。"孙犁又说，"小说进一步明确了主题，它要接触并着重表现的，是当前的合作化运动"[③]。当然，我们应该注意到，这样的说法是孙犁在1979年所做的"追述"。小说在此基础上，同时与当时的社会主义经验相关联。——在20世纪50年代初农业合作化的语境下，这可能是孙犁当时能够做的，如此才可能被"一体化"主流话语辨识为政治正确而通过；这也是孙犁能够命名的他自己宣称的那个"思想"，因为反对阶

① "舆论一律"的说法最早见于胡风在1950年8月13日致张中晓的信（自上海）。参见"人民日报"编辑部《关于胡风反革命集团的材料》，人民出版社1955年版，第67页。

② 《中共中央关于农业互助合作的决议（草案）》（1951年12月）的出台，标志着我国当年的农业合作化作为"运动"的开始。毛泽东为之起草的"中央批示"称，"请印发到县委和区委。请即照此草案在党内外进行解释，并组织实行"，"请你们当作一件大事去做。"参见罗平汉《农业合作化运动史》，福建人民出版社2004年版，第66—67页；中华人民共和国国家农业委员会办公厅编《农业集体化重要文件汇编（1949—1957）》上册，中共中央党校出版社1981年版，第37页。

③ 孙犁：《关于〈铁木前传〉的通信》，孙犁著，谢大光编：《铁木前传》，花城出版社2010年版，第109页。

级分化，建设全体劳动人民的“康乐富强”的说法，正与所谓时代的主题或题材问题相通。然而即便如此，结果却出现了预料之外的情形：根据柯文的说法，某种经历只在其发生后“被初次记录下来时”（在此意味着叙述时间的尽可能切近），神话化的处理模式才可能“不是很清晰”。如果这种说法是有一定道理的，则上述孙文的“追述”内容可能是不够历史化的[①]。倘若我们把开始叙述的部分指认为向一个特别意味渐行过渡的“开场白”，这意指着话题正在展开的途中，那么，小说《铁木前传》从一开篇就并非前述庸俗政治学讲述的路数[②]。它所提出的何种童年事物“留下的印象最深刻”的问题，在后文中的解释既不是指向农村当时的物质生活，也不是指向当时的所谓文化生活，即精神生活，而是指向了奇妙的“木匠手艺”所带来的诱惑力。这里不仅用到了“留恋”“吸引”“引诱”“难以割舍”，甚至一连三次用到了一个特殊的词汇——“可爱”。在话题转向铁匠炉带来的叮叮当当的声音和一炉熊熊的火的时候，小说还用到了“希望”与“欢乐”这样的词语，“希望是永远存在的，欢乐的机会，也总是很多的。”——这不正是对于“美”（“可爱”）的强烈向往吗？这个过程至少说明，孙犁在回溯进城后人和人的关系发生意想不到的变化的缘由时，将话题不仅最后落脚到了“童年”，这与李準《不能走那条路》中的“过去的回忆”，即“忆苦”的模式一样，是一种历时化的处理；同时，小说批判的缘由更在于“欢乐”，这种向往如此强烈，我们几乎马上可以将其确认为弗洛伊德式的“欲望”。而且，《孙犁传》在谈到作者“童年时代的欢乐和幻想”（《答吴泰昌问》）时，的确提及了孙犁对弗洛伊德是颇感兴趣的：青年时代作家确实喜欢过弗洛伊德，到了晚年，还肯定过弗洛伊德学说的价值，只是后来一些人争相标举弗洛伊德的时候，他就暂时沉默，不再说什么了[③]。引起我们注意的是，当孙犁把上述“欢乐和幻想”处理成“幸福”的时候[④]，它可以是面向过去时间的“回忆”；

---

① 关于柯文所说“某种经历”与“神话化的处理模式”的关系问题，参见柯文《历史三调：作为事件、经历和神话的义和团》，江苏人民出版社 2000 年版，第 247—248 页。

② 孙犁著，谢大光编：《铁木前传》，花城出版社 2010 年版，第 1—2 页。

③ 郭志刚、章无忌：《孙犁传》，北京十月文艺出版社 1990 年版，第 236 页。

④ “对于我，如果说也有幸福的年代，那就是在农村度过的童年岁月。”孙犁：《答吴泰昌问》，孙犁著，谢大光编：《铁木前传》，花城出版社 2010 年版，第 136 页。

但是如果将这个话题看作“欲望”的时候，它其实是一个严肃地面向“现在”时间的、处于不同人物个体之间的“政治”问题，这将在本文的后续分析中得到进一步确证。

《铁木前传》的“美”，或者说无论是孙犁所谓“童年时代的欢乐和幻想”，还是阎纲所谓“生活的美”（两者皆为追述），在事实上如此切近于“欲望”的话题的表现，尤以众说纷纭的“小满儿”这个人物形象最为突出①。“满城关没有一个人不认识她，大家公认她是这一带地方的人尖儿。”小说第六节里，那桩引人耸动的小满儿碾米事件无疑描述了她的令人震慑的美。但小说马上证明了这种“美”在旁人的眼里，可能只是一种“性”的欲望的隐喻——那个名叫大壮但实际上非常胆小的青年的出手相助，导致了比他大八岁的童养媳妇凌厉吓人的怒骂，“你们是一群狗，有一只小母狗儿，在街上夹着尾巴一溜达，就把你们都引出来了！……”这种过于直白的性意味的指责，在传统的乡村禁忌里，使得众青年颇为尴尬。不必说，大壮女人和黎大傻女人的互骂和争斗，也是这种隐喻的进一步确认。六儿和小满儿抓杨卯儿外国种鸽子的那个结满霜雪的冬夜，他们两人之间的对话，更是确证了这种“美”的力量：“‘什么才是女人的法宝？’六儿问。小满儿笑着把头仰起来。六儿望着她那在月光下显得更加明丽媚人的脸，很快就把答案找了出来。”在差不多30年后的1985年，阎纲在一次讲话中，正是将上述这段文字前后小满儿和六儿“两个人埋在绵软温暖的麦秸里”的那一段描写，联系到了“性本能、性心理、性饥渴、性刺激”的话题②。与此相类似的，当然还有那位堪称奇异的杨卯儿的带有很大浪漫主义性质的传说。据副村长的叙述，做针头线脑儿小买卖的货郎小贩杨卯儿，当年在西山总是吃净赔光才肯回来。但是，“他赔光，

① 原载于《河北文学》1962年第2期的冯健男《孙犁的艺术（中）——〈铁木前传〉》一文称，“对于这部小说的异议，在很大程度上是由落后人物的形象、特别是由小满儿的形象引起的。她使人感到迷惑，感到不安，以致使有些好心的读者发出这样的疑问：‘在新社会，难道还会有这样的人、这样的事吗？’”刘金镛、房福贤：《孙犁研究专集》，江苏人民出版社1983年版，第443页。小说中小满儿是几乎所有讨论《铁木前传》的文章都会涉及的形象，而且褒贬差异较大。不仅小说里说她“落后”“放荡”，有论者称当年《铁木前传》曾因被指责为“美化浪荡女人”而被打入冷宫，如吴矛的《〈铁木前传〉的想像性的怀乡》。吴矛：《中国当代文学经典文本再解读》，武汉出版社2007年版，第89页。

② 阎纲：《河北省文联的工作问题——在河北省文联常委扩大会上的讲话》（1985年11月15日讲话录音），《阎纲短评集》，华岳文艺出版社1990年版，第518—519页。

不是好吃懒做，也不是为非作歹，只是为了那么一股感情上的劲儿”，因为他进了山，就像打猎的进了林一样，专门要找好看的女人，至于什么样的女人才叫丑叫俊，那全看对不对他的眼光。每年他总会遇到一个美人儿，一旦发现了这个美人儿，他就哪里也不再去了，只到这个庄子上来，不管刮风下雨，就只坐在这家门口上去卖货，直到赔光了老本。甚至由于人家丈夫的愤怒驱赶，摔得差一点死了过去，他却“还在想念那个女人”。

但“欲望”的确可以是其他方面的内容。在德勒兹、迦塔利的意义上，“被压抑的”即是欲望的形式特征，这在小满儿身上表现得尤其明显：

> 无论在娘家或是在姐姐家，她好一个人绕到村外去。夜晚，对于她，像对于那些喜欢在夜晚出来活动的飞禽走兽一样。炎夏的夜晚，她像萤火虫儿一样四处飘荡着，难以抑止那时时腾起的幻想和冲动。她拖着沉醉的身子在村庄的围墙外面、在离村很远的沙岗上的丛林里徘徊着。在夜里，她的胆子变得很大，常常有到沙岗上来觅食的狐狸，在她身边跑过，常常有小虫子扑到她的脸上，爬到她的身上，她还是很喜欢地坐在那里，叫凉风吹拂着，叫身子下面的热沙熨帖着。在冬天，狂暴的风，鼓舞着她的奔流的感情，雪片飘落在她的脸上，就像是飘落在烧热烧红的铁片上。
>
> 每天，她在夜深人静的时候，才回到家里去。她熟练敏捷地绕过围墙，跳过篱笆，使门窗没有一点儿响动，不惊动家里任何人，回到自己炕上。天明了，她很早就起来，精神饱满地去抱柴做饭，不误工作。她的青春是无限的，抛费着这样宝贵的年华，她在危险的崖岸上回荡着。①

“夜晚”正是处于无法被正常注视的愿望的隐喻，难以抑制而时时腾起的“幻想与冲动”则是对欲望的指认。小满儿在奇幻真切的体验中熟练敏捷，深夜方归，第二天早起却又重新恢复为精神饱满的青春，事实上，那个“危险的崖岸”，正象征着那无法被最终完全规训的欲望的混沌边界。

然而麻烦却在于，当孙犁写作《铁木前传》之时，“新时代”和“新

---

① 孙犁著，谢大光编：《铁木前传》，花城出版社 2010 年版，第 47—48 页。

社会”在20世纪50年代初期的历史实践，已经使得作者无法获取在直接意义上运用和讨论“欲望”的形式通道，这可能是作者在此将话题转化为阎纲所称的“生活的美”的主要原因吧①。“生活的美”的说法虽然带有一定的德行外貌，但因其欢乐、幸福、引诱、难以割舍等特征（见小说第一节），它与“欲望”之间的明显关系无法否认。因此我们也就不难理解，“生活的美”的思想在当年也是被认为有“问题”的②。结果很奇怪的是，小说在谈到“童年时代的欢乐和幻想”之后，出现了这样一段叙述：

> 傅老刚是有徒弟的。他有两个徒弟，大徒弟抡大锤，蘸水磨刃，小徒弟拉大风箱和做饭。小徒弟的脸上，左一道右一道都是污黑的汗水，然而他高仰着头，一只脚稳重地向前伸站，一下一下地拉送那忽忽响动的大风箱。孩子们围在旁边，对他这种傲岸的劳动的姿态，由衷地表示了深深的仰慕之情。
>
> “喂！”当师父从炉灶里撤出烧炼得通红的铁器，他就轻轻地关照孩子们。孩子们一哄就散开了，随着叮当的锤打声，那四溅的铁花，在他们的身后飞舞着。
>
> 如果不是父亲母亲来叫，孩子们是会一直在这里观赏的，他们也不知道，到底要看出些什么道理来。是看到把一只门吊儿打好吗？是看到把一个套环儿接上吗？童年啊！在默默的注视里，你们想念的，究竟是一种什么境界？③

---

① 阎纲1979年9月24日致孙犁信中称：“它是风云的时代中人情世故的生动写真”，“政治与艺术高度融合之后，人们看到的既不是政治，也不是艺术，而是生活，生活的美。”《关于〈铁木前传〉与孙犁，韩映山的通信》，阎纲：《阎纲短评集》，华岳文艺出版社1990年版，第51页。

② 关于“生活美”成为当年文学表达的某种禁忌，由陈涌的一篇批判文章《萧也牧创作的一些倾向》即可知其一斑。文章批评部分文艺工作者的“一些不健康的倾向”，称其“在创作上的表现是脱离生活，或者依据小资产阶级的观点、趣味来观察生活，表现生活”，这种倾向“带有严重的性质，是值得我们加以研究、讨论的。”在陈文中，萧也牧的《我们夫妇之间》和《海河边上》，首先被举为带有此类倾向的作品的例子，原因在于“它证明了即使是‘一件很平凡的事’，也能发现‘有现实意义的主题’，亦即‘两种思想斗争和真挚的爱情’”。陈涌：《文学评论集》，人民文学出版社1953年版，第57页。陈文原载于《人民日报》1951年6月10日副刊《人民文艺》。

③ 孙犁著，谢大光编：《铁木前传》，花城出版社2010年版，第3—4页。

可以看到，孙犁在此颇为艰难地将“欲望”的话题转化为对于“劳动”之美的仰慕之情，使得“生活的美”具有更为具体的被主流话语辨识的特征，从而获得了新的形式化通道。但小说随后就出现了明显的自我怀疑：他们也不知道，到底要看出些什么道理来；童年啊！在默默的注视里，你们想念的，究竟是一种什么境界？——这些看上去的确不像是简单的抒情文字。作为“十七年”文学极其重要的叙事方式之一，这正是蔡翔在他的著作里经常提到的那个卓越的“辩论”叙事的纠结[1]。小说恰是从这里才开始转入对于黎、傅二匠的朋友之情，和六儿、九儿的童年友情的叙述的。行文不久，田鼠事件以后，九儿和六儿有些不开心地躲到破碾棚里去了。这里出现了通篇小说唯一一处最为明显的“作者的声音”：“童年的种种回忆，将长久占据人们的心，就当你一旦居住在摩天大楼里，在这低矮的碾房里的一个下午的景象，还是会时常涌现在你沉思的眼前吧？”依据戴维·洛奇在《小说的艺术》里的说法，这种“介入式的著者声音”虽然会使读者“更注意叙述本身，而从写实想像中心生旁骛”，但它却代表着著者的一种“探究精神”，和对“历史和抽象的思考”[2]。换句话说，孙犁在此仍然相信他是在讨论“童年的回忆”而已，他否认或者说没有自觉意识到正在讨论的内容与“欲望”之间的明显关联。

《铁木前传》对于劳动之美的叙述，在年轻一辈的九儿、四儿、锅灶等青年身上得到了延续。青年们建设未来和建设国家的愿望、热情与工作，焕发出迷人的光彩，小说的第十六节，就特别突出地表现了这种劳动的自豪与壮美[3]。耐人寻味的是，正是由于“劳动之美”的叙述，小说引出了“前进道路”上的斗争（“两条道路的斗争”）和“改造”的说法。关于前者，土地改革后的黎老东因为兼有贫农与军属双重身份，他分得了较多较好的地，加上二儿子牺牲所领的抚恤粮和大儿子做生意从天津捎回来的现款，家里“这二年的生活，可提高大发了”。财富的改变，使当初

---

① 蔡翔多次提及当代小说作为叙事手段的“辩论”一词，非常精彩。此词亦是其新著《革命/叙述：中国社会主义文学—文化想象（1949—1966）》中的重要概念之一。参见蔡著，第225—226页。

② ［英］戴维·洛奇：《小说的艺术》，卢丽安译，上海译文出版社2010年版，第10—14页。

③ 孙犁著，谢大光编：《铁木前传》，花城出版社2010年版，第54—56页。

那个提起六个孩子的生活负担眼里就涌起泪水的穷木匠，如今的思想也起了微妙的变化。老木匠和儿子四儿解手时发生的对话就颇有意思：这时的黎老东，已是“俨然富家翁”了[①]，不仅身上能穿起高高翻起的新黑细布面的大毛羔皮袍，更在心理上已经非常露骨地将自己与当年那些剥削者的“老东家”和“大地主”进行攀附。结果，情节的发展出现了一个怪圈，傅老刚感到，过去多少年来，他和黎老东共同厌恶、共同嘲笑过的那种“主人”态度，现在却由他的老朋友不加掩饰地表露了出来，对象恰恰就是自己。不得不说，这正是一个与本书第一章一样的农民“处境化”问题，是“解放”困境的某种隐喻。多年患难、相帮相惜中建立起来的铁木友情，就此闹翻——这就是“阶级分化”的景象，它引发了后述所谓前进道路上的斗争。而劳动之美的叙述，也催生了另一个“改造”的概念。小说第一次出现“改造”这个词是在第六节写到黎大傻那个性情很是刁泼的老婆的时候。第二次出现在第十四节：干部们也曾讨论过先从改造小满儿入手。此外，小说中出现的“帮助”一词，有时也具有与“改造”相同的意义。小满儿被延入改造的范围是一个颇有意味的话题。这个人物虽然充盈着美的魅惑和青春的生命热力，使得村庄里的人们多为之目眩神迷，这些均可以被归结为“欲望”。但是，与这个问题复杂地缠结在一起的，却是鲜明的“个性主义”标识——她的才能是多方面的，谁都相信，如果种植在适当的土壤里，她可以结下丰盛的果实。同样的问题其实也可以适用在黎老东的身上。小说并没有将黎老东丑化，他的“发家致富”的愿望与“为新兴的家业操心”的态度虽然非常个人化（“上级号召打井，我号召打车!”），铁木断交在他的一方也颇有点要奸弄巧的意味，但是暂时并没有出现直接的雇工剥削。小说更多的是将他的理想描述为一种生活富裕的想象，并且将其逻辑置于所谓“时代是不断前进的，可是，我们过日子，还得按照老理儿才行”的说法之上。就此而言，这与“要自己走路”的小满儿也是非常相似的。

不同的是，小说中的青年团员们热衷于集体主义生活，他们有学习会，有办公的大院，有钻井队等组织空间和方式。这群热情与和善的青年

---

① 冯健男：《孙犁的艺术（中）——〈铁木前传〉》（1961），刘金镛、房福贤：《孙犁研究专集》，江苏人民出版社 1983 年版，第 433 页。

彼此意气相投，在寒冷的屋子里互相鼓舞着创造未来的美好生活，在集体的艰苦劳动中赤诚地团结奋斗，“他们的歌声和空中的滑车一同旋转飞扬着”。此时的村庄正处在互助组时代，青年团“组织起来”的生产，与以黎七儿、黎老东为代表的单干户形成了尖锐的对比。这就是小说在以铁木断交为隐喻的“阶级分化”以外，所表现的“两条道路的斗争”的景象。有意思的是，孙犁虽然可能意识到“个人主义”如黎七儿、黎老东的单干致富，和六儿、小满儿一类“落后分子儿”的青春等危险，并主张在劳动创造中予以教育和改变[1]，但是推崇“真正的现实主义”的孙犁，并没有像当初李準那样将它们处理成两条彼此对立的、脆弱的线性关系。这可能源于他对小说中那些人物的原型和生活本身的熟悉，这在孙犁那里一向是十分受到重视的[2]。结果，所谓农村“两条道路的斗争”以及人的“改造”，出现了错综复杂的景象，非常典型的就是发生在团员学习会上的那一段对话[3]。

如果青年团的“组织起来”，可以称之为一种现代性的空间形式，即平等、理性基础上的科层制组织形式，则旧式家庭关系可能保存了更多更坚固的封建性空间关系。所谓“两条道路的斗争”，遭遇的最大的困难或许就存在于这里。因此，忠厚热忱的四儿虽然在青年团里是受人欢迎的宣传委员，但在家里却被父亲一点儿也瞧不起。四儿要走“前进道路”，遭遇个人资本主义思想的两个大障碍，也正在于自己的家庭。这种矛盾从外在来看显然又不是激烈对立的，“我问他：你反对党的号召吗？他说：我完全拥护。我说：我们今年冬天打一眼井吧。他说：现在还不忙”。这在李準的《不能走那条路》中却是未被充分叙述出来的内容。虽然四儿对于斗争表示了乐观，九儿也对老人及六儿的“改造”表示了信赖，但是前景

---

① 孙犁《两天日记》：“在建设过程中，并改造人们的思想、传统的优越感和剥削意识。”《孙犁文集·5·杂著》，百花文艺出版社1982年版，第238—239页。

② 吕剑《孙犁会见记》：“‘1952年我到安国农村生活了半年。’孙犁追述《铁木前传》的写作背景时说，‘这部小说就是那次下乡的结果。我只是按照生活的本质面貌来反映。书中的人物，黎老东、傅老刚、六儿、九儿、小满儿，在生活中也都实有这样的人物。我了解他们，这样写起来就比较方便。’”刘金镛、房福贤：《孙犁研究专集》，江苏人民出版社1983年版，第13—14页。原载法文版《中国文学》1964年1月号及英文版《中国文学》1964年8月号。此系作者中文稿，载人民文学出版社1961年版《村歌》（1979年6月湖北印刷本）。

③ 孙犁著，谢大光编：《铁木前传》，花城出版社2010年版，第32—33页。

可能并不容易让人鼓舞。这是因为“两条道路的斗争”和人的“改造”的故事，在小说中遇到了顽强的“个人主义”即单干致富和危险的青春的抵制。它们在形式上，是旧式的家庭/友情空间；在内容上，却是那无可规训的“欲望”——小说中有个十分相近的词语：青春的“火力”。或许正是因为对于“斗争”和“改造”的信赖，一方面，孙犁在20世纪60年代初仍然曾经表示他还想写出这个《铁木前传》的续篇，也就是所谓《后传》，想写到中国农业合作化高潮时为止。作家称，前传已出现过的人物，还有将要出现的新的人物，他们的性格、命运、前途，随着生活的推移，将会有很大的变化和发展。但是由于他身体患病，以及公社时代的人们在生活、斗争、建设中产生的农村新发展，《后传》的设想只好暂时搁置①。不过，1977年孙犁恢复写作后，这个《后传》也并没有被继续完成。除了时过境迁，到底这是如他所谓“云散雪消，花残月落之感”所引起的缺乏热情、缺乏献身的追求精神的晚年心境所导致的呢，还是这个关于旧式家庭空间和欲望改造的故事，实在再难以继续往下叙述了呢？如果我们承认，这种合理而适度的欲望可以庶几称之为对于“好生活”的渴望，那么，即使就孙犁自己来说，无论《无花果》中写到的1958年青岛休养中的“养花”②，还是1990年《谈闲情》中写到的养蝈蝈所代表的人生“闲情”③，都同样与这个“好生活”的渴望相关。因此，虽然黎七儿、黎老东的故事在后来还在以“两条道路的斗争”的形式被讲述着，并同时出现了其他的问题，而那个六儿，特别是小满儿的故事，将如何继续叙述下去？这不能不说是一个相当难解的问题。遗憾的是，今天已经无从判断当年的孙犁是否是因为某种深度的叙述困境，而并非全因为身体和心境的原因，而无法再继续叙述原先设想中的《后传》的内容了。也许出于同样的原因，孙犁在《铁木前传》中虽然表示了对于“改造”的希冀与期待，

① 吕剑：《孙犁会见记》，刘金镛、房福贤：《孙犁研究专集》，江苏人民出版社1983年版，第14页。阎纲的《〈铁木前传〉的短评》（1982）也曾说：“《铁木前传》发表之时，非议者何其多也（以致《后传》无由写作）。”见《阎纲短评集》，华岳文艺出版社1990年版，第234页。

② 孙犁：《无花果》（1987），自《芸斋小说》，人民日报出版社1990年版，第126页。

③ 孙犁的《谈闲情》（1990）一开头即说：“人生，总得有一点闲情。闲情逐渐消失，实际就是生命的逐渐消失。”《孙犁文集·续编二》，百花文艺出版社1992年版，第394—395页。孙犁此篇让人强烈联想到讲求生活趣味的周作人的《北京的茶食》（1924年2月，原载《晨报》1924年3月18日副刊）。

事实上又因为重新面对“欲望”的强大而犹疑再三。这在小说中最为突出地体现在钻井工地上发生的一段对话，当时四儿、九儿、锅灶看到沙岗上出现了六儿、黎大傻夫妇、小满儿玩鹰的身影，这与他们正在进行的谈话及工作“非常不相称”：

“老四，你的理论高，你给我解释，我们在这里受累受冷地工作，你的老弟在那里带着女人玩耍。在人生这条道路上，是我们走对了哩，还是他们走对了？”锅灶冲着井底喊叫着。

“你提出的这个问题很重要，这是个人生观的问题。”从井里冒出四儿的声音，“你羡慕他们的生活吗？”

“有时候觉得他们讨厌，有时候，也有点羡慕。”锅灶说。

“在他们看来，一定是他们走对了。但是，我一点儿也不羡慕他们。”四儿说，“他们这样生活，有时候，自己也会感到羞耻的，不然，为什么望见我们就躲开了呢？”

“可是，还有一个老问题，他为什么一直不能改变过来呢？”锅灶说。

“这两天，我又把这个问题想了一下，”四儿说，“只凭我们几个人的力量去改造人，是不容易收到效果的。人怎样才能觉悟呢？学习是重要的，个人经历也是重要的，但更重要的是社会的影响。我有这样一个比方，六儿的心，就像我们正在改造的旱地。我们工作得好，可以在这块地上开发出水泉，使它有收成，甚至变成丰产地；可是，四外的黄风流沙，也还可以把它封闭，把它埋没，使它永远荒废，寸草不长。我们要在社会上，加强积极的影响。这就是扩大水浇地，缩小旱地；开发水源，一直到消灭风沙。”①

毫无疑问，在这里，蔡翔所称的那个“辩论”的叙事方式，重新又出现了，它正代表着“改造”这个话题的艰难与歧义。冯健男在《孙犁的艺术（中）——〈铁木前传〉》一文中，曾称小满儿性格的“矛盾”与“沉痛”，有力地控诉了旧社会的罪恶，并满怀热望地发出呼吁：“要

① 孙犁著，谢大光编：《铁木前传》，花城出版社2010年版，第58页。

治好她的创伤呵”，“要耐心地教育她、改造她，要把她的聪明才智和旺盛的青春力量引上正路呵!”[①] ——其实，这可能并不是轻易就能完成的任务。

这个“改造”的故事，也幸逢了当年那个难得的“百花时代”，由此，《铁木前传》中出现了原先通常较难叙述的“爱情”话题。随着九儿、六儿、小满儿等的成长，依托于劳动之美的讲述，原先的友情（爱情）也发生了微妙的变化：“九儿坐在那里，望着空漠的沙岗出神……”[②] 同时，文中鸟儿遇到一阵风，竟各自飞散，和鱼儿到了夏天河水涨满，不知道它们各自的前程如何比拟，正是进城以后人和人的关系，或者因为地位，或者因为别的，发生了在艰难环境中意想不到的变化的比喻。一个由童年的回忆引起的铁、木二匠因“阶级分化”而绝交的故事，终于被讲成了一个青春“成长”的故事，这正是“解放”的另一种别名。然而，这个爱情的故事却并非只限于叙述自身，特别是因为那个“复杂到难以分辨她究竟是无耻还是无邪的程度”的小满儿的形象。她美丽、热烈、大胆、伶俐、狡黠、尖刻，又充满了想象、生命力和内心矛盾，着实让人感到难以捉摸[③]。——这个人物不仅涉及“欲望”，而表现为“个人主义”的行止，更由于她强烈的内心激情与绝不驯服的聪明多变，已经有论者尝试将其指认为一个独立的“主体”了：“尤其是那个小满儿的形象，在小说中更是倔强地表露着自己完全独立的意识，有时甚至完全是站在作者意识的对立面在讲话，以致在这部小说中，作者意识最终也未能表明自己对小满儿的单一确定的态度，更未能以作者意识收拢小满儿的意识。”[④] 一个独立的“主体”，如果这种说法有一定的道理的话，它显然与“两条道路的斗争”和人的“改造”话题在当年的语境下，颇难相容，这不免造成了小说叙述的困难。所以，冯健男的文章指出，九儿和六儿这两个人的关系，即那个“爱情”的话题，虽然在一定程度上确实反映了阶级分化和两条道路的斗

① 冯健男：《孙犁的艺术（中）——〈铁木前传〉》，刘金镛、房福贤：《孙犁研究专集》，江苏人民出版社 1983 年版，第 442 页。

② 孙犁著，谢大光编：《铁木前传》，花城出版社 2010 年版，第 57 页。

③ 冯健男：《孙犁的艺术（中）——〈铁木前传〉》，刘金镛、房福贤：《孙犁研究专集》，江苏人民出版社 1983 年版，第 439 页。

④ 郝雨：《〈铁木前传〉的复调结构特征》，自《告别世纪——文学：新的审视与探寻》，河北大学出版社 1997 年版，第 152—153 页。

争，“但它不完全是由于这个”，“也不完全是为了表现这个，甚至可以说主要不是为了表现这个”。冯文如此艰难地处理这个看起来似乎纠缠不清的话题，正是因为论者认为必须认真地谈谈小满儿这个人物形象[1]。这就意味着“爱情”的叙述，当年是与欲望、劳动、主体等的叙述纠结在一起的。恰恰是沿着这种逻辑，“童年”的欢乐与“青春的火力”在小说末尾的第二十节获得了连续性。风雨冲击与逆流礁石的阻碍则意味着“改造”的困难。不过，作家孙犁总体上仍然是肯定这种艰难的“解放”实践的：青春的火力是无穷无尽的，它们的舵手的经验也越来越丰富了，青春正在满怀信心，负载着千斤重量奔赴万里前程，它们希望的不应该只是一帆风顺，而是要具备了冲破惊涛骇浪、在任何艰难的情况下也不会迷失方向的那一种力量。

关于《铁木前传》到底讲述了些什么，历来都是众说纷纭。迄今为止，论者所持的见解多有差异，除了冯健男认为此篇小说体现着“阶级分化、两条道路的斗争的主题和落后群众可以改造的主题”[2]，即所谓的“两主题”说[3]以外，其他的论点主要还有：“生活的美”[4]，“‘复调结构’小说”[5]，“农民内在情感生活的图景”[6]，“‘友情’即‘人性’”[7]，“个性解放”及“人生缺憾的反思”[8]，“现代汉语的诗性”[9]，等等。但是有一点似乎可以肯定，即它的主题是难以被简单化约的。本书以为，作家是在

---

① 冯健男：《孙犁的艺术（中）——〈铁木前传〉》，刘金镛、房福贤：《孙犁研究专集》，江苏人民出版社1983年版，第438页。

② 同上书，第443页。

③ 滕云：《〈铁木前传〉新评》，刘金镛、房福贤：《孙犁研究专集》，江苏人民出版社1983年版，第450页。原载《新港》1979年第9期。

④ 《关于〈铁木前传〉与孙犁，韩映山的通信》中，阎纲1979年9月24日致孙犁信。阎纲：《阎纲短评集》，华岳文艺出版社1990年版，第51页。

⑤ 郝雨：《告别世纪——文学：新的审视与探寻》，河北大学出版社1997年版，第152页。

⑥ 滕云：《〈铁木前传〉新评》，刘金镛、房福贤：《孙犁研究专集》，江苏人民出版社1983年版，第450页。

⑦ 邱胜威：《悲歌友情的失落　渴求人性的复归——〈铁木前传〉主题新探》，刘金镛、房福贤：《孙犁研究专集》，江苏人民出版社1983年版，第460、462页。原载于《武汉师院汉口分部校刊》1981年第2期。

⑧ 吴矛：《中国当代文学经典文本再解读》，武汉出版社2007年版，第86、93页。

⑨ 黄万华：《黑色苍穹中的星光——孙犁〈铁木前传〉再解读》，《战后二十年中国文学研究》，人民文学出版社2008年版，第218页。

寻找一种热情、理性，而又执着的内在力量，这是一个“成长”或者说“改造”的寓言。孙犁将人和人的关系在新时代发生变化的故事，叙述成“阶级分化”和“两条道路的斗争”的故事，正是其依赖当时的合作化小说中逐渐明确的叙事“形式”的表现，由此，这样的叙述才可能被当时舆论一律的主流话语所辨识。但是，这是一次艰难的叙述，因为它一开始就将话题从“童年时代的希望和欢乐”——一种时间模式，正是“新”与“旧”的隐喻——转向了生命的“欲望”，也就是所谓“生活的美”。然而当年“欲望”的故事是无法被允许讲述的，同时似乎它也难以被清晰地命名。几番困惑之下，作者将这个欲望的叙事巧妙地再一次转化为了“劳动之美”的叙述。结果，“劳动”与创造，为小说种种复杂的意识提供了一个彼此冲撞的场域，正是它引出了后述所谓“前进道路”上的斗争（即“两条道路的斗争”）和“改造”的话题。一个纵向的“过去的回忆”故事，在此就变成了一个横向的政治叙事。在这个劳动作为场域的叙事里，黎老东、六儿、小满儿等的“欲望”，被以“个人主义”的标识在注视着，并对他们提出了“治疗”和“改造”的期待，这正是当年对于“革命”观念的信赖。但是麻烦的是，这些被指认为应该受到改造者的声音，却几乎无法被轻易驯服。——其实，它正标示着作为内核的“欲望”之难以被彻底地规训的事实。这些完全独立的、与作者叙述并列的声音，这些以“欲望”和“个人主义”全面捆绑为特征的桀骜不驯的声音，正是隐隐约约等待着被辨识的混沌“主体”[①]。至此，“斗争”和“改造”的话题已经变得很难顺畅地叙述下去了。浪漫主义的诗情，就是这样真切地表达出了现实主义的图景[②]。这也是社会主义“新人”想象的困境之一：九儿、四儿的形象被认为“火色不足”，“比较平面，缺乏浮雕性”，从而不足以与小满儿、六儿的形象和性格相抗衡[③]。但是作者仍然对建立在劳动之美上的“改造”与“昂奋前进”抱有相当的信任与期待，这差不多是

① 已经有论者注意到了小满儿等形象作为独立“主体”的可能问题。参见郝雨《〈铁木前传〉的复调结构特征》，自《告别世纪——文学：新的审视与探寻》，河北大学出版社 1997 年版，第 152—153 页。

② 冯健男：《孙犁的艺术（中）——〈铁木前传〉》，刘金镛、房福贤：《孙犁研究专集》，江苏人民出版社 1983 年版，第 447 页。

③ 同上书，第 448 页。

一个德勒兹、迦塔利意义上的绝境。因此，小说其实简而言之是讲述了一个在欲望、劳动、改造等纠结中的青春成长的故事，同时，它也是讲述“政治”想象的一种方式。——这正是“解放”的另一种别名。

第四节 《创业史》（1959）：欲望及欲望的“历史”化讲述

作家柳青1952年从《中国青年报》任上离开北京，举家迁往陕西省长安县皇甫村半山坡一座破旧的中宫寺里安身，在这里扎根落户，一住就是十四年。在皇甫村，柳青过着和普通农民一样的生活，已经“完全农民化了”。其间他参加了皇甫村第一个互助组“王家斌互助组”的巩固工作，参加了皇甫村第一个初级社“胜利社”的建社工作，亲身经历了长安县合作化运动充满了斗争和曲折的整个历程[①]。正是在皇甫村的十四年里，柳青完成了《创业史》第一部（包括第二部部分章节，后手稿在西安揪斗期间失踪），并在《延河》1959年4月号上开始连载。《创业史》发表伊始，就被喻指为“丰富地深刻地反映出农村社会主义革命运动的真实面貌的作品”“全面地历史地描写出合作化运动在广大农村中所产生的深远剧烈的影响和变化的作品”[②]，此后也一直被认为是反映中国当年农村互助合作运动最为突出的小说。毫不奇怪，它也被认为是具有“史诗”性的，即呈现出一种历史化的格局。这种说法在后来柳青针对严家炎的反批评文章《提出几个问题来讨论》中，也得到了作者的确认[③]。但是，《创业史》第一部诞生之时，已距离作为小说现实背景的互助组时代有六年之久，期间已经历初级社、高级社、大跃进、人民公社等制度变迁或社会运动的不同阶段，包括当中的各种论争。显然，柳青

---

① 参见李若冰《悼念柳青同志》（原载《文艺报》1978年第2期），以及徐民和、谢式丘《在人民中生根》（原载《人民日报》1978年7月20日）。孟广来、牛运清《中国当代文学研究资料：柳青专集》，福建人民出版社1982年版，第64、66—69页。

② 冯牧：《初读〈创业史〉》，孟广来、牛运清：《中国当代文学研究资料：柳青专集》，江苏人民出版社1982年版，第175页。原载《文艺报》1960年第1期。

③ 柳青在此文中的说法即后来被广为引用的《创业史》的“主题”。见孟广来、牛运清《中国当代文学研究资料：柳青专集》，江苏人民出版社1982年版，第283页。原载《延河》1963年8月号。

的《创业史》第一部其实已经只能算是“追述”，而在这个追述里，一般而言很难避免柯文所说的“神话化”特征。诚然，历史并非自然时间，它意味着现在与过去两者关系的连续不断的重建，这其中必然隐喻着从现在的立场，来评判“过去”的这一严肃问题。也正因为这种特征，“历史”一词不仅指向了政治，也指向了阐释，而这正是詹姆逊之谓“历史化”的含义①。

一种文学讲述，虽然自称为是一部“生活故事”，但无论在作者或者批评者那里，都被指明其包含了“史”的品格。那么，这个话题如何承续了各种合作化的问题，比如欲望、个人主义、两条道路的斗争等话题？或许，一切问题的讨论，都必须始于对于历史的原生“意义”的凝视。

作为歌颂中国农村集体主义革命的小说，《创业史》第一部叙述的虽然是蛤蟆滩1953年前后约一年时间里发生的互助组和初级社的故事，但是这个追述显然添加了1953年以后才变得普及的历史“阐释”的内容。最明显的是，1946年后的互助组比较获得公认的特征是承认土地、农具、牲畜等私有，实行等价交换，以及自愿、互利、民主管理等原则。不过这些特征在20世纪50年代中后期实际上遭遇了极大的改变。譬如在“公”与“私”、“无产阶级”与“资产阶级”、“社会主义道路”与“资本主义道路”等对立的思潮中，“私”或者“资”（资产阶级）迅速成为需要被打上引号的时代秽词。与互助组时代确认私有制合法，土地可以买卖，并曾经提出“党员也可以雇工剥削”（刘少奇语）很不一样，1959年的《创业史》对“私有财产”表现了极大的焦虑。然而有意思的是，尽管柳青在小说中反复表达了对于“私有财产”的厌憎，但无论是那篇精彩的《题叙》所讲述的“创立家业”、屡仆屡起的历史（后续章节亦不例外），还是同时期评论者的分析文章，都指明了这部小说与“欲望”之间的明显关联——《题叙》里说到的“指望”，正是梁三毕生都在追求的创家立业的“欲望”。在几乎随后就出现的冯牧批评文章中，借分析新中农

---

①　王逢振：《政治无意识和文化阐释（前言）》：“它的大胆假设——政治视角构成‘一切阅读和解释的绝对视域’。”自［美］詹姆逊《政治无意识：作为社会象征行为的叙事》，王逢振、陈永国译，中国社会科学出版社1999年版，第1页。

郭振山的形象，将个人发家致富的愿望直接指称为了“欲望”[1]。而“发家致富”正是“创立家业”的另一种说法，这比柳青在小说中的说法要明朗得多。

让人惊讶的是，小说在这个欲望或者创业之史的叙述里，表现出了明显的分裂。首先，小说中梁三老汉有两次关于幸福生活的图示化想象，即第一部“题叙”部分关于三合头瓦房院和厚实棉衣的梦，及第二部第十八章关于一个聪明、能干、孝敬的儿媳和又胖又精的小孙孙的欢乐景象。但是，不仅原先梦境里的“瓦房院”到了第二个想象里依然变回了“草棚院”，而且直到第二部结束，梁三老汉的实际幸福仅是穿上了“一套崭新的棉衣”而已。这套棉衣在第一部的结局时，甚至曾被生宝升格成为老人“圆梦”的象征。1954 年乡人民代表高增福与新棉衣的故事，有着同样的意味。其次，农民不舍得交售更多的“余粮”。在中国农村长久的历史中，粮食一直是如金本位一般的硬通货，“粮食”由此成为与“财富”同义的符号，也成为“欲望”非常直接的一个象征。小说中的实际情形是，一方面，虽然互助组有过良好愿望，引进新稻种，但是事实上贫雇农种得稻子，却吃不上大米，青稞饼子、玉米糁糁（糊糊）、窝窝头、小米稀饭等仍然是小说中梁三老汉、梁生宝、高增福们的日常主食。甚至春荒时节，揭不开锅的穷困农民只买饲料——玉米和青稞，以延续一家大小的性命。另一方面，在 1953 年冬蛤蟆滩的粮食统购工作中，依据卢支书的说法，“咱们把任务超额完成了”，上级给下堡乡分下二百二十万斤的任务，“咱们完成了二百四十万斤”。再次，关于粮食的欲望是如此，关于房屋的欲望也大致如是。不仅梁三老汉“三合头瓦房院”的梦并没有实现；拆了自家的草棚屋盖饲养室，爷俩住在生茂家从前喂牛的草棚里来入社的高增福父子，也没有能住进新的草棚屋。小说中郭世富盖四合头的新房及关于富农姚士杰的四合院场景的描写，其实只是以嘲讽和负面的格调来展开的。郭振山“一根椽一根檩地备料”准备盖瓦房的计划，受到严厉批判，最终也被遗忘在故事的其他枝节中。所以我们说，小说显然对于蛤蟆滩的农户们的“欲望”，如粮食、居住等——衣服则是一个同义的反证——形成了

---

① 冯牧：《初读〈创业史〉》，孟广来、牛运清：《中国当代文学研究资料：柳青专集》，江苏人民出版社 1982 年版，第 182 页。

实际的压抑与批判：个人发家致富的道路是有路线错误的；在意个人利益的计算则是思想“落后”的。它们在小说的第二部里被追认为“自发道路”，从而与“社会道路”，即“两条道路的斗争”之谓的“社会主义道路”，相对立。

同样因为“欲望”的问题，小说还出现了另一个耐人寻味的关于“身体”的并且略显诡异的现象：身体成为《创业史》中不在场的在场者，可能正是因为它是强有力的“意义”源出的核心地带之一[①]。小说中非常常见的身体反应是“脸红”——这涉及了郭振山、梁生宝、改霞、秀兰、高增福、任欢喜、赵素芳等等许多人，贯穿第一部和第二部的始终。它是一种比较典雅并且克制的处理方式，也是那个年代常见的风格。这些都是可以理解的。但是问题在于，检视整篇小说，会发现这些“脸红”大多可以分为两部分。一是年轻儿女情窦初开的自然反应，以第一部为多见，涉及生宝、改霞、秀兰，如“她看出来的：生宝最近一见她就脸红，是对她怀着念头哩”；二是“政治”场景中受到一时的窘迫，则以第二部为更多，涉及郭振山、赵素芳、高增福，例如建社工作组的王亚梅叫赵素芳发言的时候后者的脸红了，浑身急得冒汗，等等。由此说明在《创业史》中，作为身体表征的“脸红”，其实是一个被架空了的能指符号——即身体在此通常并不指向真实的欲望，无论是性本能、自我，或者利益。身体的真正的政治性意味被强有力地削弱了（性亦“政治”），或许正是因为作为建构主义方式之一的“身体”，具有太多不可监测的冲动力，随时都有“逸出”意识形态规训的可能的缘故吧。但是，作家柳青其实并没有忘记欲望的身体。它们在很多地方都在隐隐闪现。特别是第一部第十一章富农姚士杰全家“宴请高增福”一段[②]。

在这里，除了姚的年轻漂亮的三妹子主动与高增福“身子贴身子紧挨”着走路以外，“有弹性的胖奶头”更是两度出现，证明欲望的身体确实是在场的。不过随后见到美食之后高增福的“呕吐”同样也出现了两次（下文有“他鄙视地看也不看桌上摆好的酒菜，他看见就发呕”），却再度

① 有的著作把“身体”视为建构主义的一种方式，因为它往往能够突破庸俗、简单的本质主义阐释。如［英］阿雷恩·鲍尔德温等《文化研究导论》（修订版），陶东风等译，高等教育出版社2004年版，第276页。

② 柳青：《创业史》第一部，人民文学出版社2005年版，第147页。

证明欲望的身体轻易就被意识形态，即“人民民主专政的派头”和“堂堂正正的雇农”所改写了。作为过程，这个欲望的身体也曾在第一部第二十一章“素芳被辱”事件里无意中被作者复活过，最终的处理方式却与上述的“呕吐”相同。

但让人感到奇怪的是，同样的关于粮食，以及安居才能乐业的欲望等，换了一个视角后却是完全正面和“正直”的。比如，杨副书记说“靠优越性，靠多打粮食的革命才开头哩”，梁生宝多次想起此语以自勉。梁生宝对高增福说，秋后灯塔社如若真的丰产了，社员都真正增加了收入，那时候，人家还说咱俩不行，才是对咱俩有意见。杨国华负责的大王村联社章程也通过了，总目标就是“做到户户社员都能增加收入”，等等。这里的“多打粮食”“丰产”及“户户社员增加收入”，是否是欲望？小说称党可以限期把祖国建设成为共产主义社会，那么作为共产主义社会分配方式的“按需分配”，其中的“需”，即个人需要，是否是欲望？当欲望指向个人利益的时候，“计算”就成为其表层的隐喻，社会主义时期作为分配原则的“按劳分配”，就是一种计算方式。例如，小说第二部杨国华召集的全县农业社主任的会议上，由各农业社主任所汇集的“经营管理经验”其实体现出了两个原则：一是差异原则；二是“计算”原则：合理安排，克服窝工浪费和盲乱现象；克服平均主义，社员们以工票记分结算；甚至男女同工（同酬）等。无独有偶，作者在1956年的《灯塔，照耀着我们吧！》中也说道：“我也常参加区上和县上讨论互助合作问题的会议。计工自由的方法、解决做活先后问题的方法、民主管理的方法——应有尽有，方法很重要，有些方法也的确是好……”[①] 而实际上，这两个原则又是内在统一的，即此处的“差异”可以因“计算”而在不同主体间合理地转换。这其实意味着个人与社会之间的通融问题。当然，客观来说，“计算”并不否认“激情”。如赵树理1959年9月的小说《老定额》所写的，“民主革命时候还能跟社会主义建设时候一样吗?”“谁说完全一样？从前没有定额如今不是有了定额了吗？可是有了定额也不是就不要革命精神了！”——但是事实上，“激情”可能仍然有着事后的信赖或认同

① 柳青：《灯塔，照耀着我们吧！》，自《柳青文集》（第4卷），人民文学出版社2005年版，第116页。

等感情的模糊计算。作为证明，如果这种激情遭遇冷漠或者甚至挫折，它将可能被主体压抑下去，不再容易被重新唤醒。在这个特殊的20世纪50—60年代，赵树理曾经严肃地思索过这个问题，今天少数研究赵树理的论者也曾经注意到过这一问题①。缺失这种“计算”的方式，而过度强调对个人自我和利益的压抑，即“欲望”的抑止，将意味着个人与社会之间缺乏可靠和持久的中介转换通道，最终的结果可能是导致“社会”的崩溃②。如果不在这个层面上来看，我们似乎很难解释当年同样是力争多打粮食，在个人是错误的，在集体则是正确的这一矛盾现象；自然也就可能想不通为什么牲口统一到社里合槽喂养，就瘦了（此事在小说中延续了多个章节，成为情节的推动力之一）③；以及到了1956年高级社以后，为什么粮食会持续大幅减产④。

然而，关于小说中的“欲望”叙述，更严重的问题还在于，它可能是一种选择性的压抑。以郭振山为例，土改时代这位因为斗争地主敢于出头被人们称作“轰炸机”的农会主席，由于给他评下“全部一等一级稻地”并且“他接受了”，就由一个最初的佃户，转而成了土改后最早出现的新中农之一。郭振山不仅买了地（“郭振山是一九五一年冬天，从下堡村钉鞋匠王跛子手里，买了这二亩桃林地的”），而且还有余粮投资私商的砖瓦窑，并且暗中准备盖四合院。他的家业俨然已经与大庄稼院的气象相近。小说以虚拟的郭振山视角写道：“感谢土地改革，给了幸运的郭振山这创家立业的坚实基础，他和他兄弟振海两个气死牛地劳动，不愁压不倒他郭

---

①　邱雪松《赵树理与“算账”》和朱杰《从〈三里湾〉到〈户〉——1955年以后的赵树理》两文，讨论了赵树理1949年前后小说中农民人物的“算账”问题，及农民以“户”作为经济结算单位的问题，提到了文学文本与现实实践的转化难题。这是一个与哈耶克在《通往奴役之路》中通篇强调的个人权益与国家、集体之间的转换/结算方式相通的切入角度，一种很有价值但可能被有所忽略的考察十七年文学的经济方式。参见《文艺理论与批评》2008年第4期。另可参见［英］哈耶克《通往奴役之路》，王明毅、冯兴元等译，中国社会科学出版社1997年版。

②　熊培云认为，伴随着新中国建立以后出现的全能型社会，即所谓“单位办社会”，乃是社会学组织的失败：“从社会学的角度讲，此一阶段的‘社会主义’所见证的正是‘有主义、无社会’的悖论。”熊培云：《重新发现社会》，新星出版社2010年版，第30页。

③　柳青曾因为发现农业社牲口由于管理不善、出现死亡，专门编写过一篇《耕畜饲养管理三字经》，最早发表于《陕西日报》1962年12月22日上，后被《延河》1963年2月号、《中国农报》1963年第6期转载。

④　杜润生：《杜润生自述：中国农村体制改革重大决策纪实》，人民出版社2005年版，第77页；高王凌：《人民公社时期中国农民“反行为”调查》，中共党史出版社2006年版，第72页。

世富……”[1] 一方面，郭振山“第一个五年计划”开始的1951年，正是土改运动他得到优质稻地的时间，这意味着他的财富“起源”的问题；虽然买地后来受到了严厉的批评，因为整党时已经把党员买地的问题，提到犯纪律的水平上来了，但是不仅土地仍然在他手上，而且他们兄弟三人仍然醉心于个人发家致富的道路。另一方面，不仅郭振山在土改中分得好地是在“斗争地主”的组织路线内，以隐蔽而无名的形式获得实现的；在合作化运动中，因投机砖瓦窑受到卢明昌的警告批评之后，他更注意以“在党”这一组织路线内的形式，来维护他的个人利益和威望，也即他的财富及权力“欲望”。《创业史》第一部第十二章“共产党员郭振山痛斥庄稼人兼卖瓦盆的郭振山”那段文字，与其说是郭振山在赞美“在党”，倒不如说真切地透露出了他所看重的，不过是“党”在那个时期的无上威权[2]。这些“欲望”由于处于实际的匿名状态，反而得到作者一再的表达与赞扬。更加令人惊讶的是，根据1979年2月阎纲《新版〈创业史〉的修改情况》一文，文化大革命后1977年新版的《创业史》第一部，柳青仍然做了较大修改，删去了二万多字。这些被删去的文字，多直接与欲望或者与诱惑的身体有关。作者含蓄地说，以上引文，全部删去；为什么删去？读者可以进一步研究[3]。不过，我们注意到的是，这个“欲望的身体”即使被删去这么多字，也仍然还是隐蔽在场的，因为刻意的删去，正是在场的反证。如小说中有万与生宝间互相打趣的那些话，仍然活跃着“性”乃至“性生活”的影子（第一部第八章、第二部第十五章），等等。

当年对于普通个人的“欲望”，确实是极力抑止的。1958年8月19日，毛泽东在全国协作区主任会议上，比较集中地讲了要破除“资产阶级法权”，即今天所谓资产阶级式的个人权利的问题。他说：“要破除资产阶级的法权思想。例如争地位，争级别，要加班费，脑力劳动者工资多，体力劳动者工资少等，都是资产阶级思想的残余。‘各取所值’是法律规定的，也是资产阶级的东西。”8月21日上午讲话中毛泽东继续说，“中国如果不解决人与人的关系，要大跃进是不可能的。在所有制解决以后，资

① 柳青：《创业史》第一部，人民文学出版社2005年版，第63、155页。

② 同上书，第157—158页。

③ 阎纲：《新版〈创业史〉的修改情况》，孟广来、牛运清：《中国当代文学研究资料：柳青专集》，江苏人民出版社1982年版，第488—499页。原载《新文学史料》1980年第2期。

产阶级的法权制度还存在，如等级制度，领导与群众的关系……要考虑取消薪水制，恢复供给制问题。过去搞军队，没有薪水，没有星期天，没有八小时工作制，上下一致，官兵一致，军民打成一片，成千成万的调动起来，这种共产主义精神很好。"①《人民日报》1958年10月13日转载张春桥《破除资产阶级的法权思想》一文后，引起了理论和学术界的争论。然而，在当时所谓"吃饭不要钱"，穿、用以及其他各种需要都应当由人民公社包下来等美好愿景中，我们可以注意到，不仅"私"或者"资产阶级法权"受到严厉的批判，更重要的可能还有一个貌似非常渺小的问题："计算"的方式正在被全面鄙弃。这终于导致了《创业史》中某些明显的粗鄙与错乱。如"活跃借贷"事件，为什么高增福、任老四、任欢喜（任志光）可以向郭世富借粮，不仅欠而不还（他们去终南山割竹子、运扫帚后各自分得了一笔钱款），反倒放肆唾骂，好像非常有理，而且作者也显然赞同他们？虽然倒卖粮食和进城收破烂在当时不一定正确，但是高增福们应不应该无故只盯着别人（郭世富、姚士杰）的私家粮食，和追究别人（姚士杰、白占魁）的私人行为？包括郭振山希望不要宣布土改结束，和他强制征用姚士杰家的大秤等工具，以及郭振山、高增福带着大群贫雇农到姚士杰家逼收余粮甚至陈粮的情节等，这其中是否仍然也有着"公平"的问题需要讨论？——因为我们注意到，以20世纪50年代初的土改为界，郭世富、姚士杰在《创业史》第一部中主要还是作为勤劳、节俭、有谋划的农民形象而出现的。如郭世富本为佃户，土改后被评为富裕中农，证明其地亩、牲畜、财产等在互助合作运动初期可能并无多大突出；即便土改前，他也并未转租剥削。姚士杰虽然是富农出身，但是"一九五〇年按土地改革法，征收了他多余的土地，又清算了他的高利贷剥削；那些过去给他的利息已经和本金相等的，就一笔勾销了。"这意味着土改后的姚士杰和其他人一样，仅剩下了基本数量的土地作为生活资料。而土改那两年，姚士杰每年春天还拿出十石粮食交给村干部去周借给困难

① 毛泽东：《在协作区主任会议上的讲话》（1958年8月，北戴河），《毛泽东思想万岁》，（内部出版物，编辑出版者不详）1967年2月，第171、173页。实际上毛泽东的努力没能成功，职务等级工资制最终仍然取代了供给制。参见杨奎松文章《从供给制到职务等级工资制——新中国建立前后党政人员收入分配制度的演变》，《历史研究》2007年第4期；以及《毛泽东为何对"职务等级工资制"不满》，《同舟共进》2007年第10期。

户。姚的“敦实的身体”，也是典型的勤奋劳动者的体貌。但是，在活跃借贷和征购余粮等过程当中，郭振山们并未曾以“计算”的方式公平对待过他们，他们的身心反而感受到了极度的恐惧与压抑。这里仅仅想说明，“计算”被鄙弃，欲望由此遇挫，积极性就成了一个严重问题；这样一来，“创国家大业”又如何可成呢（“创业”本为欲望）？小说第一部也延伸出了一个颇有意味的词语：尊严。但是，当公共空间与私人空间两相混同，“计算”作为劳动成果转移中介被完全抛弃，也就是说，当“公平”成为一个隐蔽而强硬在场的因素时，何为个人“尊严”的边界？

个人的“欲望”被抑止，个人“尊严”的边界模糊，虽然高增福们的尊严貌似被作者强有力地表现着，实际上，这一切仍然意味着主体之间间性关系的溃败。从《创业史》来看，它或许引起了我们的怀疑：这是不是意味着对个人主体的不信赖和压抑？因此，主体之间间性关系的溃败可能同时也意味着，真正完全的个人“主体”很难在这一叙述中被确立，因为“主体”通常会凭借混含着个人欲望与尊严的自我来获得确认/认同。有意思的是，自《李有才板话》（1943）、《李家庄的变迁》（1946）、《太阳照在桑干河上》（1948）、《暴风骤雨》（1949）等斗争小起，“县委干部”，尤其是“书记”“组织部长”“宣传部长”等，常常被委派下来纠正基层政策工作的失误而成为“党”的直接代言人。《太阳照在桑干河上》《暴风骤雨》等土改小说以后，或者由于政策的复杂性，这种代言人的身份更多趋向于“县委书记”。如《山乡巨变》（1957）中的青年团县委副书记邓秀梅，《创业史》（1959）中的县委副书记杨国华，等等。其次值得注意的，是文本里为时代所需要的高昂“主体性”，其实是一种“上溯”的主体性：一方面是文本主人公实质的不完全“主体性”，另一方面是时代所需要而在文本里强烈表现的高昂“主体性”，它们在文本里往往统一在相同人物的身上；而这两种主体性之间的弥合，常常是以纵向的清官之链来呈现的，它使原本是个人“主体性”的抽象内涵层层上溯，以时间和空间均不可见的隐喻方式，朝向那个“超级主体”。具体来说，无论是《暴风骤雨》，还是《创业史》《艳阳天》，甚至《李双双小传》这样的短篇，都有“村（大队）支书——乡（区）党委书记——县委书记/宣传部长”这样的处理方式。无独有偶，基本都是“书记”或“宣传部长”，而很少出现其他的职位。并且，这个链条最后朝向“国家”

和“毛主席”。《暴风骤雨》里的那个在有无县委书记萧祥的支持下，能力表现得殊为不同的郭全海，就是最明显的证明。

在小说《创业史》中，梁生宝有一句著名的口头禅，“有党在，咱怕啥”。这不仅表现为个人主体对独立思考和个人利益面向上溯“主体”的主动让渡，更表现为个人主体的休眠而被一个更有力的上溯主体所取代。因此，《创业史》里梁生宝动辄跑到镇上王书记家里，甚至会碰到县上副书记，演绎出大段大段的议论文字就不足为奇了。在这些景象的后面，那个“超级主体”的身影仍影影绰绰地可见[①]。如小说第一部第十六章，梁生宝一见到王书记，就有一个“把庄稼人粗硬的大手，交到党书记手里”的交出自我的隐喻，而且，在预备党员梁生宝、区委书记王佐民、县委副书记杨国华之间，他们并非是作为个人主体在进行平等的对话，而是作为不同等级的上溯主体，即“党”的代言人在交流。其间，下一层级的主体面对上一层级的主体时，他们的对话心态是并不一致的。比如王佐民向杨国华说话时，五次明显的个人态度在小说中都被表述为谦恭有加；梁生宝的表现也差不多，像“杨书记吸烟的时候，生宝用那么尊敬和佩服的眼光，看他那聪明、理智和有力的面部表情”，等等。小说在后来的行文中甚至假韩培生的沉思有了更为直接的表达：“渭原县委陶书记、杨副书记、黄堡区委王书记和下堡乡卢支书——这三级党委书记不约而同的那股为人民操心的劲头，渐渐地注入了韩培生的精神。”[②] 小说还把下至郭振山的代表主任/互助组长、梁生宝的互助组长/农业社主任、高增福的互助组副组长/农业社副主任、杨加喜的互助组副组长，中至卢明昌的乡党委书记、王佐民的区委书记，上至陶宽的县委书记、杨国华的县委副书记等，一概称为“领导人”或者“首长”，并且在农业社章程中和讨论对农业社应有的态度时特别说明，“不能兵不认将”，即应该服从干部，不然就是犯了社章。排除政治属性的讨论在外，这一切至少表明了不同主体在交接时，其间性关系是处于萎缩与不发达状态的。

让我们深思的是，随着个人欲望、尊严，及主体间性关系的抑制，个人“幸福”也变得非常难以被指认。虽然在第一部结局中，写到了“在

① 柳青：《创业史》第一部，人民文学出版社2005年版，第201、213页。

② 同上书，第379页。

宣传总路线的时候，人们说的那些社会主义幸福生活的前景，使得他们没有办法不欢笑啊”这样的话，但是小说提及真正幸福生活的地方极为罕见。仅第二部第十二章略有提到：“年轻人们说楼上楼下，电灯电话，点灯不用油，犁地不用牛，是幸福生活；老年人说，牲口合槽，就是幸福生活了。”当然，这仍然是非常简朴的“幸福生活”。正如前述文字表明的一样，梁三老汉的“三合头瓦房院”的梦没能实现，郭振山的四合头的新房后文也并未提到，高增福的草棚屋其实也没见建起来。倒是第二部作为故事推动力来进行夸张处理的白占魁“坐车唱戏”事件，被村民们纷纷称为是“农业社有优越性儿”和“过社会主义的幸福生活”。这样一个简单得不能再简单的事件，居然惊动了区委和县委的领导，确实让人觉得颇有些不可思议。与此相关的，小说中有一段梁生宝的自白或者不太引人注意，但如今读上去，不能不说隐隐有肃杀之气，正体现了唐小兵所谓“日常生活的焦虑”：

> 我说：灯塔社要是不办，我梁生宝也活得没一点意思了。不是我好胜，也不是我好面子。自决定办灯塔社，除过互助合作，我啥话也听不进耳朵里去了嘛！我走在路上，听人家一边走路一边谈叙：某某人给他儿订下媳妇了；某某人的婆娘养下小子了；某某人的有奖储蓄中奖了；南瓜和小米煮在一块好吃……我心里头想：啊呀！这伙人怎么活得这么乏味！这么俗气！我紧走几步，把他们丢在后边。我不愿和他们一块走路。要是我在路上听见人们谈叙怎样把互助组办好，怎样领导互助联组，怎样准备办社……我看见这些不认识的人可亲爱哩。我由不得走慢点，听听他们谈叙；要是他们有不得法的，我还由不得插嘴，给他们建个议。我就是这号货嘛。拿起来就放不下，一条路跑到黑！我给老魏说：县上要是决定停办灯塔社，我不服从！①

平心说来，梁生宝如此坚决地反对日常生活，这只能直接意味着他反对寻常百姓的任何“幸福”可能。

上述所有这些关于20世纪50—60年代中国农民们的欲望、尊严、主

① 柳青：《创业史》第二部，人民文学出版社2005年版，第100页。

体性、幸福等内容的叙述，在柳青的《创业史》中虽然自谦为不过是一部“生活故事”，但作者显然意不在此，而是以更大的雄心将其转化为“历史”本身，甚至不只是“嵌入”到历史中去。无论是冯牧的《初读〈创业史〉》(《文艺报》1960年第1期)、何文轩的《论〈创业史〉的艺术方法——史诗效果的探求》(《延河》1962年2月号)，还是徐民和的《一生心血即此书——柳青写作〈创业史〉漫忆》(《延河》1978年10月号)、阎纲的《史诗——〈创业史〉》(《延河》1979年第3期)，抑或是《社会主义的胜利是不可抗拒的——〈创业史〉第二部上卷座谈会纪要》(《陕西日报》1978年1月31日)，以及长期以来通行的各种当代文学史关于这部小说的概述文字等，都指证了这一判断①。尤其是阎纲的上述文章，对于这一判断的阐释铺陈了许多文字，如“《创业史》在认识历史、反映历史上所达到的深刻程度，大大超过了同类题材的作品”；“《创业史》的‘史’的性质就显得很突出了”；等等。其中最为明显的一段，如下：

> 诸如此类的情况，都是柳青同志把较大的思想深度和意识到的历史内容相融合而达到的客观效果，即这部长篇巨著达到的“史”的效果。当然，它不是抽象的历史，不是创业过程的刻板记述；而是形象的历史、诗化了的历史。“史”和“诗”在《创业史》里融合得非常和谐。把《创业史》称为“诗化了的历史”和“历史性的诗”，是由于柳青同志在描绘历史画面和历史进程时，运用了高度的艺术概括的方法，严格的典型化的法则……②

无论从何种意义上说，“历史”都是一个与“真实”相纠结的概念，

---

① 冯文引述见前。何文认为，从“思想高度”与“艺术高度”两个方面，“柳青以雄伟的结构与规模完成了《创业史》的史诗般的构图”。徐文则回顾了作者的自述，“他说：‘我这个小说只有一个主题——农民是如何放弃私有制，接受公有制的……’”，并且称，“无怪乎一位和柳青过从甚密的作家这样感叹道：‘《创业史》他是作为历史的画卷来写的，他要把这本书写成一部社会主义在中国农村发生、发展的史诗。为了这个事业，他什么样的苦都可以吃。他给自己挑的这副担子，是十分沉重的。’”另外，《社会主义的胜利是不可抗拒的——〈创业史〉第二部上卷座谈会纪要》也称：“柳青同志的《创业史》，是一部史诗式的作品。”

② 阎纲：《史诗——〈创业史〉》，孟广来、牛运清：《中国当代文学研究资料：柳青专集》，江苏人民出版社1982年版，第229—230页。前述同篇引文见此书第219、222页。

虽然它并不等同于实证主义的真实。这也正是我们应该谨慎地对待“历史”与“叙述”两者关系的原因。不能不说，作家柳青创作《创业史》的态度是十分严肃的，这在阎文结尾有一大段诠释，以证明小说是如鲁迅先生所说的都得于实际的经验，而绝非幻想的文人所能着笔，都是“非身历者不能描写”的。徐民和《一生心血即此书——柳青写作〈创业史〉漫忆》一文也有佐证[①]。甚至《创业史》中的主要人物，都有相似度相当高的原型：梁生宝——土改后王家斌互助组组长，后来的胜利农业生产合作社主任[②]；卢明昌——解放初期皇甫乡党支部书记董廷芝[③]；县委副书记杨国华——柳青本人[④]；区委书记王佐民——当年王曲区委书记孟维刚；改霞——柳青夫人马葳；等等[⑤]。但小说在许多方面所表现出的“意味深长的沉默”，虽然迟至半个世纪以后的今天，却依然是我们考察《创业史》时无法与真实的历史记述形成有效互文对话的困扰。它涉及许多方面。当然，首先是关于1953年冬以后的“统购统销”[⑥]。这一事件是关于十七年农民命运的一个严重症结。陈云对此有过一段著名的话，将其比拟为“是挑着一担‘炸药’。”[⑦] 从历史事实来看，“统购统销”对农民造成了极大伤害。一方面是当年集体经济制度下农业生产的低效率，1955年后粮食产量逐年下降；另一方面是随着城市和工业建设的扩大，粮食征购量逐年大幅攀升、甚至翻倍，以致造成农民的最低口粮水准数十年处于极为

---

① 徐民和：《一生心血即此书——柳青写作〈创业史〉漫忆》，孟广来、牛运清：《中国当代文学研究资料：柳青专集》，江苏人民出版社1982年版，第212页。

② 柳青：《灯塔，照耀着我们吧！》，《柳青文集》（第4卷），第118—119页。另据韩毓海《春风到处说柳青——再读〈创业史〉》一文称，著名的“梁生宝买稻种”的故事其实来自柳青本人。《天涯》2007年第3期。

③ 徐民和：《一生心血即此书——柳青写作〈创业史〉漫忆》，孟广来、牛运清：《中国当代文学研究资料：柳青专集》，江苏人民出版社1982年版，第216页。

④ 阎纲：《四访柳青》，孟广来、牛运清：《中国当代文学研究资料：柳青专集》，江苏人民出版社1982年版，第81页。原载《当代》1979年第2期。柳青当时兼任长安县县委副书记。

⑤ 韩毓海：《春风到处说柳青——再读〈创业史〉》，《天涯》2007年第3期。

⑥ 1953年10月全国粮食会议召开以后，确定了“农村征购、城市配售”的方案（即“统购统销”）。

⑦ 陈云同时指出：如果大家都同意这样做的话，就要认真考虑一下会有什么毛病，会出什么乱子。全国有26万个乡，100万个自然村，如果10个自然村中有1个出毛病，那就是10万个自然村。逼死人或者打扁担以至暴动的事都可能发生。农民的粮食不能自由支配了，虽然我们出钱，但他们不能待价而沽，很可能会影响生产情绪。参见薄一波《若干重大决策与事件的回顾》（上），中共党史出版社2008年版，第187页。

匮乏的状态。客观地说，仅以高王凌《人民公社时期中国农民“反行为”调查》一书所述，陈云当年担心的“逼死人或者打扁担以至暴动的事”，都曾经在不同地区演变为了真实[①]。这一严峻问题同样也引起了毛泽东主席的注意[②]。但小说显然回避了这一事实，对统购统销进行了轻描淡写，并将盛大的粮食入仓工作称之为“历史壮举”。当然，这是1953年，当时的农民相对来说对于国家的农业政策仍然是特别信赖的。但问题在于，《创业史》并不是写于1953年，而是最早发表于1959年，第二部甚至发表于20世纪70年代末。遗憾的是，我们却在小说中看不到丝毫的历史性笔调。让人惊讶的是，早在1960年初冯牧的《初读〈创业史〉》一文，就对此提出过批评：“作品以实行统购统销、准备迎接社会主义改造的高潮而告终；但是，对于这个曾经震动了广大农村的重大事件，在这里解决得似乎是过于轻易和仓促了。读者原是希望能够看到关于这一事件的更为丰满和深刻的描写的。”[③] 1961年李士文《从生活素材到艺术形象——谈〈创业史〉中的梁生宝的形象创造》一文，也据作者1956年出版的《皇甫村的三年》的内容指出，王家斌曾经打算过买地，并曾对党的统购统销政策一度感到过迷惑[④]。但是作者似乎相当迷恋于扮演全知全能的“上帝般的”叙述者，从而排定一切矛盾、冲突以及解决方案。当年引来许多争议的严家炎文章《关于梁生宝形象》，正是在历史与现实两者之间，针对《创业史》提出了非常纠结的疑难：

> 是紧紧扣住作为先进农民的王家斌那种农民的气质，即使在加高时也不离开这个基础呢，还是可以忽视这个基础？是让人物的先进思想和行为紧紧跟本身的个性特征相结合呢，还是可以忽视其个性特征？是按照生活和艺术本身的要求，让人物的思想光辉通过活生生的行动和尖锐

---

① 高王凌：《人民公社时期中国农民“反行为”调查》，中共党史出版社2006年版。

② 毛泽东：《在郑州会议上的讲话提纲》（1959年2月），及《在郑州会议上的讲话》（1959年2月27日），《建国以来毛泽东文稿》（第八册），中央文献出版社1993年版，第62、70页。

③ 冯牧：《初读〈创业史〉》，孟广来、牛运清：《中国当代文学研究资料：柳青专集》，江苏人民出版社1982年版，第184页。

④ 李士文：《从生活素材到艺术形象——谈〈创业史〉中的梁生宝的形象创造》，孟广来、牛运清：《中国当代文学研究资料：柳青专集》，江苏人民出版社1982年版，第258页。原载《人民日报》1961年8月9日。

的矛盾冲突来展现呢，还是离开（哪怕只是某种程度上的离开）这个规律，让人物思想面貌在比较静止的状态中来显示呢？……

经过煞费苦心的安排之后，主人公原则性强、公而忘私的品质当然是突出了，但同时，生活和性格的逻辑却模糊了，恩格斯所批评的那种个性“消溶到原则里”的情形也就多少出现了。[①]

《创业史》对于“历史”的改写，不都表现在“统购统销”事件一端。此外，限制农村人口向城市流动的户籍制度，也被改写成了改霞以共青团员的理想积极参加国家工业建设的高昂的政治热情。这里甚至出现了“蛤蟆滩的社会主义”与“城里的社会主义”的区隔。1953 年春改霞到县城投考国棉三厂时，被王亚梅严肃地告知：党中央和国务院有个教育农村青年不要盲目流入城市的指示，昨天才到县上。王亚梅称，中央指示，首先要照顾城市居民里考不上中学的、没有职业的闺女，至于农村，以后仍恢复有计划、有组织的输送；有几个大城市的经验已经证明，原有派人到各县进行大招考的方式，“影响不大好”[②]。当年的“三大差别”，即农工差别、城乡差别、脑力劳动与体力劳动差别，亦被作者明显改写。例如，仅以其综合表现之一的“干群差别”为例，就可以看出小说中频繁出现的醒目对比：县委书记陶宽堪称奢华舒适的办公室陈设以及咖啡糖等美食，与梁生宝简陋的单身草棚屋与青稞饼子；作为“首长”威仪被作者反复宣示的杨国华副书记的狐皮领大氅，与高增福身上长期穿着的开花烂棉袄；王亚梅握住赵素芳粗糙双手的“白净的手”——以《创业史》中的农民而论，赵素芳已经算得上是可爱并且有些贪图安逸的妇女了——但工作组亚梅同志“手指纤细白净的两手，捉住素芳粗糙结实的两手”的图景，依然让人读后

① 严家炎：《关于梁生宝形象》，孟广来、牛运清：《中国当代文学研究资料：柳青专集》，江苏人民出版社 1982 年版，第 267—268 页。原载《文学评论》1963 年第 3 期。

② 据小说中的内容与史实相印证，此处“党中央和国务院的指示”应指《政务院关于劝止农民盲目流入城市的指示》（1953 年 4 月 17 日）。其文称：“据最近各地报告，入春以来，许多农民因想参加工业建设，进入城市，寻找工作”，“农民盲目入城的结果，在城市，使失业人口增加，造成处理上的困难；在农村，则又因劳动力的减少，使春耕播种大受影响，造成农业生产上的损失”，也因此，“将来城市建设需要增加工人时，将正式通知区、乡政府，有计划、有组织地招收。”于建嵘：《中国农民问题研究资料汇编　第二卷（1949—2007）》下册，中国农业出版社 2007 年版，第 2012—2013 页。

感到有些刺目；县委会议期间（互助合作代表会和县区乡三级干部会）“穿着四个口袋制服的农村干部”和“穿着两个口袋衣服的庄稼人”，“穿棉制服”的乡以上干部和“穿庄稼人衣裳”的互助组组长、合作社主任们；以及小说中“戴制帽”的脱产干部与“包头巾”的庄稼人脑袋；等等。让人吃惊的还在于，小说不仅提到了梁三老汉脖颈上的“一大块死肉疙瘩”，而且提到了郭世富以及到下堡村乡政府参加会议的二十几个庄稼人，都有着长期超负荷劳作所造成的“重劳动过的体形”。事实上，这些正是某种程度的畸残的身体。而郭二老汉和任老四因为长年勤苦劳动，以至于小农具的“木把被手磨细了”的描述，堪称让人惊心动魄！另一方面，作者将那些白净、庄严、优雅的身姿派给了县委的那些干部们。甚至于在进步、光荣、完全醉心于农业社会主义改造事业的蛤蟆滩，因为水质的原因，村民们老年以后往往会得“粗脖子”病，却没能引起任何干部的注意（第二部第七章、第二十三章；即碘缺乏症）。小说也提到了对于“富农”的措施，但却只是简单地将其融入对富农的嘲讽之中，“‘看这样事，共产党学不学苏联吧。’姚士杰说，‘要是也学老大哥，可就苦了咱们了……’”

引人注目的改写，还在于柳青对于“时间”暴力的巧妙借用。开篇神奇的《题叙》，正是以典型的“时间”的方式，隐蔽地安排了一些事件，使它们在时间之维中看似互为原因与结果——纵向的时间，恰恰成为“历史”的隐喻，这也正是一个突出的齐泽克意义上的“闭合叙述”。它的“主题”企图应该说过于明显，从而让我们感到怀疑的是：如果梁三和生宝的故事是必然如此的，我们将如何解释郭世富、郭庆喜、梁生禄和冯有义们的故事？因为梁三家总体来说非劳动能力人口比例很小，又无长期卧病者，也没有出现大牲畜死亡等偶然变故；全家“破命”劳动，按理说正是中国乡村中应该较早脱离赤贫境遇的农户之一。但是如果没有必然的原因[①]，则如何确认以梁三、生宝为代表的农民们的未解放状态？甚至我们可以发现，第一部中没来得及慎加安排的梁大老汉以及姚士杰的财富“起源”的故事，在第二部中被作者追叙为典型的时间及偶然模式了。其中最

① 梁三年轻时死过两次大牛，仅是《题叙》的“前史”。而梁三出卖大黄牛是在生宝被拉了壮丁以后；但“拉壮丁”仍然不能算是严格意义上的偶然遭遇，因为与生宝一样的年轻人都会被拉壮丁，所以“卖黄牛”也就较难被解释成一定会贫于其他人家的必然性原因。

为奇特的，是姚家的发迹故事。富成老汉的财富“起源”竟然是溃兵的意外丰厚的馈赠，即“一百二十两银子”，它看起来多么勉强，好似天外飞来般的“起源”神话。与此类似的，还有离奇地被追述的梁大老汉最初发迹的故事。这一切过于刻意的叙述，是否意味着作者对于第一部中郭世富、姚士杰们到底为什么会比其他人先富裕起来的问题，感觉到了阐释的焦虑？把姚士杰、郭世富乃至梁大老汉的发家故事，追述为如此偶然和神奇的际遇，作者的努力是否正在于：如果姚、郭、梁三家是如此“邪恶”发家的，就无怪乎破命劳动、老实巴交的梁三父子必然无法脱离赤贫生活了。看起来，“时间”真是个好东西，一切叙述上的矛盾之处，作家柳青都可以从容不迫地在历史的回叙里铺展成纵向的因果关系，而予以解释。这就是为什么，那篇神奇的《题叙》里最让人觉得突兀跳跃的一处文字恰好在于：“……但是，又过了一年（据小说，应指1952年），梁三老汉失望地得出了新的结论：生宝创立家业的劲头，没有他忙着办工作的劲头大”；“他比解放的时候更积极，只要一听说乡政府叫他，掼下手里正干的活儿，就跑过汤河去了。”——那个原文中就有的省略号的后面，被略去了的究竟是什么样的“故事”和过程？

柳青当年的《创业史》可算是一部真正峻急于“教育农民”，或者说解放农民的宣讲式作品。今天重读这部被称为描写了20世纪50年代中国农村社会主义改造的史诗性的“伟大作品”，不禁使人感慨良多。不得不说，柳青对于社会主义的信仰是真诚的，他的《转弯路上》（1949年6月）[①]、《毛泽东思想教导着我——〈湖南农民运动考察报告〉给我的启示》（《人民日报》1951年9月10日）、《永远听党的话》（《人民日报》1960年1月7日）等篇，非常细致地记述了他严肃地进行思想改造，以服务于人民大众的心路历程。“长安十四年”，至今仍然是我们应该深思的“柳青的遗产”的厚重内容。但是，我们同样也很难否认这样一个事实：为什么同是一个柳青，1942年的《喜事》以及1956年的《皇甫村的三年》中的诸篇，读起来要让人觉得平和、厚实得多？我们读那些篇章的时候，不仅可以与那个“不在场的在场者”的“历史”形成从容而丰富的

① 中华全国文学艺术工作者代表大会宣传处编辑：《中华全国文学艺术工作者代表大会纪念文集》，新华书店发行1950年版，第414—418页。

对话，而且也可以享受到作者充实而多姿的“叙述”之美。然而，阅读《创业史》却让人感觉非常不同：一方面，我们不由得时时会从作者的叙述中分神游移出来，面对当年厚重的历史，因对话关系的断裂而使自己满腹狐疑；另一方面，故事叙述者的那个柳青却给人一种雄心与犹疑、坦荡与欲望、忠诚与偏狭、厚重与单调等驳杂混同的印象。而这一切，又是为什么？所有这些，或许正是因为柳青在这部小说中表现出来的过于强烈的“历史”化努力（而非“历史化”）。通过一系列特别的策略，柳青的故事似乎很圆满地讲述完了，“历史”似乎也已经非常完美地被给予了再现与诠释。然而，这个庞大的叙述体系看起来仍然有着太多的脆弱之处。其根源，可能正在于柳青在讲述之始就被刻意隐藏的“欲望”，及其作为欲望转换中介的“计算”。本书依然相信，与弱者的“解放”密切相关的社会正义，其前景正在于社会主义道路。但是就像汪晖的《死火重温》和美国大卫·科兹、弗雷德·威尔的《来自上层的革命》等所论述的，讨论这个问题我们有必要先行将作为理论的社会主义与作为制度的社会主义做出区别对待①。毋宁说，毛泽东当年所赞扬的“鸡毛上天”，正是弱者解放的一种隐喻，也正是对社会公平与正义的一种期许。但是无论多么绚烂多彩的理想，仍然需要一星一点地将其落实为切实稳妥的现实。这也是本书主张“历史”应该得到我们全神贯注的凝视，并且应该先于“叙述”的考虑，虽然这样说可能仍然存在着许多的问题。

---

①　汪晖曾在《当代中国的思想状况与现代性问题》一文中说，“如果说中国的社会主义历史实践正是中国现代性的特殊形态……”他在《现代性问题答问》中还补充道：“如果一个人真正彻底地坚持自由主义的原则，例如市场的原则，他或她就应该批判资本主义及其支配下的市场关系，而不是做资本主义的辩护士。如果一个人真正地坚持个人的权利，并承认这种权利的社会性，他就应该抛弃那种原子论的个人概念，从而必然具有社会主义倾向。”见《死火重温》，人民文学出版社 2000 年版，第 47、29 页。而大卫·科兹、弗雷德·威尔的《来自上层的革命——苏联体制的终结》则以苏联为例说明：“决定一种现实的社会制度是否是社会主义的，其难度主要在于如何解决社会主义中政治权力的特殊作用问题……苏联所具备的，确实有社会主义的某些重要特征，而它所缺乏的，却是最为根本的、人民对国家和经济的统治权。在政治和经济生活中，人民成了消极的受动者，而不是积极的参与者，这是它最为重要的非社会主义特征。苏联体制的专制性与它对公民许多基本权利的否认交织在一起，使得一些分析家们得出结论说，它很少是或根本就不是社会主义。”中国人民大学出版社 2008 年版，第 28 页。

结　语

20 世纪 80 年代中期以来性描写在文学中的高调复活，特别是 20 世纪 90 年代后愈来愈普遍的欲望化叙事，如身体写作、下半身写作等，我们并不陌生——它们也曾经招致激烈的批评。但困境却在于，欲望从一个较宽的意义上来说，涉及性、身体、个人主义、个人利益、权力、自我等等诸多复杂的方面，所以它不仅是“故事”，更是“意义”源出的核心地带之一。

蔡翔在他的《革命/叙述：中国社会主义文学—文化想象（1949—1966）》一书中，将“十七年”指称为“革命之后”或者制度化的时期，并将这一“革命之后”的社会主义解释成某种生产性的“装置”[①]。这一观察与分析正是基于这样一个基本的判断：“革命”意识形态的持续冲动，仍是引发 1949 年以后关于“新社会”或者“新人”想象的一个结构性因素。回望历史，今天我们可以看到的是，在 20 世纪早期对于革命者的想象里，“革命”曾经是如此鲜活并与“欲望”深深地纠结在一起的。如钱杏邨在《地泉序》（1932）中曾称：“书坊老板会告诉你，顶好的作品，是写恋爱加上点革命，小说里必须有女人，有恋爱。革命恋爱小说是风行一时，不胫而走的”；“革命的青年，一面到游戏场去玩弄茶女，一面是不断的诅咒资本主义社会，要求革命呢。至于那些因恋爱的失败而投身革命，照例的把四分之三的地位专写恋爱，最后的四分之一把革命硬插进去……那也是举不胜举，触目皆是的。”[②] 这曾经是巴金《灭亡》（1928）里杜大心的故事，茅盾《追求》（1928）中章秋柳的故事，更曾经是洪灵菲《前线》（1930）里霍之远的故事，蒋光慈《冲出云围的月亮》（1930）里王曼英的故事——特别是“革命加恋爱”小说，当年正是纠结着欲望激情、放荡身体与革命精神（浪漫主义）的混合表达[③]。而且，从某种程度

① 蔡翔：《革命/叙述：中国社会主义文学——文化想象（1949—1966）》，北京大学出版社 2010 年版，第 10—14 页。

② 华汉：《地泉》，（上海）湖风书局 1932 年版，第 23 页。

③ 刘剑梅：《革命加恋爱：政治与性别身份的互动》，郭冰茹译，《当代作家评论》2007 年第 5 期。

上说，这不仅仅是一种文学的叙述，同时它也曾经是郭沫若、茅盾、蒋光慈、丁玲、萧红们的现实故事。但在随后的左联时期，“革命的罗曼蒂克”受到了批判和清算。这导致了在延安和“十七年”时期的文学作品中，“革命”的故事与“欲望”的故事之间发生了断裂：一方面，文学叙述里的英雄人物们由“好劳动”“正派”，发展为无“私欲”，乃至文革文学的几乎无私人生活；另一方面，“欲望”的故事却被强行压抑了下去，越来越失去其合法与公开的“形式化”可能。而后者，正构成了当年未被公开讲述的“意味深长的沉默”故事中的组成部分。

“欲望”在后来的“革命”故事中为什么会被全面压抑下去？比较通行的说法是由于革命事业的残酷性和集体纪律的需要，当然，这些是可以理解的。但是我们注意到，革命本身却正是源于一个更大的“欲望”：创立一个公正、平等、富裕和幸福的“新社会”；造就崭新主体人格（集体主义）的“新人”群体。对于前者，它不仅意味着社会物质生产的丰富，这依赖于每个社会个体的劳动积极性；同时它也意味着，在理论上无限多数和无限复杂的社会个人状况中，也要处理好各个个人之间的认同问题和利益交换问题，这正是“社会”的意义，当然，这依赖于主体间性关系的充分确立。而上述无论是积极性、认同或者交换等问题，显然都是源于“欲望”的。对于后者，集体主义的人格不仅首先涉及主体自己的情感认同或者利益确认等问题，同时也涉及普通人群对于集体主义的信赖问题。这两者同样源自对于“欲望”的指认。事实上，不是从单边的主体欲望出发，而主要是从主体间性关系的角度来考虑“欲望”问题，可能既是以往革命的某些积极经验，如土地革命（夺取土地的欲望）、三三制（参与政治的欲望）、土地改革（获得土地的欲望）、解放战争（推翻剥削与压迫的欲望），等等；同时也是经典社会主义理论对于未来革命前景的设想依据，如共产主义社会的无阶级无国家（“解放”正是对欲望的确认）和“按需分配”（“需要”即欲望）。但在“革命之后”的“十七年”时期，出于对革命时代供给制的过分信赖，以及建构新的治理秩序的需要，也是因为当时国际环境的紧迫压力，中共高层更多地愿意依赖政治化的激情召唤的方式，如“严重的问题是教育农民”和社会发展史的宣教等，来推动社会主义“革命”的发展。这就导致了对于欲望的全面压抑：如对于“个人主义”（欲望的一种转化形态）的批判，对于日常生活幸福的焦虑，个人发家致富是走资本主义“自发道路”，“新人”一心扑在集体事业上；等等。兼以新中国成立后各项社会改造运动，如妓女改造、禁烟禁毒、禁止赌博偷盗等和出版事业上的系列规定①，“欲望”确实在“十七年”时期失去了其在公开视野里的形式化可能（当然，附带的另一个严重问题是，同样的欲望，却在政治威权的组织路线内以匿名的形式被默许甚至被鼓励着）。这无论是对于“革命”本身，还是对于革命故事的文学叙述，都产生了极为深远的影响。欲望被压抑，集体主义经济成为低效率、不盈利的经济；新社会所许诺的“幸福生活”终未能诞生；主体间性关系陷于萎缩与湮灭，并导致“新人”的主体性成为神话；一些粗鄙的道德和原则，如无故盯着别人的私人财物和私人活动，借贷不还反报以谩骂，理直气壮地无偿征用私人工具，强征他人合法劳动所得的余粮甚至陈粮，肆意给“政治”弱者起侮辱性外号，等等，公然充斥在各种艺术文本中；借用“时间”暴力和主体上溯模式改写现实真实，致使文学讲述与“历史”的互文关系无以建立；一些优秀的作家曾经敏锐地感觉到了其中的疑惑，却反而因作品招致祸端（如孙犁的《铁木前传》）；等等。

但是从另一个角度，我们今天仍然不能完全否认上述作家的积极努力：虽然他们自身同样面临着对于“解放”的艰难理解，但是他们确实是在积

① 1948 年 8 月，中共决定筹建全国性统一集中的出版领导机构。同年年底发布《中共中央对新区出版事业的政策的暂行规定》（1948 年 12 月 29 日），方厚枢：《中国出版史料·现代部分》（第三卷·上册），山东教育出版社 2001 年版，第 1—2 页。1949 年 11 月出版总署成立。1950 年起新中国即开始了对私营出版业的调整和改造，1954 年更是加快了改造工作。方厚枢：《对私营出版业的社会主义改造》，《中国当代出版史料文丛》，中国书籍出版社 2007 年版，第 51—74 页。尤其是 1955 年 4 月到 11 月，文化部、中共中央、宣传部、国务院等针对“处理反动的、淫秽的、荒诞的书刊图画问题”先后发出近十道“通知”“指示”或“规定”。这些在禁止和收换之列的“书刊图画”的内容，大多确实如其所指。但是“通知”或“指示”中往往也会非常强调思想教育的意义，并且经常出现下面这句极有针对性的严厉批评：“……散播形形色色的地主阶级和资产阶级的反动腐朽思想和下流无耻的生活方式”，使得一部分人民群众，特别是青少年“思想堕落、身体败坏、生活腐化、学业旷废、工作消极”，等等。从这一意义来说，这次处理书刊图画的行动绝非只针对狭窄的“反动”“淫秽”或者“荒诞”出版物，而是针对一个较广泛的“欲望”领域。与当年所有的社会运动一样，这次全国性的处理行动仍然出现了扩大化的弊病。饶有兴味的是，正是在这个时期，通俗读物以及少年儿童读物的缺乏成为比较突出的问题，后者甚至引起了毛泽东的注意，称其“书少”“无人编”“太贵”（《毛泽东主席对儿童读物奇缺问题的批示》，1955 年 8 月 4 日）。对私营出版业、印刷业、发行业等的社会主义改造到 1956 年全部完成。参见中国出版科学研究所、中央档案馆《中华人民共和国出版史料·7》（一九五五年），中国书籍出版社 2001 年版。

极地讲述着一些新的关于“解放”的想象。在这些想象里，新社会不仅是一个组织起来、物质丰裕、机器生产的社会，这正是关于现代生产的隐喻；而且更重要的，他们所极力想象的是一个共同富裕、人人平等、扶助弱者、公正清廉的社会，在这里，“劳动生产”成为正当道德，弱者“尊严”赋有天然正义，“剥削”被憎恶，“公道”和“正直”被推崇——这些正是现代性人群关系，即现代性空间的重要表征。虽然我们讨论了当年文学叙述的困境与失误，但是我们仍然无法否认，流淌在那些故事中的诸多精神原则，直到今天仍然是我们想象未来“好生活”的根本性依据。正是在这个意义上，我们对于当年的社会主义农村小说应当给予应有的尊重，而不是重回简易的高度化约思路并予以彻底的弃置：一方面，我们的“解放”，特别是中国农民的，仍处在历史的途中，而有待于完成；另一方面，当年的想象绝非是完全虚构和无谓的，不仅它们与当时的历史现实有着极为缠结的关系，而且它们往往成为未来新的想象的历史性起源。就本章来说，至少它留下了如下的话题：为什么后三十年新时期的文学浪潮，正像本结语开头所述的那样，会一度将文学的冲动力解放到最后的“欲望”？当然，“欲望”之后，文学又走向何方，“革命”故事又将如何被重新讲述，却仍是一个有待解答的问题。

第三章 初级社和高级社农民:集体的想象与困厄的个人

同志！你问我的家庭观念怎么打掉的，干国防军的决心又怎么下定的，一句话：思想打通了。可是你又嫌说的简单，枝儿、叶儿、根儿、梢儿，是啥都想问。根本咱们是个大老粗，嘴笨笔不尖，脑瓜筋就象块朽木疙瘩。……新中国成立以后，我们高兴地拍巴掌，乱吆喝，连上组织了秧歌队庆祝，我还扮了一个女人，包了头，穿上花旗袍，粉眉粉脸的在大街上扭呀、唱呀，乐的心都要跳出来了。完了自己个一寻思：这可真的天下太平了，国家今后再不会用兵了。个人的事在肚子里憋了好几年，这时候谈，也该有了条件。

——西虹：《家》，1950年，汉口①

《人民文学》1950年第3期发表了部队作家西虹的小说《家》。这个仅8000余字的短篇非常有代表性地表现了蔡翔所称的中国从“革命”到“革命之后”的转换：1949年年末到1950年年初，武装的革命就要胜利了，“革命”的事业却并没有结束——从“枪杆”的革命，转换为“建设（共产主义）”的革命。有意味的是，这篇并不算长的小说也是“十七年”时期比较早地提到了“个人的事”或“个人的问题”的作品，文中先后提及了三次。当然，这个“个人”的故事曾经在双眉（《村歌》，1949）、小满儿（《铁木前传》，1956）、郭振山（《创业史》，1959）等关于“欲望”的叙述里附带出现过了，小说中称其为“个人主义”。另一方面，在

① 《人民文学》编辑部：《短篇小说选（1949—1979）》（一），人民文学出版社1979年版，第41—54页。

1949—1966年间，更多作家的作品其实都在讲述这个关于“个人”的故事，如马烽1954年的《孙老大单干》、1957年的《三年早知道》，西戎1955年的《宋老大进城》（王发祥老汉），特别是赵树理1962年的《互作鉴定》、1964年的《卖烟叶》等。那么，这是否可以理解为，在长期以来均提倡集体主义的中共“革命”的想象里，随着大规模暴力革命的终结，那个强劲的“个人”不仅在政治革命的范畴内继续受到严厉的批判，而且已经被慢慢地传导到了文学故事的叙述里来了？在承认欲望与个人有着极为密切的牵连关系的前提下[①]，我们将会看到，这个“个人”不但被“集体”持续不断地生产成一个偏执的他者，总是长久而大规模地存在，而且在“欲望”无法通过通畅的形式来表达的“十七年”时期，这个“个人”也被讲述成各种“个人主义”或者“个人利益”的故事而被反复地展示出来。它被视为集体主义之“敌”，一个异己者。如朱德在《在中国新民主主义青年团第一次全国代表大会闭幕式上的讲话》（1949）中就说：“我们为社会服务，就要有团体，就要大公无私，就要反对个人主义，因为个人主义是集体主义的敌人……”[②] 所以，它也成为主流意识形态竭力加以规训的对象。也因为如此，小说《家》里怀着“早一天消灭了反动派，我也可以早一天回家”想法的农民战士，被批评为“农民思想”，这种批判性的命名同样在小说里出现了三次。毫不奇怪，个人主义作为“思想问题”被突出了，可能正是因为这篇小说的上述特殊性，它在当时的部队中被当作了较普遍的“离队思想”的教育材料，并获得极大反响[③]。这样看来，在“个人”的意义上，思想斗争与前述的“两条道路的斗争”实际上是同一个问题：经济上，个人致富的道路违背了共同上升集体富裕的原则，是“自发道路”；思想上，把个人突出到集体之上，则是明显不正确的“个人主义”。

当然，中国农民“解放”的话题，其前提首先是指向农民集体的，但

---

① 如前章所述，“个人主义”的故事通常萌生于欲望的故事，《村歌》《创业史》等表现得相当明显。

② 《朱德在中国新民主主义青年团第一次全国代表大会闭幕式上的讲话》（1949年4月18日），共青团中央青运史工作指导委员会、中国青少年研究中心、中央档案馆利用部：《中国青年运动历史资料·第十九集·1948.11—1949.9》，中国青年出版社2002年版，第406页。

③ 朱曦：《〈家〉在我们部队中的作用》，《人民文学》1950年第4期。

这仍然无法否认“个人”的重要性：正如冯定所称，“没有一个一个具体的人，总的一般性的集体也就没有了。”[①] 尤其在文学叙述里，正如《家》一样，“集体”的故事仍然常常只能通过“个人”的故事来完成。那么，1949 年后中国农民“个人”的故事到底怎样在一个大的农民“解放”的想象里被展开？它与“集体”和“历史”发生了怎样纠结的互文关系？留下了什么样的历史效果？这些恐怕是我们需要认真予以思索的问题。

第一节 《韩梅梅》（1954）：“受不起委屈也是一种个人主义”

新中国第一个五年计划的头一年，即 1953 年，落后的农业生产与工业迅速发展的要求就发生了严重的冲突。这一年因为粮食的危机，出现了 10 月份的全国粮食会议，并于当年冬季全国开始实施粮食“统购统销”政策（大陆除西藏外）；同时，新社会的工农差别也逐渐开始明朗起来，一些文学作品记录了农村青年对于城市生活的向往，并隐约出现了时尚的痕迹（如柳青《创业史》第一部改霞“考工厂”的经过等）。所以，农民的“乡—城”流动在这一年也引起了中共高层更强烈的关注，出现了正式的《政务院关于劝止农民盲目流入城市的指示》（1953 年 4 月 17 日）[②]。而粮食“统购统销”政策和劝止农民“乡—城”流动的指示，又意味着城市就业岗位开始趋向紧缩。它影响到了一大类的人群：来自农村的中小

① 冯定：《个人主义与个人利益》，《冯定文集》（第 2 卷），人民出版社 1989 年版，第 237 页。

② 《人民日报》1952 年 11 月 26 日曾登载中央人民政府内务部社会司的《应劝阻农民盲目向城市流动》一文，已经涉及“有不少地区发现农村剩余劳动力盲目流入城市”所引起的城市就业岗位问题，但文章的形式尚不是政府的正式指示。此类指示在 1953 年以后被频繁重复，并且措辞愈加严厉，最终导致以 1958 年 1 月《中华人民共和国户口登记条例》为标志并延续至今的城乡二元户籍制度。不得不说，这一制度的背后确实存在着城市和农村生活水平的差别问题，如《中共中央国务院关于制止农村人口盲目外流的指示》（1957 年 12 月 18 日）称，“不要对城市生活作夸大的宣传，吸引农村人口外出”；《中共中央关于制止农村劳动力流动的指示》（1959 年 2 月 4 日）中亦有如下文字：“有些地方对群众的生产、生活还安排得不好，不少农民羡慕城市生活，加上某些干部作风有毛病，农民就想出来”，等等。参见于建嵘《中国农民问题研究资料汇编·第二卷（1949—2007）》下册，中国农业出版社 2007 年版，第 2011—2012、2020—2023、2019、2023 页。

学生。因为当年考不上学校的农村中小学毕业生，第一个愿望往往就是去城市寻找工作，“在大量向城市流动的农村人口中，他们一直占据着很大比例”。这也是当时教育资源匮乏，普通的农村村庄里即使高小毕业生也相对较少的缘故。而教育部1953—1954年的教育整顿，使得这种情形尤为严峻。“被整顿的大多数是解放后在农村新建的中学，农村中小学毕业生尤其是高小毕业生不能升学的问题就比城市中更为严重。”[①] 国家面临的现实选择只能是，在城市已经不堪重负的情形下，动员农村中小学毕业生回乡加入到当时已经蓬勃发展的农村互助合作运动中去[②]。然而，引起我们思索的是，正是在这个转换当中，对于这批身处变化旋涡中心的广大农村中小学毕业生们来说，既出现了“集体”，也出现了“个人”，他们在1953年开始的严峻状况中陷入了一种群体性的矛盾状态。由此，这个“个人”的故事如何被叙述，将不仅仅是一个历史性的问题，同时也是一个文学领域的话题了。

作家马烽在1954年6月29日的《中国青年报》上，发表了书信体小说《韩梅梅》，讲述的正是这样一个故事。在《关于〈韩梅梅〉的复信》（1955）中，作家回忆了这篇小说的写作缘起[③]。从根本上说，这又是一个以“辩论”的叙事方式为特征的小说作品。20世纪前期的中国，“劳动”观念其实与源于革命的“改造”观念，是有着较深的渊源的；也正是从这里，我们可以看到，马烽说的“向高小毕业生进行劳动教育”的主题，其实是意有所指的，而显然不仅限于“劳动”。当时对初中和高小毕业生（特别是农村的）展开“劳动生产”“体力劳动”等教育，确实是国家意志的政治目标，如1954年5月29日《人民日报》发表的《中共中央宣传部关于高小和初中毕业生从事劳动生产宣传提纲》即宣称，“新中国教育的任务……首先就是教育人民要具有社会主义的劳动态度，把劳动看成光荣的事业，把劳动看成为有劳动能力的人的天职。因此，我们的教育和劳动生产是绝对不可分离的，不论从小学、中学或大学毕业出来的人，都应该积极从事劳动生产，成为有政治觉悟，有文化教养的社会主义社会

① 定宜庄：《中国知青史·初澜（1953—1968）》，当代中国出版社2009年版，第4—5页。

② 《组织高小毕业生参加农业劳动》，《人民日报》社论，1953年12月3日。北京师范学院教育教研室编：《教育社论选辑》，1959年7月第一次印刷（内部发行），第105页。

③ 高捷等编：《马烽西戎研究资料》，山西人民出版社1985年版，第64页。

的建设者”，等等[1]。然而，如果说“社会主义”的说法同时包含着劳动无贵贱的思想，即“平等”的含义，则依韩梅梅的性情，即使不在农村而在工厂，大概也是不太需要进行什么“劳动教育”的——她从未逃避过劳动。毋宁说，《韩梅梅》实际上是讲述了一个关于“个人”和“集体”之间关系的故事：小说从“个人”的危机开始，最终与“集体”达成了现实的和解。这正是自从1953年12月3日《人民日报》发表《组织高小毕业生参加农业劳动》和《关于山东蓬莱县潮水乡高小毕业生参加农业生产情况调查》（调查报告）以后，持续多年的面向初中及高小毕业生进行“劳动教育”所真正要讲述的故事。由此也就不难理解，为什么当年马烽的《韩梅梅》一经发表，便广受欢迎，不仅被《中国少年报》《人民文学》等多家刊物转载，单行本数次出版，而且还被改编成话剧、评剧、秦腔、鼓词、花鼓戏、连环画等多种艺术样式广为传播，甚至还被节选并改名为《三封信》入选当年的高小语文课本第三册，自20世纪50年代中期到60年代初都被保留着了[2]。然而，我们也应该注意到，无论从何种角度而言，这个关于“个人”和“集体”的故事，可能都并不是容易被讲述的。

小说《韩梅梅》主体部分由主人公的四封信组成。小说的第一封信一开始就体现出“个人”所遭遇到的严重危机：在城里念书的韩梅梅和同村的张伟，都没有考上中学。十六七岁的城里二完小学生张伟，看榜后甚至“‘哇’的一声就哭了”，引得街上好多人的注意。这就是当年教育整顿的时候，人们习见的关于农村高小毕业生的故事。定宜庄的《中国知青史·初澜（1953—1968）》曾引用周立波的《王秉源和韩文恭》（《中国青年》1955年第20期）以及魏巍的《创造幸福的家乡》（《中国青年》1955年第22期）两文，描述了当时的这种情形：“很多青年都把升学看成自己唯一的出路和前途。升学考试之前就已经有人声明：‘考不上学校，就去考海军——投水，投空军——上吊，或是投陆军——流浪。’一旦落榜，痛

① 北京师范学院教育教研室编：《教育社论选辑》，1959年7月第一次印刷（内部发行），第108页。

② 如人民教育出版社1956年3月第四版，以及同出版于1956年的第五版《高级小学语文课本》第三册，都包含有《三封信》这篇课文。其中，第五版高小课本上的《三封信》起讫于第97—108页。

不欲生"；一个"没有考上学校"的青年在给哥哥的信中写道，"我宁愿在城市里拾垃圾，也要走出农村!"① 但是我们可以看到，韩梅梅的反应是不同的，显然小说是将张伟与韩梅梅作为两种不同的"个人"故事，来分别进行叙述的。它体现了"个人"也并非是一个单一的概念。非常有意思的是，在韩梅梅遭遇与张伟同样的"个人"危机时，她的自我救赎方式是想到了"集体"。这是一个在通篇小说里并没有直接显现出来的在场者。也就是说，韩梅梅是相信吕老师所代言的国家意志的，无论从事何种工作，她都将归并到对"祖国"有贡献这一目的之下，这说明韩梅梅正是冯定所赞成的集体主义的"个人"，而此后的张伟才是个人主义的"个人"。这是他们之间的极其重要的区别②。事实上，"集体主义"正是中共革命教育的重要组成部分，它也同样贯穿于此时期对于农村高小毕业生进行"劳动教育"的宣传中，如《人民日报》1954 年 11 月 14 日的社论《努力培养青年一代的共产主义道德品质》就称："应当教育青年一代善于在日常生活中体现集体主义精神，克服自私心理。我国青年应当是集体主义者"；"热爱劳动是共产主义道德的特征。应当培养青年一代热爱和尊敬劳动的高尚情感，教育他们……克服好逸恶劳、轻视劳动特别是轻视体力劳动的剥削阶级思想。"③

但问题在于，即便确立了"集体主义"的优先原则，这个"个人"的故事也并不是容易叙述的。韩梅梅一回到村里，不仅在关帝庙前遭遇了李玉清的挖苦，回家后也遭遇了家人的失望与鄙薄。事实上，这个第一封信里潜藏着一个"个人—集体（现代）—家庭（传统）"这样的三边矛盾。作为"个人"的韩梅梅，应该说是弱小的，她获取力量的方式是将自己自觉地归属于"集体"之下。而这个集体，是韩梅梅的父亲所谓"如今男女平等，有了本领，女的也一样办大事"，和吕老师所说的"不管做什么工作都有前途"的"新社会"，即一个隐喻着科层化形式的现代性空间。但是，它却遭遇到了旧式的乡土空间的强烈抵制。事实上，家庭对于

① 定宜庄：《中国知青史 · 初澜（1953—1968）》，当代中国出版社 2009 年版，第 5 页。

② 参见顾红亮、刘晓虹《想象个人：中国个人观的现代转型》，上海古籍出版社 2006 年版，第 258 页。

③ 北京师范学院教育教研室编：《教育社论选辑》，1959 年 7 月第一次印刷（内部发行），第 99 页。

“个人”的影响力，可能是国家意志进行宣传教育时所遭遇的最坚固堡垒。当年的《人民日报》社论《向学生家长积极进行劳动光荣的教育》曾对此无可奈何地表示，“为什么经过了很长时间的宣传教育，还有许多家长存在着错误思想呢?”“若干地方召开家长会议的经验也证明，许多家长轻视体力劳动、轻视体力劳动者的思想，是根深柢固的……”[①] 定宜庄的《中国知青史·初澜（1953—1968）》也称，“对家长进行动员，自始至终是知识青年上山下乡工作中的老大难，多少有些人生阅历的成年人，不像单纯热情的青年容易为形势所左右，何况事关自已的子女。”[②] 由此，作为“个人”的韩梅梅，就陷入了以新社会为代表的“集体”和以传统家庭为代表的“私人”（即个人主义）之间的双重争夺。应该说，这个双重争夺对于韩梅梅来说，是非常关键的，它正是评判她到底是“集体主义的个人”，还是“个人主义的个人”的节点。

也是因为从上述角度来看，小说里主人公的四封信中，这个第一封信或许是最重要的。有意思的是，作者马烽对于这个关键的矛盾，却表现了耐人寻味但是不易引人察觉的一次态度改变。1951 年冬天，马烽曾在乡下工作过一个短暂的时期，耳闻目睹之间，已经遭遇了类似后来 1954 年间韩梅梅、张伟那样的故事：

> 我从乡下回来以后，这些事情经常在脑子里缠来绕去。当时模模糊糊感到这里边有点问题，特别感到农村里的确需要知识分子，需要动员一些青年学生参加这一工作。后来我就写了这么一篇小说，大意是这样的：有一个小山村里，以往没有识字的人，现在有了三个高小毕业生，他们都要求升中学，可是因为村里工作需要他们留下一个，后来经过支部书记的说服，有一个就留下来了。我自认为其中有些人物写得还不错。结果却失败了。本来这样的事情没有什么不可以写，

① 《人民日报》社论：《向学生家长积极进行劳动光荣的教育》（1954 年 7 月 11 日），北京师范学院教育教研室编：《教育社论选辑》，1959 年 7 月第一次印刷（内部发行），第 116、117 页。

② 定宜庄：《中国知青史·初澜（1953—1968）》，当代中国出版社 2009 年版，第 10 页。根据此书，20 世纪 50 年代的农村高小毕业生回乡参加劳动，是与后来的知识青年上山下乡运动为同一历史过程的。

> 但由于自己思想水平低，对这些问题认识不明确，因而其中流露出一种对这个留在村里的高小学生惋惜的情绪。好像留在村里参加农业生产是一种“伟大”的牺牲。我让别的同志看过，他们也有同样的感觉，我觉得这样的作品起不了应有的作用，后来就把它压在抽屉里了。一九五三年冬天，我又到乡下工作了一个时期，直接间接的又了解了一些有关这一问题的材料。虽然认识上比以前清楚了一些，但真正对这个问题明确起来，却还是在看了那些指示和社论以后。这样才使我记忆中的一些零碎材料和一些人物又逐渐活起来。根据我所掌握的材料来看，我觉得打通高小毕业生的思想，使他们认识到参加农业劳动的意义和重要性，比较还容易一些。而在他们参加了农业生产之后，如何和那些旧思想作斗争，如何克服工作中所遇到的重重困难，却是个比较不容易解决的问题。我知道有一些高小学生，凭着一股热情参加了农业生产，但在遇上那些情况之后，便打了退堂鼓。根据我这样的理解，我便把这问题作为了小说的中心。①

正是通过上述1952年未写成功的那一篇小说向1954年这一篇十分成功的小说的转变，我们看到，马烽出于现实主义策略的考虑（“我觉得这样的作品起不了应有的作用”），回避了韩梅梅陷于前述双重争夺中可能出现的艰难选择。不得不说，这原本是一个相当严峻的话题，但马烽采取的，却是耐人寻味的“不问，不说”的方式②。由此，话题的重心再不是“集体主义的个人”还是“个人主义的个人”的两难选择，而是转换成了“他们参加了农业生产之后，如何和那些旧思想作斗争，如何克服工作中所遇到的重重困难”问题。这样我们也就理解了，马烽在小说第二封信开头那段最关键的描写猪圈卫生脏污惨状的文字之后，为什么最后是如下文字了：“……这工作虽然又脏又累，我倒还可以咬着牙忍受下去，最使我苦恼的是另外一些事情。”换句话说，韩梅梅成为一个“集体主义的个人”不是一个选择，而是一个“自然”的表现，从一开始它就已经不再

---

① 马烽：《关于〈韩梅梅〉的复信》，高捷等编：《马烽西戎研究资料》，山西人民出版社1985年版，第66页。原载《文艺学习》1955年第7期。

② 齐泽克有一段文字非常切实地描述了这一暧昧的态度。参见［斯洛文尼亚］斯拉沃热·齐泽克《幻想的瘟疫》，胡雨谭、叶肖译，江苏人民出版社2006年版，第29页。

是一个“问题”了。

因为特殊历史语境的缘故，“集体”曾对“个人”产生了这样那样的压抑，这也导致了这个概念的某些暗淡与扭曲。所以通常的情形是，“集体”战胜“个人”的时候一定要反反复复地进行宣传教育；而即便如此，“集体主义”战胜“个人主义”往往仍然让人觉得难以充分信赖（这里首先涉及的，可能只是“集体”为什么没有更好地发挥出自身效能的问题，即与“个人”等的关系，而并非“集体”这一组织形式的问题。但这是另一个话题）。显然，马烽也不能例外：韩梅梅选择参加农业社劳动，甚至劳动特别吃苦耐劳这些行为本身，并不能说明她将不会是一个个人主义者。也就是说，一个人热爱劳动，但他（她）未必就必然是一个集体主义者；甚至毋宁说，这个人成为个人主义者的可能性反而更大一些，就像《创业史》里的郭世富、姚士杰、梁大父子等一样。所以，在韩梅梅的选择之后，“集体”的声音再次出来予以鼓励，“吕老师，在学校的时候，你常教导我们：‘一个青年团员，应当到最艰苦的岗位上去!’我为什么要挑轻松的工作呢!”在韩梅梅选了养猪工作以后，小说第一封信的末尾写道：“事情就这样决定了。晚上，团里还开了个欢迎会，大家都鼓励我好好工作。吕老师，从今天起，我是农业社的一个正式社员了。我想你看了这封信一定会高兴的。”现在，无论是日常生活的农业社劳动，还是精神生活上的青年团组织，韩梅梅是真正成为“集体”当中的个人了。小说在后来进一步证实了，每当韩梅梅在工作生活中遭遇困境的时候，“集体”都会再度出现并给予其力量，如团支书张润年对韩梅梅的鼓励，以及团员发动义务劳动帮助清理猪圈卫生，等等。

马烽在《关于〈韩梅梅〉的复信》中曾说，“写《韩梅梅》是先有了主题，先有了一个政治概念，然后才进行创作的”，这个先行的主题，就是他说的有必要对农村高小毕业生进行的“劳动教育”。有意思的是，小说正是在这个“劳动教育”的环节中，才出现了主人公韩梅梅的一句十分关键的话：“我觉得受不起委屈也是一种个人主义”，而这句话并非是在前述的艰难抉择中体现的。因此，马烽在小说中是将“个人主义”放在“劳动”这个场域，作为好逸恶劳的对立面来展开其叙述的。但问题是，随后关于张伟的故事，却逸出了作者的构想：他的所谓个人“前途”和个人“表现”的辩论，已经是非常明显的“个人主义”的话题了。而韩梅梅不仅在这里再次不自觉地回归到了精神的集体（“为祖国服务”，以及团支书和社长对张伟的劝说），同时，也正是在这个“劳动”的场域里，传统的乡土空间的力量也在被作者悄悄地予以淡化。一方面是村里一些人对猪圈卫生状况的改变开始感到满意，另一方面是韩梅梅的爹和奶奶有些生气和冷言冷语的敲打，文字已经高度缩减，并处于类似“附言”的次要地位了。所以至少在表面上，故事正在作家马烽的控制下沿着“劳动教育”的逻辑发展下去。顺此线索，在第三封以“猪的饲料问题”为主要内容的信里，涉及了吕老师寄给韩梅梅的“关于养猪的书”。这使得韩梅梅开始感叹“喂猪”也是一门很大的学问，专业化的“猪也需要有各种养料，也需要钙、磷、维生素什么的”这一类表述，用以说明知识和科学在农村是有用处的，也是必需的。韩梅梅作为高小毕业生的知识背景终于有了用处。现在，不仅韩梅梅对自己的工作“很满意”，就是村里人也不小看她了。可以看到，故事还是慢慢回到与“集体”关系的轨道上来了，它越出了狭窄的“劳动”场域。

本书希望能在一种间性关系的基础上来谈论“集体”和“个人”的关系，或者这可能是规避集体主义演化为“整体主义”①，或个人主义演化为极端“利己个人主义”的现实途径吧。当个人的积极行动最终没能在“集体”中获得认同的时候，间性关系就可能发生断裂，“个人”就走向了被压抑，而这最终也会对“集体”造成伤害并使之发生扭曲。这正是泰勒《承认的政治》和霍耐特《为承认而斗争》里表达过的意思。因此，对于韩梅梅来说，对她的态度积极、不畏脏累并勤于钻研“科学方法”的集体劳动予以最后的确认，就成为“劳动教育”中不宣而喻，甚至是至关重要的一步了。这恰好是小说第四封信中的主要内容：韩梅梅不仅在社员大会上被选成了模范，而且经过农业社的账目结算后，她总共挣了七十多

① 有论者认为，即使在集体主义的个人观上，根据集体与个人关系的不同，也仍然可以区分出两种情况。第一种情况，强调理想的真实集体是自由个人的联合体，即偏重于集体内的个人。第二种情况，则强调有意识地设计一些总体性的社会蓝图，因为它确信集体的意志是个人意志的有机整合，也就是更多地偏重于个人之上的集体。在后来的理论发展中，人们越来越偏向于第二种情况，把集体的作用理解为有计划的控制，个人的活动范围越来越小，个人发挥自由创造力的可能性空间越来越窄，由此演变成从集体主义式的个人到整体主义式（脸谱化）的个人的转变，个人的力量被消解。参见顾红亮、刘晓虹《想象个人：中国个人观的现代转型》，上海古籍出版社 2006 年版，第 264—265 页。

个劳动日，分到了一千多斤粮食。——正是在这时，小说主人公发出了自我肯定的咏叹："这是多么快乐的事啊！这是用我的劳动换来的，我过去是依靠父母来生活，现在我靠自己劳动能够过活了。"同样的，"一千多斤粮食"也引起了主人公的母亲、奶奶和父亲对她的尊重，并且通过她母亲之口转述了村里人对她的认可。但是，对于韩梅梅辛勤劳动的最大回报，却是随后出现的"受训通知"事件。很显然，这是一个关于"荣誉"的事件①；同时，它又是一个类似于"升学"的景象（"到省国营农场去受训"）。这一事件不仅是对韩梅梅在农村的创造性劳动的确认，同时也为她积极学习的精神给予了一个正面的发展通道。它的意义至少在起始阶段，是与"升学"乃至到城里工作差不多的。父、母、女儿三人流下的"痛快"而且"甜蜜"的泪水，意味着开篇陷入"个人"危机的农村高小毕业生韩梅梅的个人价值，在一个更为重要的抽象层面即精神上，得到了补偿。旧式的乡土空间的力量，也被无形中消解。至此，马上要出远门去"受训"的新社会农业社社员，不仅预示着"知识"获得了发展及得到运用的可能，也预示着"新人"想象的即将切实完成。至关重要的是，"集体"在此再一次出场，"今儿下午团里开会给我做了鉴定，大家都希望我好好学习，精通业务。我决不会辜负国家对我的培养……"它再一次证明韩梅梅是一个自觉归置在"集体主义"之下的个人。

然而，我们说当年"个人"的故事并不是容易被讲述的，其意思还在于，它既在"历史"上是有极大虚拟性的，同时在知识上也是仍然没有能够解决"个人"的深层危机的。张旭东在讨论"当代性"的时候，曾经批评了一种研究者容易蔽身于"历史""知识"等概念之中的倾向，因为这些概念给予人们"安全感"；但正是这种知识或者历史带来的所谓安全感，窒息了"当代性"的非常活跃的意义生产②。也是从这

---

① 亚当·斯密曾表示，"对于所有尊贵职业，可以说荣誉是报酬的大部分……考虑到各方面，从事这些职业报酬通常都十分有限。反之，在卑贱的职业上，情形恰好相反。"参见［英］亚当·斯密《国民财富的性质和原因的研究》（一），远方出版社2006年版，第83页。因此，在他的表述里，"荣誉"同样是一种职业劳动的报酬。应该说，这是古今皆然的，"革命中国"亦不能例外。

② 参见张旭东《在"当代性与文学史"圆桌讨论会上的发言》。节选部分包含在《当代性·先锋性·世界性——关于当代文学六十年的对话》记录中并发表于《学术月刊》2009年10月号。

个意义上，马烽的《韩梅梅》虽然如此著名，并且确实融入了现实农民生活中去成为个人励志性的故事（各种地方性材料如 1955 年山西汾阳小伙张增华的、1958 年山西闻喜姑娘解引仙的、1957 年河南沁阳姑娘冯国兰的，等等）[①]，但是这些宣传意味十分强烈的材料，由于它们原本是为了树立“模范人物”而采用组织化编写方式，可能仍然让人充满质疑。原因就在于，这些材料更多体现的是国家意志（“集体”）的声音，而“个人”，则处于被遗忘或者被压抑的状态。如定宜庄的《中国知青史·初澜（1953—1968）》就以延边朝鲜自治州延吉县海兰村青年吕根泽等为例，谈到了这种人为地树立活的榜样，即树立知识青年先进典型模式的严重缺陷[②]。因此，如果我们寻找另一种民间化的韩梅梅式处境的故事，我们可能会发现，真实原来与小说中的叙述会决然不一样。如 20 世纪 90 年代初，诗人雷抒雁曾在一篇文章中同样回忆了“韩梅梅”对他的一段成长经历的影响：“在我高小毕业的那一年，报纸上突然飞出一位回乡务农的邢燕子，课本上也有了回村喂猪的韩梅梅。我心头一热，响应党的号召，断然不想上学，想做一名新农民。”其结果，却是作者遭到父亲以近乎残忍的方式对他进行的“劳动惩罚”，最后重返学校[③]。事实上，这在当年的农村曾经是长达数十年的时间里，各地都屡屡可以见到的故事。虽然，社会主义的劳动热忱以及集体主义道德的教育，在当时确实是“新社会”所需要的，从这一方面说，它也是真实的“历史”；但是后者一类亲历劳动的艰辛并视劳动为“惩罚”的态度，也是当时乃至今天绝大多数农民私下里可能有的，它代表着“个人”经验的真实，因而同样是这个“历史”的一部分。但我们讨论的却是集体与个人两者的复杂的互文关系问题。困境可能就在于，当“个人”被刻意遗忘的时候，“劳动教育”的脆弱性也会马上浮现，有时甚至是公开

---

① 参见李晋泉、刘锡仁、王锡万、林秋声《有出息的年轻人——张增华》，《畜牧战线立功劳》，山西人民出版社 1962 年版，第 42—47 页；建文、秀哲、喜成、柏林、怀德《养猪能手解引仙》，同上书，第 48—52 页；中共泌阳县委通讯组《凤凰山下好姑娘——记高小毕业生冯国兰参加农业生产的模范事迹》，《在农业第一线上的知识青年》，河南人民出版社 1961 年版，第 43—56 页（原载《河南日报》1960 年 10 月 11 日）。

② 定宜庄：《中国知青史·初澜（1953—1968）》，当代中国出版社 2009 年版，第 15 页。

③ 故事详见雷抒雁《劳动的诗篇》，《悬肠草》，解放军文艺出版社 1991 年版，第 70—71 页。

而且极具讽刺意味的[①]。有些确实完全呼应了当年的集体主义道德，而真正忘却了“个人”的模范人物，他们几十年后的现实境遇，却往往使他们反过来滋生了怀疑和后悔，从而瓦解了对于这一道德的信赖，良可使人叹息[②]。即使从最简单的意义上，我们也无法否认上述韩梅梅式处境的故事同样是历史中的真实，甚至是比小说《韩梅梅》更为常见的真实。但就正在讨论的话题来说，它意味着什么呢？我们可以看到，这些现实故事中所缺乏的，恰恰是原小说第四封信里“集体”对于“个人”劳动的认同与报偿环节。这个过于冷严的缺失，导致了“集体”与“个人”良性关系的松解。由于中共社会主义革命中集体主义声音的强大，所以才会有马烽所说的群众的“沉默”[③]，即个人的声音在公开表达中被予以压抑。如果这样说是不无道理的，则我们往上做一个逆溯，个人的被压抑，显然会引起对于“集体”信赖的瓦解，于是，那个最先的艰难的抉择：不成为一个“个人主义的个人”，而成为一个“集体主义的个人”，看起来就更像是一种宣教的需要，而不太可能出自诚恳的个人选择。至此，“集体”就受到了扭曲和伤害，“集体”的故事将很难继续以原先的模式叙述下去。这可能也是马烽觉得1952年的那篇小说发出来没有好处，而在反复的自我教育之后才能够写出1954年的《韩梅梅》的原因。耐人寻味的是，马烽及柳青这一类作家都十分强调报纸和社论等对他们的影响性，但“思想教育”的说法，却恰好意味着某种立场或者态度选择的艰难。

---

① 如有本书曾回忆过如下的趣事：“据说60年代初，湖北作家黄碧野曾撰文并做报告歌颂鄂西北神农架，将神秘的大山写得千峰陡峭、万壑深邃、瀑布挂彩、岩洞献奇、珍禽飞鸣、异兽出没，鼓励青年们去此落户，访古探宝。其名声兼之优美的描绘，烧得武汉三镇的许多中学生热血沸腾，毕业时纷纷结伴报名去此落户。数年后，‘文革’初起，这些人专门成立了一个‘揪黄战斗队’杀回武汉，要把散文家押上神农架去游山，对其示惩。害得作家东躲西藏。”张桦、刘凯：《天之骄子启示录》，时代文艺出版社1993年版，第188页。

② 作为此话题极为普通的例子之一，可参见党宪宗《这存心是不想让农民的孩子进大学》一文中模范女（村）支部书记的故事。见《沉重的母爱：对四十户农民家庭供养大学生的调查报告》，中国文联出版社2007年版，第205—211页。

③ 马烽《关于群众路线的点滴经验》一文，曾非常有意思地读解过群众的“沉默”：“……不解决当前实际困难。群众开会没兴趣，但非让来不可，结果群众来了不说话，每天晚上白熬油，坐到半夜散会，群众说：‘开了四十天会，熬了十五斤油，甚也办不成’”；“多次经验证明，群众对一件事情不发表意见就是不同意，沉默就是拒抗……”见高捷等编《马烽西戎研究资料》，山西人民出版社1985年版，第21、23页。

出于复杂的原因，1954年的小说《韩梅梅》正是讲述了一个“个人主义”的故事。在马烽那里，这位十七岁农村高小毕业生的经历，被作为“个人”的范例自觉地放回到了“社会的”处境，这样就回避了将它上升到极端“利己的个人主义”的危险，从而维护了革命意识形态的集体主义道德。在文学领域，第一次文代会上周扬的报告《新的人民的文艺》，就对所谓“沉溺于自己小圈子内的生活及个人情感的世界”进行了强烈的贬抑。它的暗示对象，正是“个人主义”。这种语境对于20世纪50年代以后的文学发生了极深的影响：有的作家因为不适应，创作上走向了停滞或者转向，如沈从文、丁玲、路翎、张恨水；有的则试图通过对写作的“改造”，来适应新的时代的要求，如巴金、艾芜、沙汀，当然结果也并不尽如人意。而有的作家，像赵树理、周立波、欧阳山，以及马烽，虽然写了许多重要的作品，但是无论是他们自己还是他们的作品，实际上意蕴都各有其复杂性。如以《韩梅梅》为例，马烽1952年的那次失败的讲述，或许可以被看作一个颇有意味的反证。他将其归结为自己“思想水平低”，对问题“认识不明确”——这就是当年频繁出现的所谓“思想问题”的典型例证。当然，由此也出现了需要频繁地进行“思想教育”的必要性。这也解释了马烽以及柳青这一类作家为什么会如此强调“看报”和“读社论”的原因，也说明了“集体”几乎本能地成为他们写作时的“不在场的在场者”。然而，正是在前述所谓“思想问题”那里，隐喻着“个人”面临某种立场或者态度抉择的艰难。也许正是因为第一封信在这方面的暧昧，它在小说后来入选高小语文课本时就干脆被全部缩减掉，四封信于是就变成了“三封信”。我们可以看到，根据后续的现实生活情形，正是从柯文所谓“历史三调”的另两个因素（“经历”与“神话”）来看，马烽虽然将“韩梅梅”的故事讲成了“社会的”，却仍然没能够将它充分讲述成“历史的”①。

---

① “个人主义的吸引力在于，它能够使理论建立在一个关于人类行为的看似经验的甚至符合科学观察的基础之上。简言之，理解了个人，社会的政治制度与机制也就具有了可解释性。”但安德鲁·海伍德同时也指出，“然而，任何方法论个人主义都有一个缺陷，它既是非社会的，又是非历史的”；它“忽略了这样一个事实，即人类行为从一个社会到另一个社会以及从一个历史时期到另一个历史时期都是各不相同的。如果经验和社会环境塑造了人性，那么个人就应该被视为社会的产物，而不是正好相反。”［英］安德鲁·海伍德：《政治学核心概念》，吴勇译，天津人民出版社2008年版，第166页。

恰是在这里,“个人”故事的叙述并没有能圆满完成,反而导致了个人通常情形下更多的对于“集体”或者“集体主义”信赖的迅速流失。这转而造成了“集体”概念的扭曲和伤害。事实上,它还带来了更加令人意外的历史效果:甚至到了民族、国家、大众等集体主义话语成为主流的20世纪80年代,循着反封建主义、反阶级论和反理性等路径,结果却出现了张扬“抽象与普遍意义上的‘个人’与‘社会’、‘群体’的差异”的美学个人主义。这曾经是20世纪80年代文学新潮的重要内容。到了20世纪90年代对于消费主义的文化批判中,美学的个人主义仍然是当时习用的话语资源之一。在这种情形下,可以说,对于这个“个人主义”,即便意识到了民族、国家、大众等的存在(即承认“集体”的前提),我们终于也有些含糊了起来:它不是我们长期以来批判过的吗?而这些,正是薛毅1999年《关于个人主义话语》一文中所批评的内容。[①]

第二节 《三里湾》(1955):集体和集体化的想象及其问题

今天如果回溯中国1949—1966年的农村社会主义革命,我们将会看到,不仅关于“个人”的故事是非常难于叙述的,即便是关于“集体”的认识,或者说如何将“社会主义”落实为具体的历史形态,也仍然是一个渐进而且艰难的过程。毛泽东在1943年的《组织起来》中称:“达到集体化的唯一道路,依据列宁所说,就是经过合作社。”然而,一方面,虽然社会主义或者集体化作为最后的方向得到了中共高层的确认,但这个“集体化”到底应该化成什么样的“集体”,以及具体如何化之乃至何时化之,在相当长的时间内统一的意见并没有形成。出现于中共内部的大致延续的争论,都证明了这个要达成的“集体”仍然是充满着各种纠结的,

---

① 薛毅:《关于个人主义话语》,《当代文化现象与历史精神传统》,广西师范大学出版社2007年版,第1—6页。

在当时还不是切实可见的图景[①]。另一方面，当年曾经激起中国农民对于农业集体化狂热追捧的苏联集体农庄的生活，事实上可能是神话化以后的版本[②]。这更加重了中国当时对于"集体"的理解所可能遭遇的深层危机——毛泽东在1959年3月2日的一封信中说，"我担心苏联合作化时期大破坏现象可能在我国到来。"[③] 由此证明，虽经苏方当年严密的新闻封锁，毛泽东对于苏联集体化运动的实际情形可能也并非一无所知。因此，我们毋宁说，"十七年"时期中国农村的社会主义革命，同时也是一个想象"集体"的过程。这个关于"集体"的想象，也相当普遍地融贯在同时期的文学故事里。

20世纪50年代初，赵树理参加农业生产集体化的体验，成为1955年长篇小说《三里湾》的起源。但是值得注意的是，在后来赵树理的许多文章中，对于新时代"新人新事"的生活（显然正是当年之谓"集体化的好处说不完"的生活），作家均谨慎地表示知之不多。《三里湾》虽然是中国最早表现农业合作化的长篇小说，但自诞生以来就引起了许多的批评与反批评，可谓毁誉相杂，应该说，与赵树理的这种谨慎态度不无关系。

小说中的叙述正是在集体化，即建立农业生产合作社，及其秋收、扩社、开渠等的过程中，关于"集体"的想象才开始一点一点地细致化，并且丰满起来。无论是就小说本身，还是就与其有明显互文关系的当年平顺

---

① 罗平汉在《农村人民公社史》中曾以"人民公社"为例称，"何谓共产主义和怎样才能进入共产主义，当时实际上是并不清楚的。这样的问题，不要说广大农民和基层干部不清楚，就是理论界甚至中央高层也没有搞清楚。"事实上，毛泽东在1961年8月23日第二次庐山会议上确实曾说过如下的话："讲到社会主义，不甚了了……对社会主义，我们现在有些了解，但不甚了了。我们搞社会主义是边建设边学习。搞社会主义，才有社会主义经验……搞社会主义，我们没有一套，没有把握。"迟至20世纪80年代，邓小平在《建设有中国特色的社会主义》（1984年6月30日）中仍然表示："什么叫社会主义，什么叫马克思主义？我们过去对这个问题的认识不是完全清醒的。"邓小平并在《政治上发展民主，经济上实行改革》（1985年4月15日）中称："什么是社会主义，如何建设社会主义。我们的经验教训有许多条，最重要的一条，就是要搞清楚这个问题……"等等。分别见罗平汉《农村人民公社史》，福建人民出版社2006年版，第98页；董边、镡德山、曾自《毛泽东和他的秘书田家英》（增订本），中央文献出版社1996年版，第83—84页；邓小平《邓小平文选》（第三卷），人民出版社1993年版，第63、116页。

② ［俄］罗伊·梅德韦杰夫：《让历史来审判——论斯大林和斯大林主义》（上），何宏江等译，东方出版社2005年版，第222—266页。

③ 毛泽东致"少奇、小平、各位同志"的信（1959年3月2日），《建国以来毛泽东文稿》第八册，中央文献出版社1993年版，第87页。

县川底村郭玉恩农业生产合作社的情况来看，合作社在土地、劳力、肥料、耕种技术等方面均带来了极大便利，并且出现了大幅度增收，这些自不必说[①]。此外首先引人注意的，却是社内人们的“社员”身份。从中央1951年到1956年间关于农业互助合作的一些重要文件，如《中共中央关于农业生产互助合作的决议（草案）》《陕西省委关于地主、富农能否参加互助组的意见》《中央农村工作部关于全国第四次互助合作会议的报告》《农业生产合作社示范章程草案》《一九五六年到一九六七年全国农业发展纲要（草案）》等，我们可以看到：在合作社初成立的几年内，过去的地主分子和富农分子是不被接受入社的，社内也不允许存在富农雇工剥削的方式（“但互助组和农业生产合作社为生产的需要得雇请短工、牧工和技术人员”除外）。这一部分人要想入社，据前述后两个文件的说法，要在1956年或1957年以后才有可能，其时他们的身份才可以成为“社员”或者“候补社员”[②]。也正因为这样，“社员”的身份唤起了三里湾农业生产合作社成员们的积极的认同，它给王兴老汉、王玉梅、范灵芝等带来了尊严与满足。另外，在范长江《川底村的农业生产合作社》（1951）一文中，还提到了“劳动分”和“工票制”[③]，这在小说中也有相应的反映。而早在1951年春，赵树理就曾在三里湾原型之一的武乡县监漳村研究制定了一整套记工程序和记工形式，被称为“百分工票记分法”[④]。

有意思的是，小说开篇的《从旗杆院说起》和第一节《放假》，也从多个方面说明了三里湾“一九五一年试办农业生产合作社”以来新的生产、生活组织方式[⑤]。尤其值得注意的，除了毛泽东《组织起来》的号召以外，20世纪50年代初的“农业生产合作社”与“工分票”，不仅是人民国家在全国范围内实验和推广的，而且其形式也是基本相同的，中央先

---

① 范长江：《川底村的农业生产合作社》（1951年12月16日），史敬棠、张凛、周清和等：《中国农业合作化运动史料》下册，生活·读书·新知三联书店1959年版，第570—585页。原据人民出版社1952年同名（《川底村的农业生产合作社》）单行本。

② 上述中共文件中的相关内容，分别参见于建嵘《中国农民问题研究资料汇编》（第二卷·上册），中国农业出版社2007年版，第1137、1139—1140、1225、1260页；中共宁夏区委党史研究室《宁夏农业社会主义改造专题研究》，宁夏人民出版社2006年版，第77页。

③ 范长江：《川底村的农业生产合作社》，史敬棠、张凛、周清和等：《中国农业合作化运动史料》下册，生活·读书·新知三联书店1959年版，第578页。

④ 崔晋峰：《赵树理写〈三里湾〉之前在我们村》，《党史文汇》1998年第6期。

⑤ 赵树理：《三里湾》，人民文学出版社1964年版，第1—2、4—6页。

后出台了《中共中央关于农业生产互助合作的决议（草案）》（1951年12月15日）、《农业生产合作社示范章程草案》（1955年11月9日）等重要文件进行了规范。1953年2月，国家还成立了中共中央农村工作部（部长邓子恢、秘书长杜润生），并规定了各地、县等相应分支机构①。由此可以看到，中国农民自20世纪40年代以来走“组织起来”的互助合作道路，正是吉登斯《现代性的后果》等书中所称的“脱域”和“再嵌入”的过程②：原三里湾的农民依托“社员”身份以及“劳动分”和“工票制”，获得了脱离像个体生产、人际直接接触等相当有局限的地域性关联，包括相当有局限的时空交换方式的形式——如原来的换工结算现在可以在更大范围、更长时间内进行时空抽离，其后才进行工分结算。这两者（“社员”身份与“劳动分”/“工票制”）即成为吉登斯所谓的“象征标志”。而小说中的“水利测量组、县委会老刘同志、张副区长、画家老梁、秋收评比检查组，还有什么检查卫生的、保险公司的……”等上级国家组织和人员，“村公所、武委会、小学、农民夜校、书报阅览室、俱乐部、供销社”等村级机构和空间，以及村里、社里的基层干部等等，所构成的正是这个新生国家的一整套吉登斯意义上的“专家系统”和现代性的科层制结构。而依据蔡翔的论述，“旗杆院”正是这样一个深富意味的现代性空间③。同时，当年周扬和巴人的两篇文章，曾经颇为让人意外地提到了《三里湾》里的农民与“工人阶级”身份及思想的联系④，也恰好佐证了《三里湾》中农民们的“脱域”状态。

另一方面，小说《三里湾》对于如何达成与深化这个“集体”想象的过程，即“集体化”，首先就是通过“家庭”这个环节来表现的。而“家庭”正是与“集体”互为争夺的最大的传统性力量，一种旧式空间的突出代表。早在1957年，巴人的《〈三里湾〉读后感——为〈中苏友好报〉而作》一文就认为它是通过“家庭”来描述“集体化”想象的，该

---

① 《中共中央关于建立农村工作部的决定》（1952年11月12日），于建嵘：《中国农民问题研究资料汇编》（第二卷·下册），中国农业出版社2007年版，第1779—1780页。

② ［英］安东尼·吉登斯：《现代性的后果》，田禾译，译林出版社2002年版，第18—22页。

③ 蔡翔：《革命/叙述：中国社会主义文学—文化想象（1949—1966）》，北京大学出版社2010年版，第43—45页。

④ 周扬：《论〈三里湾〉》，《文艺报》1956年第5、6期。巴人：《〈三里湾〉读后感——为〈中苏友好报〉而作》，《遵命集》，北京出版社1957年版，第16—17页。

文中以相当的文字对此进行了特别的强调[①]。在《〈三里湾〉写作前后》(1955)中，赵树理称早先的农民毕竟是小生产者，思想上都具有倾向资本主义的一面，因此，所谓社会主义改造，就是为了消灭那一面；“但是那一面不是很容易消灭的”，目前农村的工作，“几乎没有一件事可以不和那一面作斗争”[②]。巴人在1958年完成的《略谈赵树理同志的创作》一文中仍宣称，赵树理1951年在太行山区参加农业生产合作社的试验区工作时，“农村的斗争已经变成是农业生产的集体所有制和个体所有制的斗争了”。这里的“集体所有制”其实就是指的“集体”的想象，而“个体所有制”在中国当时的农村实际上就是指的“家庭”。巴人进一步说“《三里湾》就是反映这一幅斗争生活的”，作品“着重地描写了两种家庭生活的矛盾和变化——即以集体主义为生活基础的党支部书记王金生的家庭和死守住个体经济堡垒的马多寿家庭的不同面貌和不同的生活，及其相互间的矛盾和变化”。这意味着，巴人认为通过家庭来表现“集体化”的过程，即是《三里湾》所反映的生活面貌之所以显出与《李有才板话》和《李家庄的变迁》等处在两种不同性质的革命的时代，因而也出现了具有不同思想感情的新人物的原因[③]。同在1958年，苏联人费德林在其《赵树理的创作》一文中也认为小说《三里湾》是描述“集体化”想象的[④]。巴人和费德林的说法实际上与赵树理后来的自述（赵树理：《与读者谈〈三里湾〉》，1962）可以彼此参证。应该说，这个认定《三里湾》是对于社会主义“集体化”过程的想象的说法，是可以得到较长时期的佐证的。直到20世纪80年代中期，持这种见解的学者也不乏其人，如英国人约翰·伯耶[⑤]等。

然而，虽然赵树理把这种斗争，即《与读者谈〈三里湾〉》里所称的“资本主义和社会主义两条道路的斗争”，作为小说《三里湾》的表现程

---

① 巴人：《〈三里湾〉读后感——为〈中苏友好报〉而作》，牛运清：《长篇小说研究专集》上册，山东大学出版社1990年版，第414—415页。

② 赵树理：《〈三里湾〉写作前后》，《赵树理文集》(第4卷)，人民文学出版社2005年版，第116页。原载《文艺报》1955年第19期。

③ 巴人：《略谈赵树理同志的创作》(1958)，《点滴集》，浙江人民出版社1982年版，第73页。

④ [苏]费德林：《赵树理的创作》，韩意译，阮其灿校，[美]马若芬等：《赵树理研究文集·下卷·外国学者论赵树理》，第254页。原译自1958年版俄文《赵树理选集》。

⑤ [英]约翰·伯耶：《〈三里湾〉与〈花好月圆〉之比较》，[美]马若芬等：《赵树理研究文集·下卷·外国学者论赵树理》，第295页。原载《批评家》1986年第1、2期。

式，这也只是表层的处理。他的用意却在其他方面。他在1962年《文艺与生活》的发言里提到了赵树理对于写作长篇小说《户》的设想。这也是赵树理所称的“‘社会主义改造’，一方面是改造制度（生产关系），另一方面是改造人”的意思[①]。从上述情形来看，赵树理的理解已经非常清楚：“社会主义所有制”（集体所有制）与小农生产者的“户”所有制（家庭）是对立矛盾的存在，即所谓“两套教育”。而作为个人的农民，其实只是家庭的形式化[②]。在这里，赵树理在20世纪50年代所批判的“个人主义”思想[③]，被归结到了“集体/家庭”的话语之下。我们也就明白了，小说中为何将范登高发展私人小买卖，一方面批判为“资本主义道路”，另一方面又与其思想上的“个人主义”（小说中称“个人英雄主义”）那么自然地联系在一起了。至此，我们应该可以理解为，依托于“家庭”作为两种道路斗争的场域，所谓“资本主义道路”“个人主义”思想以及“封建性”的“户”所有制已经凝聚为一个浑然一体的问题了。而这个问题的对面，是与之几乎全然不同的社会主义“集体”的想象，它正在从各个方面引领着三里湾的绝大多数农民们。

《三里湾》问世以来，曾经招致了许多的批评，这些批评赵树理本人也都有觉察[④]，当然他也适度做了自辩。但是这些争论，毋宁说正是不同作者或批评者们对于“集体”想象的差异以及相关阐释的争夺。它们涉及对于20世纪50—60年代中国农村社会主义革命的不同认知问题。出于对当年特殊语境的考虑，当小说《三里湾》展开这种想象的时候，它是一个“我的集体”“你的集体”，还是一个“我们的集体”呢？

---

① 赵树理：《与读者谈〈三里湾〉》，《赵树理文集》（第4卷），人民文学出版社2005年版，第270页。

② 赵树理：《文艺与生活》，黄修己记录，《赵树理文集》（第4卷），人民文学出版社2005年版，第254页。

③ 赵树理的这些文章多发表在1957年，包括《要挖断可右之根》《“才”和“用”》《“出路”杂谈》（文中称为“个人便宜”或“个人出路”）、《青年与创作——答为夏可为鸣不平者》等。参见《赵树理文集》（第4卷），人民文学出版社2005年版，第59、85、100、106页。

④ 如有人批评他在《三里湾》里没有写地主的捣乱（《不要有套子——在中国作家协会创作委员会小说组“百花齐放、百家争鸣”座谈会上的发言》），所谓“没有爱情的爱情描写”（《关于〈三里湾〉的爱情描写》），某个地方杂志上批评这篇小说“光写人民内部矛盾，不写敌我矛盾”（《谈〈花好月圆〉》），“有人说其中没有敌我矛盾是漏洞”（《当前创作中的几个问题》），等等。

如果说，“集体”同时也是一个精神乃至主体上积极认同的集合的话，那么它在艺术包括文学中的反映显然是非同小可的。有意思的是，对于民间艺术的关注，赵树理只承认自己“不过是个热心家”①；并且说，“我虽出身于农村，但究竟还不是农业生产者而是知识分子，我在文艺方面所学习和继承的也还有非中国民间传统而属于世界进步文学影响的一面，而且使我能够成为职业写作者的条件主要还得自这一面。”② 早在1934年，赵树理曾经谈论过大众语，讲到了中国文字罗马化的可能性，从时间上看，这几乎与鲁迅先生谈罗马字同时；1942年1月，在河北省涉县召开的文化会议上，他当着五百多文化人的面，演唱“观音老母坐莲台，一朵祥云降下来……”热情支持文化大众化，这又实际发生在1942年5月毛泽东在延安文艺座谈会上的讲话之前③。但同时期存在的另一个客观情况却是，工农兵绝大多数并“不知道社会上有那么一‘界’，叫‘文艺界’”④。由此，实际上赵树理身上出现了一个非常深刻的矛盾：一方面，从他早期的文学趣味、他个人的自认，以及他的智慧多识、博闻强志等才情来看，他都不能只是被简单地定义为一个很“土”，或者说很“通俗”的作家；另一方面，赵树理也很快感觉到了民间存在着与知识分子的趣味非常不同的某种传统，如“知识分子的情感和群众的情感恐怕是两个体系”；“我承认知识分子的兴趣与群众的兴趣是两个来路”⑤。在后来的许多篇章中，赵树理都道明了他自己的理解——他认为中国的文艺传统实际上有三个：“古典的”“民间的”和“外国的”。其中尤以“民间”传统处境最为尴尬：

① 赵树理：《在大众文艺创作研究会成立大会上的讲话》，《赵树理文集》（第4卷），人民文学出版社2005年版，第146页。

② 赵树理：《〈三里湾〉写作前后》，《赵树理文集》（第4卷），人民文学出版社2005年版，第117—118页。

③ ［日］荻野修二：《访赵树理故居》，程麻译，［美］马若芬等：《赵树理研究文集·下卷·外国学者论赵树理》，第107—108页。原载日本大修馆书店《中国语》1982年第264期。

④ 赵树理：《“普及”工作旧话重提》（1957），《赵树理文集》（第4卷），人民文学出版社2005年版，第204页。

⑤ 赵树理：《在诗歌朗诵座谈会上的发言》（1950），《赵树理文集》（第4卷），人民文学出版社2005年版，第159页；《当前创作中的几个问题》（1959），《赵树理文集》（第4卷），人民文学出版社2005年版，第29页。

民间传统那方面，因为得不到进步思想的领导，只凭群众的爱好支持着，虽然也能免于消灭，可是无力在文坛上争取地位。

……在两种传统下的文艺队伍，以总人数论是民间传统方面的多，以思想、能力论是新文艺传统方面强得多——作家、艺术家、文学艺术团体、各种报刊杂志，几乎全部是新文艺传统的成员。至于民间传统方面的力量可怜得很，写写不出来，印印不出来，按理说应受着“提高”的指导，实际上也理解不了指导之处何在，如何接受指导，旧的遗产不尽合乎现代精神，新的创作还远远赶不上旧的水平，真是不知如何是好。可是以服务的范围来说，新文艺传统方面的工作，面对的是干部和受过中等学校教育以上的知识分子，而民间传统方面的工作则面对的是数量超过前一种对象若干倍的广大群众。①

这就无怪乎1954年10月当赵树理对日本学者仓石武四郎清晰地谈到“民间文艺”的问题时，仓石的文章明显带有某种令人颇感意外的气氛了②。所以“民间”传统的问题，在当年其实还有着更多的含义：它意味着知识者与民众几乎无法有效地对话，也说明，我们通常以为可以不证自明的那个“集体”，原本并不是一个天然的“我们的集体”。

然而，赵树理的卓越之处在于，他十分清楚地觉察到了这种知识分子与民众之间的区隔化，并为此忧心忡忡。他宣称，“‘通俗’这个词儿虽然大家习用已久，可是我每次见到它的时候都觉得于心不安”，并且直批这一词汇隐喻着“旧社会的所谓‘上流人物’”与“劳动人民”的等级观念③。他费力地剥离着“通俗”与“民间”的区别，并进而解构其背后所包含的歧视基层民众的含义④。不仅如此，赵树理还几乎本能地发现了“语言”这一媒介的丰富意义与功能。当然，需要指出的是，他的所谓

① 赵树理：《“普及”工作旧话重提》（第4卷），人民文学出版社2005年版，第205—207页。

② ［日］仓石武四郎：《〈三里湾〉之难懂处》，加藤三由纪译，马若芬等：《赵树理研究文集·下卷·外国学者论赵树理》，第97—101页。

③ 赵树理：《彻底面向群众》（1958），《赵树理文集》（第4卷），人民文学出版社2005年版，第42页。

④ 赵树理：《供应群众更多、更好的文艺作品——在中国共产党第八次全国代表大会的发言》（1956），《赵树理文集》（第4卷），人民文学出版社2005年版，第184页。

"语言"基本上指称的都是口头语言。赵树理说："我尚未完全绝望者仍在语言"(《回忆历史 认识自己》)，并声称，"我不善于描写农民，是借助于语言，通过性格化的语言来表达他们对待事物的不同态度。"(《生活·主题·人物·语言》) 也因为口头语言，创作的关注自然就延伸到了向传统的通俗文体学习的问题。赵树理声称，"《红岩》改成评书，并不是低标准。"[①] 索绪尔与雅各布森的理论说明，比起文字作品，口头作品——赵树理称之为"语艺"，以与"文艺"相对[②]——可能有着更为复杂、更为丰富的含义。当年映白的《试论〈三里湾〉的语言艺术特色》(1957) 一文的分析，实际上也适合于赵树理其他的小说：只有当作家对其人物的命运给予最大的关怀的时候，才有可能把人物的语言提炼到特别精粹的地步，赵树理"处理人物语言的特色是和他对人物的评价相关联的"；另一方面，"作者明确地表示自己和人物一定的关系，作为斗争的参加者，作为群众中的一员使用群众的口语来叙事写人……"[③] 在这里，语言明显地成为作家赵树理作为"参加者"和"见证人"参与到农民生活和斗争中的方式，并与之浑然一体——这正是"语言"转换为了"政治"的极为鲜明的表现。

关于语言问题如何非常自然地转换成了"政治"问题，日本学者萩野修二在其《访赵树理故居》一文中还记述了另一个活生生的反例[④]。这个问题对于赵树理来说意味着什么呢？它意味着赵树理正在积极靠近农民这一群体，即最大部分的民众。他正在用自己的实践将那个存在着许多疑义的"集体"变成真正的"我们的集体"。所以，毫不奇怪，他在许多谈论写作的发言和文章中都谈到了如何真正了解农民的问题——他的秘诀是与他们"共同生活"或者"共事"[⑤]。与很多人不同的是，虽然当年已经有

---

① 赵树理：《文艺面向农村问题》(1963)，《赵树理文集》(第4卷)，人民文学出版社2005年版，第325页。

② 赵树理：《和工人习作者谈写作》(1958)，《赵树理文集》(第4卷)，人民文学出版社2005年版，第54页。

③ 映白：《试论〈三里湾〉的语言艺术特色》，牛运清：《长篇小说研究专集》上册，山东大学出版社1990年版，第427、431、434页。原载《前哨》1957年3、4月号。

④ [日] 萩野修二：《访赵树理故居》，程麻译，[美] 马若芬等：《赵树理研究文集·下卷·外国学者论赵树理》，第105—106页。

⑤ 赵树理：《在北京市业余作者短篇小说创作座谈会上的发言》，《赵树理文集》(第4卷)，人民文学出版社2005年版，第274页。

了“下放制度”，但是赵树理对于那些浮皮潦草的参观之类并不信任，认为“参观”并不是解决写作问题的有效办法①。赵树理的倡议是，“要把农村、工厂当成个社会来了解”，“要争取到工农中去住”（赵树理:《我们要在思想上跃进》）。由此可以看出赵树理对于如何真正地与农民相结合是持非常严肃的态度的。通常，赵树理为了避免下去“做客”，每到一个村子里，“总要在生产机构中找点事做”。这就是他所称的“和群众‘共事’——即共同完成一样的事”（当时已经有了“四同”，即同吃、同住、同劳动、同商量的说法）。赵树理主张，“到一个地方，应该住个一定久的时间”，并列举了诸多好处②。在《做生活的主人》中，赵树理敏锐地指出，要真正深刻地认识一个人，需要在工作中多次观察，只靠一同打鼓唱戏，或是喝酒应酬，是不可能做到的，“因为在工作中涉及各人的切身利害关系时，农民才会鲜明地表示自己的态度，看出他的动向”③。所以在赵树理看来，只要与农民共同生活或者共事，事情似乎就会变得简单起来，“到农村去……把事情干好，什么人物、事件、主题都出来了。”④

因此，无论是“民间传统”、语言，乃至下乡与农民“共同生活”或者“共事”等话题，事实上都可以理解为赵树理在持之以恒地以切实的方式建构着作家与现实和历史的互文关系。“其稍可安慰者是我所主张的事与我做的还大致统一，而且往往是做过才说的。”（《三复集·后记》）——它意味着，一个真正的“集体”，毫无疑问应该是一个“我们的集体”。

赵树理是一贯谨慎的，他竟然一点也不愿意率性浪漫一下。比如，“《三里湾》的支书，也很少写他共产主义的理论。”⑤ 画家老梁画了三幅

① 赵树理:《谈语言教学》(1957),《赵树理文集》(第4卷)，人民文学出版社2005年版，第202页。

② 赵树理:《谈“久”——下乡的一点体会》,《赵树理文集》(第4卷)，人民文学出版社2005年版，第221—223页。

③ 赵树理:《做生活的主人》,《赵树理文集》(第4卷)，人民文学出版社2005年版，第291页。

④ 赵树理:《生活·主题·人物·语言》,《赵树理文集》(第4卷)，人民文学出版社2005年版，第283—284、281页。

⑤ 赵树理:《在大连“农村题材短篇小说创作座谈会”上的发言》,《赵树理文集》(第4卷)，人民文学出版社2005年版，第263页。

画，但小说的写法尤其让人觉得有意思的却是，“大家对第二张画似乎特别有兴趣……”正是赵树理的这种审慎态度，使得他对于20世纪50—60年代中国农村的描写经得起现实和时间的残酷检验。关于小说中“集体”或者“集体化”想象的话题，则恰恰因为它们并不是非常完美的。

首先一个重要的问题是，《三里湾》里表现的“集体”的想象，其实还算不上是真正现代意义上的“集体”，反倒是它仍然惊人地存在着区隔化或者等级化的特征（区隔化正是等级化的一种表现）。如牛旺子的山地组不仅全部是外来户，而且仍然耕作贫瘠的原开荒地；他们在小说中也是奇怪地相对不活跃的。在三里湾，农民名义上是“社员”，实际上却是与地缘绑定在一起的，缺乏自由迁徙和流动的可能（《在大连“农村题材短篇小说创作座谈会”上的发言》：“六〇年时的情况是天聋地哑，走五十里就要带粮票”）。这意味着这个“集体”仍然不是现代科层制的“集体”，因为科层制作为一种现代性的社会生产与组织形式，个体通过转换可以在所有层级里自由流动——这是吉登斯所谓“脱域”和“再嵌入”的真正意义。《三里湾》的“集体”想象还隶属于这样的内容：我们的“集体”是分为国家、集体、个人等不同层级的（前者“集体”是大写的，后者集体是小写的）。但是，就像赵树理在《致陈伯达·第一封信》中所说：“虽然千头万绪，总不外‘个体与集体’、‘集体问题与国家’的两类矛盾。解决个体与集体的矛盾的时候，国家工作人员（区、乡干部）和社（即现在的管理区）干部的精神是一致的——无非改造和限制个人资本主义思想的发展，使生产因而提高……后来出现了集体与国家的矛盾的时候，我们有时候就不知道该站在哪一方面说。原因是错在集体方面的话好说，而错不在集体方面（虽然也不一定错在整个国家方面）时候，我们便不知如何是好了。”[①] 当然，我们知道后来农村的合作社实行的是集体所有制，而城市的工业、商业在社会主义改造完成以后则是全民所有制。这些都证明，当时的个人、集体、国家三者之间不仅是层级的关系，在相当程度上它们也仍然残留着区隔化的特征。兼之农村政策在许多情况下与基层村庄的状况并不十分接合，如高征购、共产风、大办食堂等，作为计

---

① 赵树理：《致陈伯达·第一封信》，《赵树理全集》（第5卷），大众文艺出版社2006年版，第340—341页。

算中介的“算账”多数时候又被放弃，这也似乎意味着吉登斯的所谓“象征系统”已被架空为空洞的能指，实则是已经湮灭了。更不必说在人民公社化以后还出现了所谓“大集体”与“小集体”的说法。一种区隔严重、个体的转换中介被废弃，并且实际上无法实行转换的“集体”，无论如何都不能说是一个真正的现代科层制意义上的“集体”，反而可能潜藏着诸多的封建性因素。

其次的问题是，《三里湾》的“集体”想象不仅不是完全现代性的，它还带着明显的“熟人社会”的特征，而根据西美尔的《大都会与精神生活》，这是与现代城市生活明显不同的（后者指的即是“陌生人社会”）[①]。其中的主要特点是，三里湾初级社里许多问题的解决往往并不是依赖于“象征系统”所代表的流动，或者“专家系统”所代表的知识，而是依赖于某种长期积累而得的人际接触经验。比如三里湾那些人物的外号的由来，不仅是由于他们的性格，更是由于他们在乡村熟人社会中长期积累下来的逸闻逸事。与陌生人社会不同，乡村社会的邻里关系有着特殊的“共时”意义，它也意味着彼此间的监督，正隐喻着“政治”。同时，处理邻里矛盾时所需要援引的“历史”，由于来自漫长时间的了解和积累，也几乎可以不假思索张口即来。如范登高因为个人小买卖的事，最怕别人说他与王小聚之间是“东家伙计”，没想到金生脱口即道：“我的老同志！这就连小孩也哄不过去！谁不知道小聚是直到一九五〇年才回他村里去分了三亩机动地？他会给你拿出什么资本来？”这样的例子在小说中实在是非常多的，又如小整党会议上乐意老汉对范登高的批评，灵芝考虑终身大事时想到的与玉生的关系，等等。《天成革命》一节中，对于乡村信息的熟人传播方式更是有着非常典型的描写[②]。然而，我们应该注意到，不仅是这种传播方式本身并没有延伸改变成现代性社会的交流方式，而且它还映射着赵树理对于《三里湾》的一整套“写法问题”所隐含的意义。如“从头说起，接上去说”（《〈三里湾〉写作前后》），“有话则长，无话则短”（《在连载、章回小说作者座谈会上的发言》），介绍人物和风景的

---

① 参见［德］西美尔《大都会与精神生活》，《时尚的哲学》，费勇等译，文化艺术出版社2001年版，第186—199页。

② 参见赵树理《三里湾·天成革命》，人民文学出版社1964年版，第149页。

“带路人”，“我的小说不跳”（“‘特写’农民倒不怕，就怕接不上，二条线三条线地跳”），以及不想套用“苏联写作品总是外面来一个人，然后有共产主义思想，好像是外面灌的”方式（《在大连“农村题材短篇小说创作座谈会”上的发言》），等等——虽然这些都是十分珍贵而且有效地深入农民的写作方式，但是它们显然与上述乡村传播方式是属于同一套“装置”的。同时，小说中的这个“集体”的想象也导致了传统家庭影响力的急剧缩减，也给后续的农村生活和农村小说的叙述带来了更为复杂的影响。

最后，是《三里湾》中的干部队伍扩编的问题。在小说第三十四节《国庆前夕》中，赵树理仍然以他一贯的精确态度谈到了这个话题：

> 北房外间的会议，正由金生解释他拟定的新社章草案。他谈到下年度的社，大小干部就得六十多个，大家觉着这数目有点惊人，有的说“比一个排还大”，有的说“每两户就得出一个干部”，有的说“恐怕有点铺张”。金生说：“我也觉着人数太多，不过有那么多的事，就得有那么多的人来管。根据从专署拿来的别的大社的组织章程，再根据咱村的实际情况：社大了，要组织个社务委员会来决定大计，要九个社务委员。为了防止私弊，还得组织个监察委员会，要五个监察委员。要一个正社长，三个副社长，全体社员要组成一个生产大队，就要有正副大队长。把全体社员按各户住的地方分成三个中队，每中队要有正副中队长。每中队下分三个小组，要有正副小组长。生产大队以外，咱们社里还有副业、有水利、有山林、有菜园、有牲口、有羊群，每部门都得有正副负责人。这些部门各有各的收入或开支，就都得有个会计。在社务方面，除了正副社长，还得有个秘书；社里开支的头绪多了，就又得有个管财务的负责人。财务部门得有个总会计、有个出纳、有个保管。要提高生产技术，也得有个技术负责人和几个技术员。要进行文化教育，也得有个文教的负责人和几个文化组长。六十多个人还没有算兼职，要没有兼职的话，六十多个也不够。”①

---

① 赵树理：《三里湾·国庆前夕》，人民文学出版社 1964 年版，第 177—178 页。

但事实上，这个话题还有一个渐渐发展的过程，甚至可以说赵树理在其中隐曲地表达了他的犹疑。以与《三里湾》明显有互文关系的川底村郭玉恩农业生产合作社的情形来看，1951 年年底，干部困难就已经初步出现了[①]。但是到了 1952 年秋收扩社后，这个社的干部情况有了很大改变。据赵树理写于 1953 年 5 月的《一张临别的照片》一文所述（其时赵树理正在平顺县川底村），“……要连党、政、军、团、群众的各种组织机构的干部一同计算起来，恐怕要够一百多个岗位，可是这个村的户数，连远在五里之外的小山庄上的五户计算在内，一共才有九十四户。”扩社事件无论在事实上还是在小说中，都确实发生在同样的 1952 年秋。如果在社外再算上各种组织，以川底全村计，干部比例甚至超出了一比一，即川底村平均每户至少要出到一个干部以上。这就无怪乎赵树理无论是在小说，还是在此文中都再三表示惊叹了[②]。这其中留下的话题是，不仅这些干部的组织形式是层级的关系，而且干部数量相当巨大——从前者来说，“部门”正是区隔的隐喻（“麻雀虽小，肝胆俱全。中央有什么机构，在多数的情形下，他们都得有与该部门有关的机构”[③]）；就后者来说，这个庞大的干部群虽然“除了村政府主席有少数的津贴外，全部是不脱离生产的义务职”（《一张临别的照片》），但乡以上的脱产干部必然也相应地数目庞大。这样一来，这个庞大的干部队伍更是名副其实的所谓“闲不住的手”了，它给“集体”的想象持续带来复杂而深远的影响。《三里湾》虽然写得较为温和，但还是并不缺乏这一类的内容，如开渠的地基问题等。

赵树理从早期的“问题小说”[④]，改变为初级社时代像《三里湾》这样的“劝人”小说[⑤]，在大致相同的时期对“写人民内部矛盾和敌我矛

① 范长江:《川底村的农业生产合作社》(1951 年 12 月 16 日)，史敬棠、张凛、周清和等:《中国农业合作化运动史料》(下)，生活·读书·新知三联书店 1959 年版，第 584 页。

② 赵树理:《一张临别的照片》,《赵树理文集》(第 4 卷)，人民文学出版社 2005 年版，第 14—17 页。

③ 同上书，第 15 页。

④ 参见赵树理《也算经验》和《当前创作中的几个问题》,《赵树理文集》(第 4 卷)，人民文学出版社 2005 年版，第 124—125、25 页。

⑤ 赵树理:《与读者谈〈三里湾〉》,《赵树理文集》(第 4 卷)，人民文学出版社 2005 年版，第 268 页；以及《随〈下乡集〉寄给农村读者》,《赵树理全集》(第 6 卷)，大众文艺出版社 2006 年版，第 164 页。

盾”却颇有保留[①]，使我们不由得反复想起《三里湾》里王金生的一番话：“难道到了社会主义时候，还要把他们（糊涂涂等）留在社会主义以外吗？争取工作是长期的！只要不是生死敌人，就得争取！”（《三里湾·换将》）这也是金生说过多次的“正派”一词的部分意义，同时也是《三里湾》中“斗争”一词极少出现的根本原因。赵树理是一个深重的话题，虽然《三里湾》对于“集体”的想象并非毫无缺憾，但是“集体”的话题，显然至今仍然不是一个简易的话题。

第三节　《山乡巨变》(1957)与“算账”“未来的草图”及声口

被称为中国农村社会主义革命的农业合作化运动，虽然在初期不太长的时间里曾经肯定过农民的“个体经济的积极性”，提出“不能忽视和粗暴地挫折”它，但实际上强调的仍然是另一种“劳动互助的积极性”。1951 年的《中共中央关于农业生产互助合作的决议（草案）》就是如此[②]。虽然两种“积极性”并存的表述直到 1953 年 2 月 15 日通过的正式决议（《中国共产党中央委员会关于农业生产互助合作的决议》）里依然保留着，但是应该说，这个“农业集体化或社会主义化”的方向才是更主要的。因此可以说，“以后反正是要集体吧”的大方向（《村歌》，1949）所体现的个人与集体的矛盾，正是“农业集体化”运动背后的主要推动逻辑。但是慢慢地，故事却已经变得有些不同了起来：抽象或者说更高层次的关于个人欲望的表现开始在文学里被悄然压抑下来，如尊严、平等、幸福和主体性等；某些被认为是非道德的或不洁的个人欲望亦被严格地禁止传播，如性欲、身体、爱情以及所谓男女“作风问题”等[③]；而“个人主义”和“个人利益”反倒在日常生产或者生活的层面上具体地凸显了出

---

① “到底写人民内部矛盾呢，还是写敌我矛盾呢？……写人民内部矛盾和敌我矛盾，我觉得不在于规定哪一种矛盾一定要占多大比例、要有多大幅度，主要是个立场观点问题。”赵树理：《当前创作中的几个问题》，《赵树理文集》（第 4 卷），人民文学出版社 2005 年版，第 24—25 页。

② 《中共中央关于农业生产互助合作的决议（草案）》（1951 年 12 月），黄道霞、余展、王西玉：《建国以来农业合作化史料汇编》，中共党史出版社 1992 年版，第 50—51 页。

③ 星星：《男男女女五十年——关于“作风问题”的回忆》，刘瑞琳：《温故·之八》，广西师范大学出版社 2007 年版，第 106—115 页。

来。换句话说，就是《铁木前传》(1956) 这样关于“青春的火力”的小说已经愈益罕见，而《宋老大进城》(1955) 这样宣教“两条道路的斗争”的小说却大量地增多了起来。20 世纪 50 年代中期以降，特别是 20 世纪 50 年代晚期之后的农业合作化小说对于农民“解放”的叙述，不仅绝大多数正是专注于“集体—个人”的矛盾模式来展开的。并且，由于“个人主义”在集体化的强势逻辑下的逐渐溃败，“个人利益”上升为了被讲述（实为批判）的核心概念。结果，这里就可能产生了一系列的问题。譬如，无论是就特殊的历史时间，还是就其叙述的具体内容来说，周立波完成于 20 世纪 50 年代晚期的《山乡巨变》（包括“正篇”和“续篇”），都恰好是这样一个鲜活的文本。

1955 年 10 月，周立波将全家从北京迁回了老家湖南益阳，住在市郊桃花仑乡竹山湾（1958 年 1 月迁至瓦窑村），开始长期以此为生活和创作的根据地。但此时周立波对家乡已经感到有些生疏，在 1959 年的《谈创作》一文中他回忆说，“我有好多年数没回故乡了，一九五四年刚到乡下，觉得样样东西都新鲜。十几年来……有了好多的变化。”① 为了进一步熟悉农村，他先后兼任了附近大海塘乡互助合作委员会副主任（1955）和桃花仑乡党委副书记（1957），亲自参加了初级社和高级社的建社工作。其间，完成于 1957 年 12 月的《山乡巨变·正篇》，开始连载于 1958 年《人民文学》的 1 至 6 月号，7 月正篇由作家出版社出版；完成于 1959 年 11 月的《山乡巨变·续篇》发表于 1960 年《收获》第 1 期，4 月续篇亦由作家出版社出版。这两部作品成为“十七年”时期著名的农业合作化小说之一。今天，如果以一种红色“村史”的目光来看待周立波笔下湖南资江流域的清溪乡②，《山乡巨变》的故事其实并不复杂：正篇写的是 1955 年冬如何建立常青初级农业社，续篇写的是 1956 年正月以后转为高级社的常青社各项生产生活的变化。然而，如果我们不像赵树理曾经戏称过的那

① 周立波：《谈创作》，《光明日报》1959 年 8 月 26 日。周立波后来在《关于民族化和群众化》一文中自述：“我从一九五四年起开始研究湖南的农村，但不是整个时间全在下边……”《周立波选集》（第 6 卷），湖南人民出版社 1984 年版，第 489 页。

② 小说正篇写出后，最初的名字为《茶子花开的时候》，后因当时湖南省委第一书记周小舟的建议，改为《山乡巨变》，其意明显带有了呈现当时农村社会主义革命的意味。胡光凡：《周立波评传》，湖南文艺出版社 1986 年版，第 281—282 页。

样抱着“跑故事”的态度来阅读这部小说（赵树理：《与青年谈文学——在旅大市文学爱好者会上的讲话》），我们可能会看到，按照周立波的意思，此山乡（清溪乡）之所谓“巨变”的历程，首先就是发生于“集体”和“个人”两者的矛盾之中：作者周立波曾在1958年的《关于〈山乡巨变〉答读者问》中表示，“新与旧，集体主义和私有制度的深刻尖锐、但不流血的矛盾，就是贯穿全篇的一个中心线索”[①]。事实上这也是当年评论《山乡巨变》的一个比较公认的意见，譬如王西彦等人也这样认为[②]。朱寨发表于1981年的《〈山乡巨变〉的艺术成就》一文，同样印证了这一点[③]。

虽然《山乡巨变》的反映方式，与1955年《三里湾》的以家庭或个人来展开的反映方式相近似，但是作者周立波，显然比赵树理更看重参与“运动和斗争”的“深刻”性[④]。这里在一个更低的阀限上提出的问题是：一方面，“集体”是需要的，它既是农业合作化的国家目标，也是社会主义道德具体的形式化；另一方面，“集体”却正是由多个“个人”组成，那么无论在斗争乃至批判上如何将“个人”夸张成“集体”的他者，加大加深对它的挤压和剥夺，“个人”将仍然是不可能被彻底消灭的。从这个角度来说，“集体”与“个人”倒是必须相互走向和解，舍此似乎别无善途。当然，我们不能否认，当年合作化运动的诸多弊病正是因为集体与个人之间间性关系的无法维系而频繁出现的，但是问题在于，集体与个人到底以何种路径才有可能走向和解呢？——在这里，“计算”的方式重新出现了。它在《山乡巨变》中的叫法更为普通，叫作“算账”[⑤]。其中非常详细的，是正篇第二十节《张家》中邓秀梅动员新上中农张桂秋（“秋丝瓜”）入社的情景。类似的情节在《山乡巨变》中一再地出现，如李永和与刘雨生劝说盛佳秀入社，陈先晋、詹继鸣两岳婿对入社的商量，上村和下村关于茶油分配的争论，王菊生一家与农业社的劳动竞赛以及最后入

---

① 周立波：《关于〈山乡巨变〉答读者问》，《人民文学》1958年7月号。

② 王西彦：《读〈山乡巨变〉》，《人民文学》1958年7月号。

③ 朱寨：《〈山乡巨变〉的艺术成就》，《社会科学战线》1981年第2期。

④ 周立波：《深入生活，繁荣创作》，《红旗》1978年第5期。

⑤ 蔡翔在《革命/叙述：中国社会主义文学—文化想象（1949—1966）》一书中，曾以周立波的《山乡巨变》为例简略地提到，“在20世纪50年代……当时的小说里，出现了‘算账’的细节”。见蔡著第378页。

社，等等。可见周立波是特别关注“算账”这一中介的。他在《关于〈山乡巨变〉答读者问》(1958) 中曾说，“考虑到运动中的打通思想，个别串联，最适合于刻画各式各样的人物，我就郑重地反映了这段，至于会议，算账，以及处理耕牛农具等等具体问题，都写得简明一些。”[①] 一年之后的《谈创作》(1959)，他仍然表示，“算账是运动中一个很好的发动群众的办法……”[②] 当然照小说本身来看，除了“算账”情节并非像周立波说的那样是“写得非常少”的以外，我们仍然可以看出他试图以“算账”为中介，来实现人物性格（即“个人”）与合作化运动（作为“集体”的农业社）两者之间的通融的努力。引人注意的是，一方面，小说中的“算账”不仅仅是强力导向“集体”的方式，从原则上来说它同时也是农民自我说服的方式。这里就隐含了对于农民个人“主体”的尊重，而在承认“集体”的前提之下，这正是维系“集体—个人”两者间性关系所必需的。另一方面，“算账”是一个明显的关于转换或者流动的隐喻，按照吉登斯的“脱域”和“再嵌入”的说法，它似乎确实可以被认为是典型的建立现代性社会的一种努力。恰是在这种努力里，一个现代意义的大写“集体”才有可能被建立起来。事实上，在实际的互助合作运动中，“算账”也确实曾经被相当普遍地运用过，如 20 世纪 50 年代初山西省对于过渡时期总路线、粮食统购统销以及农业合作化等政策的盛大宣传活动，最主要的方法就是采取结合农民的实际，通过算账对比，运用典型事例的方式[③]。在 1953 年 11 月 15 日的《人民日报》上，甚至还登载了一篇用“算细账方法”说话的社论《帮农民算三笔账》，当时影响相当显著。

然而麻烦在于，《山乡巨变》对于这个“算账”中介，却并没有一贯地坚持下来。比如，谢庆元长期向集体超额借支而从不归还（更不必说欠私人的钱），贪图口腹吃龚子元夫妇的“瘟猪子肉”，《烂秧》一节又收受张桂秋的半撮箕米和一块腊肉（小说所谓“腊肉事件”），但他不仅是村里少数的几个党员之一，而且既是下村互助组组长，后来又做了常青社副社长，平时工作也一直体现着明显的“寒热病”。尽管谢庆元受到过乡支

---

① 周立波：《关于〈山乡巨变〉答读者问》，《人民文学》1958 年 7 月号。

② 周立波：《谈创作》，《光明日报》1959 年 8 月 26 日。

③ 罗平汉：《农业合作化运动史》，福建人民出版社 2004 年版，第 147 页。

书李月辉等人的多次批评，但这对他却似乎没有任何实际的妨碍。刘雨生以农业社的名义借走了盛佳秀“硬是一端子一端子饲水喂大的”四百多斤的肥猪，直到小说续篇结束（按小说的说法社里已然有了一个令人欣喜的夏粮丰收）也没有看到偿还的任何迹象。如果我们可以猜测社里对于盛佳秀四百多斤肥猪的偿还，不过是因为庆祝会和她的结婚典礼可能有所后延，那么我们不妨看一下社里对于社员们的山林、树木、耕牛以及农具是如何对待的。它们不入社，这在正篇中发起组织初级社时是邓秀梅、李月辉、刘雨生等对农民们的一再承诺。然而，盛佳秀、李槐卿、亭面糊、张桂秋、王菊生等在他们的上述权属上，最终都并没有得到“算账”的公平对待（虽然无一出于自愿）。这样我们就不难理解，在初级社建立的前不久，“山要归公”的说法为什么会在整个乡村世界引起了普遍而猛烈的风潮：

> 不到半日，“山要毫无代价地归公”的传言，布满全乡。断黑时分，方圆十多里，普山普岭，都有人砍树。有的人家，男女老小全都出动了，盛清明和陈大春带领全乡的民兵，分头上山去解释、劝阻。可是，哪里制止得住呢？他们提着茅叶枪，奔波得汗爬水流，劝住了这里，那里又砍，阻止了那里，这里又锯。在宽阔的山场里，整整闹了一通宵。乡政府财粮委员草草估算了一下，一夜之间，全乡砍翻锯倒的茶子树，以及松、杉、枫、栗等良材，为数至少在一千以上。
>
> 到了第二天，砍树的风潮还没有停止……秋丝瓜一家也上山了，砍翻的树也不在少数。对于屋边的三十棵桃树，他们夫妻的意见有点不同。
>
> “我们辛苦栽一场，叫别人去吃仙桃呀，我死不甘心，我要通通都砍了，拿来做柴烧。”秋丝瓜的堂客说。①

实际上，关于“算账”后来被废止的表现在《山乡巨变》中还有很多，部分亦可以从同时期的互证文本中得到体现。而且，只要我们稍作关注，就可以知道这个“算账”实际上被废止的过程无论是在小说里，还是

① 周立波：《山乡巨变》（上），《周立波文集》（第3卷），第285—286页。

在合作化现实中，同时是与“集体化”的强制快速推动一起捆绑出现的。这正是一个德勒兹、迦塔利意义上的“装置”问题。它带来的混乱是多方面的，例如，早在1952年下半年以来合作化运动的第一个高潮中，辽西省90%以上的合作社都将社员牲口卖给了合作社，有些社将社员的一切财产、资金、生产资料全部集中，搭伙吃饭，甚至集中睡觉……义县的一个社，不但把土地、车马、房子、老母猪都折股入社，而且集体吃饭、睡觉，实行所谓“礼拜天制度”①；广东省阳江县邓传琨互助组，订出21条公约，把农具、田地、房屋，甚至连猪狗都集中了起来，并把一户贫农的房子修成大饭厅，实行完全“集体化”②；河北省大名县文集村，所有的磨粉家具和大车，全部由农业生产合作社控制起来，并威吓群众说，不入社就不能使用这些家具，以此强迫群众入社③；中南区有许多社对牲畜采取折价入社的办法，实际则长期不付价，等于变相归公，群众说是“软共产”④。上述材料中的部分也被罗平汉的《农业合作化运动史》所引述，显然是因为它们确实很能反映出某些问题。事实上，即使我们不讨论这种像土地改革一样以强制力量、乃至暴力来达成“起点公平”的问题，在已经成立后的农业社里，仍然不仅有谢庆元这样的腐败干部，也有罗家河的胡冬生、上村的陈景明这样“卖光吃尽”、奇懒无比的社员，包括小说中无数次出现的“龙多旱，人多乱”“公众堂屋没人扫”“还是这些田，还是这些人来作，泥色一样，水利、阳光、风向，也都不会变，凭什么搞得好些”等担忧。甚至于小说下篇一开始就用了前三节、总计长达40来页的篇幅（占续篇全本八分之一）来描述高级社社员们排工、窝工、乱丢农具等惊人现象。这一切都不能说与“算账”在实际的合作化运动中被废弃毫无关系。

---

① 《东北局关于将一切不合条件的农业生产合作社改为各种类型互助组的通报》（1952年4月27日），黄道霞、余展、王西玉：《建国以来农业合作化史料汇编》，中共党史出版社1992年版，第88页。

② 《粤西区在互助合作运动中急躁冒进，造成农民思想混乱损害了农民的生产积极性》，《人民日报》1953年4月29日。

③ 冯绍兴：《大名县在试办农业生产合作社工作中，盲目办大社严重影响了群众生产情绪》，《人民日报》1953年3月24日。

④ 《中央同意中南局关于纠正试办农业生产合作社中急躁倾向的报告》（1953年3月14日），黄道霞、余展、王西玉：《建国以来农业合作化史料汇编》，中共党史出版社1992年版，第125页。

耐人寻味的是，在小说《山乡巨变》中，“算账”还同时引出了一个关于“私事”或者“私生活”的话题，它同样是关涉到农民个人及其主体性的。“无论如何，我们要把政治上的事和私生活上的事，区别看待”，这是小说里下乡的团县委副书记邓玉梅第一天到达清溪乡时就强调的原则。这个原则在后来也被她、陈大春和刘雨生等在不同情形下重复强调过。这是邓秀梅自觉的思维方式，即试图将个人的“私生活”与公共的“社会生活”进行区分，并以不同的姿态来对待。如入乡第五晚在乡政府召开的群众会上，当符贱庚以刘雨生婚姻失和为例尖锐批评“社是办不好的”时候，邓秀梅问：“他个人屋里的事，跟办社有什么关系？”然而作为普通农民的符贱庚就不同了，他认为，若刘雨生“要不当组长，稍微顾顾家”，他的妻子就不会离开他，这显然与邓秀梅的思维方式非常不同，即刘的婚姻事件在他看来既是“私事”，同时也是“公事”——这类想法颇能得到一些人的共鸣，比如刘雨生本人、面糊盛佑亭，和谢庆元老婆桂满姑娘等等。于是“私生活”与“社会生活”的区分，就不是那么不证自明了。事实上，小说在描写合作化运动中发生的故事时，比上述界分的含混要走得更加远得多：如小说开头邓秀梅对于“亭面糊”卖自己山里的竹子“起疑”并追问；邓对于王菊生一家寻根究底的检察与“发动”；等等。更不必说那个随时都会神秘地出现在任何地方，监视任何动静的治安主任盛清明了——他的监视事务甚至包括了陈大春与盛淑君的夜间幽会。之所以我们将“私事”和“公事”分开称为邓秀梅所谓“自觉的”思维方式，其原因也在上述这些具体事件中，这两者的区别不仅并不明显，甚至可以说他们以“公事”的名义侵入了“私事”的领域。这势必会引起二者之间关系的剧烈震荡。正篇《追牛》一节，尤其可以被视为例子之一。显然，邓秀梅的原则是过于理想了，无论是她自己，还是《山乡巨变》中的其他人，实际上都处于“私生活”与“社会生活”无法清晰界分的含混状态之中，这必然地带来了相当普遍的混乱，而最后的结果只能是：农民“个人”受到了“集体”轻而易举的强制压抑。

小说中的许多地方，作家周立波都极有倾向性地歌颂了集体的这种压倒性力量。特别是续篇结尾《欢庆》一节的盛大庆祝会，他甚至两次用非常赞美的口气讲到了同一个修饰词：“威威武武。”当然，周立波是宏大叙事的歌颂者，与当年写作《暴风骤雨》类似，他在写作《山乡巨变》前也认真地熟悉了几乎全部重要的国家合作化政策和指示，并在小说中进行了相应的体现。比如《途中》一节就提到了毛泽东 1955 年 7 月的报告《关于农业合作化问题》，并转述了那句人人耳熟能详的尖锐批评。但在强大的国家运动之下，像张桂秋、陈先晋、王菊生等这样的“个人”的体验到底是怎样的呢？作者是否只需要在对于“集体”浩大力量的赞美之下轻描淡写地将其带过，就可以说达到了“服从于现实事实的逻辑”的目的呢[①]？无独有偶，这种“集体—个人”之间压抑与被压抑的关系所引起的“个人”内心的剧烈感情，周立波本人后来有过极为类似的经历：对于因为 1966 年年初发表散文《韶山的节日》等而导致个人在文化大革命中受到的游斗、示众、关押等“迫害和威胁”，周立波同样表达了难以抑止的愤怒，口气甚至可以说同样充满了文化大革命遗风。有意味的是，他在回忆中用到了一个与上述“威威武武”几乎一模一样的词：“威势”[②]。文化大革命后短篇小说《湘江一夜》的写作，他也宣称是“憋着一股劲，花了很大的力气”[③]。而对于张桂秋在“追牛”事件（“私事”）中的操守，除了周立波本人在文化大革命中类似的坚持，他的孙女周仰之后来的回忆也明白无误地表明了他个人的赞同[④]。这些虽然都晚于《山乡巨变》的问世，但是我们几乎仍然可以说，小说《山乡巨变》中对于“集体”过于强大时“个人”处境的讲述，显然是不够充分历史化的。这一点对于周立波来说虽未免有些过于苛求，但是从分析研究的层面来看，作为“问题”提出仍然是非常有必要的，况且在这方面亦有赵树理等同时期的作家作品可以互为参证。由此我们联想到，在《山乡巨变》中，真正勤劳省俭的农民加入农业合作社，几乎很少是出于诚恳自愿的。除了李槐卿、盛家大翁妈这样没有劳动能力的老人，他们往往都是迫于某种生活、生产的顾虑，如请不到零工和买不到相应的石灰、肥料，或者是直接以某种交换条件来入社的，如上篇《区上》一节，工作组就是以一挺“梅装床”换来了一个贫农的入社。由此，不妨重新回顾一下当年部分的农业合作

---

① 周立波:《关于〈山乡巨变〉答读者问》,《人民文学》1958 年 7 月号。

② 周立波《〈韶山的节日〉事件的真相》和未央《我们的楷模——悼念周立波同志》。分别原载于《湘江文艺》1978 年第 1 期;《湘江文艺》1979 年第 11 期。

③ 葛洛:《悼念周立波同志》,《北京文艺》1979 年第 11 期。

④ 周仰之:《爷爷周立波在浩劫的日子里》,《新文学丛刊》1980 年第 3 期。

化政策，看看对于单干农民原本是如何规定的：

在解决了有关农业互助合作的许多问题之后，党中央认为必须重复地唤起各级党委和一切从事农村工作的同志和非党积极分子的注意，要充分地满腔热情地没有隔阂地去照顾、帮助和耐心地教育单干农民，必须承认他们的单干是合法的（为共同纲领和土地改革法所规定），不要讥笑他们，不要骂他们落后，更不允许采取威胁和限制的方法打击他们。农业贷款必须合理地贷给互助合作组织和单干农民两方面，不应当只给互助合作组织方面贷款，而不给或少给单干农民方面贷款。在一个农村内，哪怕绝大多数农民都加入了互助组或合作社，单干农民只有极少数，也应采取尊重和团结这少数人的态度……①

发展农业合作化，无论何时何地，都必须根据农民自愿这一个根本的原则。在小农经济中进行社会主义改造的事业，是绝对不可以用简单的一声号召的办法来实现的。更绝对不能够用强迫命令的手段去把贫农和中农合并到合作社里，也绝对不能够用剥夺的手段去把农民的生产资料公有化。如果用强迫命令和剥夺农民的手段，那只能够是破坏工农联盟和破坏贫农中农联盟的犯罪行为，因而也即是破坏农业合作化的犯罪行为，而绝对不能给农业合作化带来任何一点好处……②

遗憾的是，到了1955年下半年以后，这些政策因为毛泽东对于合作化运动速度的态度改变而实际上被放弃了。如果我们承认“算账”确实多多少少隐含了对于农民个人主体的尊重，虽然看起来比较隐蔽，那么我们也可以说，公事、私事的含混和矛盾也必然会造成“集体”与“个人”

---

① 《中国共产党中央委员会关于农业生产互助合作的决议》（1953年2月15日），于建嵘：《中国农民问题研究资料汇编》（第二卷·上册），中国农业出版社2007年版，第1130页。

② 《中共中央关于发展农业生产合作社的决议》（1953年12月16日，不适用于某些少数民族的地区），于建嵘：《中国农民问题研究资料汇编》（第二卷·上册），中国农业出版社2007年版，第1155页。

之间关系的失衡。显然，农民个人是无法与强大的国家相对而称的，那么，农民的消极就可能转而以一种类似于马烽说过的“沉默”体现出来。于是，“农业集体化或社会主义化”方向原本是出于改变“小农经济经不起风吹雨打”（《山乡巨变》）的良好愿望的，它对于“个人”的作用却反过来对“集体”产生了深刻的负面影响——小说中寡言持重的詹继鸣，所持的“入社发财办不到”和“饱衣足食是靠得住的”谨慎态度，总让人觉得意味深长。这样看来，也就无怪乎当年在“建社”和“整社”的交替反复中会频繁地出现“盲目冒进”的偏差了。参照《关于迅速布置粮食购销工作，安定农民生产情绪的紧急指示》（1955 年 3 月）当中的说法，如“目前农村的情况相当紧张，不少地方，农民大量杀猪、宰牛，不热心积肥，不积极准备春耕，生产情绪不高”①，与两年前《华北局关于纠正农业生产合作社发展中的盲目冒进偏向的指示》（1953 年 3 月）中提及的，“不少地方一冬无人拾粪，副业生产无人搞，场里、地里庄稼无人收拾，牲口无人喂（甚至有饿瘦、饿死者），有的地方已发生卖牲口、砍树、杀猪、大吃大喝等现象”②，两者何其相似？它们又与小说《山乡巨变》中曾经出现过的情形，何其相似③？虽然《山乡巨变》中的人物乃至事件往往都有原型或者实事，但其个人与集体在小说中的欢乐和解，如正篇结尾的初级社成立会和续篇末尾的夏收庆祝会等，看起来也不过是一种宣谕而已。在这里，文学显露了作为“讲述”的令人满腹狐疑的面孔。

在严峻的历史语境因素之外，《山乡巨变》应对文学叙述危机的方式

---

① 转引自薄一波《若干重大决策与事件的回顾》上卷，第 262 页。1955 年 3 月下旬，毛泽东称：“当前农民杀猪宰牛就是生产力起来暴动。”见蒋伯英《邓子恢传》，上海人民出版社 1986 年版，第 316 页。

② 《华北局关于纠正农业生产合作社发展中的盲目冒进偏向的指示》（1953 年 3 月），黄道霞、余展、王西玉：《建国以来农业合作化史料汇编》，中共党史出版社 1992 年版，第 127 页。

③ 《山乡巨变》中的情形并不仅仅是一个“叙述”的问题。例如，1955 年 7 月 26 日，毛泽东在中南海单独召见了山西省委第一书记陶鲁笳，听取关于山西农业合作化情况的汇报，并指出合作社一定要注意防止减产和死牛的现象。毛泽东还说，苏联在农业集体化过程中粮食大幅度减产，耕畜大量死亡的教训是很深刻的，它导致了农业生产长期停滞不前，直到现在他们还没有达到十月革命前的最高水平。汇报结束时，毛泽东一再叮嘱要吸取苏联农业集体化的教训。转引自罗平汉《农业合作化运动史》，福建人民出版社 2004 年版，第 197 页。原载山西省史志研究院编《中国共产党山西历史纪事（1949. 9—1976. 10）》。

之一，是出现了对于未来的激情想象与召唤：小说中陈大春最先提出了所谓“计划”或“未来的草图”，它们出现在正篇《山里》一节和续篇第一节《早起》中。我们惊讶地发现，《山乡巨变》出现这类美妙的远景规划并不是唯一的或者突发奇想的，它们不仅出于20世纪50年代初对苏联集体农庄的参观所激发的热烈想象①，而且在此后数十年的社会主义农村小说史中也是不断出现的②。但是，从文学的角度，我们应该如何来分析这一特别的现象呢？以《山乡巨变》为例，陈大春在向盛淑君解说远景“计划”之前的那番话，事实上表明了简化的二元思维的暴力革命逻辑，就是他的远景规划的合理性基础。换句话说，陈大春的规划也是这种“革命”逻辑在新时代的延伸。我们并不否认革命的正义，也不否认革命激情的必要，但问题在于，这仍然是一种非常明显的“集体”逻辑。最让人吃惊的是，其中对于“个人”的忽略或者遗忘：上述规划是以模糊的“农业社”或者复数的“我们”作为叙述主语的；相反，陈大春同时对于他父亲试图以个人的勤奋劳动来改善生活境况的努力予以了露骨的嘲笑。那么这中间的问题是，难道说不勤劳就能够带来幸福？“个人”的生活不必改善，“我们”（“农业社”）的幸福就一定能够到来吗？看来从“集体”逻辑到“个人”现实，仍然需要一个非常麻烦的中间环节。我们可以看到，在这一点上，周立波与赵树理的考虑是颇不相同的③。他非常倾心地描述了这一规划，更把它在续篇开头具体化为“清溪乡的未来的草图”。在陈大春被调往株洲“支援工业”之前，这份相当细化的草图被郑重其事地转交给了社长刘雨生。这表示这一远景规划作为农业社美好未来的动力被延续了下去。事实上，小说后来也确实再次提起过它。

然而，《山乡巨变》中看似激动人心的“未来的草图”所表现出来的对

---

① 周立波：《台尔曼集体农庄》，《周立波选集》（第4卷），湖南人民出版社1984年版，第93—100页，原载《人民日报》1950年11月5日，名《泰尔曼集体农场》，略有改动。

② 例如，从孙犁《村歌》（1949）里的“机器摘棉花”，彩色棉花“不用染布”，“推碾子拉磨都是机器”，“解板有机器”，“村里都有电影看”，到赵树理《三里湾》（1955）中的“三张画”，柳青《创业史》（1959）中的“楼上楼下，电灯电话，点灯不用油，犁地不用牛”，一直到“文革”结束后1979年，周克芹的《许茂和他的女儿们》中金东水的“挖穿葫芦颈，改造旧河道”，“利用河水的落差，修一个小型电站”，“填土造地”的“远景规划”，等等。

③ 赵树理：《〈三里湾〉写作前后》，《赵树理文集》（第4卷），人民文学出版社2005年版，第113—114页。

于农民个人的忽略或者遗忘，可能恰恰潜藏着作家周立波本人对于农民“最终命运”所缺乏的共鸣感与反思态度。当然，我们很难怀疑周立波对于革命理想与底层农民的真诚及意志，无论是他在上海提篮桥西牢、在陕北、在“南征北返”途中、在东北元宝镇、在湖南竹山湾，还是他先后两次把全部数万卢布的斯大林奖金捐献给了抗美援朝事业，等等，当年乃至今天都有大量的文献材料可为佐证。那么问题是，这样一个不顾自身深度近视和文弱身体躬自参与危机四伏的战争远征，参加脏累不堪的农业体力劳动，与农民群众亲密无间、同甘共苦的人民作家，到底是什么原因使得他在文学叙述里对于这个农民“个人”采取了忘却或者忽略的态度呢？……

1941 年年初在陕北时期，周立波曾在葛洛等人的帮助下，到离鲁艺不远的延安县碾庄乡住过一个多月，但是他在那里既“不接近农民，不注意环境”，又时常想要回去，间或还感到寂寞。他批评自己说这是因为“还爱惜知识分子的心情，不愿意抛除”，同时中了精致的上层文学的毒，对“语言的困难”也视为畏途的缘故①。在 1952 年的《谈思想感情的变化》中，周立波仍然认为，毛泽东《在延安文艺座谈会上的讲话》的那句“灵魂深处还是一个小资产阶级的王国”的批评，“是很适用于我的思想情况的”。但是应该说，写作此文时，周立波认为自己已经在立场上有了深度改变，所以并不奇怪，他在知识分子“对于工农兵和工农兵出身的干部的了解……还是不够深刻、不够全面的”问题上，有了许多的反思与批评②。1955 年全家迁往益阳乡下以后，在频繁和互相信任的交往中，周立波形成了对于农民的新的态度：“他们都跟我讲心里的话，使我对于他们的情感、心理、习惯和脾气，等等，有着较为仔细的考察。”③ 非常有意味的是，这种我们姑且称之为“仔细考察”的态度，在周立波后来的自述文章中也多次被提到，如《作家周立波在农村》（作者胡坚，《新湖南报》1958 年 4 月 18 日）④、《谈创作》（1959）、《深入生活，繁荣创作》

---

① 周立波：《后悔与前瞻》，《解放日报》（延安）1943 年 4 月 3 日。

② 周立波：《谈思想感情的变化》，《文艺报》1952 年第 11、12 号合刊。

③ 周立波：《纪念、回顾和展望》，《文艺报》1957 年第 7 号。

④ 据胡坚《一次特殊的采访——回忆 29 年前采访〈作家周立波在农村〉》所述，此文曾经过周立波本人批评、建议和修改，庶几可以认为是周立波本人所同意的态度。《中国记者》1987 年第 2 期。

(1978)，等等。另一方面，据陈涌《我的悼念》回忆，周立波在延安鲁艺授课期间，虽然获得了极高的赞誉，但以他讲解梅里美的《西班牙书简》为例，“当时也有一些同学……是非议过立波同志的欣赏趣味的。”[①]艾芜的《回忆周立波同志》一文也回忆了周立波20世纪50年代曾经认真说过“我喜欢柳永的词”，1978年文联会议时在闲谈中他又表达过对于英国电影《魂断蓝桥》和夏衍《赛金花》的赞赏，文中称“这里可以看出立波喜欢富有诗情画意的作品，喜欢能够表达出纯真的热情的文艺”[②]。上面这些看似有些杂乱的信息对于我们正在讨论的话题意味着什么呢？兼以参证其他材料，我们或者可以在此非常谨慎地提出一种探讨性的意见：周立波当年对于农民以及农业生产是非常关心的，这是事实；但是在这种特别而反复地强调“观察、体验、研究、分析”的态度里，农民仍然主要是作为他的写作对象出现的，虽然这在外表上不一定看得出来。而他的根深蒂固的审美趣味则印证了这一点。借用布迪厄对于“区隔”理论的说法，这种深度的欣赏趣味的差别，势必同时隐喻着深刻的不同社会阶层间的隔阂。

回到《山乡巨变》，因为周立波在考察农民的一切时，止步于对农民“最终命运”的切肤之痛般的历史化反思——正是对于农民“最终命运”的关注，或者说“命运”一词，在他的谈论创作经验的文章里无一被提及，而基本上给人一种过分耽于“艺术技巧”的所谓人物“性格”说的印象[③]——这是他与赵树理之间最大的不同。赵树理主张采用“化了的材料”，即深度理解之后的材料；而周立波则主张以笔记本的方式积累“素材”。有趣的是，即使同是周立波的长篇作品，“没有工夫记材料”的《暴风骤雨》还是被很多人认为要比记下了“二十来万字的素材”做底子的《山乡巨变》要好一些[④]。

在此仅以小说语言问题为例，对周立波上述“观察、体验、研究、分

---

① 陈涌：《我的悼念》，《人民文学》1979年第11期。陈涌此见解在葛洛的《悼念周立波同志》一文中有类似参证。

② 艾芜：《回忆周立波同志》，《四川文学》1979年第11期。

③ 参见肖云《对〈山乡巨变〉的意见》，《读书》1958年第13期；黄秋耘《〈山乡巨变〉琐谈》，《文艺报》1961年第2期；朱寨《〈山乡巨变〉的艺术成就》，《社会科学战线》1981年第2期。

④ 关于《暴风骤雨》和《山乡巨变》的积累“素材”问题，参见周立波《深入生活，繁荣创作》，《红旗》1978年第5期；胡坚《作家周立波在农村》，《新湖南报》1958年4月18日。

析”农民的态度做一个小小的分析。周立波1951年的《方言问题》一文，仍然是从非常偏重于写作技术的层面来谈这个“方言”或者“人民的活的语言”问题的[①]。1958年的《关于〈山乡巨变〉答读者问》中，周立波仍然只是偏于主张“我以为文学语言，特别是小说里的人物的对话，应该尽可能地口语化……”这一端[②]。后来他在《关于民族化和群众化》(《人民文学》1960年11月号）里，也谈过类似的见解。总的来看，周立波虽然主张小说人物对话是口语化的，但他仍然主张叙述语言不必一定要口语化。那么这种差异，特别是将其不过是看作一个技术性问题，可能意味着作者内心审美趣味的一种深刻的分裂，而这种分裂则直接潜藏着与农民之间的深度隔阂。比如，正篇《一家》一节邓秀梅遇到老农民陈先晋及其婆婆的场景就是一例。类似的文字同样见于邓秀梅与盛佑亭和王菊生相识的场景，而且其中都用到一个与“观察”几乎完全相同的词——“打量”。虽然小说里的邓秀梅也是在资江流域农村长大的，但是如此细心的“观察”或者“打量”，正是一种陌生化感觉才可能产生的（对农民的陌生），是一种描写的技术导致的，况且行文造句显然带有非常典雅和欧化的痕迹。由于邓秀梅这个人物在《山乡巨变》中是如此重要和被批评家们如此肯定的，那么这种声口是否就多少映射了作家本人的态度？包括正篇以邓秀梅坐“横河划子”去清溪乡办农业社为开头，也是与赵树理“有些想法”并且不想模仿的“苏联写作品总是外面来一个人，然后有共产主义思想，好像是外面灌的”不一样的方式[③]，这些是否正意味着周立波在“观察、体验、研究、分析”的态度后面，对于农民的某种深层意义上的陌生？看起来，小说的叙述语言更像是作者的思维及态度的外化，这一点甚至在《山乡巨变》中以叙述语言常常出现的“我们”等声口表达了出来：即小说作者直接出场了。如《面糊》《早起》《竞赛》《牛伤》，等等。在一部原本是非常传统的第三人称小说，作者毫无必要出来直接面向读者讲话的情形下，这意味着什么呢？是对稀薄的小说气氛进行补救？是

① 周立波:《方言问题》,《周立波选集》(第6卷)，湖南人民出版社1984年版，第440—445页。原载《文艺报》1951年第10期，原题《谈方言问题》。

② 周立波:《关于〈山乡巨变〉答读者问》,《人民文学》1958年7月号。

③ 赵树理:《在大连“农村题材短篇小说创作座谈会”上的发言》(1962),《赵树理文集》(第4卷)，人民文学出版社2005年版，第263—264页。

表达作者一种调侃或者批判的姿态？是努力延续一段难以继续下去的讲述？但是无论哪一种，它们均与作者的思维或情感有关，这是无可否认的。因此，虽然对方言使用得非常成功，周立波还是无法通过语言这一通道最终获得与农民命运的共鸣感和反思态度。当然《暴风骤雨》略有不同，但后者恰恰是出于对农民命运的同情与共鸣，而并非完全是方言的问题。如王西彦的《读〈山乡巨变〉》（1958）一文就曾对《山乡巨变》“方言土语过多”，以及“使用群众语言和夹杂近于欧化的知识分子腔调所产生的不够调和和统一的地方”进行了有说服力的举证批评[①]。所以说，恰恰在声音的分裂里，事实上隐喻了作者内在的与农民是“对面站立”的姿态。换句话说，这时候的周立波在深层意义上应该说只是一个农民生活的细心考察者，而不是一个农民命运的共鸣者和严肃反思者。这样一来，从基本表现来说，作家周立波在相当大的程度上其实并没有突破他自己在1952年的《谈思想感情的变化》一文中的批评，即“描写工农兵的时候……仅仅表面地描写一些简单的动作，仅仅描写了工农兵的衣服，没有透视他们的心灵”等局限。当然，并不奇怪，这里同样没有提及对于农民“最终命运”的任何反思[②]。

应该说，一个现代性发达的大写“集体”，原则上显然需要安置好“个人”在其中的位置，这包括个人欲望、个人主义和个人利益等诸方面；同时这个大写“集体”也需要处理好“个人”与“集体”两者之间转换和流动的关系。但是这说起来容易，实践起来总也免不了许多的困难。作家周立波1957—1959年的小说《山乡巨变》（正篇和续篇）可以说正表现了这一方面的问题。他发现了“算账”这一原本可以在“个人”和“集体”之间担当转换和流动的中介，并在小说中提出了“私事”和“公事”相互区别的话题。但小说的进程却在后来自行拆毁了它们。结果，“集体”成为一个貌似强大实则生产效率低下、并遭到农民“个人”消极抵制的松散团体。有意思的是，在此情形下，《山乡巨变》出现了中国社会主义农村小说中频繁出现的远景规划，即清溪乡的“未来的草图”。然

① 王西彦：《读〈山乡巨变〉》，《人民文学》1958年7月号。

② 据未央《我们的楷模——悼念周立波同志》一文回忆，1961年春天周立波对于农村的境况曾有过一些很克制的批评。《湘江文艺》1979年第11期。

而，这一相当细致的美好愿景的设计逻辑中，却惊人地表现了对于“个人”的忽略或者遗忘，以及对于个人劳动致富热情的贬嘲。从表面来看，20世纪50年代后期的周立波似乎对此浑然不觉。但是声口的因素，包括人物语言和叙述语言分裂的现象，在一种作者仅将其看作技术性因素的视野下，可能恰恰指证了此时的周立波缺乏对于农民“最终命运”的共鸣感和反思态度。它们成为《山乡巨变》遗留下来的历史的声音，同时也成为包括作家周立波在内的文学讲述者们的严重问题，虽然历史语境的因素并不是他们能够承受其重的。一些后续的迹象可能表明，执着地认定“只想为人民写点东西，做他们的代言人”的作家周立波，或许也曾产生过内心深处的犹疑[①]。在这种背景下，他对于长篇小说创作的回避，声称“生活变化太快，我看不准，怎么敢写”[②]，是不是已经表明了他内心深处的某些变化？同时，他在晚年决心选取30多年前南征北返的军事斗争作为预期中的长篇题材（终未实施），已经只关乎暴力革命而不关乎社会主义农村了，这是否正是张旭东批评过的那种“安全感”的再现？周立波曾表示过后悔离开东北[③]，这是不是因为在当年的元宝镇，他曾经确实有过对于农民的深切的同情与共鸣呢？——应该说，那种对于农民“命运”的同歌同泣的投入体验，原本就是农村题材小说真正厚重感人的根本原因之一，也正是后来的读者们非常期待听见的、真正历史化的声音。

第四节　《“锻炼锻炼”》（1958）：公共空间的崩溃与个人的处境

1956年上半年之后，中国许多省份（包括当时的三大直辖市）相继宣布实现了高级农业合作化。这说明，1951年《中共中央关于农业生产互助合作的决议（草案）》中所称的“农业集体化或社会主义化”已经完

---

① 胡光凡的《周立波评传》举例说明了周立波在1961年以后，对于20世纪50年代后期以来的诸多农村政策的直率批评。《评传》称：“周立波……对自己一九五九年不但未能及时反映现实生活中存在的问题，还发表过推波助澜的作品，深感内疚，表示‘要接受惨痛教训’”；他“从一九六一年以来在党内外这些重要会议上的发言，都是颇具胆识，很有见地的”。参见胡光凡《周立波评传》，湖南文艺出版社1986年版，第372—376页。

② 葛洛：《悼念周立波同志》，《北京文艺》1979年第11期。

③ 胡光凡、李华盛：《周立波在东北》，《社会科学战线》1981年第2期。

成。至此，从一个普遍的层面来看，集中了农民原有的土地、耕畜、大型农具、大量成片树木的高级社，已经成为中国农村占主导地位的“社会主义的集体经济组织”①。但是由于生产资料的统一集中，以及劳动力的高度组织化，高级社并不仅仅只是一种经济组织，而是同时极大地影响到了农民的全部生活。它演变为我们通常称作“集体”的概念，也就是既涉及生产又涉及生活的公共空间的一种形式。农民则变身为“集体”里的个人，即高级社的社员。然而，中国农民事实上还处在另一种公共空间的形式里，即乡土社会。正是在这个乡土社会里，费孝通讲到了差序格局、家族、血缘和地缘等伦理性的内容，毫无疑问，它也是公共空间的一种偏于民间的形式。而农民则成为伦理格局中的个人，也就是礼俗社会中的“乡民”。因此，高级合作化以后的中国农民实际上同时处于两种空间的形式当中，一为与“国家”对称的“集体”，而形成大家熟知的“国家—集体—个人”的形式关系；二为与“国家”对称的“乡邑”（或“乡”），而形成另一种乡土中国的“民—乡—国”的形式关系②。与“个人”和“乡民”的差异相类似，农民个人所组成的社会主义“集体”与乡民个人所形成的伦理化的乡土社会显然也有所差别。例如，赵树理当年发表在《火花》杂志（1958年第8期）上的《“锻炼锻炼”》，就是一篇以1957年秋末农村整风运动为背景，但其实呈现了两个“落后思想”的妇女作为农民“个人”，在当年两种公共空间的形式里所遭遇到的处境的小说。或许正是因为这种复杂隐晦的意味，从20世纪50年代末到文化大革命中，这篇小说先后三次引起了比较集中的讨论与批判③。而其话题的余音流韵，甚至

① 《高级农业生产合作社示范章程》（1956年6月30日），第一条、第十三条、第十八条，于建嵘：《中国农民问题研究资料汇编》（第二卷·上册），中国农业出版社2007年版，第1283—1287页。

② 后一形式关系可参见刘雪婷《作为地方自治基本单位的“乡”——论康有为〈公民自治篇〉中的政体设计》，［美］黄宗智《中国乡村研究》（第八辑），福建教育出版社2010年版，第148—173页。但刘文仍然主要是以“治理”为题切入的，不尽为本文所偏重的“认同”性空间。这种形式关系中的“国家”实近于现今学界所称的“国族”。“国族”（nation）较详细的阐释，参见［日］柄谷行人《日本现代文学的起源》，赵京华译，生活·读书·新知三联书店2003年版，第4—5页。柄谷行人的解释中，nation（“国族”）与“乡村农业共同体”所原有的“相互扶助之同情心”的关系，尤其引人注目。

③ 於可训、吴济时、陈美兰：《文学风雨四十年——中国当代文学作品争鸣述评》，武汉大学出版社1989年版，第35—46页。

一直持续至今。

《“锻炼锻炼”》里的这两位落后妇女是有名难缠的人物。小说虽然缘起于“争先农业社”整风时出的大字报，但是大家“看着看着就轰隆轰隆笑起来”，这一笑之后，叙事迅速地发生了巧妙的变化，由“整风”这样重大的政治话题转向了乡村里巷吵吵闹闹的农民日常故事。最后，小说以狂欢式的批斗“小腿疼”和“吃不饱”等四个“偷花贼”的社员大会结束，而作为运动关键形式的“整风会”或“辩论会”，却始终未能召开。

小说这种对于政治主题的一再延宕，使得相关的叙述有可能展开另外的考察问题的方式。因此毋宁说，作者实际上是将这两位妇女的故事置放在“争先农业社”这一乡村的形式空间里来讲述的，这是一个从“内容”（“整风会”的政治主题）向“形式”（“争先社”的乡村空间）的讨论路径的转换。正是这一转换，我们看到，小说中借一队队长王盈海之口所批评的“来得不大正派”的“小腿疼”和“吃不饱”，才有可能在“落后思想”[①]的标识之外，获得一些新的意义。不得不承认，“小腿疼”和“吃不饱”确实并不能称为农村的进步妇女形象，发表于《文艺报》1959年第7期武养的文章《一篇歪曲现实的小说——〈锻炼锻炼〉读后感》中，曾批评“小腿疼”和“吃不饱”是“典型的、落后的、自私而又懒惰的农村妇女”。在后来对于这篇小说的争鸣中，武养的这种意见几乎得到了所有文章的呼应[②]。然而，在当年的农村，以又苦又累的生产劳动获得最基本的日常生存是农民的普遍方式。所以，从丈夫死后儿子还小时“有好几年没有疼”来看，“小腿疼”曾经是一位非常负责任和吃苦耐劳的母亲；入社以后“活儿能大量超过定额时候不疼”，包括小说中其他地方的描述，也不曾说明这位母亲哪里就变得不爱劳动了起来，因为小说提到的只是参加劳动的前提问题。“吃不饱”所谓的“政策第二条”，是指“除做饭和针线活以外的一切劳动——包括担水、和煤、上碾、上磨、扫地、送灰渣一切杂事在内——都要由张信负担”，但“生产上一有了取巧的机

---

① 赵树理：《当前创作中的几个问题》（1959），《赵树理文集》（第4卷），人民文学出版社2005年版，第26页。

② 如汪道伦《歪曲了现实吗?》、朱鸾卿《怎样写落后现象》、李联明《略谈〈锻炼锻炼〉的典型性问题》，此三篇文章均发表于《文艺报》1959年第9期；齐文泰、王有恒《论讽刺文学和小说〈锻炼锻炼〉》，《开封师范学院学报》1960年第7期；等等。

会她就参加"，绝不受这个第二条的约束，亦证明她并非排斥劳动本身。何况"做饭和针线活"也是当时农村妇女必不可少的正当劳动。后者甚至得到了主流话语的肯定和倡导，如1952年12月的中华全国民主妇女联合会《关于当前妇女工作问题的报告》称：随着妇女广泛参加农业生产，就出现了农业劳动与家务劳动之间的矛盾问题，"必须在社会上展开教育，说明家务劳动是社会不可缺少的劳动，某些家庭手工劳动在目前条件下也是社会不可缺少的劳动，打破那种不承认家务劳动和家庭手工劳动的成果的错误观念，以及因而歧视妇女，不给妇女以政治经济民主平等权利的错误。"[①] 即便是"偷花"事件，悬置私德的意义暂且不论，也同样属于生产劳动。因此，武养等人所谓"小腿疼"和"吃不饱"是"懒惰的"的说法，并非无懈可击。

至于当年的这两位农村妇女是否是"落后"和"自私"的问题，在基本生产资料统归集体所有但问题频出的高级社的历史前提下，也仍然有重新审视和讨论的必要。初级社高级化实行得过于仓促，不到一年即完成了近90%的农户的"集体化"，所带来的问题绝不是一时一地的：1956年年底中央政府估计，总体上每省有10%—20%的农户减少收入，其中减少较多的多是富裕中农、小商小贩和熟练的匠人[②]；而1956年上半年在江苏泰县，广西陆川、陵乐等地出现的闹退社现象，到本年秋收分配前后，演变为席卷全国的"退社风潮"，其中影响最大的是浙江仙居县的闹退社事件[③]。事实上，不仅赵树理在1956年8月《给长治地委××的信》中就反映了老家沁水县农业社高级化以后发生的"严重得十分惊人"的各种问题[④]，而且上述1956—1957年的"退社风潮"，同样曾在山西省普遍地发生过。1957年6月25日中共山西省委向中央的报告统计，全省在半年时

① 章蕴：《关于当前妇女工作问题的报告》（1952年12月10日中华全国民主妇女联合会第四次执行委员会通过），中国妇女管理干部学院：《中国妇女运动文献资料汇编》第二册（1949—1983），中国妇女出版社1988年版（内部发行），第147页。

② ［美］李怀印：《乡村中国纪事——集体化和改革的微观历程》，法律出版社2010年版，第50页。

③ 罗平汉：《农业合作化运动史》，福建人民出版社2004年版，第336—344页。

④ 这段话特别为今天的研究者所熟知："试想高级化了，进入社会主义社会了，反而使多数人缺粮、缺草、缺钱、缺煤、烂了粮、荒了地，如何能使群众热爱社会主义呢？劳动比前几年来紧张得多，生活比前几年困难得多，如何能使群众感到生产的兴趣呢？"赵树理：《给长治地委××的信》（1956），《赵树理全集》（第4卷），大众文艺出版社2006年版，第480页。

间内，共发生社员“闹社”事件144起，参加人数达7298人[①]。持续一年并波及全国大部分地区的农民抗争活动，延续到1957年夏被完全中止。李怀印《乡村中国纪事——集体化和改革的微观历程》一书中这样说道：“但是，一旦合作化完成，村民失去生产资料，平衡就会向国家倾斜，使之结束安抚政策。”[②] 此后作为“集体”的农业社显然形成了对于农民个人具有绝对优势的威权力量。由此，以斯科特所谓“隐藏的文本”来看，将“小腿疼”和“吃不饱”称之为“落后的、自私而又懒惰的农村妇女”，所体现的恰恰不是农民弱者的“隐藏的文本”，相反，它倒是当年主流意识形态，即“集体”的声音[③]。转换成农民这一方的视角，就像李怀印、郭于华等人谈到的一样，它却成为事关农民“生存权”或“生存伦理”的问题。正是在后一种分析里，争先社妇女们“偷懒”“开小差”“偷盗”“怠工”等弱者的日常反抗行为，首先应该成为反思的对象，而不是成为批判的目标。

“集体”的威权过于浩大，农民个人将不得不被迫沉默下来。事实上农民在此种情形下的沉默又是由来已久的，它是不断重复出现的强力规训的结果。早在1952年冬开始的合作化运动第一个高潮期间就出现了粗暴对待农民的问题[④]，其后在“冒进”和“纠偏”的屡次交替中，这种强力规训又一再地出现，并愈演愈烈。1956年高级化过程中农村基层干部的暴力“命令主义”更是非常常见，如1956年11月河北省委报送中共中央的《关于农村干部强迫命令作风的报告》就称，“基层干部工作中的命令主义，不但是大量的，而且情况也是严重的，有的已发展到违法乱纪的地步。”报告中提到了因盲目追求打井数量而“扒群众的房子，拆群众的锅台”，擅自举办所谓“‘落后分子’训练班”甚而延期“留训”社员，采用“熬鹰”“车轮战”等办法强制农民投资和单干户入社，秋收时“夜间不准私自外出，违者以‘偷窃论处’”，社员收割自留地的庄稼“必须持

---

① 山西省农业合作史编辑委员会：《山西农业合作史大事记卷》（总卷第三册·1942—1990年），山西人民出版社1997年版，第116页。

② ［美］李怀印：《乡村中国纪事——集体化和改革的微观历程》，法律出版社2010年版，第58页。

③ 参见郭于华《“弱者的武器”与“隐藏的文本”——研究农民反抗的底层视角》，《读书》2002年第7期。

④ 参见罗平汉《农业合作化运动史》，福建人民出版社2004年版，第98—108页。

证明文件，否则按偷盗论”，有些乡还派有民兵在街口持枪站岗和搜查，以及“任意克扣社员工分，罚劳动日，停止劳动”，宣布管制并捆绑吊打群众等，甚至“由于基层干部强迫命令、违法乱纪，已发生社员被逼自杀、逼疯和请愿事件”①。而武养等人批评《“锻炼锻炼”》中这两位妇女为所谓“典型”之说，实际上是因为在高级化运动的农村高压下，这类边缘人物既非刘雨生、梁生宝那样一心扑在公家事业上的进步形象，也非龚子元、姚士杰那样老是想给办社弄出点麻烦的破坏分子，她们只有作为并不纯粹的“中间人物”时才可以稍稍展露其象征性抵制的可能而已。她们只比小说中的那些匿名的妇女群众稍具一点点抗争的狡黠而已。从这个意义上，我们可以说，虽然“小腿疼”和“吃不饱”说不上是正面的人物形象，但她们确实可以被称为1958年高级农业社中农民“个人”的代表。她们的处境，将说明其他更沉默、也更广大的农民群体，是处于什么样的历史境况当中。

当小说通过对政治主题的一再延宕，使得两位妇女的故事被置放在“争先农业社”这一物理性的乡村空间来展开的时候，这种形式化的讨论路径首先引起我们注意的，是乡村权力空间的问题。传统中国乡村的权力结构，截至晚清基本都是以“绅—民”为主的。但明清时期主要指向乡居离职官僚和科举士人的“士绅”概念，在20世纪初中国的现代化过程中演变为了既包括旧派士绅，也包括国民党政军新贵、新式商人和新文化人等各种地方社会中有身份和地位的人士，在20世纪二三十年代的中国尤其如此。当然，地方社会的精英阶层在其后的时期继续发生着复杂的变迁②。

以中共控制的根据地及其后的老、新解放区来看，1937年的陕甘宁、1940年的晋察冀、1941年的晋绥和冀鲁豫都曾经实行了大规模的“村选”

① 《河北省委关于农村干部强迫命令作风的报告》（1956年11月10日），中华人民共和国国家农业委员会办公厅：《农业集体化重要文件汇编》（1949—1957·上册），中共中央党校出版社1981年版，第640—644页。当年河北省的情形绝不是唯一的，另参见《中共山东省委关于停止不适当地动员社员向社内投实物的通报》（1956年6月20日）、新疆自治区党委《关于农业合作社成立后情况和存在问题的报告及今后工作指示》（1956年9月1日）等，且上述报告均曾经中共中央转发全国各地作为工作参考。同上书，第604—606、622—627页。

② 邓若华：《现代化过程中的地方精英转型——以20世纪前半期江苏常熟为个案的考察》，许纪霖、刘擎：《公共空间中的知识分子》，江苏人民出版社2007年版，第155—193页。

政治。尤其是各根据地政府后来所实施的普遍评选劳模英雄的运动，“影响最大、效果最显著”①。受边区政府及领导的奖励和支持，这些荣誉成为劳模英雄们新的政治资本，他们并逐渐参与到地方行政权力和群众团体中成为领导人物，成长为乡村的“新式权威”，少数甚至做到了县级或边区级干部。这是王大化、李波、路由的《兄妹开荒》、孔厥的《一个女人翻身的故事——记边区女参议员折聚英同志》、赵树理的《孟祥英翻身》等作品所讲述的故事，也是思基的《解放时候》、西戎的《喜事》等故事中的背景。特别是1945年春在各已经解放的老、新区再次实行的普遍性“村选”，使解放区的乡村基层政权得到了革命性的改造，导致基层农村成长起来一大批“集群众团体领导者、变工互助组织者、劳模英雄‘三位一体’”的新式政治权威。这些“以各级劳模英雄和群众组织领袖为主体的乡村新式权威逐渐控制了乡村政权，并占据了乡村政治、经济、社会生活的中心地位。乡村社会传统权势阶层的立足之基已经不复存在，他们的影响力进一步消退，即使存在，也不过是落日余晖了”②。1946年5月4日中共中央发布了《关于清算减租及土地问题的指示》（即“五四指示”），此后的土地改革更使整个解放区的乡村社会结构完成了彻底的重组，传统的乡村权威由于家庭经济与激进土改政策的影响，成为乡村社会被专政和管制的对象，完全退出了乡村政治的舞台。这些新式乡村政治权威，在1949年“革命之后”的中国被延续了下来，农村的各种社会功能均由他们置身其中的国家基层政权机构和基层组织来行使。而文学的问题在于，正是在这种新旧权威转换的过程中，体现出了蔡翔所称的“国家/地方”的缠绕关系——因为乡村空间的特别形式，除了大型中心工作中共派遣下去的“下乡干部”，国家的威权总是要通过地方的力量来达成，而这恰恰提供了新式政治权威可能只是形式上取代旧派乡村权威，而成为某些似新实旧的地方暴力威权的通道。如赵树理写于1948年的《邪不压正》就是这一问题的描述性例子之一：旧的大地主刘锡元已被清算而死，新的“农会主任”小昌和“积极分子”小旦，其暴力性威权却并没有多少根本性

① 王先明：《变动时代的乡绅——乡绅与乡村社会结构变迁（1901—1945）》，人民出版社2009年版，第430页。

② 同上书，第450、445—446页。当时的群众团体主要有农救会、妇救会、武委会、游击队，群众互助合作组织有变工组、纺织组，等等。

的改变[①]。

高级社时代的乡村权威，已经只可能是“国家—集体”关系中的新式农业社干部了。在“争先社”，他们处于人民国家与农民个人的中间环节，是代表“集体”的一方；更由于“国家”在争先社是不可直观的，她的威权通过争先社的干部们来展示，所以这些干部实际也是不可见的“国家—个人”关系的承载者。正是通过这些社干部，“国家—集体—个人”三者的关系才得到了体现。但是这种关系会给当时高级社中的农民“个人”带来什么样的际遇呢？以小说中的大字报事件为例，副主任杨小四满口的“罚款”“坐牢”和“请得到法院”，以及支书王镇海所谓开“辩论会”(实际多为斗争会)、“送乡政府”，都表明了他们作为“集体”权威实际上是受到了国家权力的有力支持的，甚至“集体”本身就是超越性国家力量的象征代表（“大字报是毛主席叫贴的!”)。不仅如此，主任王聚海、副主任杨小四、支书王镇海，特别是后两者之间的相互策应、理出一辞，加上旁边“马上跳出来五六个人”积极傍附于强势的一方，就形成了密集而浩大的威权网络。而站在文盲水平的“小腿疼”的角度，她既没有背后威权的支持，一听说要出罚款和坐牢，“手就软下来”，也不拥有主流意识形态“理”的解释权，“你是说理不说理？要说理，等到辩论会上……许你驳他”，同时也无法表达自己，“你又是副主任，你又会写，还有我这不识字的老百姓活的哩?”这使得仅会运用传统农村妇女撒泼耍赖等粗俗抵制方式的“小腿疼”，陷入十分笨拙而又可笑的境地。但相反的是，我们从支书王镇海率意所说的“这么大个社也不是没有办法治你”和“来两个人把她送乡政府”的话里，可以明显地听出农业社干部对于农民个人的极度轻蔑。面对这样的压倒性的“集体”威权，作为农民“个人”的

① 小说中1943年“减租清债”时的小昌，因为“问题”多又是农会主任，分到了“房子可真不错”的一个院（除一座房子归安发家），还得了“二十多亩地”。1947年土改中的“整党抽补”，小昌仍然是农会主任，不仅私占了昂贵财物（“没收了刘家的金镯子主任拿回去了——后来卖到银行谁不知道”），而且为了给自己的儿子订婚，在党内及党外布置斗争打击同志，并利用流氓威胁女方，抢别人的恋爱对象。而那个神奇的下河村“一大害”的小旦，居然从“减租清债”前的地主狗腿，成了1943年清算时的积极分子，这种身份甚至保持到1947年的土改当中。在这种情形下，除了从原先的“地主”到后来的“干部”或“积极分子”的身份变化，其实我们很难断定从刘锡元，到后来的小昌和小旦，到底出现了多大的改变。当然，幸亏“村里来了工作团”，以及公正温厚的元孩做了新农会主席，恶劣的情形才没有继续下去。

“小腿疼”能作出什么样的有效自我保护的反应呢？她当然只能是落荒而逃了。

然而更加惊人的，是小说中的争先社暂时交给杨小四、高秀兰和副支书管理后出现的拾“自由花”事件。小说的发展证明了这次的生产安排实际上是上述三人私下里的一个合谋，并且得到了各位队长的扩大回应。在这个合谋里，他们早就确定了先宣称“自由拾花”，后改为定额“摘三遍花”的策略，“三个人早就套好了”，以此达到“诱民入罪”[①] 的目的。干部们更是赤裸裸地将大部分女性群众预设为落后自私，并且需要严加防范的对象，各个队长都坐在通往村里去的路上，监督社员不得偷跑回村；杨小四还命令：要是谁半路偷跑，或者下午不来了，就把大字报给她出到乡政府。其间甚至用上了记名单、押送并清点人数等办法。于是，群众的劳动就处于武养文章中所称的“前有干部后有队长的包围形势”之中，成为一种类似“民警与劳改犯”的关系[②]。当然，杨小四并不是孤立的，此外还有王镇海、张太和、王盈海，等等。即使是稍显温和的高秀兰和三队妇女队长，最后也屈从了专门针对群众的暴力逻辑。虽然武养在批评文章中称小说“这样描写社干部和解放了的农村妇女，的确是一种诬蔑”，但其后发表于《文艺报》上的一些批评文章却大多对杨小四、高秀兰、张太和们的做法提出了质疑，如刘金的《也谈〈锻炼锻炼〉》、安杨的《这是什么工作方法》、李联明的《略谈〈锻炼锻炼〉的典型性问题》等[③]。发表于《文艺报》1959 年第 10 期上王西彦的反批评文章，也以他 1958 年夏回浙东老家碰到的做社长的年轻堂弟为例，举了一个与杨小四几乎一样的例子[④]。据黄修己的回忆，20 世纪 60 年代初赵树理在回复他关于《“锻炼锻炼”》问题的信中，坦承了当时的农村干部只有这样的水平，他并没有

---

① 陈思和：《中国当代文学史教程》，复旦大学出版社 1999 年版，第 47 页。

② 武养：《一篇歪曲现实的小说——〈锻炼锻炼〉读后感》，《文艺报》1959 年第 7 期。

③ 上述三篇文章均载于《文艺报》1959 年第 9 期。当然，对于杨小四、高秀兰、张太和等人的做法也有理直气壮地表示同意的，比较典型的有李惠池的《帮助“争先社”进行整风摸底》和正祥的《反对框框》两文。参见《文艺报》1959 年第 9 期。不过，耐人寻味的可能是这两位作者的身份：前者在文中称，“到《激流》编辑部来搞文艺工作，是县委看着我爱好文艺；其实我还是当乡干顺手……”后者的单位署名是“中共兰州市委宣传部”。这或许意味着，这两位作者因其身份的缘故，更易于与作为“社干部”的杨小四一方取得共鸣。

④ 王西彦：《〈锻炼锻炼〉和反映人民内部矛盾——在一个座谈会上的发言》，《文艺报》1959 年第 10 期。

故意拔高他们[①]。兼之前文所述当年高级社基层干部面向群众时愈演愈烈的强迫命令作风。这一切，都说明杨小四这个小说人物是有着厚重的历史化内涵的，也说明“小腿疼”和“吃不饱”在当时高级社中的处境绝非是作者的完全虚构。可见，高级社由于掌控了全部主要的生产资料，已经意味着作为个人的农民除了依附社而生活，已不再存在其他任何独立生存的可能了。这使得农民“个人”直接因为生存的压力而屈从于干部们的强迫命令，加上“集体”的组织性和“集体”背后的国家支持，“原子化”的农民个人在“国家—集体—个人”三者的关系中就堕入了完全弱者的处境。

但是另一方面，在“民—乡—国”的形式关系里，虽然“乡”的层次在治理的意义上说已然和“集体”重合了；但在伦理意义上，作为地方的“乡”（小说中的“争先”社所在的乡村），却仍然带有明显的传统礼俗性公共空间的特征。

在争先社，主任王聚海、支书王镇海、一队队长王盈海彼此是同族本家，而“小腿疼”之所以有“硬牌子”，不仅因为她年纪大、闯荡得早，更因为她“是正主任王聚海、支书王镇海、第一队队长王盈海的本家嫂子”。这是“小腿疼”所谓“虎威”的真实来源。这些正是源于费孝通在《乡土中国》中讲到的差序格局、家族、血缘和地缘等乡土社会的伦理性内容，虽说它也带有随时可能滑向旧式封建性权力空间的危险。换句话说，这种依托于乡土伦理关系同时形成的农民在“个人”之外的“乡民”身份，在某种程度上保持了他们的个人尊严，和最低限度地抵制“集体”威权造成的伤害从而维护其自我主体基本同一的可能。而这一可能恰恰是“集体”与农民“个人”的间性关系得以建立的前提。正是从乡村伦理这个角度，或许我们能够更多地理解王聚海这个看似有些暧昧的基层干部，尽管他甚至被赵树理批评为“在过去游击区和后解放的地区却还不太少”的“中农干部中的和事佬”[②]。小说中的王聚海，其实要比几乎所有批评文章里所描述的更加耐人寻味：为八路军做过各种动员工作，土改中断然拒绝地主的收买，斗争地主也坚决。从这些方面看，他并不是一个没有原

---

① 黄修己：《不平坦的路——赵树理研究之研究》，天津教育出版社 1990 年版，第 65 页。

② 赵树理：《当前创作中的几个问题》（1959），《赵树理文集》（第 4 卷），人民文学出版社 2005 年版，第 26 页。

则和贪利自私的人。这是他与《邪不压正》里的小昌最为本质的区别。不过，恰恰是这一点，却是几乎所有评论《“锻炼锻炼”》的文章在批评王聚海时从来没有提及的，仿佛上述事实从来未曾存在过一样。但是这样一来，在高秀兰的大字报里被批评为“遇上社员有争端，他在中间陪笑脸，只求说个八面圆，谁是谁非不评断”的社主任，却明显不能与他的上述经历做出完整的互文性诠释。这中间的隔阂到底在哪里呢？原来，他的工作思想是争端应该“和解”而不是斗争（据小说所述，估计多是群众之间的“人民内部矛盾”，而非“敌我矛盾”），要“研究每个人的‘性格’”，主张按性格用人，等等。我们可以看到，这些恰恰是王聚海与乡土伦理相通的、对于农民个人主体的尊重方式，它是对于农民“个人”与“集体”之间间性关系的维系，并且止于“公事”的边界（如“主张‘和事不表理’”，“只求得‘了事’就算”）——尽管可能并非所有人都觉得满意。

或许就是因为他的这种工作原则，他不仅对于“整风”有不同的意见，倾向于以“把定额减一减”作为动员群众的方式，而且认为凡是懂得他这一套的人就可以当干部，不能照他这一套办事的人就还得继续“锻炼锻炼”。小说里的王聚海是个看起来只会“和稀泥”而且有些“唠唠叨叨”的干部，他不仅不被王镇海、杨小四、高秀兰们所理解，同时也被乐于匿名追随干部威权而迫害同类的盲目群众所嫌厌。但显得颇为讽刺的是，严厉斥责妇女群众“明明是自私自利思想作怪”的杨小四、高秀兰、张太和们，其实对于他们整治农民弱者的干部威权显然是过于恣意地乐在其中的，甚至讥评主任王聚海专权的高秀兰的大字报，本身也明显带有这位妇女副主任趁“整风”形势试图夺取干部威权占份的嫌疑（“大小事情都包揽，不肯交给别人干，一天起来忙到晚，办的事情很有限”）。而整篇小说中的带有斗争势头的两份“整风”大字报均来自“争先农业社”的干部，却并非来自普通的农民群众。这样说来，在“集体”利益的名义之外，真正有“自私自利思想作怪”并且具备这种实际条件的，到底是作为弱者的农民群众，还是作为干部威权的王镇海、杨小四、高秀兰、张太和们呢？但小说的结局是引人深思的，失败并被认为错误的，却是王聚海；那个原本他用在杨小四、高秀兰身上的“锻炼锻炼”的评价，最终被返回到他自己的身上来了。王镇海、王盈海、杨小四、高秀兰、张太和们对于“小腿疼”和“吃不饱”这些“落后”妇女的凌厉斗争的姿态，以及王聚海工作原则的被嫌厌和被宣布失败，都意味着作为弱者的农民“个人”已经彻底失去了原本久已存在的乡土伦理关系的依靠和支援。几乎赤裸的原子化农民个人，再也没有适度抵制集体过于浩大的威权的任何可能性了。于是，在社员大会上对于四位“偷花贼”妇女的批斗，其对于农民个人的尊严以及主体性的暴力碾压，带来了触目惊心的结果：

> 他们又走到会场时候，小腿疼正向小四求情。小腿疼说：“副主任！你就让我再交代交代吧！”……小腿疼看了看群众，群众不说话；看了看副支书和两个副主任，这三个人也不说话。群众看了看主任，主任不说话；看了看支书，支书也不说话。全场冷了一下以后，小腿疼的孩子站起来说：“主席！我替我娘求个情！还是准她交代好不好?”小四看了看这青年，又看了看大家说：“怎么样？大家说!”有个老汉说：“我提议，看在孩子的面上还让她交代吧!”又有人接着说：“要不就让她说吧!”小四又问，“大家看怎么样?”有些人也答应：“就让她说吧!”“叫她说说试试!”……小腿疼见大家放了话，因为怕进法院，恨不得把她那些对不起大家的事都说出来，所以坦白得很彻底……①

“小腿疼”和“吃不饱”说不上是先进形象，她们的有些行为甚至是丑陋可鄙的。但问题是：一则，我们无法要求所有群众都达到完全“集体主义”思想的境界，摇摆于先进和落后之间的“沉默的大多数”，其实可能只是遵从了趋利避害的日常理性的指引而已；二则，即便“小腿疼”和“吃不饱”说不上正确，甚至退一步讲确实是极少数的、不典型的，但她们的行为所遭遇到的处境却喻示着某种必然性的社会“逻辑”，那么这种坚硬的社会“逻辑”就不仅仅是真实地存在着的，而且可能是一系列结构性因素所导致的。而后者，正是引发我们的担忧和需要严肃对待的问题。原本被认为有“虎威”可以凭借所以稍可自保的“小腿疼”，竟至于在“想坦白也不让她坦白了”“留下她准备往法院送”的高压下，落得如此惨败并不断地向干部们哀求自证其“罪”的结局，每读及此，都不觉让人唏嘘不已。泰勒在

① 赵树理：《“锻炼锻炼”》，《赵树理文集》（第2卷），人民文学出版社2005年版，第139—140页。

《承认的政治》一文中，曾以女性被迫接受她们“自身卑贱低下的形象”和黑人只能接受白人社会设计的“一种贬抑黑人的形象”等情形为例，指出这种被强加的毁灭性的“承认”，是对弱者“进行压迫的最有力的手段”，它“能造成可怕的创伤，使受害者背负着致命的自我仇恨”[①]。而霍耐特在《为承认而斗争》一书中同样讨论了“蔑视”概念。霍耐特称，“蔑视”一词所含意义就是人的特殊脆弱性；蔑视的经验使个体“面临着一种伤害的危险，可能会把整个人的同一性带向崩溃的边缘”[②]。“小腿疼”“偷花贼”的污称和自我内化其贬抑形象（“副主任！你就让我再交代交代吧！”）所造成的心理伤害，将必然导致农民个人和集体之间间性关系的彻底崩毁。有“虎威”的“小腿疼”和有“人材”的“吃不饱”在争先社里尚且落得如此下场，其他胆小而且平凡的农民个人，他们内心的凄惶不安和深深的恐惧就可想而知了；他们甚至会盲从于干部威权，参与凌虐同类以求自保，从而更加剧了自身生存的艰难境况。这正是小说《“锻炼锻炼”》从头至尾都在呈现着的故事，也是高级社时代绝大多数农民个人的真实处境。

在争先社，“集体”业已成为一种压倒性的威权力量。正是在这个意义上，我们可以将“小腿疼”和“吃不饱”称为1958年高级农业社中农民“个人”的代表。她们的处境，也成为其他更沉默，也更广大的农民群体所处历史境况的一个标准化隐喻。然而，赵树理的主要策略可能是“把事实摆出来”[③]，也就是说，它首先是一种历史化的呈现方式。这也是为什么当年有的评论文章称《“锻炼锻炼”》为一篇“思想展览会”式的作品的原因[④]。当然，恰恰在这里，也透露出了作家赵树理的两难处境：又想替国家说话，又想保护农民。不可否认的是，赵树理当时尚处于对高级社的真实情况不是太了解，所以还比较信赖的心态[⑤]。但是这种心态，至1958年年底赵

---

① ［加］泰勒：《承认的政治》，董之林、陈燕谷译，汪晖、陈燕谷：《文化与公共性》，生活·读书·新知三联书店2005年版，第290—291页。

② ［德］霍耐特：《为承认而斗争》，胡继华译，曹卫东校，上海人民出版社2005年版，第140—144页。

③ 赵树理：《当前创作中的几个问题》（1959），《赵树理文集》（第4卷），人民文学出版社2005年版，第26页。

④ 刘金：《也谈〈锻炼锻炼〉》，《文艺报》1959年第9期。

⑤ 参见赵树理《回忆历史　认识自己》，《赵树理文集》（第4卷），人民文学出版社2005年版，第347—348页。

树理到阳城县做书记处书记以后就被彻底颠覆了，“到阳城上了任，一接触实际，觉得与想象相差太远”。然而，即便如此，也很难认为赵树理1959年称这篇小说为“问题小说”的意思，与《李有才板话》《地板》时代他自谓的“问题小说”没有什么变化。事实上，1955年的《三里湾》以后，赵树理对“写人民内部矛盾呢，还是写敌我矛盾”的问题并没有太多积极的支持；相反，他提得更多的却是小说是“劝人的”。即使在将这篇小说收入《下乡集》出版时的代序《随〈下乡集〉寄给农村读者》中，他也明确地这样表示过①。这或者是被一些评论《“锻炼锻炼”》的文章所忽视的一点(很多评论文章仍然只是称这篇小说为“问题小说”)。更重要的是，即使高级社出现了这样那样的问题，对于“集体”，赵树理却一直是信赖的②。这就是为什么这篇小说无论是听起来，还是在他的追述里都充满了诸多矛盾心态的原因。这种矛盾的表述不仅体现了赵树理的困境，同时也显然给后续的研究者们带来了困惑③——表面看起来，赵树理在小说《“锻炼锻炼”》中批评了王聚海、“小腿疼”和“吃不饱”，这些似也无可厚非，但他以他特有的历史化呈现的方式所遗留下来的问题却是：在此情形下，社会主义“集体”与农民“个人”之间的正向间性关系，将如何建立呢？……

结　语

20世纪90年代初中国转入市场经济体制以后，国家允许“市场多一点”的策略④，在世俗社会显然被转译成了全民经济主义的行为准则

① 赵树理：《随〈下乡集〉寄给农村读者》(1963)，《赵树理文集》(第4卷)，人民文学出版社2005年版，第91—94页。类似的意思赵树理在《与读者谈〈三里湾〉》(1962)一文中也表达过，同上书，第268页。

② 赵树理从来没有否定过“集体”的重要性，而只是考虑如何将其发挥好的问题。参见赵树理《对〈太行〉的批评和建议》(1937)，《赵树理全集》(第1卷)，大众文艺出版社2006年版，第152页；赵树理《当前创作中的几个问题》(1959)、《在大连“农村题材短篇小说创作座谈会”上的发言》(1962)、《文艺与生活》(1962)，《赵树理文集》(第4卷)，人民文学出版社2005年版，第26、260、254页。

③ 如董大中《赵树理评传》中关于这篇小说的分析就是一例。董大中：《赵树理评传》，百花文艺出版社1986年版，第292—297页。

④ 邓小平：《在武昌、深圳、珠海、上海等地的谈话要点》(1992)，《邓小平文选》(第三卷)，人民出版社1993年版，第373页。

（“一切向钱看”），“个人主义”作为一种不宣而喻的逻辑在全社会普泛地弥漫开来，当年的滚滚商潮毋宁说正是它的形式化。在这个意义上，主流意识形态在现实场域放归了“个人”，兼之 20 世纪 80 年代以来使旧的“集体”形式被悬置的诸项具体制度的改革①，它们使 90 年代的中国文学出现了比较普遍的“个人化”写作的倾向。对“个人”的关注乃至迷恋，成为当时诸多文学作品内在的意义中心：它被讲述成王安忆的“叔叔的故事”（《叔叔的故事》）、王朔的“阳光灿烂的日子”（《动物凶猛》）、朱文的“我爱美元”（《我爱美元》）、王小波的“伟大友谊”（《黄金时代》），更被讲述成陈染的“私人生活”（《私人生活》）、林白的“一个人的战争”（《一个人的战争》）、余华的“活着”以及“卖血记”（《活着》《许三观卖血记》），等等。在这一类作品里，“个人”向“集体”表示着挑衅、冲撞、叛逆，甚至是彻底的取代，如《我爱美元》中这样写道：“‘一个作家应该给人带来一些积极向上的东西，理想、追求、民主、自由，等等。’‘我说爸爸，你说的这些玩意儿，我的性里都有’。”林白曾在一次演讲中公开表示：集体的记忆常常使她窒息，她希望将自己分离出来，将某种她自己感觉到的气味、某滴落在她手背的水滴、某一片刺疼她眼睛的亮光，从集体的眼光中分离出来，回到她个人的生活之中。“只有当我找回了个人的记忆，才可能辨认出往昔的体验，它们确实曾经那样紧的紧贴着我的皮肤。”② 而“下半身”诗歌写作发起者之一的沈浩波，说得更直接：“承担和使命，这是两个更土更傻的词，我都懒得说它们了。”③ 这些偏于极端的姿态，说明了“个人”反叛“集体”并

① 这些改革包括：1978 年以后的农村联产承包责任制（1982 年 1 月中共中央批转《全国农村工作会议纪要》，正式肯定了“包产到户、包干到户”的合法地位）；1983 年 10 月中共中央、国务院发出《关于实行政社分开、建立乡政府的通知》，此后撤销了农村人民公社；1984 年 10 月中共十二届三中全会通过《中共中央关于经济体制改革的决定》，城市改革开始全面展开；20 世纪 80 年代后期开始的，以《中共中央关于教育体制改革的决定》（1985 年 5 月）、《国务院关于对期刊出版实行自负盈亏的通知》（1984 年 12 月）、《中共中央宣传部、新闻出版署关于当前出版社改革的若干意见》（1988 年 4 月）等为标志的涉及教育、期刊、出版等各领域的改制；等等。

② 林白：《记忆与个人化写作》，李延青：《文学立场：当代作家海外、港台演讲录》，河北教育出版社 2003 年版，第 196 页。这是 1996 年 6 月林白在斯德哥尔摩瑞典乌拉夫·帕尔梅国际中心主办的“沟通：面对世界的中国文学研讨会”上的演讲。

③ 沈浩波：《下半身写作及反对上半身》，杨克：《2000 中国新诗年鉴》，广州出版社 2001 年版，第 545 页。

终于成功的自信与欣喜。然而事情本身总是更为复杂的，这些写作者们的自诩和创造反而使得文学越来越变得神秘化和小众化，同时为大众所消费，而文学参与社会现实发声的功能也愈益变得不可能起来。

但是事实上，“个人”或“个人主义”都不是如此晚近才出现的。“个人”的诞生，无论是在西方还是在中国都是一个典型的“现代性事件”，它在中国意味着对传统社会“家族本位主义”（陈独秀语）的背叛①。耐人寻味的是，胡适后来曾将“五四”之后所谓“退潮期”的1923年之后，称为“反个人主义倾向”的“集团主义时代”②。胡适潜藏着批评口气的这一指称，从时间上恰好对应着当时的乡土小说与普罗文学的兴起。而另一方面，类似胡适的声音也同样受到20世纪20年代末“革命文学”论者的指责，被称为“个人主义的文学”。但是在今天看来，这种彼此交杂、看似混乱的批判中仍然有着非常值得注意的一点，如无论是20世纪20年代末侍桁的《个人主义的文学及其他》，还是30年代后期常燕生的《对于现代中国个人主义文学潮流的抗议》③，其中对于所谓“个人主义文学”的意义，其实都是将其置于“个人”与“集体”两者之间来理解的④。但是，这样的理解在20世纪30年代的左翼文学、40年代的延安文学里都受到了

① 陈独秀：《东西民族根本思想之差异》（1915），林文光：《陈独秀文选》，四川文艺出版社2009年版，第62页。但其时个人主义在文学上仍然表现为两种有所分别的路向，“一路更多地与‘社会’、‘人生’等群体性命题融合在一起”，“另一路则更多地与真正的‘人性’基点、‘个人’福祉相融合”，后者并且是中国传统文化中不太充分而易为人诟病的，它部分地类似于西方的“原子个人”论。参见王再兴《百年回响：20世纪“人”的文学思潮》，《长城》2010年第12期。

② 胡适1933年12月22日的日记。曹伯言：《胡适日记全编·6·1931—1937》，安徽教育出版社2001年版，第257页。

③ 侍桁：《个人主义的文学及其他》，《语丝》周刊1928年第4卷第22期。常燕生：《对于现代中国个人主义文学潮流的抗议》，刘正夫：《青年百科文选》，（上海）中国文化服务社1936年版，第428—435页。

④ 如侍桁在文中认为：“艺术中何尝有什么个人主义的与大众的分别呢，艺术只有‘真’与‘伪’，再没有旁的分别……他的目的为的是自我，而结果仍是大众的。”“我衷心是一个反对卑劣底写实作品的人，因为写实的作家常常把自我的小氛围造得太浓厚了，因此生出了不可以医治的偏见，文字常流入于病态，失了艺术家本来的面目。这样底证例，只要读过几篇描写奇异底‘性’的作品的人们，自然会了解的。我之所以厌恶写实作家的自我小天地，并不是因为他们只是表现了自我，表在（现）了自我的观察；而恰相反，我厌恶他们正因为他们不能表现了自我，不能表现了自我的观察的全部。他们住在自我的小氛围之内，偏见日益增加，有时把艺术的良心都欺骗了，只是硬着脑袋走极端，只表现了自我的观察的一部，只表现了自我的偏颇底一部。——你们所谓的个人主义的文学，是指着这些卑劣底写实作家说的么？……”侍桁：《个人主义的文学及其他》，《语丝》周刊1928年第4卷第22期。

越来越严格的压抑。到了“十七年”时期，“个人”与“集体”走向了几乎难以通融的对立状态，也因此，“个人主义”被称为“集体主义”之敌也就非常自然了。《中国青年》甚至从1956年第1期起，专门针对“个人主义”思想发起了“不安心农村工作是否情有可原?”的问题讨论。直到20世纪70年代末出现的关于人性、人道主义问题的论争，其实已经潜藏了“个人”的冲动力，虽然它借重的是反叛封建专制主义的“人”的名义。1986年中国文坛关于文学主体性问题的讨论中对于“个人”意识的强调，显然与20世纪80年代末，特别是90年代以来的极端个人主义文学思潮不无关系①。

这里留下的一个重要问题是：20世纪30年代以前中国文学中的“个人”或者“个人主义”，与70年代末以后中国文学中的“个人”或者“个人主义”有何不同呢?可以看到，它们之间最大的差异正在于“个人”与“集体”之间的话语关系：前者讨论“个人主义的文学”的时候，它暗含了个人与集体的间性关系作为前提；而后者，特别是20世纪90年代以来的“个人化”写作策略，“集体”几乎被彻底遗忘——其时，确如林白在上述演讲中所言，“个人”终于可以自由地“飞翔”了。然而颇为意外的是，“个人”获得了摆脱“集体”的自由，但是却并没有获得预期的解放。以农村小说作家贾平凹而论，当年金狗们的“浮躁”(《浮躁》)，和清风街的“流年”(《秦腔》)，尚还残余着作为压抑因素的“集体”视角，但到了脱离“集体”影响终于成为“个人”的刘高兴们的故事里(《高兴》)，救赎的道路却似乎仍然遥远。这是否意味着作家们的想象力，遭遇到了某种深层次的困局?“欲望”的路我们走过了，“个人”的路我们也走过了，而普通农民们的生存状态却仍然恍如前世(如谭文峰小说《扶贫纪事》所描述的1990年前后的柳坪村)，令人触目惊心。

更进一步来说，无论从文化还是从文学来看，20世纪90年代这种看似极端而新奇的“个人化”写作策略，其实根本不是“新”的。1936年常燕生的《对于现代中国个人主义文学潮流的抗议》一文，即以20世纪30年代初代表个人主义思想的性灵派的文学“形成了现代中国文坛的中

① 参见刘东玲《当代文学中的个人主义思潮评析》，《海南师范大学学报》(社会科学版)2010年第5期。

心”为例，做出过几乎完全可以移置到90年代至今的处境中来的分析：“到了社会进化到一段落之后，固有的集团文化形成僵体，不能与社会生长的本性相适应……这时候便自然生反对旧文化的怀疑思想，因而产生个人主义的解放运动，一切怀疑派的哲学，性灵派的文学，都于此时大张旗鼓复活起来，直到传统文化的皮完全蜕去为止。个人主义的文化（包括文学在内）其唯一的功用即在此。但这种个人主义的功用也仅止于此，若在旧文化已经解体之后，不努力做创造集团文化的工作，而把个人主义的怀疑消极潮流延长下去，则整个社会必从而崩坏，结果只有为其他集团意识巩固的社会所征服。”[①] 让我们觉得惊讶的是，七十多年前发表的常文，它的分析和批评至今仍然有着明显的适用性。

那么，文学将如何再度展开关于农民解放的想象和故事呢？作为历史资源，从1943年毛泽东的《组织起来》、1951年《中共中央关于农业生产互助合作的决议（草案）》，到1956年的《中国农村的社会主义高潮》，这场浩大的“农业集体化或社会主义化”运动里，一方面是农民“个人”的私有权属愈来愈被缩减，另一方面却是农业社“集体”的威权力量越来越凌厉。其间，1953年开始的总路线以及人民国家的第一个五年计划，使得工农业产品价格的大幅“剪刀差”所导致的危机日趋严重[②]。1956年实现高级合作化以后，农民又全面失去了对于主要生产资料的所有权，而整体的农业产量与苛重的粮食征购又形成另一个剪刀形的走势。农民“个人利益”与“集体利益”的矛盾开始变得越发尖锐了起来。作为“个人”的农民不仅面临着压倒性的“集体”威权，也面临着传统乡土伦理作为曾经的保护性力量的溃败。当年的发展路径非常清楚地证明了这样一点：“集体”最后形成了对于“个人”的绝对压抑力量；而“个人”被刻意加以说服和防范，甚至被完全牺牲或者遗忘。当年的合作化小说，作家们努力替国家说话，却又无法安妥农民“个人”的应然的位置，这种矛盾的讲

---

① 常燕生：《对于现代中国个人主义文学潮流的抗议》，刘正夫：《青年百科文选》，（上海）中国文化服务社1936年版，第432—433页。

② 1956年毛泽东曾有一个追述：“有些同志希望把工农业产品的剪刀差价赶快搞平，这是不可能的。因为现在的剪刀差的情况，是以国民收入为一百，剪刀差价占百分之三十，而农民直接的税收负担，全国平均不过百分之十左右，如果现在要求完全消灭剪刀差价做到等价交换，国家积累就会受影响。”毛泽东：《在八届二中全会上的总结讲话》（1956年11月15日），《毛泽东思想万岁（1949.10—1957.12）》，1968年武汉钢二司版本（内部资料），第116页。

述给人一种强烈的闪烁其词的感觉。实际上，这反映了作家们当年的困境。但值得注意的是，以赵树理为例，即使高级社出现了这样那样的问题，对于“集体”，他依然是一直信赖的。如此看来，“十七年”的“集体”，并不是只留给了我们太多的“创伤性经验”，它也留给了我们某种历史性的资源。比如，作家们一度叙写了“公事”和“私事”的边界，以及“算账”问题等，或者可以成为“个人”与“集体”之间间性关系的中介。甚至1958年冬以后的赵树理也是“算账派”了①，他在1959年的《老定额》里对于单纯依赖“革命精神”也有了暧昧的存疑。遗憾的是，具体的语境却难以让作家们的讲述顺此逻辑继续发展下去。然而这也强烈地暗示着：这一切或许并非由于“集体”本身是错误的，而是因为当年的“集体”“集体主义”主要不是以“个人”与“集体”的间性关系来表达的。这个话题的重要性是不言而喻的，尤其对于20世纪90年代以后重新被原子化的中国农民来说，如何维系一种与之有良好间性关系的“集体”，对于他们的具体生活乃至解放的前景，确乎显得至关重要。

① 1958年12月赵树理任山西阳城县委书记处书记以后，他的“算账”策略及被当时的县委书记批评为“算账派”的事，是为人熟知的。可参见戴光中《赵树理传》，北京十月文艺出版社1987年版，第338—348页；高捷、刘云灏、段崇轩《赵树理传》，山西人民出版社1982年版，第190—192页；等等。

第四章　人民公社农民:“解放”的景象及其叙述的再历史化

不信请看看我们万古长青的祖国吧，哪一天不在开着各色各样的奇花？……无论你走到祖国的哪个角落，无论你碰见的是哪个民族，更无论是男女老幼，你都会发觉他们的脸上总是挂着笑，笑的好象一朵花。而在那海一样的人民当中，到处都有出类拔萃的劳动英雄，这些英雄本身就是人民当中开出的鲜艳花朵。今天在我们整个的国土上，无处不在展开轰轰烈烈的劳动，就无处不在争奇斗艳地开着劳动的鲜花。这数不尽的花儿不但不会谢，却是越开越美，越争越盛，形成我们祖国历史上万古长存的春天。

——杨朔：《迎春词》，1960 年①

杨朔的散文《迎春词》中，以 20 世纪 60 年代的头一个春天“冲风冒雪”来到人间为机缘，回忆起 1948 年除夕夜军民之间温情的一幕，勾连起了 1949 年北平解放迎来的新春气象。但是这种写法让人存疑之处，正在于其改写的策略：“迎春词”作为传承已久的习俗性文类，读者的期待原本在于对写作此文的 1960 年春天的描绘，但文中展开的却是依赖纵向时间模式形成的新旧时代的对比叙述，它恰好是“历史”的隐喻。由于共和国 1960 年春天的特殊性（“三年自然灾害”时期，1959 年冬至 1960 年

---

① 杨朔：《杨朔散文选》，人民文学出版社 1978 年版，第 197—200 页。

春是人口非正常减少最剧烈的时期[①]），这一对于“历史”的隐喻，因其失去了与当年基本史实之间的有效互文关系，不过是转变为了一种叙述的技巧，从而冲淡了文学自身的力量。同样的问题，在杨朔 1959 年及以后的《蓬莱仙境》《海市》《万丈高楼平地起》等作品中都存在着，并且为人熟知，同时也给今天的读史者们带来深深的失望。当然，历史化并不意味着完全恢复自然主义/实证主义的真实，它首先期待的是一种反思的态度，一种寻求突破现实困境并借此获得人的自我认识（即自由）的努力。从这个意义上说，延安文学时期赵树理的《小二黑结婚》就是明显的一例：“原故事的结局，赵树理觉得太悲惨了……所以才由区长，村长支持着弄了个大团圆。”但是这种改写仍然不是毫无原则的，它的确贯穿着反思的力量，“当时没有发现村长的父亲是那地方原来的统治者，叫他孩子当村长不过是名义……赵树理说，他很久以后才发现了这一点，如果发现得早的话，全盘的布置就要另做一番打算，可以完全与现在这个作品不同。”[②] 类似的由改写策略引起的争论，在《半夜鸡叫》（1955）、《林海雪原》（1957）、《为了六十一个阶级弟兄》（1960）、《红岩》（1961）、《地道战》（1965）等作品周围同样形成巨大的压力，它们经由对历史“真实”的质疑直接形成了对文学叙述合法性的冲击。但值得商榷之处在于：文学想象的反思性及其可能性在这种质疑的声音中，往往已经被忘却。那么，如何恰当地对待文学叙述与历史记忆之间的关系？在庸俗历史学的真实观以外，文学是否还传达了其他值得珍视的历史资源？它的德行与诗性力量如何补益于现实性的政治/历史困境？面对历史，需要勇气，更需要后来者细致地抉微其混杂在创伤性历史经验之中的复杂面向，至少，这是超越历史局限的可能路径之一，虽然其中也必定充满了各种艰难。

---

① 参见《中国共产党历史·第二卷（1949—1978）》，中共党史出版社 2011 年版；［美］彭尼·凯恩《中国的大饥荒（1959—1961）——对人口和社会的影响》中第六章《饥荒期的死亡人数》，郑文鑫、毕健康、戴龙基译，中国社会科学出版社 1993 年版，第 99—123 页；［法］西尔维·布吕内尔《饥荒与政治》，王吉会译，社会科学文献出版社 2010 年版，第 69—70 页。

② 董均伦：《赵树理怎样处理〈小二黑结婚〉的材料》，黄修己：《赵树理研究资料》，知识产权出版社 2010 年版，第 188—189 页。原载《文艺报》1949 年第 10 期。

第一节　《李双双小传》(1959)与"劳动"的道德化及参与政治

1958年上半年全国多地出现了办大社的潮流，成为随后的人民公社化运动的先声。4月20日，河南省遂平县嵖岈山"卫星集体农庄"（又称"卫星社"）成立，约在7月中旬，更名为"卫星公社"，这是中国第一个社会主义的农村人民公社[①]。由此，中国农民的生产、生活及组织形态，过渡到了一个全然不同的阶段[②]。8月29日，北戴河会议通过了《中共中央关于在农村建立人民公社问题的决议》，仅仅一个月，到9月30日，据中央农村工作部统计，全国共有人民公社23384个，参加农户达总农户数的90.4%，"全国已基本实现人民公社化"[③]。在浩大的人民公社化运动中，河南遂平嵖岈山卫星人民公社每因其"首创精神"引起全国的关注，成为当时的时代典型。它成为各地农村学习的榜样，"前来参观的人络绎不绝。他们之中有农民、干部、新闻记者、科研工作者、高校师生、作家等等"，其中即包括河南作家李凖[④]。他在1958年、1959年两次来到遂平县嵖岈山，并在这之间的1959年3月写作完成著名的短篇小说《李双双小传》（《人民文学》1960年第3期）。小说写的是1958年农村大办公共食堂的故事，在这一"联乡并社"以及"人民公社化"的过程中，农民解放的想象与叙述，无疑呈现了非常复杂的历史面向。

---

① 仅以"人民公社"的命名来说，虽然遂平县及所属的嵖岈山地区是最早将大社冠名为"公社"的，但它仍然不是最先使用"人民公社"名称的。1958年7月20日，河南新乡县七里营大社成立，初名"新乡县七里营共产主义公社"，后改名为"新乡县七里营人民公社"，并于8月4日正式在公社大门口挂上木质标牌。然而就影响而言，嵖岈山卫星社的组织与制度形态都与后来的人民公社极相类似，是后来人民公社化运动的最早样板。参见罗平汉《农村人民公社史》，福建人民出版社2006年版，第20—29页。

② 《嵖岈山卫星人民公社试行简章（草稿）》（1958年8月7日），于建嵘：《中国农民问题研究资料汇编》（第二卷·上册），中国农业出版社2007年版，第1445—1452页。原载《红旗》杂志1958年第7期。

③ 《全国基本实现了农村人民公社化》（1958年9月30日），黄道霞、余展、王西玉：《建国以来农业合作化史料汇编》，中共党史出版社1992年版，第503—504页。原载中央农村工作部《人民公社化运动简报》1958年第4期。

④ 贾艳敏：《大跃进时期乡村政治的典型——河南嵖岈山卫星人民公社研究》，知识产权出版社2006年版，第117—120页。

小说《李双双小传》[1] 一开篇就提出了一个"问题"：人民公社孙庄大队孙喜旺的爱人李双双，一位二十六七岁的农村妇女，以前村里很少有人知道她的名字，她也"很少能上地做几回活"；但是1958年春天的大跃进，却把她给"跃"出来了，她的名字不单是跃到全公社，还跃到了县报上、省报上，这是为什么呢？小说随后是以"劳动"的话题展开叙述的。有意思的是，随着双双参加人民公社劳动，劳动的场域也从家庭的私人空间移植到了村庄的公共空间，这一转换不仅体现了对于传统习俗（"男耕女织"）的借用，也带来了不可避免的对农时和对劳动阐释的争夺。它随之带来了对于上述公共劳动的德行之美和信赖感的动摇，由此引起小说里夫妻之间的第一次激烈冲突。孙喜旺被双双扭住："走！咱们去找老支书说理去！就是兴你这样，我参加大跃进你不愿意，你嫌不舒坦，不美气，故意找我岔子，你这是啥思想！"在这里，"说理"的提法是耐人寻味的，它指向妇女参与公共劳动的正当性。但是这个劳动空间的转换遭遇到了阐释的阻力。从家庭内部来说，阻力来源于丈夫孙喜旺，在他那里，激情的公共劳动可能导向"共产主义天堂"的许诺碰到了另一种颇为坚硬的现实化理解："什么'大跃进'呀，还不是挖土！""那是你自找，我可养活不起你啦！谁叫你去劳动？"——这正是当时妇女的家庭劳动与公共劳动两种劳动观念的尖锐冲撞。这两种劳动观念与两种不同的劳动空间绑定在一起，即孙喜旺的声言是在家庭这一私人空间里表达的，而李双双则试图将这个"说理"的现场带到公共空间里去。与此同时，从家庭外部的公共空间来说，李双双看似大胆直率的"鸣放"，其实也是在主流意识形态的严密监控之下步步惊险地一路走下来的。顺着这条路径，小说文本出现了以李双双的"劳动"为代表的公共德行之美和信赖感的一个关键的妥协：在家庭空间，过去李双双没有真正冲击过孙喜旺的夫权，如"过去我在家里就只能侍候你"，现在也仍然以"……小两口打架不记仇，白天吃的一个锅里饭，晚上枕的一个枕头"这样幽默的方式，绕过了这一可能十分敏感的关于公私劳动的矛盾；而在公共空间，李双双的系列大胆行为，也无一不是在主流意识形态的默许之下才被展现出来的。也正是在这个方向上，

---

① 小说文本据李準《李準小说选》，人民文学出版社2009年版，第224—253页。原载《人民文学》1960年第3期。

小说作者所赞许的李双双代表着品质的“性格”，其实多少已经带有了向“表演性自我”的“个性”滑行而去的危险[①]。

由于当年的“大跃进”运动造成了生产力的极大破坏，随后又出现严重的饥荒事件，今天我们评价它的时候，确实可能因为实证的历史而丢掉了其中的探索性想象。20世纪50年代后期的“大跃进”运动，“其实就是毛泽东的一个‘强国梦’”，“如果我们能够理解那个时代的话，我们应当能够发现，还不只是毛泽东一个人的梦，它也是当时举国上下成百上千万国人想要创造人间奇迹的集体雄心的写照。”[②] 当年的作家李凖曾是《人民日报》特约记者，同样受到时代气氛的鼓舞写下了一些散文、特写，并亲自到过嵖岈山卫星社，如他发表于《人民日报》1958年4月16日的《登封见闻》，发表于《人民日报》1959年10月20日的《朝霞满天——二访河南遂平县嵖岈山人民公社》，等等。即便透过当年较普遍的浮夸文风，今天的我们仍然可以感受到李凖对于农民的劳动激情所留下的深刻印象。1958年李凖曾想写一个“正面反映人民公社的作品”，虽然当时没有成功[③]。这一年似乎是李凖创作上的转折点，他在《〈李双双小传〉后记》中称：1958年以后，他尽力克服自己的缺点，即所谓“写中间人物多的毛病”，致力于探索“写新的英雄人物”[④]。“新人”问题一直是“十七年”现实主义文学的核心的问题，但对于如何来想象具体的“新人”形象，事实上在当年多少带有一些实验的性质。发表于1958年《红旗》杂志第3期上的陈伯达《全新的社会，全新的人》一文称，“我们看到在大跃进中的中国，看到全新的社会，全新的人。这里的群众几乎全是一批生龙活虎般的、具有冲天意志的英雄好汉”，并提出一种所谓“万能人”运动的构想，即社员们“亦工亦农”，“下田是农民，进厂是工人”[⑤]。李凖

---

① 参见［英］阿雷恩·鲍尔德温等《文化研究导论》(修订版)，陶东风等译，高等教育出版社2004年版，第311页。

② 杨奎松：《毛泽东的“强国梦”——1958年大跃进运动成因及影响再解释》，《学问有道：中国现代史研究访谈录》，九州出版社2009年版，第182页。原载《南方周末》2008年4月3日。此文是少数从正面意义历史化地探讨“大跃进”运动起源的文章之一。

③ 李凖：《群众是最好的老师》，《光明日报》1960年8月24日。

④ 李凖：《〈李双双小传〉后记》(1977)，卜仲康：《中国当代文学研究资料：李凖专集》，江苏人民出版社1982年版，第83页。

⑤ 陈伯达：《全新的社会，全新的人》，《红旗》杂志1958年第三期。

在许多创作谈文章里都谈到过关于"李双双"这一农村新人形象的塑造经过，总之是几经辗转，才终于诞生①。萧淑英（《耕云记》），特别是李双双这样的新人形象，确实承载了作者对于"劳动"所具有的意义阐释的巨大作用，"她们是模范工作者……我得出这样的结论：就是我国劳动人民在社会主义建设高潮中，人的精神得到了一次大解放，特别是对妇女们来说，是一次劳动和智慧的解放。"② 小说回应了对于"劳动"的这种激情阐释：

> 喜旺仔细听着想着，觉得双双的话有道理。照他原来想着，如今人不为钱了，还要为个名。可是照双双讲的，这图个名也是不光彩。只能是为工作，为大伙，为社会主义。喜旺想到这里，觉得和自己结婚十多年的这个老婆，忽然比自己高大起来，他不由得嘴里溜出来一句话：
>
> "劳动这个事，就是能改变人！"
>
> 双双没有听清他说的是什么，就问他："你说的是什么呀，像在肚子里说的一样？"
>
> 喜旺由衷地说："我说你变了，双双，变得聪明了，变得能干了，也变得通情达理了，你那个思想比我高。我想想你从前来咱家是个黄毛丫头，可现在你就像另外换了一个人！"③

不能否认，李双双的新人形象确实也存在着被叙述掉了的内容。想象可以是浪漫主义的，但现实的"组织军事化、行动战斗化、生活集体化"的生产和生活，却是充满了各种困难甚至是残酷的。张志永《错位的解放：大跃进时期华北农村妇女参加生产运动评述》一文表明，当年妇女参加生产实际起源于"大跃进"运动中农村劳动力的缺口，而并非李双双式

---

① 这些文章如《情节、性格和语言——在旅大市业余作者座谈会上的讲话》（1962）、《我喜爱农村新人——关于写〈李双双〉的几点感受》（1962）、《向新人物精神世界学习探索——〈李双双〉创作上的一些感想》（1963）、《观察生活和塑造人物——同初学写作的同志谈基本功》（1978），等等。

② 李凖：《更深刻地熟悉生活——纪念毛主席〈在延安文艺座谈会上的讲话〉发表二十周年》，卜仲康：《中国当代文学研究资料：李凖专集》，江苏人民出版社 1982 年版，第 23—24 页。

③ 李凖：《李双双小传》，《李凖小说选》，人民文学出版社 2009 年版，第 251 页。

的“妇女能顶半个天”的豪情想象：“显然，大跃进时期妇女参加生产劳动不完全是自我意识的提高和追求经济独立，而大多数属于被动参与甚至被迫参与……隐含着对妇女的性别歧视和偏见。”农村妇女遭受了比男人更多的痛苦，这包括过度劳累、缺乏应有的劳动保护、实际加重了家务负担和心理压力等方面。尤为恶劣的是，李準在特写《登封见闻》（1958）中提到过的“妇女们还有‘月经牌’、‘孕妇照顾’的经常制度”，实际上往往并未实行。“最普遍的现象是许多地方成立经期专业队、设立田间厕所和月经处理站等”，有意识地迫使妇女在生理脆弱期仍然坚持参加劳动，甚至反而“体罚”和“故意刁难”妇女。而一些经期或怀孕妇女因为羞于让人知道，不愿意去挂牌，甚至一些积极分子仍然坚持超负荷劳动，也增加了自身的痛苦。“一些安全生产措施被视为会影响妇女生产积极性而遭到废弃，致使妇女致疾、负伤、流产乃至人身伤亡等事故时常发生。至于各地在生产中忽视劳动保护而造成妇女中暑、中毒等现象更是司空见惯。高强度的体力劳动、忽视妇女特殊保护和极度营养不良等原因，严重地损害了妇女的身心健康，致使许多妇女罹患疾病，其中，闭经和子宫脱垂最为严重。”①

此外我们看到，李双双在参加了猪场和公共食堂劳动以后，除了“孩子们收拾好后，进大娘来了，她是幼儿园的园长，来领小笛子和小笙子”以外，小说关于每个农民家庭当年都无法避免的做衣做鞋、侍候老人、缝补浆洗、饲喂家禽家畜等繁累的家务劳动，都付诸阙如了②。而且双双的大公无私、坦率直爽的性格，在现实中可能也存在着某些虚构性。作家称：就以李双双这类人物“不记仇”这样一个小小的性格特点来说，难道她天生不记仇吗？据作家小时所见，“豫西盛行‘打孽’的仇杀坏风习”，当地农民，一句话不投机，夜里就可以把对方一家人杀死；甚至妇女们因

---

① 张志永：《错位的解放：大跃进时期华北农村妇女参加生产运动评述》，《江西社会科学》2010年第4期。

② 《嵖岈山卫星人民公社试行章程（草稿）》（1958年8月7日）：“社员转人公社……可以留下小量的家畜和家禽，仍归个人私有……”于建嵘：《中国农民问题研究资料汇编》（第二卷·上册），中国农业出版社2007年版，第1445页。虽然在实际“共产风”的情形中，农民的牲畜常常被收归了集体。

为翻嘴串门扯闲话，可以半辈子见面不说话……[①]甚至李凖也曾以喜旺为例表示，“譬如他问：‘人什么时候没私心?’这不很天真吗?”[②] 这似乎意指着，即便李双双，恐怕也极难做到真正彻底的大公无私。由此，小说《李双双小传》的阐释困难就在于，这些被叙述掉的事实，它们的背后无一不绑定着勾连错杂的结构性社会矛盾和文化矛盾，它们将被叙述者如何来回应呢？但无论如何，“劳动”的正面意义在小说的叙述中得到了较为充分的表达。它完成了“劳动”从最初的“在家憋闷得慌”、想着“跳出煤渣坑”的朴素冲动，经由“正派人”的传统乡村伦理，最后抵达道德化的“改变人”的境界转换。事实上，我们确实无法想象，如果不是一个积极倡导“劳动”及其相关意义的社会，它如何能够成为一个正当性的社会，或者能够承载起普通人的任何正当而合理的希望。

小说的另一个引人注目之处在于，随着李双双参与劳动的场域从家庭转移到了公共空间，“劳动”的德行之美和可信赖感也同时开启了非常具体的妇女解放的进程，即双双参与公共劳动，同时也是普通的农村妇女参与政治的一种体现。李双双虽然十七岁那年就嫁给了喜旺，但十余年来仍然是孙庄公共政治的无名者，或者说是一个“在场的不在场者”，以至于同一个村庄的村民与她一起共处了十来年，连她的姓名竟然也不清楚。这让她看起来更像是一个影子，而不是一个实体的人民/公民（主体）。不可否认的是，随着当年人民共和国的一些新举措的实施，妇女的参与政治确实有了一个较快的累积过程：小说第二节的叙述是颇有意思的，一个新中国成立前“赤贫农户”家的女儿，在旧式家庭空间里懵懂无知，并遭受夫权的暴力，但在新社会到来以后，那个阐释性的生活之“理”改变了（“村里干部又评他个没理”），丈夫只好收起了拳头；又经过合作化以后的男女同工同酬，上民校学文化，以及听新闻、看报纸，结果，那个最初混沌蒙昧的家庭小媳妇李双双，如今却“越发要闹起‘事儿’来”了。事实上，这正是一个私有化制度下个体的臣民，被现代国家意识逐渐唤醒为智慧和理性的人民/国民的过程。应该说，这一持续的召唤过程，同时

---

① 李凖：《我喜爱农村新人——关于写〈李双双〉的几点感受》，卜仲康：《中国当代文学研究资料：李凖专集》，江苏人民出版社 1982 年版，第 129 页。

② 李凖：《情节、性格和语言——在旅大市业余作者座谈会上的讲话》，卜仲康：《中国当代文学研究资料：李凖专集》，江苏人民出版社 1982 年版，第 48 页。

也是累积性地引发普通人民如李双双者内心深处的“信赖感”的过程;同时,这种信赖感最终也使得下层人民对于公共政治的热情,由被动的召唤转变为了主动的参与。李双双说,“外边大跃进干红了天,我还能叫这个家缠我一辈子!”这正是小说至关重要的一个节点,接着就出现了双双的跃进大字报——传统家庭的小媳妇,终于主动地参与了公共政治,并引起了男性夫权的敬佩(“小菊她妈,你不简单呀!”)。小说后续的大办公共食堂、孙有做菜引起的斗争、挖出解放式水车、试验“粗粮细吃”等等,都是从这一转折发展而来的。毋庸置疑,小说中普通人民的那些尊严、喜悦乃至荣耀,正是由于他们获得了参与政治的权利所带来的。在这个过程中,他们一步步确认了自己的主体身份。

关于“李双双”这个形象的创造过程,李凖曾在多篇文章或讲话里提及过,这其中,妇女参与政治所带来的巨大影响,是他注意到的一个历史事实。然而应该说,李凖这样的表达依然省略了某些内容,这些省略也意味着:其内容背后结构性的社会与文化内涵,被进行了选择性的表述。而这正是今天我们应该重新对此予以关注的“问题”所在。据称,李凖除去喜欢文学,还“比较喜欢历史”,并且认为“读点历史,对创作是极有作用的”①。但是细究一下,李凖所说的“历史”意味着什么呢?首先,它可能意味着一种作家主动内化的、鲜明的政治党性立场。创作《李双双小传》时期的李凖,坦承写作的素材应首先从生活中进行“选择和提炼”,要“找典型事写”。不仅因为这样经过集中概括,写出来的东西要生动得多,更主要的,是他认为“艺术加工不仅是个技巧问题,而且更是个鲜明的政治问题。对每一件生活素材的取舍、强调和回避,对每个人物的突出和合并,都包含着作家的政治观点和阶级观点。”他直言,“典型化的意义……是以鲜明的政治观点,赋予作品充沛的内容”,“一个作者,突破真人真事的写法以后,学会虚构,善于正确虚构,会使作品的政治意义更强烈地去感染读者。”② 但是,不仅所谓“善于正确虚构”的说法让人不免犹疑,如果仔细推敲一下李凖的这种政治立场或者观念,也依然会

① 卜仲康、陈一明:《李凖小传》(1978),卜仲康:《中国当代文学研究资料:李凖专集》,江苏人民出版社1982年版,第7页。

② 李凖:《从生活中提炼》,《奔流》1959年第5期。

发现它是颇为耐人寻味的：在他的表述里，“国家”是优先于“人民”的，而这种“干部”的立场也仍然不能与农民的“群众”立场同日而语。不然就无以解释从合作化直到人民公社时期一直普遍存在着的“五风”干部压抑乃至剥夺农民的行为和倾向了（虽然“五风”之名晚出，其事实倒是早已存在了）。其次，李凖的所谓“历史”，也意味着对时间逻辑的自觉借用。他曾说，为什么我们要读一点历史？知道过去也就可以知道现在，因为“有历史感的人眼睛是不一样的，他们能看到东西”。然而，这些能看到的“东西”，却仅仅意味着前后进行时间对比的“历史”隐喻，它无意中排除了横向的“政治”讨论的可能①。从这个意义上来说，李凖的“历史”不仅意味着一种极力内化的政治立场所带来的偏至选择，即所谓对每一生活素材的取舍、强调及回避，和对每个人物的突出及合并，而且意味着对“新”与“旧”进行一种纵向的对比讲述——前者必然导致某些可能被指认为异端的内容被过滤掉，后者则显然是对时间暴力的巧妙挪用。这些使得作家李凖的所谓“历史”观，更像是一个近于齐泽克意义上的“闭合的叙述”的策略而已，应该说，还称不上是一种真正的“历史化”的态度。

事实上，李凖如此看待“历史”，不仅意味着他自身的某些观念的局限，而且也几乎必然地意味着他在当时的写作中所面临的现实困境：“一九五八年，一方面是人民精神面貌大解放；另一方面是在我们的农村，基层的人民民主生活不够，产生了‘五风’。要不要对基层干部监督？要不要敢说敢斗争？这是当时农村生活中一个严重问题。就在这时候，我遇到李双双式的新人物。从当时我的感情上说，我就认为她是英雄！所以我就想把她写成作品……到一九六二年三年困难时期，我们经济上受到了挫折，当时农村不少人有悲观情绪……”② 如何解放这种表达的困境，从而尽力写出优秀的作品呢？一种可能的方式，是将当时苦难和劳累的生产生活进行浪漫主义的审美化。李凖在 1960 年就曾表示，要想使作者歌唱出我们时代的声音，作品充满共产主义的理想和激情，“作者必须高瞻远瞩，

---

① 参见李凖《观察生活和塑造人物——同初学写作的同志谈基本功》，《〈解放军报〉通讯》1978 年第 13 期。

② 李凖：《从生活出发》，《光明日报》1978 年 6 月 17 日。

要想到共产主义，看到共产主义”。显然，要达到这样的境界殊非容易，它与现实之间的悬隔本身就是一个阐释的困境，所以李凖当年称，近年来，以把握革命浪漫主义精神来说，觉得对他自己是越来越需要了，“这方面还正是我非常缺乏的”[①]。1978 年卜仲康、陈一明的《李凖小传》，也说到作家有“强烈的革命浪漫主义情感”，在“文化大革命”后的作品中这种特质再次显露出来，并且被作家本人认定为可能是自己“风格上的一个变化”[②]。或许正是因为这样的原因，直到 1978 年，李凖仍然对于杨朔的散文，特别是《荔枝蜜》（1960）、《雪浪花》（1961）这样的篇章，充满了激赏之情[③]。而今天看来，这些或许正是李凖的“历史”观背后所遗留下来的“问题”。

然而，即使作家主观上也想从自身已经内化的立场与观念，甚至业已纯熟的表达方式中逃逸出来，也可能并非易事。1978 年，李凖曾著文严厉批评“文革”时极“左”化文艺的“主题先行”“高于生活”的理论，揭露“迷信‘主题找到了，作品就成功了一半’”的谎言，发自内心地感慨：“打碎枷锁比较容易，改变左撇子比较难。”[④] 然而事实上，他自己可能并不能够完全自外于这种批评。如 1960 年，当被问及是否有过不能突破原有水平而出现苦闷时期时，李凖的回答是，“‘苦闷时期’还不曾有过。”[⑤] 就同时期的萧淑英、李双双等“新人”形象而言，李凖也说过《李双双小传》的“后半篇写得比较概念”[⑥]，并称《耕云记》“现在看……有不少问题，写得不好”[⑦]。直到 1978 年，李凖仍表示，根据《李双双小

① 李凖：《群众是最好的老师》（1960），卜仲康：《中国当代文学研究资料：李凖专集》，江苏人民出版社 1982 年版，第 12—13 页。

② 卜仲康、陈一明：《李凖小传》，卜仲康：《中国当代文学研究资料：李凖专集》，江苏人民出版社 1982 年版，第 7 页。

③ 李凖：《观察生活和塑造人物——同初学写作的同志谈基本功》，卜仲康：《中国当代文学研究资料：李凖专集》，江苏人民出版社 1982 年版，第 58 页。

④ 李凖：《从生活出发》，卜仲康：《中国当代文学研究资料：李凖专集》，江苏人民出版社 1982 年版，第 27—31 页。

⑤ 李凖：《我的创作体会》，《奔流》1960 年第 2 期。

⑥ 李凖：《我喜爱农村新人——关于写〈李双双〉的几点感受》，卜仲康：《中国当代文学研究资料：李凖专集》，江苏人民出版社 1982 年版，第 126—127 页。

⑦ 李凖：《情节、性格和语言——在旅大市业余作者座谈会上的讲话》，卜仲康：《中国当代文学研究资料：李凖专集》，江苏人民出版社 1982 年版，第 48、43 页。

传》改编的剧本《李双双》“是有缺点的”,“现在看了有些情节还坐不住”[①]。1979 年李凖更是坦承,虽然在“文化大革命”中因为“中间人物”挨了不少批判和拳打脚踢,但结果自己“也受了帮气影响”,并表示深悔不已[②]。此外,从小说《李双双小传》本身来看,这位妇女虽然看似走向了解放,但无法否认的是,实际上她属于接近后来新时期文学中“能人”形象的一个早期范本。也就是说,某种程度上,“李双双”的故事虽然因主人公的漂亮能干和个性生动而显得非常成功,但小说依然面临着怎样将真正的普通农村妇女,如不一定是“能人”的桂英、四婶这样的人物,讲述成有意义的“新人”的困难,而这正是小说回避横向“政治”隐喻的叙述几乎必然会造成的结果。

然而,在这些看似杂乱和相互冲突的现象背后,有一点是极为重要但也非常容易为人所忽略的,那就是:中国农民对于“集体”的信赖和渴望。早在回顾《不能走那条路》最初的创作动机时,李凖就曾表示过,“初步意识到农民所以产生两极分化,是由于没有组织起来,小农经济没有抵抗自然灾害能力的结果。”[③] 李凖在许多创作谈的文章里也都谈到过,“李双双”式人物和农村基层干部的大公无私品质,对于建构农村集体主义的“新社会”至关重要。“集体”不仅意味着可以在最表层的意义上避免农村的极端两极分化,它也可以更好地为并非“能人”的绝大多数弱者的解放提供更为切实的可能性。事实上,一个现代性意义上的“集体”,既是一个真正建立在个人与群体之间良好间性关系基础上的组织化社会,其本身就是新生人民国家希冀达到的主要政治目标,同时,它更是真正意义上的民族“解放”和妇女解放的状态:

> 以后一个日本作家叫松冈洋子,她看了这个电影很激动,专门到郑州去找我。我说这个片子有什么了不起啊,你们看了日本拍那么多片子,大工业片几百吨重的机器,那么大的场面。她说不,我就看上

① 李凖:《观察生活和塑造人物——同初学写作的同志谈基本功》,卜仲康:《中国当代文学研究资料:李凖专集》,江苏人民出版社 1982 年版,第 60 页。

② 李凖:《〈黄河东流去〉开头的话》,《黄河东流去》,北京出版社 1979 年版。

③ 李凖:《从生活中提炼》,卜仲康:《中国当代文学研究资料:李凖专集》,江苏人民出版社 1982 年版,第 17 页。

这个。她说不光一个，我们好多外国大使馆看了都很有兴趣，有一些反对中国的人都很害怕。我说你们怕什么，李双双又不是原子弹，是个围着锅台转的人物。她说是这样，你领我们看到了一个中国的家庭，你给我们解剖了八亿中国人民的一个细胞，工业水平我们能看得到，但占中国绝大多数茅屋里边的农民两口子说的什么话，我们不知道，你现在展现给我们了，就是说一个国家的妇女解放的水平，代表了这个国家的生命力。一个农村妇女家庭过的这么有原则，我们看到了中国的力量，看到中国的未来了。①

作家李凖说，这就是力量，也就是每一个细胞里都渗透着我们新社会的大公无私的光芒，“是中国的脊梁”。不得不说，这正是普遍的参与政治才可能带来的结果，也是我们今天可能在不知不觉中已经忘却的内容——它正是被我们在泼洗澡水的时候，无意中泼出去的那个与我们血肉相连的“婴儿”。

在当代特殊的1959—1960年间，短篇小说《李双双小传》到底讲述了些什么呢？这位青年妇女，十年间掩身于烦琐家务而极少参加公共劳动，结果成为了孙庄社会“在场的不在场者”，这意味着她仍然不是一个被确认的主体，所以她率尔不被命名。然而，1958年的“大跃进”改变了这一切。这一变化的由来，事实上并不完全是因为政治化的运动，同时也是由于作家敏锐地借用了“劳动”观念的天然德行和可信赖感的缘故：李凖将“劳动”的场域做了一个巧妙的延展，使其从家庭空间移植到了公共空间，结果带来了惊人的变化。这个叙述过程，一是借用了传统乡村伦理的温良媳妇的逻辑（即完全投身于家务劳动），二是沿承了20世纪40年代前期解放区曾经出现过的“劳模英雄”的叙事逻辑②。最终，“劳动”在小说的叙述里一步步抵达了道德化的“改变人”的境界。除此之外，李双双的改变，更是一种参与政治的实践。1959年春天二月的美好村景中，一对原先在旧式家庭空间里常常暴力相向、混沌蒙昧的农家夫妇，他们谈

① 李凖：《观察生活和塑造人物——同初学写作的同志谈基本功》，卜仲康：《中国当代文学研究资料：李凖专集》，江苏人民出版社1982年版，第61—62页。

② 参见本书第一章第一节关于“劳动”，以及第三章第四节关于“劳模英雄”等相关内容。

到了"爱"，成为一对"先结婚后恋爱"的新社会夫妻。至此，"劳动"与"参与政治"被作者完全自然化（即虚拟地"历史化"）了。小说的所谓"小传"之名，作家的意思虽然是以普通农民家庭和妇女为表达对象[①]，但其中确实蕴含着"参与政治"、妇女解放、农民解放，乃至民族解放等重大话题以及实践路径。小说因而引发了松冈洋子等异邦者的"激动"，和一些反对中国的人的"害怕"，并成为中国力量、中国未来的隐喻，也就在情理之中了。

当然，历史的困境也在于，小说对于"劳动"和"参与政治"的表达，仍然因作者所谓"学会虚构，善于正确虚构"的策略而面临着大量被过滤掉的历史现实的质疑。首先，孙喜旺以及富裕中农孙有和其儿子金樵，都表明了中国农村坚韧地存在着的自私道德与自保观念，它们与双双等人的大公无私品质相对立，却因为隐喻着中国农民的创伤性历史经验而根本不允许被轻率地忽略[②]。尤其是，孙有及其儿子金樵似乎是根本无法被改造的，小说最终对此保持了语焉不详的暧昧态度。其次，作为组织化的"新社会"想象，小说对农村必然存在的循血缘关系构成差序伦理的事实，保持了沉默，而仅有极少提示，如"孙有又低声下气地说：'喜旺，你看咱都是一个孙字掰不开……'"再次，这篇作品写于"三年自然灾害"最为艰难的1959—1960年，但作品中的人物都健康、明朗、充满朝气，与饥荒时代的景象毫无关联，文中仅有微弱暗示，如"报喜！赶快报给公社！上级正大抓'粗粮细吃'……"最后，当年农村妇女参加生产劳动带来的过度劳累，家务劳动所产生的巨大心理压力，以及因缺乏必要的劳动保护甚至致疾、负伤、流产乃至人身伤亡等事故，小说都采取了回避的态度，等等。如果对照同一时期赵树理的"写不成小说"[③]，与李準所谓"没有苦闷

① 参见李準《〈车轮的辙印〉后记》（1959）及《〈走乡集〉前言》（1963）。卜仲康：《中国当代文学研究资料：李準专集》，江苏人民出版社1982年版，第80、107页。

② 邵荃麟1962年在《在大连"农村题材短篇小说创作座谈会"上的讲话》中曾坦言："……不是农民今天反对集体化，而是农民对集体保证他的利益不放心。这个矛盾也反映到农民的思想意识中间，就是集体主义思想同个体小农经济思想的矛盾"。见洪子诚《二十世纪中国小说理论资料》（第5卷　1949—1976），北京大学出版社1997年版，第431页。

③ 赵树理《致陈伯达·第一封信》及《致陈伯达·第二封信》。赵树理实际完成的是第二封信，篇末日期"一九五九年八月二十日"。《赵树理全集》（第5卷），大众文艺出版社2006年版，第339、343—344页。

期”的态度，其间的差异是一目了然的。上述这些方面，无一不是难以被轻易忽视的社会与文化现实，它们同样在中国乡村“历史”中勾连错杂，缠结着深广的历史心理与生存经验等复杂而严峻的内容。小说的这些缄默之处，实际说明了其改写策略所带来的风险，而这些，正是今天我们在面临“历史化”这一话题时，应该真正予以认真对待的问题。诚然，“劳动”与“参与政治”之所以具备如此神奇的魔力，说到底是由于寄寓了中国农民对于“集体”的信赖和渴望。想一想在小说之后不久诞生的电影版和豫剧版《李双双》中双双反复出现的那句“我是人民公社社员”，今天的我们，心中的确回旋着某种复杂难言的怅惘。

第二节　《张满贞》(1961)："日常生活"中的"新人"想象

1958年5月，中共八大二次会议上刘少奇所作的《工作报告》称："马克思预言过，无产阶级革命将使我们进入‘会有一天等于二十年’的伟大时期"[①]，自此，“一天等于二十年”成为“大跃进”时代的激情隐喻。同时，它不仅意味着新的人民国家社会主义建设速度的“跃进”，还进一步带来了农民组织生产以及日常生活的巨大变化[②]。1958年及稍后的数年，出现了一种趋势，即将这一跃进的年代称誉为“一个全新的时代”，并因而呼唤一种全新的人格。如1958年7月陈伯达的《全新的社会，全新的人》[③]、1960年3月陶鲁笳的《全新的时代，全新的人——学习和发扬平陆事件中许多英雄人物的共产主义精神》、同年7月茅盾的《反映社会主义跃进的时代，推动社会主义时代的跃进》等文章或讲话中，都有类似描述。可以看出，主流声音将这一“跃进”时期相对陌生化从而获得新

---

① 刘少奇：《中国共产党中央委员会向第八届全国代表大会第二次会议的工作报告》，大公报社人民手册编辑委员会：《1959人民手册》，大公报社1959年版，第20页。

② 参见罗平汉《农村人民公社史》，福建人民出版社2006年版，第12—13页。当时农民的日常生产以及生活的变化，另可参见李準《登封见闻》(《人民日报》1958年4月16日)、唐飞霄《人民公社是万人欢乐的大花园》(《人民日报》1958年8月21日)等。但此两文均受当时浮夸文风的影响。

③ 陈伯达：《全新的社会，全新的人》，《红旗》杂志1958年第3期。

的政治激情和创造冲动的努力，几乎是十分明显而迫切的[①]。而作家们的创作实践甚至更早就有了塑造跃进时期"新人"形象的自觉，如李凖多次提到，1958年后他就有了想写农村新人物，想在农村新人的精神面貌和新的性格形成上，做一些探索的打算[②]。此时期王汶石的《新结识的伙伴》(1958)，马烽的《我的第一个上级》(1959)，李凖的《李双双小传》(1960)、《耕云记》(1960)等小说里的人物，有着与合作化小说中的主人公并不完全一致的性格和品质：他们都是陈伯达所谓"敢想、敢说、敢做"，"具有冲天意志"同时又"脚踏实地，合情合理"的新型人物（陈伯达：《全新的社会，全新的人》）。作家周立波同时期的一些短篇小说，也属于这个系列。在此以他发表于《人民日报》1961年10月15日的小说《张满贞》为例，来尝试作出相关的分析。

短篇《张满贞》仅5000余字，确实如有人所说的，几乎是一篇"无情节小说"[③]，但它本身其实是别有一番意味的。"玻璃工厂的厂长"张满贞担任着"整风工作组的组长"，这是公家（即"集体"）身份；她是"城里来的，童养媳出身"，这又是个人身份。"夜饭"和公社堂屋里的"闲聊"是私事，张满贞谈起玻璃的原料、成本、"替国家赚很多的钱"则又是公事。这样的开篇隐约提示了"集体"与"个人"、"公事"与"私事"将在此相遇。耐人寻味的是，此两个方面似乎都表现得有所均衡，是共处而非冲突的。对于小说将要展开的叙述而言，这似乎暗示了上述两个方面已无须必然地陷于对立，并且演绎成前者对于后者的"斗争"或者压抑态势。事实上，后一种写法原本正是当年合作化小说最常见的处理方

① 周扬在《我国社会主义文学艺术的道路》(1960年7月22日在中国文学艺术工作者第三次代表大会上的报告)中，就表达了对于"创造""新人"形象的文艺作品的期待，称"新的时代要求新的文学艺术"，这是"时代对我们的要求"。报告并发出热情洋溢的号召："作家、艺术家们！让我们……以自己全部的心血和才华创造具有高度思想性和艺术性的作品，以鼓舞人民群众的革命热情和劳动热情，提高人民的社会主义觉悟，培养具有共产主义道德品质的新人。"见《人民日报》1960年9月4日。

② 李凖：《我喜爱农村新人——关于写〈李双双〉的几点感受》，卜仲康：《中国当代文学研究资料：李凖专集》，江苏人民出版社1982年版，第125页。李凖曾表达过类似希望的其他文章还有：《群众是最好的老师》(1960)、《情节、性格和语言——在为旅大市业余作者座谈会上的讲话》(1962)、《〈李双双小传〉后记》(1977)等，参见本章第一节。

③ 李旦初：《各极其妍的三枝花——当代三个文学流派比较研究之二》，中国作家协会山西分会：《赵树理学术讨论会纪念文集》，1982年12月，太原（内部出版），第197页。

式，无论是马烽的《韩梅梅》、柳青的《创业史》，还是周立波本人的《山乡巨变》等，都是如此。《山乡巨变》里单干“个人”陈先晋、张桂秋、王菊生等被屡屡规训，最后终于加入合作社（“集体”），以及邓秀梅、陈大春坚持刘雨生的婚姻“私事”应与合作社“公事”区别对待，这些还是不久前的故事。而今，跃进时代的农村小说已经在尝试征用“个人”或者“私事”的资源，转用于“集体”或者“公事”的想象了。由此并不奇怪，当“我”对于赚钱不赚钱的话“显得有一点淡漠”时，张满贞用于说服我的“理”却几乎出于本能地是源自个人和私事的：她拿日常生活来打动我，并强调说在我们的生活里，没有玻璃是不行的。在这里，“日常生活”作为阐释困惑的“理”出现了，虽然它依然伴随着周式幽默的调侃。面对容易跟人顶牛、讲出话来往往牛都踩不烂的公社武装部长的反诘，工作组长张满贞的反应也是日常生活式的。虽然这里看上去仍然是一个典型的蔡翔所谓的“辩论”情景，但它至少也表明了，20 世纪 60 年代“日常生活”刚刚开始引起普泛性焦虑的情形下，后者同样可能包含着某种被默认的正当性，可以成为阐释生活的某种“理”的依据。

小说正是在政治生活（“集体”或“公事”）与日常生活（“个人”或“私事”）彼此融合的逻辑下向前发展的。年轻的整风工作组组长张满贞“生性宽和”，与各种作风不同的同志都能和睦相处，“喜欢利用闲谈”来消除疲劳，小说甚至还两次写到了她的“脸红”，这些都说明这位干部的低调与随和，当然，这也正是“日常生活”的隐喻。但张满贞又是朴素和勤恳的，并且洋溢着职业的热忱，如冒雨下队查材料、扶助受伤农民，甚至为了避免玻璃碎片、瓷瓦碴儿误伤群众专门向市里和玻璃工厂打电话。这些特定年代带有诚恳与奉献气息的举动，又正是政治生活的隐喻。这两方面达到了和谐的统一，其结果是，作为跃进时代“新人”形象的张满贞出现了——她与姚文元 1961 年在《社会主义建设中的新人形象》一文中的一段描述何其肖似①。略有不同的只是，作为一个原本的外来者，她几乎不引人注意地融入了凡俗的群众生活之中。当然，这里的叙述仍然

① 姚文元：《社会主义建设中的新人形象》（1961），《在前进的道路上》，人民文学出版社上海分社 1965 年版，第 166—167 页。事实上，虽有所差异，但“分内的工作”的说法，的确见于小说中。

体现了一个潜在的转折。一个“全新的社会”里“全新的人”的问题，似乎首先还是一个“个人”的问题，这正是《新结识的伙伴》《我的第一个上级》《李双双小传》《耕云记》等小说里叙述的话题，一种近于聚焦的方式。在那些小说里，“新人”形象的精神气质是以与集体利益天然相合为默认前提的，但这个“集体”却具有某种抽象的性质，所以它与众多杂然不一的群众“个人”仍然不是一样的概念。周立波的《张满贞》显然表达了一个新的可能：一个实际上意志坚定，既“有理想，又有办法”的“新人”，不仅可以是“脚踏实地，合情合理，有条不紊”的[1]，而且能够真正地融入由群众“个人”组成的更为切实具体的“集体”中，从而，个人与集体之间的矛盾在这一日常生活式亲切和煦的处境当中，或许可以不复存在。所以有论者称，“她的这种性格，是很诱人的……因为在这个女性的个性之中体现了党性”，“春风吹到哪儿也是和煦的”，“张满贞不但善于和各种不同作风的干部和睦相处，而且善于联系群众，成为群众的知心朋友和最忠实、最勤恳、最能干的勤务员。”[2]

不能否认，像周立波其他的小说一样，《张满贞》确实可能源于真实的生活[3]，但困难之处在于，即使同一时期，在“全新的社会”的想象之下，“集体”与“个人”的矛盾依然是普泛地存在着的，并且十分尖锐。一方面，如上文提及的陶鲁笳《全新的时代，全新的人》(1960)[4]、茅盾《反映社会主义跃进的时代，推动社会主义时代的跃进》(1960)、姚文元《社会主义建设中的新人形象》(1961)等，都无一例外地谈到了对于“个人主义”的否定。尤其是茅盾的报告，更是再三地涉及对于“个人主义”的辨析与批判[5]；另一方面，就农村来说，在当时“集体”有着至上威权的年代，“个人主义”几乎不可能与普通农民有任何干系，倒是20世

① 陈伯达:《全新的社会，全新的人》,《红旗》杂志1958年第3期。

② 冯健男:《春燕礼赞——读〈张满贞〉》(1961),《作家论集》，花山文艺出版社1984年版，第238页。

③ 参见叶梦《周立波是个好人》,《中华散文》1996年第6期。

④ 陶鲁笳:《全新的时代　全新的人——学习和发扬平陆事件中许多英雄人物的共产主义精神》,《人民日报》1960年3月16日。

⑤ 茅盾:《反映社会主义跃进的时代，推动社会主义时代的跃进》(1960年7月24日在中国文学艺术工作者第三次代表大会上的报告),《争取社会主义文学的更大繁荣》，作家出版社1960年版，第1—60页。

纪50年代末“五风”中的“瞎指挥风”、“强迫命令风”、“干部特殊化风”等可能与之相关，农民则深受其害。1960年12月，湖南省委曾召开三级干部会议，贯彻中央11月发出的《关于农村人民公社当前政策问题的紧急指示信》，纠正“五风”及干部违法乱纪问题，部署全省农村整风整社运动。当时，“五风”盛行和违法乱纪严重的地区，农业生产资料和生活资料均遭受严重破坏：“农业损失达50%到60%”，“房屋被拆毁和被公家占用的占到原有房屋的60%到70%”，有的社员一年之内几次搬家，“很多农民痛心地说这是‘倒土改’”①。虽然，1960年冬全国开始实行“调整、巩固、充实、提高”八字方针，但实际上湖南农村并没有在短时间内恢复过来，直到1962年8月，周立波在大连召开的“农村题材短篇小说创作座谈会”上，仍以他惯有的农民式幽默揭露和批评了瞎指挥、浮夸风和“共产风”等错误②。以小说《张满贞》中的内容来看，虽然写到了耖田的社员、“隔壁的龙妈”“附近村里的堂客们”，风格亦温和秀逸，但对于他们的吃、穿、住等具体的日常生活内容，作家倒保持了沉默。在篇末，龙妈仅仅因为四岁的孙子失手打碎了一只玻璃杯，就对这个小男孩进行了责骂和“体罚”。如果不是考虑到特别时代的物来之不易，今天的我们或许难以想象当时的龙妈何以如此动怒。由此，我们也不难理解胡光凡的《周立波评传》中为什么有了如下的描述：

> 周立波这个时期的短篇创作，在反映现实生活的深度和广度上仍然有它的局限性。他虽然为社会主义农村的新人新风尚谱写了一曲曲热情洋溢的赞歌和悠扬动听的牧歌，但他对在风雨激浪中前进的社会主义农村这条航船所遇到的严重波折，却很少触及，未能用艺术家的眼光去透视生活的最深处，揭示“左”的失误给农村带来的重大损失。我们只能从个别作品（如《张润生夫妇》）里，稍稍窥见这种情景……③

① 中共湖南省委农村工作部等：《湖南农业合作化纪实》，湖南科学技术出版社1993年版，第454页。事实上，湖南的状况是同时期全国农村景象的一个缩影。

② 胡光凡：《周立波评传》，湖南文艺出版社1986年版，第373页。

③ 同上书，第338页。

有意味的是，也正是在前述张满贞融入了凡俗的群众生活，隐喻着政治生活与日常生活可以达成和解的叙述之后，小说的情节脉络出现了新的转折：“我”看到了通知，依照下放干部加强粮食生产第一线的新规定，市委免去了张满贞同志玻璃厂厂长的职务，她被指派担任了这个公社的妇女部部长。这一转折似乎源于一个真实的事件：1960 年 9 月湖南省委召开了省、地（市）、县、公社、生产大队五级干部会议，并发出“全党动员，全民动员，大办农业，大办粮食”的号召，会后全省各级党委抽调了17 万名干部下乡，以加强和充实农业第一线的领导力量[①]。小说通过延入这样的节点与当年真实的农业境况发生了互文关系，从而增加了自身的历史化潜质。但在文学上它带来的问题却在于，虽然张满贞外表依然跟过去大体类似，但“我”仍能觉察到，她还是发生了一些显著的变化。原先的玻璃工厂厂长转而开始谈论起了农业和粮食。这一“癖好”的转变似乎是成功和圆润的，这从“我”眼中看到的主人公的房间摆设就可以看得出来。然而，这个“癖好”的过渡既没有表露张满贞可能的犹疑（“玻璃”原是她言兹在兹的事业热忱），它本来应该指向某种主体化的反思，从而意味着个人主体的被唤醒；同时，张满贞对于玻璃的特殊职业敏感以及隐隐约约地留恋，也还是被作者体察到了，如八仙桌上那块捡来的凤尾石英石等，从而证明主体原来一直都存在于那里，实际上可能未曾有过一刻的所谓消亡。这些意味着什么呢？如此一来，前文所述“个人与集体之间的矛盾在这一日常生活式亲切和煦的处境当中或许可以不复存在”的景象，原来只是表层的，而未能成为内在的生活真实。从这个意义上来说，小说《张满贞》借助“日常生活”所表达的，跃进时代农村小说尝试征用“个人”或“私事”资源，转用于“集体”或“公事”想象的策略还是归于了失败。一切看起来似乎都简单明了：作为“个人”或者“私事”，张满贞不过是被迫保持了沉默；而作为“集体”或者“公事”，耖田社员、附近村里的堂客以及隔壁龙妈们的具体生活，则始终语焉不详。

---

① 中共湖南省委农村工作部等：《湖南农业合作化纪实》，湖南科学技术出版社 1993 年版，第 453 页。1961 年 1 月，湖南省委常务委员会再度修改《大办农业、大办粮食十大政策》，颁发全省各地贯彻执行。同上书，第 456 页。

1961 年的短篇小说《张满贞》还有一个非常突出的特点，就是周立波式的清新秀逸的乡土风景描写。作家曾表示，“为了熟悉人，对环境的留意，也很重要”。他宣称，在我们创作时，除了社会环境这个大的方面应该注意外，“还应该细察人物活动着的具体的生活环境”，“例如，人物活动地区的地形、地物，房子的构造，衣帽的样式等等，通通都要细密地加以观察”[①]。《周立波评传》也称，读周立波的短篇小说，“常常使人感到有一种朴素、自然之美，宛如万斛清泉，自书页的林石间泻出。这种美，不只是词藻的质朴，而首先是那充溢在整个作品里的浓郁的生活气息和乡土风味，给人一种无比清新、朴实、秀美的感觉。”[②]《张满贞》中比较集中的乡土风景描写有两处：一是公社堂屋里的燕子；二是张满贞去二队时的雨地，都写得灵秀清新，确实展现了周立波的优秀短篇往往以生活见长，而并非以故事取胜的艺术特征[③]。关于小说中那一对可爱的筑巢燕子，当年冯健男曾对此细节描写表达了异常欣喜的心情，这是可以理解的，原因在于《张满贞》里的乡土景致，几乎确实达到了作家自己所说的小说“要有魅惑力”的境界（周立波：《关于小说创作的一些问题》）。在此，小说的田园气息指向了传统乡村文化中人与自然之间的亲切感，追近了某种表现主义的主题；而其牧歌格调也隐喻了传统乡土生活中人与环境的从容理想，同样获得了某种朴素现实主义的永恒意味。它们体现出周立波对于传统乡土空间某些正面意义的转借，是他 20 世纪 50 年代后期及 60 年代初期以来个人风格的突出方面，在《桐花没有开》《禾场上》《山那面人家》《在一个星期天里》《卜春秀》等篇章中，莫不如此。同时，它也接续了作家在 20 世纪 40 年代初期对于“土色土香的东西”的审美信赖[④]。无怪乎他的夫人林蓝回顾称，周立波在民族形式和民族风格上是“用功深而成效著”的（林蓝：《战士与作家——〈周立波文集〉编后记》）。照茅盾的说法，作家正是以连通“民族形式”的方式，逐步建立起了他的个人风格：他“善于吸收旧传统的优点而不受它的拘束”，小说越来越洗练了，“在繁锣密鼓之间，以轻松愉快的笔调写一二小事，亦颇

① 周立波：《关于小说创作的一些问题》，《人民文学》1977 年第 12 期。

② 胡光凡：《周立波评传》，湖南文艺出版社 1986 年版，第 355 页。

③ 同上书，第 342 页。

④ 参见周立波《思想、生活和形式》，（延安）《解放日报》1942 年 6 月 12 日。

幽默可喜”[1]。

不过，早在1942年的《思想、生活和形式》一文中，周立波就表达过他自己对于文学形式与思想内容之间辩证联系的理解。他坦言，文章的能手，常常将内容和形式搞得很调和，使读者既向往于他的内容，同时也吟味着他的形式；但他仍然坚持说，“我们是为了说道理，写生活，去寻找形式的，不是为了形式去寻找形式的。换一句话说，是为了把我们的革命的道理说得更有说服性，把我们的生活写得更能打动人，我们才去摸索好的形式的”，原因在于，“我们……不是形式主义者”[2]。这让我们相信，周立波对于上述民族形式，包括乡土风景的借用，已经不仅是出于相当的自觉，而且在后来越来越讲求严格“党性”立场的年代，其政治化阐释的冲动只会是越来越增强，而绝不可能反向减弱。事实上，这种应对问题的姿态也导致了延安时代作家们作为“小资产阶级”所必须进行的普遍的思想“改造”运动，其方式就是周文所称的“到生活里去”和“走向群众”。这也是整个20世纪40—70年代几乎所有大陆知识分子都曾经遭遇并予以严肃思考的问题。周立波的《思想、生活和形式》一文同属此类。由此我们可以说，1961年《张满贞》里周立波式清新秀逸的乡土风景描写，其实真正的目的在于借用民族形式和民间情感，并将其转化为想象“全新的社会”的某些积极资源，从而避免所谓作者无法应对生活、材料的那种“电线杆子”处境[3]。

关于“风景—政治”的这种理解方式在当年是普泛化的。这在冯健男同年的文章中亦可以得到佐证。在他的阐释里，公社堂屋里辛勤、灵巧地筑巢的“春燕”形象，很平滑地过渡到了主人公张满贞这一人物形象的身

---

① 茅盾：《反映社会主义跃进的时代，推动社会主义时代的跃进》（1960），《争取社会主义文学的更大繁荣》，作家出版社1960年版，第24页。

② 周立波：《思想、生活和形式》（1942），《周立波选集》（第6卷·文学论文），湖南人民出版社1984年版，第216、220页。

③ “我看到好些写文章的同志，到生活里去了，不但去了，而且现在也还在那里，但是他们的思想还是一样的糊涂，立场还是一样不明确，写不出东西。或者可以说，因为没有思想的光辉的照耀，看不见生活里值得上书的东西……有人讥笑这种没有头脑的人说：‘是一根电线杆子，随便插在哪里都是一根电线杆子。’这句话虽然说得重一点，也有些道理，是电线杆子，就是插在生活的原野里，也还是不能在泥土里生根，在露天下开花结实的。”见周立波《思想、生活和形式》，《周立波选集》（第6卷·文学论文），湖南人民出版社1984年版，第214—215页。

上:“等到我把这故事一口气读完，我就更加欢喜起来，因为我感到，这故事中的主要角色张满贞，也就正是这样的一只春燕！真的，这是多么绮丽的、温暖的，带有万事万物的蓬勃生气的形象呵！事实正是这样，春燕飞来，给公社里带来了万事万物的蓬勃的生气。为什么？因为春燕——张满贞是工人阶级，是党的好女儿，她带着党的政策前来支援农业，改造农村。”正是在这样的逻辑里，年轻而诚恳的妇女干部张满贞，才既被描述为社会主义文学中“又一个真实的、闪闪发光的新人形象”，又被比拟为“工人阶级的春燕”和“我们时代的春燕”了①。类似的过渡也见于宋爽的《张满贞》(1961)一文②。从上述两篇文章，可以明显看出同时期小说阐释里出现的从“春燕”到“张满贞”再到“对新生活的多彩的想象”的联喻过程。可见，无论在作者还是在批评者那里，当年《张满贞》一类小说清新的乡土风景描写，其真实担当的，首先是一种审美化的功能，它指向对于“大跃进”时期“全新的社会”或“全新的时代”的积极想象。一种原本物质性的景物描绘就此被赋予了政治化的“意义”。对于这一过程，当年茅盾的报告《反映社会主义跃进的时代，推动社会主义时代的跃进》，曾有过一段相当明白的申辩：

> 现在颇有些人以为清风明月，花草鸟兽等题材无所谓思想性，我看未必然。这些属于自然界景色的题材有没有思想性，要看作者如何处理。蝶戏花丛，翩翩多姿，固然可以悦目忘劳，但何如鹰击长空，不但悦目忘劳，还令人心胸开阔，精神振发？斜阳、古道、寒鸦，使人有穷途衰飒之感，而旭日、洪波、海燕，却引起我们的昂扬慷慨的情绪。这些不是思想性么？作家为什么对此一自然景色有偏爱，而对彼一自然景色无动于衷？还不是和他的思想意识有关系？归根到底，以“小摆设”或自然景色作为自己的“专业”的艺术家们也不能不有进步的世界观。没有进步的世界观，“小摆设”和自然景色的圈子

---

① 冯健男:《春燕礼赞——读〈张满贞〉》(1961),《作家论集》,花山文艺出版社1984年版,第237、242页。

② 宋爽:《张满贞》(1961),李华盛、胡光凡:《周立波研究资料》,知识产权出版社2010年版,第502—503页。

里也会出乱子的。[①]

由于艺术家们一向被默认为是容易脱离群众的"小资产阶级"，也由于当年的"美好生活"其实尚未真正来临，茅盾的说法也表明，要使以"自然景色"为中介的"艺术家—进步世界观"两端产生稳固的正向关系，就必须让他们在深入生活以及具体写作的方式上有所偏至，也有所规避，否则就可能遭遇直接的创作困境。因此，当年像《张满贞》这样的作品的诞生，通常都可能得益于背后两种有力的支持。其一，是当时普遍实行的作家下乡制度。1952 年 3 月全国文联组织过一次全国性的文艺工作者下乡、下厂、下连队"体验生活"的活动。9 个月后的 1952 年冬，又组织了第二批（此次周立波也参加了），胡乔木还作了报告，报告强调了这一活动与党的文艺思想之间的直接联系。作为组织方的全国文联以及胡的报告，也许很能说明这种作家"下生活"活动与艺术家"改造"世界观之间的联系。1955 年农业合作化时期延续了这种做法，"大跃进"时代更发展成为各种文艺机构和组织的经常性工作。1957 年 12 月 10 日，中共中央批转了中央宣传部《关于作家下乡下厂问题的报告》，对这一问题作了比较详尽的制度规定。事实上，1953 年至 1963 年，文联所做的主要工作之一就是"组织文艺家深入生活、参观学习"。"十七年"期间，几乎所有作家都曾有过在组织的安排下深入生活的经历，这已是众所周知[②]。其二，是 20 世纪 50 年代末以来出现的"革命现实主义与革命浪漫主义相结合"的创作方法。关于这一创作方法，茅盾在前述报告里曾做过一些详细而特殊的辨析，并宣称，作家"准确、鲜明、生动地而又比现实提高一步地表现了我们这一代的生龙活虎的人物，移山填海的干劲，补天射日的气魄"[③]。显然，茅盾的表述与 1958 年 7 月陈伯达的《全新的社会，全新的

① 茅盾：《反映社会主义跃进的时代，推动社会主义时代的跃进》，《争取社会主义文学的更大繁荣》，作家出版社 1960 年版，第 54—55 页。

② 参见《中央宣传部关于作家下乡下厂问题的报告》（1957 年 11 月 16 日），中共中央宣传部办公厅、中央档案馆编研部编：《中国共产党宣传工作文献选编：1957—1992》，学习出版社 1996 年版，第 64—66 页；朱晓进等《非文学的世纪：20 世纪中国文学与政治文化关系史论》，南京师范大学出版社 2004 年版，第 276—277 页。

③ 茅盾：《反映社会主义跃进的时代，推动社会主义时代的跃进》，《争取社会主义文学的更大繁荣》，作家出版社 1960 年版，第 43—44 页。

人》，其内涵和气质看起来都是如此地相近；而相应的所要求的“器宇轩昂，金声玉振”品质的艺术形式，又与《李双双小传》《张满贞》等读起来清明秀逸的作品又何其相似。由此也说明，当年将“自然界景色”或者“个人”“私事”等日常生活内容延入“全新的社会”以及“新人”的想象，正是源于一种系列地捆绑在一起的结构性认识。

然而事实上，无论是小说《张满贞》的清新的乡土风景，还是它的激越的革命浪漫主义精神，其实与当时具体的历史现实，还是有着相当的距离的。中国作协 1962 年 8 月末到 9 月末在北京举办的第三期作家轮训班上，由于实行了“三不主义”（即不抓辫子，不扣帽子，不打棍子），周立波曾坦诚地谈过自己当时反复思考的一些问题，对“高级化”“公社化”“食堂化”都提出了一定的批评，并且称，“全民炼钢，把森林都砍光了，‘竭泽而渔’，造成水土流失，引起‘连锁反应’……”1962 年冬，周立波再度回到益阳县邓石桥清溪村时，“山林被破坏得很厉害，社员们连烧柴也有困难”，这一事实在众多谈到他捐款为家乡种植果树的回忆中曾为大家所熟知①。而说到当时农民的具体生活，1962 年 5 月，湖南省委曾向中央、中南局写了《关于恢复和发展农业生产问题的报告》。该《报告》称：“……由于 3 年来连续的自然灾害和工作中的缺点、错误”，1961 年各项主要农副产品的产量，和 1957 年比较，“粮食总产量减少 29%，比 1950 年的水平还低，棉花产量减少 29.8%；食用植物油减少 58.1%，油茶林面积减少 23%；生猪存栏量减少 57.3%，比 1949 年还少 90000 头”。农民口粮水平大幅度下降，征购任务过重，1957 年农民口粮每人平均约 245 公斤，1959 年约 205 公斤，“1960 年和 1961 年农民平均口粮均在 175 公斤以下，比 1957 年减少 4 个月的口粮；农民体质不好，生产积极性受到很大挫伤。”1961 年与 1957 年比较，耕地总面积减少 7%，耕牛总数减少了 16%；“全省森林覆盖率 1957 年为 30%左右，现在大约只有 16%左右。”② 由此不难推想，发表于 1961 年

---

① 胡光凡：《周立波评传》，湖南文艺出版社 1986 年版，第 375、378 页。

② 中共湖南省委农村工作部等：《湖南农业合作化纪实》，湖南科学技术出版社 1993 年版，第 470—471 页。如前所述，湖南状况只是全国同时期状况的一个代表，可参见［美］R. 麦克法夸尔、费正清编《剑桥中华人民共和国史·上卷·革命的中国的兴起（1949—1965）》，谢亮生等译，中国社会科学出版社 1990 年版，第 338—339、341、343、358 页；等等。

10月的小说《张满贞》里，冯健男所称的"春燕飞来，给公社里带来了万事万物的蓬勃的生气"，原本可能是怎样的风景；也不难想象，宋爽所说的"清新的情趣""隽永的新生活的芬芳"，对于小说中的农民们又意味着怎样的实际生活。或许，比起公社堂屋里那一双可爱的燕子，隔壁龙妈的小孙子失手打碎的玻璃杯所引起的痛惜，以及那一顿四岁孩子本不堪承受的责打，透露了更多关于什么是"日常生活"的真实内涵。小说的叙述与现实生活的这种距离，可能确实隐喻着一种难以被人为操控的繁复纷乱的生活逻辑被舍弃了。相应地，其文学讲述难免也就面临着"凌空飞去"的危险。

1957年年末以后的"跃进"中国，曾被陈伯达代表性地称誉为"全新的社会"，到处可见"全新的人"。周立波1961年10月的短篇小说《张满贞》，也以文学的方式参与了这场激情豪迈的想象。但是偏至选择后的小说叙述，难免相当程度上脱离了与历史之间的互文关系，而实际上被空洞化了。我们已经无法苛责历史，更不能苛责作家本人。甚至可以说，我们对于当年前辈们充满理想主义气息的勤恳、无畏与创造，理应保持一份由衷的敬佩之情。我们所期待追问的，乃在于原先的"全新的社会"和"全新的人"的积极想象，在它们业已征用了纯美的民族形式和民间情感，包括温馨真切的日常生活以后，缘何最后还是没能导向对于农民命运的"善"的变革①？这从理想到现实的奋力一跃，到底是因为什么而骤然跌落？其中的部分反思或许在于：在这个我们热心建构的"集体"里，不能是无主体的日常生活，也不能是无主体间性的"全新的社会"的想象。当然，好在新人"张满贞"仍然是张满贞本人，她刚强、温和又充满热忱，发乎天性并且细致入微地关心着他人的普通生活，这一朴素美好的人物形象仍然是各种未来想象的初始之基。自然，这其中也包含着想象更好"日常生活"的真实可能。

---

① 周立波称，要争取"用人们的行动和动作，用环境的反映来描绘静态的'美'和生活的'真'，以宣扬当时的'善'"。周立波：《关于小说创作的一些问题》，《周立波选集》（第6卷·文学论文），湖南人民出版社1984年版，第510页。

第三节　《“老坚决”外传》(1962)中乡村空间与精英的再历史化

1958年及1960年中国的两次“大跃进”运动，给当时的农村和农民造成了极大的损害，也使得当年的浪漫主义激情想象遭遇了重挫。随后，在经济领域出现了八字方针、“十二条”“农业六十条”（包括草案和修正草案），并最终于1962年年初将农村的基本核算单位下放到了生产小队[①]。危机的局势也促成此前知识分子的暴烈的改造运动，转变为“神仙会”式“和风细雨”的自我改造[②]。然而，“大跃进”作为革命浪漫主义隐喻的失利与退却，绝不只是一个经济事件，而是转而全面性地引起了文化乃至历史精神上的某些深刻的变化。1961年以后的一些文章或者发言开始出现了不一样的声音。如细言的《有关茹志鹃作品的几个问题——在一个座谈会上的发言》，茅盾的《致胡万春》的信，邓拓的“三家村札记”专栏中的部分杂文等[③]。巴金在他的《作家的勇气和责任心——在上海市文学艺术工作者第二次代表大会上的发言》（1962年5月）中，反复提到了作家原先的“顾虑”，以及“真理”和“坚持真理”等说法[④]。影响更大的可能是邵荃麟的《在大连“农村题材短篇小说创作座谈会”上的讲话》（1962年8月），其中再度出现了新中国文学史上被反复争鸣的“真实”一词，并四次提及对于跃进时代“两结合”创作方法的新的阐释[⑤]。作家们甚至更

① 参见1960年11月《中共中央关于农村人民公社当前政策问题的紧急指示信》（简称“十二条”）；1961年3月《农村人民公社工作条例（草案）》（即“农业六十条”）；《中共中央关于改变农村人民公社基本核算单位问题的指示》（1962年2月13日）；《农村人民公社工作条例修正草案》（1962年9月27日）等。

② 刘国钧：《“神仙会”促进了知识分子的自我改造》，《人民日报》1961年5月16日。这种转变也缘于周恩来和陈毅同时期的几次重要讲话。

③ 细言：《有关茹志鹃作品的几个问题——在一个座谈会上的发言》，《文艺报》1961年第7期；茅盾：《致胡万春》，《文汇报》1962年5月20日；邓拓部分杂文，参见吴南星《三家村札记》，生活·读书·新知三联书店1966年版，其中的作品发表于1961年10月至1964年7月之间。

④ 巴金：《作家的勇气和责任心——在上海市文学艺术工作者第二次代表大会上的发言》，《上海文学》1962年第5期。

⑤ 邵荃麟：《在大连“农村题材短篇小说创作座谈会”上的讲话》，洪子诚：《二十世纪中国小说理论资料》（第5卷），北京大学出版社1997年版，第425—438页。

早就表达了个人的某些思索，出现了欧阳山的《乡下奇人》、赵树理的《实干家潘永福》、西戎的《赖大嫂》、张庆田的《“老坚决”外传》等作品。这些都是风格朴实之作。那么，在新的并且后来被证明是暧昧复杂的语境之下，这些作家的作品如何承载了邵荃麟称之为“现实主义深化”的艺术努力？那个跃进时期在小说中往往被纯化的乡村空间，将会怎样被重新叙述？那些被毛泽东、陈伯达称为“敢想敢说敢做”的跃进“新人”，在“真实性”的视野下，将会演变成怎样的农民人物，他们的身上又将叠印着哪些冲折争夺的想象呢？这些问题，因其与中国农民前尘后事的历史化命运休戚相关，值得我们引以关注。

1962年7月号的《河北文学》发表了作家张庆田的短篇小说《“老坚决”外传》。这篇作品因为当年被邵荃麟《在大连“农村题材短篇小说创作座谈会”上的讲话》和茅盾《读〈老坚决外传〉等三篇作品的笔记》（1962年11月）所分析而显然有些特别的意义。小说第一节《为什么叫“老坚决”?》开篇，非常类似中国古代文言小说中的“某生体”，预示了小说并不急于像此前一些描述“全新的社会，全新的人”的作品那样，专心偏重于指向未来的浪漫主义想象，而是转而指向了过去一板一眼的旧事。尤其是，这些旧事甚至采用了看似非常笨拙的编年的叙述方式：从1941年甄仁冒死反抗日本人的屠杀并组织“抗日救国，保家复仇大队”，经1942年、1944年①、1945年、1949年、1949年末、1952年、1954年、1956年，直到1958年联村高级社上升为人民公社，甄仁“被选做人民代表”。小说令人惊讶地使用了近全篇四分之一的文字追溯了主人公“老坚决”名字的由来，以至于读者对这部分的阅读耐心隐隐有被耗竭之感。这种写法似乎映现了作家正面对着某种诠释的焦虑——一个“英雄人物”（“老坚决”之谓），他将如何被重新阐释和证明其正当性？这也表明了“新人”概念在当时的分裂，它不仅涉及了当年的“定型的人物”和“成长中的人物”的区别问题②，也显然与后来所谓

① 据小说内容：“一九四二年……一年三百六十天，三年如一日，终于困走了鬼子……”后文出现“一九四五年，日本鬼子投降了，万民欢腾”，参以小说中“边区政府”及“边区召开的群英大会”等史实，可知这里说的是1944年的情形。

② 细言：《有关茹志鹃作品的几个问题——在一个座谈会上的发言》（1961），洪子诚：《二十世纪中国小说理论资料》（第5卷），北京大学出版社1997年版，第397—398页。

“中间人物”“转变人物”以及“落后人物”的话题有关[①]。小说随后的叙述确实佐证了这一点：一方面，“‘老坚决’的名字越来越响亮了”；另一方面，“可是，近几年来，老坚决这个代号却有了不同的含意，有些人把它和老保守、老顽固、老……联在一起”。由此，作家“为了辨明是非”，只好仔细地做一番调查研究了，于是，小说走向了让人觉得趋近客观的“调查记录”文体。

正是通过“调查记录”这种看似更加接近现实主义“真实”的文体形式，小说同时走向了世事人情的传统乡村空间，虽然曾经在“大跃进”时代的小说中往往被纯化或缩减了。小说不仅写到了甄仁妻子、儿子小娃、儿媳凤英以及普通界南村（“新村”）村民对于“老坚决”的满腔钦敬，而且在20世纪60年代初，还较早地写到了乡村熟人社会的识人方式：书面语的“甄仁”没人知道，口语化的“老坚决”，却谁都晓得，这正是乡村里寻常熟见的情形。进一步说，这个乡村空间之所以被我们辨识，不只是因为它包含了费孝通《乡土中国》中地方社会的形式特征，更因为他们所构成的还是一个历史赓续的“命运共在”群体。这也是“乡村社会”的实质含义。特别是关于“粮食”这一共同命运象征物的叙述，在小说中再三再四地被重复，显得十分引人注目。或许，在当时许多批评家都在为辨析“真实”的抽象意义而陷入纷乱的争鸣时[②]，将它折换成国家、集体、个人之间的权利“计算”，也可以当否算是一个比较切实可行的考察角度吧，对于农村和农民题材来说，这就是当年的文学思潮提倡“真实”或者“现实主义深化”背后极为重要的含义之一。换句话说，“粮食”的故事不仅是小说《“老坚决”外传》情节发展的推动力，它更是当年农村和农民命运的一个“真实”或者“现实主义”的隐喻。

20世纪40年代到60年代初的甄仁的“传记”，也印证了茅盾当年以《赖大嫂》为例说过的一段话：过去广大农民在党的领导之下作战，

① “‘四人帮’批了‘中间人物’论多少年，企图为‘中间人物’和‘转变人物’划界限，实际上他们并没有说清楚到底什么是‘中间人物’，什么是‘转变人物’，什么是‘落后人物’。”见刘哲《实事求是地看待文艺作品——重新评价〈“老坚决”外传〉等作品》(1979)，《无名评论》，花山文艺出版社1986年版，第183页。

② 参见吴义勤《写真实·真实性》，洪子诚、孟繁华：《当代文学关键词》，广西师范大学出版社2002年版，第260—271页。

目标是翻身，而翻身是国家利益和个人利益统一起来的；“但在农民，最吸引他的是个人利益，分土地。大跃进时期农民的干劲是真实的出于自愿的（例如修水利、深耕密植等），可是他们干劲之高也由于想改善生活……”[①] 类似的话，1955 年的赵树理就已经讲过[②]。因此并不奇怪，正是以与村民共享命运的方式，即依托敢于冒死、武装斗争的“翻身”故事，甄仁不仅受到界南村村民的自然拥戴，而且 1944 年被选派出席了边区政府召开的群英大会，成长为中共政治权力与底层农民之间的新式乡村精英。自然，甄仁的这种乡村权威的身份从合作化一直到人民公社成立都被延续了下来。从 1944 年到 1958 年，甄仁担任基层农村干部时的“政党（国家）—集体—个人”的利益关系，大致维持了某种程度的平衡，由此，新式乡村权威的“村支书”甄仁也越来越赢得了村民的信赖。也就是说，除了前述的形式特征，地方社群“命运共在”的方式更使得甄仁和他的界南村一起，成为一个相对独立的乡村空间的单元。这在小说中有诸多的表现，例如，檀木老头的那番“牛车闲谈”就显得尤其意味深长[③]。闲谈中作为起兴的梆子腔“自古忠臣不怕死，哪个怕死不为忠”，已然暗喻了甄仁就是同时期赵树理等人褒扬过的“对‘五风’顶得住的干部”[④]。1962 年的“后跃进”时刻，这位发须眉皆白的农村老汉已经不愿意称甄仁为“支书”了，而更愿意以乡村伦理社会的亲密意味唤他作“小仁子”。路旁几辈子没有过的“好庄稼”，正是老人谈兴的由来。

回顾起来，当年生死攸关的粮食问题对于包括“新村”（“界南村”）在内的全国农民命运的影响，是无论进行怎样夸张的描述都不为过的。1958 年各地频出的农业高产“卫星”，曾误导中共高层领导相信全国粮食问题已经解决，出现了 12 月八届六中全会公报上公布的 3.75 亿公吨的粮

---

① 茅盾:《读〈“老坚决”外传〉等三篇作品的笔记》(1962),《茅盾全集·第二十六卷·中国文论九集》，人民文学出版社 1996 年版，第 422 页。原载于《文艺研究》1981 年第 2 期。

② 赵树理:《〈三里湾〉写作前后》(1955),《赵树理文集》（第 4 卷），人民文学出版社 2005 年版，第 113—114 页。

③ 张庆田:《“老坚决”外传》，《人民文学》编辑部:《短篇小说选（1949—1979）》（五），人民文学出版社 1979 年版，第 259—260 页。

④ 赵树理:《在大连“农村题材短篇小说创作座谈会”上的讲话》(1962),《赵树理文集》（第 4 卷），人民文学出版社 2005 年版，第 258 页。

食产量数字，它是1957年产量的两倍[①]。这个虚构性的结论随后带来了一系列的严峻后果：首先是粮食耕种面积的缩减（《关于人民公社若干问题的决议》，1958年12月），1959年总产量也因而大幅下挫，跌到了1954年的水平。其次是“大办”工业所需的高积累率[②]。而这种高积累，当年“国家在很大程度上是靠从农民那里增收谷物、蔬菜和纤维作物以支持这种努力”的[③]，换句话说，即主要源于对农业的高征购和产品价格剪刀差。再次是城镇人口的激增。1959年度的粮食征购高达年产量的39.6%，1960年亦征购了年产量的35.7%。结果，全国农村状况变得异常糟糕起来，由于“粮食的极度匮乏，营养的不足，加上劳累过度，从1959年下半年起，全国农村出现了严重的人口外逃、浮肿病和非正常死亡”[④]。这是尚未完全过去的关于“粮食”的故事。“一九六二年……我们国家正处在连续三年自然灾害所造成的暂时困难中”的说法，在后来批评《“老坚决”外传》的文章里也常常被提及[⑤]。由此不难知道，对于“新村”农民来说意味着最后生存凭靠的粮食，在“跃进”时代和20世纪60年代初遭遇到“瞎指挥风”等危险时，到底意味着什么。“小牛车咯噔咯噔的响着，檀木老头不言语了”，在那段显得有些漫长的沉默里，檀木老头都想到了些什么呢？这位高龄的老汉，或许一生都生活在这个小小的界南村里，中国的“乡土社会并不是一个富于抵抗能力的组织”[⑥]，而他正是《乡土中国》里谈到的代表着乡村生活传统和经验的“长者”，所以他极有可能是浮想了许许多多耳闻亲见的界南村等农民命运的故事和历史。农

---

① 事实上，“当年（1958）粮食只比1957年增产495万吨”而已。罗平汉：《农村人民公社史》，福建人民出版社2006年版，第125页。当年由于“统计制度已坏到不可能有任何信心地去了解实际产量的水平”，据彭德怀称，还是“毛泽东亲自作出了宣布3.75亿公吨数字的决定”。[美]麦克法夸尔、费正清：《剑桥中华人民共和国史·上卷·革命的中国的兴起（1949—1965）》，谢亮生等译，中国社会科学出版社1990年版，第347—348页。关于同时期“统计制度普遍混乱”的简要原因，参见同上书，第335页。

② 罗平汉：《农村人民公社史》，福建人民出版社2006年版，第191页。

③ [美]麦克法夸尔、费正清：《剑桥中华人民共和国史·上卷·革命的中国的兴起（1949—1965）》，谢亮生等译，中国社会科学出版社1990年版，第349—350页。

④ 罗平汉：《农村人民公社史》，福建人民出版社2006年版，第196页。

⑤ 如王惠云、何小庭、苏庆昌：《两篇歪曲党的领导的小说——批判张庆田同志的〈“老坚决”外传〉和〈对手〉》，《河北文学》1965年2月号；吴泰昌：《〈对手〉写了什么样的“英雄”》，《河北文学》1964年12月号，原载《文艺报》1964年第10期，等等。

⑥ 费孝通：《乡土中国·生育制度》，第62页。《乡土中国》初版于1947年。

民的沉痛，在此隐约可见。

毫无疑问，作家张庆田在《“老坚决”外传》里描述的这个父严母慈、子媳孝悌、尊者可恃、众者信赖、长者多识的界南村，至少从表面来看，是非常类似于费孝通在《乡土中国》里谈到的乡土社会了。然而，就20世纪60年代初人民国家复杂的政治、经济等情势来说，这个地方社会却已经无法继续保持其相对纯粹的乡土空间的各种特征了，而是更多地表现为一种混杂的、更近于20世纪90年代以来陈思和等表达的“民间”形态。如果将1962年的《“老坚决”外传》，和1956年的《“老坚决”的路走对了》（通讯），1979年的《“老坚决”新传》《“老坚决”列传》《〈老坚决集〉小序——兼答××同志》《老坚决集·后记》等与之有明显互文关系的其他文本联系起来看①，这一点将更加明显。在《“老坚决”外传》里，与作者将甄仁的乡村影响力尽可能地归置于传统的伦理化空间不同的是，我们注意到，小说很隐晦地通过甄仁妻子“坚决婶”之口，评价了那位瞎指挥和蛮干的公社书记王大炮。但事实上，就是这个王大炮，却在同时期“当了农村工作部长啦”。那位县农村工作部的小刘，不仅大肆抱怨甄仁抗拒公社推行的所谓“篱笆化”“绞关化”“大搞滚珠轴承”“搞手摇水车”等各种实际离谱的运动，甚至直接到村里召集青年劳力干预劳动生产。而他们正是领导着农村农业生产的县社干部。对比赵树理在《公社应该如何领导农业生产之我见》中曾批评过的，“有些具体领导农业生产的同志们，管得多了一点”，以及“公社干部……不要以政权那个身份在人家做计划的时候提出种植作物种类、亩数、总产等类似规定性的建议，也不要以政权那个身份代替人家全体社员大会对人家的计划草案作最后的审查批准”等诤言②，岂不让人为界南村的农业生产（主要为粮食和

① 张庆田：《“老坚决”的路走对了》，《平原花朵》，新文艺出版社1956年版，第33—37页。此通讯中“村支部书记王大刚”在1954年（据通讯内容推知——引者）冬办了一个仅有三户、“二十五亩地，一头牛，一辆车，半辆水车，连妇女共有五个整劳力”的“火花”社，并因而得名“老坚决”。《平原花朵·后记》（1956）称：“这几篇通讯、报告和散文，都是以河北省晋县周家庄为背景，反映一九五四年至一九五五年农村合作运动的。前几篇都是真人真事，后几篇是以真人真事为基础，只是将人物的姓名改换了一下。”同上书，第46页。《“老坚决”新传》《“老坚决”列传》《〈老坚决集〉小序——兼答××同志》《老坚决集·后记》，见张庆田：《老坚决集》，河北人民出版社1980年版。

② 赵树理：《公社应该如何领导农业生产之我见》（1959），《赵树理全集》（第5卷），大众文艺出版社2006年版，第348、349页。

棉花，即“饱”和“温”之靠）而悬心？显然，这个乡村空间遭受了强势主流话语的闯入和切割，从而使得它原有的相对温和有序的伦理格局被迫转化为一种低调、破碎的“民间”形态。作者张庆田后来曾经回忆了这种混杂的“国家—乡土”空间的历史面影：

> 《“老坚决”外传》写于一九六二年，但孕育在一九五六年。一九五六年我发过一篇通讯，题目叫做《“老坚决”的路走对了》。我从一九五二年到一九六〇年，长期在一个村蹲点，经历了从二十户的初级社到一千六百户的高级社和万户的人民公社。既参加了大跃进运动，对“五风”也有亲身的感受，有些情节都是来自实事。如篱笆化，绞关化，插黑旗……对于这些事情我当时也不十分清醒，我当时还是县委农村工作部副部长，王大炮的影子也有自己的影子。直到一九六〇年和一九六一年，我到一个地区参加整风整社，对“五风”的危害才有了深刻的体会。由于高征购，这个地区打下粮食来不进家就交了公粮，农民没有粮食吃，啃地里的青玉米，吃生豌豆花；由于盲目施工，在兴修水利时，破坏了生产力，造成了当地没有隔宿之粮的景况。当时，上级每天用汽车往回运返销粮，派来医疗队昼夜抢救病号；我们的工作队员，男的浮肿，女的闭经……回到机关，又住了一期党校，对“五风”的危害，才有了更深刻的认识……①

细心的读者可以看出，不仅“从二十户的初级社到一千六百户的高级社和万户的人民公社”的这个原蹲点村，与《“老坚决”外传》里的“界南村”几乎完全一致，而且篱笆化、绞关化、插黑旗、县委农村工作部副部长、“五风”等细节也都与之基本相同。而事实上，乡土社会原有的伦理格局被迫转化为低调、破碎的姿态，对于界南村的村民来说并不只是一个关于粮食或者生存的事件，同时更是一个事关道德善恶的意义事件。小说最终的裁决，在“坚决婶”让儿媳寄来的信中透露了鼓舞之情：“……一块石头落了地，省委书记非常同意俺爹的意见。俺们的新村，原样不动，

---

① 张庆田：《〈老坚决集〉小序——兼答××同志》（1979），《老坚决集》，河北人民出版社1980年版，第2页。

坚决前进”，而王大炮“自动要求去党校学习去了”。小说在这里显然借助了1962年“后跃进”时期相对宽松的语境所造成的某些信赖与期待。但是在1964年风气骤然紧张以及张庆田的《“老坚决”外传》《对手》遭受批判之后，更多的民间化善恶正邪的现象杂然出现了：一方面，作家与小说主人公原型的“老坚决”均被打倒，后者成为“反党的‘老坚决’”①，前者成为走资派②，险些被活埋；另一方面，“老坚决”被关，贫下中农偷偷给他在地上铺上棉絮，晚上给他站岗，甚至有人打着批判他的名义，让他讲办社的经验，以至于“群众运动”差不多成了“运动群众”……显然，界南村（或“黑旗庄”）此时的空间既不是乡土化的“礼治秩序”，也不是现代性的科层结构，它是受了另一种强势话语的暴力侵入和干扰才成为了这样的“民间”形态。这些正是《“老坚决”外传》的续篇《“老坚决”新传》所叙述的故事。这个故事在其后的《“老坚决”列传》里还在继续发展，但这个原本的乡村空间仍然显得驳杂而暗淡。它们成为张庆田1962年《“老坚决”外传》的两个与之对立的“注解”——换句话说，它们消解了前者的乐观结局，从而使得那个篇末的“裁决”仅成为一个良好或短暂的愿景而已。但是，真正厚重的历史化格调正从这里升起：为了在新的语境下重新阐释和证明这个“英雄人物”的合法性，作家转向了传统的乡村空间和乡村精英的叙事；然而时代复杂的湍流在后来却证明，这种相对单纯的传统阐释系统已经难以简单地重返了。

至此，上述讨论可能也让另一个比较深层的问题凸显了出来：20世纪60年代初期界南村的“国家—乡土”空间里，国家意志到底扮演了什么样的超级主体？我们在小说中多次看到，界南村农业生产中存在着两种尖锐对立的准则系统：一是按“上级命令”办事（或“按政策办事”），二是“按老规程办事”——前者是公社书记王大炮和县农村工作部小刘口中威吓群众的“重器”，如王大炮称：“这是上级的政策呀！你怀疑吗？”后者则是“老坚决”和界南村村民保证正常生产的淳朴经验，如甄仁说：“你们听我的，按老规程办事，场里不丢一颗粮，棉花不丢一根‘眼睫

① 王惠云、何小庭、苏庆昌：《两篇歪曲党的领导的小说——批判张庆田同志的〈“老坚决”外传〉和〈对手〉》，《河北文学》1965年2月号。

② 张峻：《坦荡文坛说庆田》，《散文百家》2007年第7期。

毛’，回家睡觉去吧！”因为这两种应予遵循的准则系统不同，县社干部和基层群众对合理劳动的观念当然也就有差异。类似的巨大差异，在《“老坚决”外传》续篇的《“老坚决”新传》《“老坚决”列传》中同样高频次地出现。出现这种差别的因由，赵树理曾在《公社应该如何领导农业生产之我见》（1959）中婉曲地谈到过，“倒不是认为公社干部的能力不及管理区，而是公社对管理区的一切生产条件，不像各该管理区自己那样熟悉，又因为不依靠在那一个管理区分红来维持生活，所以在生活上的需要又不像他们自己的感觉敏锐……”① 但是在“集体”威权至上的年代，群众往往被迫陷入沉默，其结果，就发生了1959年7月彭德怀在庐山会议上发言时所称的情形：“无产阶级专政以后容易犯官僚主义……因为党的威信提高，群众信任，因此行政命令多”；“与人民利益一致的事情，我们可以做到，如除四害；但与人民利益相违背的事，如砸锅，在一定的时候也可以做到，因为党在群众中的威信高”②。正是缘于这样的情势，即便性情刚烈的“老坚决”，遇到王大炮或者小刘的要不要按“上级命令”或“按政策办事”的责问时，他也从不敢正面予以回答。小说中界南村被评为黑旗后甄仁的愤懑之情③，就是最典型的一例。

这个场景曾在后来的《“老坚决”新传》中分解成了两个类似的细节：“说梦话”和向党中央写信④。但有意思的是，无论是1962年的《外传》还是1979年的《新传》，这个向上级写信的举动最后都没有能够完成。“扯过一张纸来，一按，铅笔折了”，看似偶然，实则更像是一个巧妙的妥协：如果这次向上级的“反映”果然成功了，后面的故事将如何继续叙述下去？当年邵荃麟就说过，《“老坚决”外传》讲的是“领导与被领导”的问题，并称当时已经“怕写领导”，“不敢碰”⑤。后来作家张庆田

---

① 赵树理：《公社应该如何领导农业生产之我见》，《赵树理全集》（第5卷），大众文艺出版社2006年版，第349页。一般来说，“管理区”是人民公社体制中“大队”的早期称呼。

② 吕廷煜、韩莺红：《中华人民共和国历史纪实·艰难探索（1956—1958）》，红旗出版社1994年版，第180页。

③ 张庆田：《“老坚决”外传》，《短篇小说选（1949—1979）》（五），人民文学出版社1979年版，第265—266页。

④ 《“老坚决”新传》（1979），《老坚决集》，河北人民出版社1980年版，第40、45页。

⑤ 邵荃麟《在大连“农村题材短篇小说创作座谈会”上的讲话》：“《老坚决外传》就写了领导与被领导的问题。1957年写得多，后来反过来怕写领导，又不敢碰。”洪子诚：《二十世纪中国小说理论资料》（第5卷），北京大学出版社1997年版，第428页。

被打倒，批判《"老坚决"外传》的文章也多认为这篇小说"严重地歪曲了我们的社会主义现实，尤其严重地歪曲了党的领导"[①]。可见，在那个激进的时代，对于如何反映党的"领导"作用问题，成为作家们一个心照不宣的"禁忌"。作者张庆田也不例外，他在后来回顾这篇小说的创作时说道，"一九六二年……我重新到以前蹲点的那个村庄去了一趟，很快就写出了《'老坚决'外传》。写好后，曾寄给侯金镜同志，并附了一封短信，大意是：'这篇东西是受了你的启示写成的，你看是不是到了边缘？'他回信给予鼓励，大意是：'没有问题，又有六十条为据。'"[②] 对于这一话题，当年茅盾的《读〈老坚决外传〉等三篇作品的笔记》，可算是谈得最有意味的：

> A."外传"是一篇好小说，但是看了以后不能过瘾。作者没有（也许是还不敢）挖掘到问题的深处，而且触及的问题也有不是主要的（例如"美化"小麦，篱笆化），因而，人物的性格描写（造成老坚决之所以为老坚决，王大炮之所以为王大炮之思想根源），也没有达到应有的深度，其结果缩小了作品的思想教育作用。
>
> 作者点出了王大炮是"主观"的，但是，王大炮的缺点还不在仅仅"主观"，或者可以说，这样一个大炮的缺点在主观以外应当还有其他，也就是，王大炮的性格应当还要复杂些，然而作者没有这样写，此与他对问题之不敢深挖有关……
>
> D.投鼠忌器问题：鼠可以指人（王大炮这样的人），也可以指事（五风）。而且鼠有大小，而小鼠之后有大鼠撑腰，故投鼠，亦非简单。器可以指社会主义制度，也可以指党。投鼠不中而伤器，这是极不应该的（意在投器的别有用心者，不与同例）；如何能击中老鼠而不伤器，且使器之光辉更加发扬，这就有赖于作者之思想水平、政策

---

① 王惠云、何小庭、苏庆昌：《两篇歪曲党的领导的小说——批判张庆田同志的〈"老坚决"外传〉和〈对手〉》，《河北文学》1965年2月号。没有很好地"体现党的正确领导"同样也是张庆田的小说《对手》遭受批判的主要原因，参见吴泰昌《〈对手〉写了什么样的"英雄"》，《河北文学》1964年12月号。

② 张庆田：《〈老坚决集〉小序——兼答××同志》，《老坚决集》，河北人民出版社1980年版，第2页。

水平、分析综合能力、以至写作的技巧了。[①]

作家张庆田虽然对于甄仁这一人物形象的赞扬非常明显，但是对于王大炮的批评，应该说表面上还算克制；不过，小说第五节《“老坚决”舌战“王大炮”》里两段对比意味十分强烈的人物形象描写，还是流露了他对后者的嫌厌。然而，担心碰触“边缘”的作者，除此而外他还能如何去“挖掘到问题的深处”？王大炮的缺点诚然不仅仅在于“主观”，但除了坚决婶在小说中再三婉曲地称其“人不赖，就是太主观”，作者又如何去挖掘“王大炮之所以为王大炮之思想根源”？或许同样因为这些问题，邵荃麟才批评这篇小说“缺点是人物性格单纯化”，“人物在作品中提出问题到解决问题很快，没有反映出人物性格的复杂性”[②]。茅盾在上述文章中将这一难题相当贴切地概括为“投鼠忌器问题”，但无论如何，当年在“党—政策—县社干部”这样令人纠结的关系里，“鼠”“器”之辨总是一个敏感、艰难而又危险的任务。结果，当然甄仁“向上级反映”的信就无法写成，第二天一清早，“他蹑手蹑脚地起来，悄悄地挂上了那面红旗，又到队上去了”。也就是说，为村民利益的“老坚决”面对执行上级“政策”的王大炮及其瞎指挥给农业生产带来的损害，采取了“不问，不说”的主动忘却对策。这就是大连“农村题材短篇小说创作座谈会”上，茅盾和赵树理都认为这篇小说“投鼠没有伤器”的由来[③]。然而，即便作者采取了这样谨慎而且周全的表现方式，后来这篇作品和作者本人的厄运，仍然还是因所谓“伤器”而来，如被认为“严重地歪曲了我们的社会主义现实，尤其严重地歪曲了党的领导”，等等。这证明了前述“禁忌”在当年的巨大的精神笼罩性和威压感，也证明了“老坚决”这一“英雄人物”形象是国家意志、农村现实和作家情感之间的妥协产物——也就是说，“老坚决”甄仁的身上同时叠印了源自国家（“集体”主义与“党的领

---

① 茅盾：《读〈老坚决外传〉等三篇作品的笔记》（1962年11月），《茅盾全集·第二十六卷·中国文论九集》，人民文学出版社1996年版，第419—420页。

② 邵荃麟：《在大连“农村题材短篇小说创作座谈会”上的讲话》，洪子诚：《二十世纪中国小说理论资料》（第5卷），北京大学出版社1997年版，第433—434页。

③ 张庆田《〈老坚决集〉小序——兼答××同志》：“据出席大连会议的康濯同志回来说，茅盾同志，赵树理同志都谈到它，说它‘投鼠没有伤器’”，《老坚决集》，河北人民出版社1980年版，第2—3页。

导”)、地方（乡土的伦理社会）、作家（有担当的民间英雄）三种不同的想象，是它们彼此冲折争夺而形成的一个农民形象。

作家张庆田1952年到1960年主动要求下派到河北省晋县周家庄深入生活，并任五区副区长和农村工作部副部长。该村村支书名叫雷金河，即“老坚决”的生活原型。“1958年‘大跃进’浮夸风起，‘老坚决’雷金河坚决抵制，被当作反‘大跃进’的‘黑旗’拔掉”，三年后，张庆田“追记于津”，写成《“老坚决”外传》并发表①。但总体来说，张庆田1962年的《“老坚决”外传》以及1979年的《“老坚决”新传》《“老坚决”列传》等到底讲述了一个什么样的故事呢？作者坦承了它们源于真实的“生活推动”，“当生活孕育在你的头脑中，形成了胚胎时，它会使你坐立不安，而且阵阵胎动在折磨着你，除非流产，就得分娩，从这一点来说，创作也不以作者的意志为转移”② ——这差不多是“老坚决”系列历史化意味的一个极为明显的隐喻，它暗示了这一“系列”与历史现实之间强烈的互文关系。而作家的谨慎与焦虑在于，在新的历史时刻，一个感性经验里被认为是“英雄人物”的农民形象，将如何重新阐释和证明其正当性？他到底是“定型的人物”“成长中的人物”，还是所谓“中间人物”“转变人物”或者“落后人物”？我们可以看到，后续时间证明了作家的担忧并非空穴来风，1964年后他果然因《“老坚决”外传》的人物形象“被列为‘动摇在社会主义和资本主义之间’的‘中间人物’”而遭受到了长期的批判③。但作家仍然完成了这一艰难的阐释任务，他的策略是将“老坚决”放回到在跃进时代小说中曾经被高度纯化的乡村空间中去。作为传统伦理社会的界南村，给予了甄仁这位敢于顶撞集体主义时代有着至上威权的“上级”并曲意保障底层农民生存条件的基层干部以无比的信赖和钦敬。这个“乡村精英”的故事虽然接续了20世纪40年代前期各解放区关于“劳模英雄”故事的历史化叙述，但20世纪60年代前期“跃进后”的年代毕竟有了不同的历史语境：国家强势话语的在场和压抑，使得原来的界南村成为陈思和所称的混杂的“民间”形态。这同样是后续

① 参见张峻《坦荡文坛说庆田》，《散文百家》2007年第7期。

② 张庆田：《〈老坚决集〉小序——兼答××同志》，《老坚决集》，河北人民出版社1980年版，第5—6页。

③ 张庆田：《老坚决集》，河北人民出版社1980年版，第4—5页。

1979 年《“老坚决”新传》《“老坚决”列传》里继续讲述的故事，它们也说明了原先相对单纯的传统阐释系统已经难以被作者简单地重返了。更加深晦的问题可能在于，为什么作家不过是对于一个“现实主义”农民人物的阐释，而且当中显然有着相当多明显妥协的痕迹，它在后来却仍然被认为触犯了国家话语的“禁忌”？原因或许在于，“老坚决”身上同时叠印了来自国家（“集体”主义与“党的领导”）、地方（乡土的伦理社会）和作家（有担当的民间英雄）等三种不同的想象，是它们彼此冲折争夺而综合形成的农民形象。然而，从同时期巴金的《作家的勇气和责任心》等所说的“顾虑”，以及依然在场的“大跃进”时代对“全新的人”的想象来看，“老坚决”身上的后两种意味或者说想象显然可能被认为是不太合宜的……

第四节 《艳阳天》(1964)：“新英雄人物”、青年问题及想象的“解放”①

1961—1962 年国家经济的调整、整顿时期，关于如何扭转困难局面和延续国家政策的方向，毛泽东等中共高层领导之间可能产生了理解上的差异。引人注意的是，毛泽东对于搞“单干”（当时农村所谓“单干风”的包产到户风潮）可能迅速导致的“阶级分化”景象，表示了深深的忧虑②。同时，在 1961—1962 年这个相对宽松的间歇期，知识分子们一方面因专业技能受到调整、整顿方针的鼓励，另一方面因为表达了对于官僚主义等的抱怨和抨击，也争取到了某种与旧传统相通的道义正当性。这个知识分子群体当然包括了作家们，上述政治矛盾因而也无可避免地被呈现在文学领域。1961—1963 年，部分作家和理论家曾经创造了不同于“跃进”时期“全新的人”的诸多“中间人物”，并极力恢复过“真实”或者“现实主义”的文学精神。如今，对于人物形象之阐释与塑造的合法性，再次

① 浩然的《艳阳天》虽然写的是高级社，但是它的写作时间、问题视野以及材料处理方式等，均与 20 世纪 60 年代人民公社时期的时代风气相通，后者也是作者展开叙述的根本“装置”。故本书将其放在“人民公社农民”一章中来讨论。

② 毛泽东称：“一年多就会阶级分化。一方面是共产党的支部书记贪污、多占、讨小老婆、抽大烟、放高利贷，另一方面是贫苦农民破产。”顾龙生：《毛泽东经济年谱》，中共中央党校出版社 1993 年版，第 570 页。

成为被各方话语激烈争夺的对象：1963—1965 年，一些大多带“新”字的组合命名开始大规模出现，如“新人、新事、新思想、新风尚”“新英雄人物”“新英雄形象”“革命英雄人物”等①。《人民文学》1965 年还发起了“大写社会主义新英雄”的征文活动。类似名词同时也被大量带入到针对“写中间人物”论、“中间人物”小说等的批判，以及其他倡议塑造“新英雄人物”的文章中。然而，随之而来的问题或许也就诞生了：这样的“新英雄人物”将怎样再度申明其自身的意义合法性？他们与此前的跃进“新人”和现实主义深化时期的“中间人物”，到底有何区别？同时，在“革命之后”的中国，它又将以什么样的状态承载着继续革命和教育民众的宣教功能呢？在一个相对来说艺术手法只能算是淳朴现实主义的年代，它将如何完成一个自有阐释逻辑的叙述？在此，谨以浩然出版于这一时期的三卷本长篇“经典”《艳阳天》为例，来尝试展开一些相关的讨论。

《艳阳天》里的东山坞是一个像极了赵树理笔下的“阎家山”（《李有才板话》，1943）和“三里湾”（《三里湾》，1955）的中国北方村庄。从时间和空间上来说，东山坞村既向上接续了革命年代阶级斗争的封建性乡村空间作为前提，又向下提示了革命之后农村正在展开的社会主义斗争与建设的语境。于是，它暗中将“革命”话语——农村的“社会主义革命”和“革命者”的概念生产了出来。在相当于整部小说开篇的第一、第二章，小说的重要任务似乎就是主人公萧长春的“出场”。这里呈现出一种相当特别的方式：在试图确定如何“塑造新英雄人物”② 的策略时，作家浩然引人注目地借助了“时间”（可称为拟象“历史”）的模式。因为，无论是三年前童养媳妇的死亡，头年秋天农业社的免于解体，几年后东山坞可能的“和美幸福”景象（“发展蓝图”），以及被追述的 1947 年护送文件的出生入死故事，它们无不既是复沓的、涉及“私事”和“公事”的，同时又是互为注解的，即隐喻着萧长春身上过去、现在和未来之间的

---

① 例如，柯庆施：《大力发展和繁荣社会主义戏剧，更好地为社会主义的经济基础服务》（在 1963 年年底到 1964 年年初华东地区话剧观摩演出会上的讲话），《人民日报》1964 年 8 月 16 日，其中类似短语共使用 10 次，仅“新人、新事、新思想、新风尚”就被提及了 6 次；严家炎：《梁生宝形象和新英雄人物创造问题》，《文学评论》1964 年第 4 期，其中不足 250 字的第一文段即提及“新英雄人物”“新英雄形象”4 次；彭真：《在京剧现代戏观摩演出大会上的讲话》，《人民日报》1964 年 8 月 1 日，该文亦提及“革命英雄人物”；等等。

② 浩然：《艳阳天》（第 3 卷）“卷后附记”，人民文学出版社 1975 年版，第 525 页。

某种逻辑关系。我们无法不将其视为一种强烈的阐释冲动，尤其是当它们成为这样整齐的序列时更是如此。这种方式与稍早时期赵树理、周立波等的作品中往往凭借性格化的故事让人物登场的做法，是如此地不同。这种出场形式实际上也同样用在了《艳阳天》里作为反衬人物的马之悦身上。耐人寻味的是，萧长春、马之悦的这种“出场”方式，不仅早在当年就已经被读者和批评者觉察到，认为是过多的和无必要的“回述”[①]，而且它们在小说中并不是罕有的，反倒是绝大多数的通例——大脚焦二菊、韩百仲、马立本、马子怀、马连福、马翠清、韩百安、韩小乐、喜老头等，莫不如此。甚至在第一卷中已经有所表述的马之悦、马凤兰和孙桂英，第二、第三卷时却又继续补述了他们更多的过往经历。这样的处理方式大多随着小说人物的登场随后不久就出现，它们如此集中、有序，让人难免不联想到激进政治时代至关重要的“个人档案”。

这样做，对于作家来说很难说是无意识的。如以马之悦为例，它们确实出于浩然的“历史”指认（“马之悦翻腾着自己那一套历史，胸口堵得难受……”）。但作家是如何理解这个他所谓的“历史”的呢？其一，它意味着选择和“虚构”。浩然后来曾以《艳阳天》和《金光大道》为例，谈到过写作中对于“英雄人物”与历史档案材料之间关系的个人处理方式：“我们在文学作品中写一个英雄人物的一生并不是作为历史资料存档，而是为了让读者看，通过这个英雄人物一生的道路来看我们时代的斗争发展，从而得到经验，受到教育。”[②] 作家因而首先不是出于理解，而只是出于“依据中心取舍材料”的需要，轻易地避让了“真人真事”的原则。当然，他也同时舍弃了生活细节本身所具有的真实互文逻辑。这实际上是一个游离真正现实主义的微妙契机。这段话虽然是浩然 1972 年说的，但他对于真人真事与如何写新人物的关系的类似见解，倒是由来已久的[③]。

---

① 佐平：《贫下中农喜读〈艳阳天〉——记〈艳阳天〉农民读者座谈会》，《文艺报》1965 年第 2 期；王主玉：《评长篇小说〈艳阳天〉》，《北京文艺》1965 年第 1 期。

② 浩然：《漫谈塑造无产阶级英雄人物的几个问题——在一个业余作者座谈会上的发言》（1972 年 9 月），南京师范学院中文系：《浩然作品研究资料》（修订本），内部资料，1974 年 4 月印，第 26 页。

③ 如浩然的《答〈文学知识〉编辑部问》（《文学知识》1959 年第 12 期）、《我写人物特写的体会》（《新闻战线》1959 年第 23 期）。这些自述表明，浩然处理材料的方式与理性真实之间的关系，可能相当薄弱。

其二，它意味着拔高及“改造”。浩然曾经多次非常明确地将“改造”视为处理素材的重要办法，如“把不正确的和落后的东西，用我们的原则精神、正确的思想标准加以改造，同时把与之对立的正确的、先进的萌芽状态的东西加以发扬——把不合尺寸的原材料，加上钢，放进我理想的‘模子’里溶解，脱出个全新的‘形体’，树立一个榜样，让做了错事的同志看了以后有所启示，有所自觉，而且效仿它”[①]。由于文学从根本上说是一项探讨和阐释的事业，如果轻率地这样去做，结果或许就是致命的。所谓“历史”，在浩然那里居然成了某种暧昧而又游移不定的东西，如小说中乡党委书记王国忠劝说马连福时所指出的那一大堆各有主体又实难区分的“公道话”等[②]。作者甚至曾借马之悦劝说马连福的声口说出，“历史”似乎还是可以被“编造”的，“不服，瞅冷子给你扣个反社会主义的帽子，再把你的历史加在一块儿一编造，那可就完了！……”[③] 这不能不让人觉得相当讶然。

不仅如此，如果考虑到社会现实与历史材料之间严肃的互文关系，我们将会看到，萧长春这一“新英雄人物”的身上，可能存在着更多无法弥合的裂隙。

首先，被浩然所承认的萧长春的主要原型人物萧永顺，他本人在现实生活中是有妻子、子女并且夫妻感情甚好的。但是在小说中，作者似乎是为了凸显萧长春革命意志的坚定，其对于妻子和亲密生活的情感需要与安慰，可能被转译成了对“个人”的压抑与牺牲，以作为诠释的代价。如萧长春说，搞革命的也要娶媳妇，也要结婚，但是得分个时候，如果不管什么时候，总在想这种事儿，那么他就不是真正革命的；即便干工作，也是为了自己。小说甚至对此做了进一步的升华，指其革命的“同志关系”在意义上要远胜过（可能的）夫妻关系。这是一个“革命”生活覆盖了“私人生活”的典型例证[④]。有意思的是，虽然作家在小说中严肃地批评了马之悦、马立本、马同利、韩百安、焦振丛等的个

---

① 浩然：《永远歌颂》（1962），孙达佑、梁春水：《浩然研究专集》，百花文艺出版社 1994 年版，第 34—35 页。

② 浩然：《艳阳天》（第 1 卷），人民文学出版社 1975 年版，第 524 页。

③ 同上书，第 143 页。

④ 浩然：《艳阳天》（第 2 卷），人民文学出版社 1975 年版，第 169—170 页。

人主义或者个人利益思想，并且特别提到了萧长春对于自身“个人主义”的坚决压制，但是，如果这一内容确如作家在不同的创作谈里所称的那样，本身被视为“宣传”或者“教育”的功能的话①，它能够达成的效果则显然是颇为令人生疑的。因为，作为上述故事讲述者和宣谕者的作家本人，在现实生活的实际中也极难达到同样的要求。《浩然口述自传》曾以他十四岁那年被推选为王吉素村儿童团长时的感受为例证，说道：

> 在一片很使劲儿、但极不整齐的拍打巴掌的声音中，我当上了王吉素的第一任、也是最后一任儿童团的团长……掌声使我陶醉在幸福之中。这幸福里边，除了神圣、雄壮、博大之心的成分之外，在当时，在我那幼嫩的不成熟的思想意识里，还有一种与常人不同的优越感和出了风头的虚荣心。以后我被时代的大潮卷进献身血与火的革命斗争行列，再以后我倾心于文学创作，那种早就扎了根的优越感和满足感一直或多或少、或明或暗、或自觉地或下意识地起着一定的作用。随着我的年龄增长、知识增长、经验增长，以及真正的革命目标和唯物史观的确立，我曾经努力地用最伟大最无私的观念管束和规范自己的思想与行为，强制自己沿着最美好、最干净的轨道塑造自己的灵魂、移动人生的脚步，然而那种优越感、满足感依旧顽固地、阴魂不散地、时隐时现地伴随着我，干扰着我，折磨着我了，十有八九将要跟我同生共死。为此苦恼与怨恨也无济于事。②

浩然上述的坦率之言，几乎从他自己十二三岁刚成为孤儿时的“我长大了要去当官儿”，直到后来作家本人的起起伏伏的创作生涯，在“口述自传”里无不得到了佐证。另外，浩然当年不仅一度被周围的人戏称为“作家精神病”，而且终其一生视写作为个人至关重要的事业，为此不惜置日常工作于不顾，甚至与上级发生顶撞，或者乃至为此撒谎

① 浩然：《我是农民的子孙》(1980)，孙达佑、梁春水：《浩然研究专集》，第24页。类似见解亦见于《永远歌颂》(1962)、《永恒的信念》(1990)等。

② 浩然口述，郑实采写：《浩然口述自传》，天津人民出版社2008年版，第115页。

而获得休假[①]。就此来看，不知浩然执着于对读者的社会主义（集体主义）教育以及抨击个人主义时，是否忘却了将他自己也包括在内？而对于妻子杨朴桥所带来的家庭安慰与温暖，浩然自己实际上也是极为依赖的，这与小说中的萧长春又多有不同[②]。

其次，即便浩然宣称萧永顺是萧长春的人物原型，并称萧永顺的言行给予作家的教育和影响“不仅难以计量，也难以说清”（浩然：《我与萧永顺》），但是其中也有一些因素是引人思索的。河北顺义县最边远的山旮旯里的焦庄户原是萧永顺的姥姥家，农业社豆腐坊里做豆腐的老人是萧永顺的本家舅舅，类似状况被作家略有改动写进了《艳阳天》。也就是说，按照农村传统的伦理认同方式，萧长春家并不是东山坞村的“坐地户”，而是投奔而来的“外来秧”户。这一点对于生活在农村的人家来说是非同小可的，它意味着萧家可能实际上多多少少面临着融入当地社群的生存压力[③]。这一问题在费孝通的《乡土中国》里也曾经被谈到过[④]，从而使得小说中萧长春的模范带头作用，或许存在着一方隐蔽的意义阐释的空白“飞地”。这种“外来户”/“坐地户”的划分也是中国20世纪农村小说中很常见的现象，如赵树理《李家庄的变迁》中作为“外路人”“外来户”的铁锁、二妞夫妻等，就是如此。此外，在与浩然交往的数十年中，现实中的萧永顺“大跃进”时期就曾经批评过报纸上亩产万斤的稻田高产卫星“纯粹是一派鬼话”，还在“文化大革命”未结束时的1975年，也曾私下里提醒过作家要注意与江青“少掺和为好”[⑤]。后一事例虽然在时

① 浩然:《〈春歌集〉编选琐忆》(1972)，南京师范学院中文系:《浩然作品研究资料》(修订本)，第167页。另可参见浩然口述，郑实采写《浩然口述自传》中的相关内容，天津人民出版社2008年版，第144、190—191、201—202、205、234页，等等。

② 浩然口述，郑实采写:《浩然口述自传》，天津人民出版社2008年版，第123—124、144—146、101、203页。

③ “小时候……马小辫听说了，堵着萧家门口骂半天，说萧家人是‘外来秧’、野种子，萧老大赔情道歉，才算罢休。”浩然:《艳阳天》(第1卷)，人民文学出版社1975年版，第88页。

④ “很多离开老家漂流到别地方去的并不能像种子落入土中一般长成新村落，他们只能在其他已经形成的社区中设法插进去……但是事实上这在中国乡土社会中却相当困难”，“我知道许多村子里已有几代历史的人还是被称为新客或客边的”；“这些寄居于社区边缘上的人物并不能说已插入了这村落社群中，因为他们常常得不到一个普通公民的权利，他们不被视作自己人，不被人所信托……”费孝通:《乡土中国》，《乡土中国　生育制度》，北京大学出版社1998年版，第71—72页。

⑤ 浩然口述，郑实采写:《浩然口述自传》，天津人民出版社2008年版，第208—209、184页。

间上晚于《艳阳天》的问世，但作为萧永顺的生活态度，应该是有其一贯性的。但是显然这些带有独立思考性质的材料或者态度，都被浩然在写作《艳阳天》的过程中彻底地“舍”去了，取而代之的，是小说中萧长春对于上级和指示的坚决的信赖与服从。

再次，事情可能尚不止于此。在“个人”因素的深处，或许正缠结着难以弥平的“欲望”推动力。比如，《艳阳天》中萧长春与马之悦之间的斗争，虽然被解释成“阶级斗争”事件，但有趣的是，这一斗争无论在萧长春、马之悦那里，还是在王国忠、马连福、马同利等人那里，都被称之为一场东山坞领导权的“争权夺势”运动。新队长和新会计的人选之争，也因而被令人惊讶地称之为“纯洁组织”或“东山坞大清洗”事件。这么说来，权力——小说中反复提及的所谓“东山坞的印把子”，或者“稳坐江山”，难道不是一种非常明显的“欲望”吗？真实的情形毋宁说，小说开篇的“第一章”就通过萧老大对于儿子做干部的支持，对这种权力的欲望进行了确认[①]。我们可以看到，这一类说法在小说中并非唯一，而是弥散在整部小说中的。权力作为一种利益或者诱惑，不仅出现在萧长春、马之悦的内心独白中，同样也出现在马之悦对于马立本，萧长春对于马连福的劝说里——甚至于它也体现在焦振茂对于儿女的自豪里，因为焦的儿子是解放军的指导员，在外边指挥着上百个人，还立过功；他的闺女则是团支部书记，“管”着整个农业社的青年男女，争强好胜，连乡里都拿她当人看，等等。特别是，这些“××个人听你的”以及“走区上县平趟”的优越感，并不是每一个普通社员都可以拥有的；马之悦甚至将这种别人对于自己的尊崇所带来的个人满足感，直接称之为“利润”[②]，更是难以否认的将东山坞的“印把子”，即权力，诠释为“欲望”的明证了。总结起来说：萧长春这一“新英雄人物”形象，不仅无法否认其确实存在着诸多内涵的暧昧，而且从他与现实生活的互文逻辑上来看，也的确逊色于他的原型人物萧永顺本人的丰富品质。如果对照作者后来风格平实的《我与萧永顺》（1989年）一文，这种情形可能更加明显。

《艳阳天》在文本中将建设社会主义事业解释成“革命”的继续，这

① 浩然：《艳阳天》（第1卷），人民文学出版社1975年版，第3页。

② 浩然：《艳阳天》（第2卷），人民文学出版社1975年版，第111页。

并不奇怪；引人关注的，倒是这部小说在对于“革命”或者“革命者”的叙述背后，似乎还带来了新的更为复杂的意义空间。当然，这些特殊的意义空间之所以诞生，也是缘于某种特殊的语境。

例如，20世纪60年代前期“革命”一词的高调提及，对于文学来说出现了哪些较为特别的意味呢？其一，它是借大规模批判此前的“写中间人物”论，来申辩并倡导“塑造新英雄人物”的正当性的；同时，前者连带的创作方法“现实主义深化”论，同样受到了严厉的批判，并借助于这一批判，重新恢复了“革命现实主义和革命浪漫主义相结合”的创作方法的正当性，如发表于《文艺报》1964年第8、9期合刊的文章《“写中间人物”是资产阶级的文学主张》，等等[①]。诚然，通过否定前一时期的理论主张，来为后一时期的理论主张阐明其合法性，这本是当年波云诡谲的“斗争”年代非常常见的论述逻辑。但随之带来的悖谬，也将是在所难免的。其二，从各方面看，当年的“新英雄人物”形象在坚强的“革命”意志之外，也总让人有某种似曾相识之感。如柯庆施《大力发展和繁荣社会主义戏剧，更好地为社会主义的经济基础服务》的讲话，其修辞和所述“新英雄人物”形象的具体特征，与1958年有过的赞誉人民“意气风发、斗志昂扬”以及“地方首创精神和群众首创精神”等说法，何其相似[②]？显然，20世纪60年代前期关于“新英雄人物”形象的意义阐释，可能是在针对所谓“资本主义的道路”“修正主义”等展开高调政治批判（即“革命”意谓）的基础上，一个曲折的、对于“大跃进”时代激进浪漫主义精神的某种回返——甚至当年农村进行的社会主义教育运动，在内涵上也与20世纪50年代末的情形多有类似。其三，无论当年的“批判”文章还是“教育”运动，还同时带有一个既醒目又引人深思的内容，那就是：要切断与“旧”事物、“旧”思想的一切联系。跟前述逻辑一样，它成为确立“新英雄人物”形象所必需的另一种相形而明的阐释方式。如彭真《在京剧现代戏观摩演出大会上的讲话》中批评说，

---

① 《文艺报》编辑部：《“写中间人物”是资产阶级的文学主张》，《文艺报》1964年第8、9期合刊。同刊还发表了《关于“写中间人物”的材料》一文。这两篇文章后来被《人民日报》《人民教育》《长江文艺》《山东文学》等多家报刊转载。

② 柯庆施：《大力发展和繁荣社会主义戏剧，更好地为社会主义的经济基础服务》，《人民日报》1964年8月16日。

“对伟大的社会主义革命和社会主义建设事业不感觉兴趣，可是，对那么几个谁都没有见过的已经死去很久的古人……倒是那么有兴趣，这岂不是怪事?”[1] 柯庆施则将“新人、新事、新思想、新风尚”的特征之一概括为：“他们……不为旧思想、旧影响所侵蚀，永远保持着无产阶级战士的本色”，并因此呼吁革命的戏剧工作者要“和一切旧观念实行最彻底的决裂，树立无产阶级的世界观”，等等[2]。当然，这些批判更可能是因为人所共知的，毛泽东早在1963年12月对于文学艺术的批示中就曾经有过的严厉指责[3]。

然而让我们瞩目的，正是在上述“重新教育人，重新组织革命队伍”（社会主义教育运动）和切断与“旧”事物、“旧”思想的联系的意识形态的要求下，就像20世纪50年代末一样，关于“青年”的话题被再度寻找了出来[4]。结果，“青年”话题在同时代的《艳阳天》里，也留下了自己明显的印迹。如第1卷“第十五章”金泉河边小河滩上，东山坞“第一青年苗圃”里所发生的一群年轻人快乐劳动的场景：

> 年轻人为什么不欢乐呢？他们没有马之悦的那种阴谋，也没有马连福的那种烦躁，更没有弯弯绕、马大炮这般人的那种贪心。他们的心里充满着春天，春天就在他们的心里边。他们每个人都有自己的欢乐和追求。这片绿生生的树苗，是他们共同的、绿色的希望。在他们的眼前，常常展现出党支部书记萧长春给他们指出来的美景。这幅美景是动人的：桃行山被绿荫遮蔽了，春天开出白雪一般的鲜花，秋天结下金子一样的果实；大车、驮子把果子运到城市里去，又把机器运回来。那时候，河水引到地里，东山坞让稻浪包围了；村子里全是一律的新瓦房，有像城市那样的宽坦的街道，有俱乐部和卫生院；金泉

---

① 彭真：《在京剧现代戏观摩演出大会上的讲话》，《人民日报》1964年8月1日。

② 柯庆施：《大力发展和繁荣社会主义戏剧，更好地为社会主义的经济基础服务》，《人民日报》1964年8月16日。

③ 毛泽东：《关于文学艺术的两个批示·之一》，《人民日报》1967年5月28日。

④ 毛泽东《向莫斯科的全体中国留学生、实习生、使馆机关干部的讲话（摘录）》（1957年11月17日），及《在八大二次会议上的讲话（摘要）（一）》（1958年5月8日）。分别见六八汉版《毛泽东思想万岁》（1949.10—1957.12），内部资料，第250、252页；六八汉版《毛泽东思想万岁》（1958.1—1960.12），内部资料，第71页。

河两岸立着电线杆子，奔跑着拖拉机……人呢，那会儿的人都是最幸福最欢乐的人了，那些爱闹事儿，一心想走资本主义道路的人，也都觉悟过来了，再不会有眼下村子里发生着的那些怪事儿了。……①

然而，在这段颇为抒情的文字背后，那些所谓的“马之悦的阴谋”“马连福的烦躁”“弯弯绕、马大炮的贪心”到底指的是些什么呢？如果我们在此暂时悬置政治化的立场判断，我们大概可以说，马之悦、马连福、弯弯绕、马大炮等人之所以有各自的图谋或烦恼，是因为他们各自的个人欲望或者利益在他们的“经验”里曾经与现实环境产生过多次严峻的冲突；这些冲突所累积下来的压抑与仍然无法消弭的“欲望”（或者“利益”），才使他们为之困扰不已。这种个人化的“经验”，显然会参与到各主体对于眼前现实处境的解读当中。我们颇感为难的是，小说中所谓“我们”和“他们”（地主或中农）的各自不同的“经验”，实际上却来源于历史时间、空间里的同一个事实。这个异常麻烦的问题在蔡翔的《革命/叙述：中国社会主义文学—文化想象（1949—1966）》一书中，被敏锐地称为历史化的“记忆”②。但问题更在于，同种“记忆”的真切体验，或许还有它的几乎必然伴随着的深度察觉与思虑，往往正是一般青年所缺乏的。如果不否认这种记忆所代表的历史事实背后，其实是难以为任何个人所全部操控的复杂现实生活本身的逻辑的话，这是否也同时意味着，青年们在通常情形下所缺少的，正是对于这种严峻生活逻辑的亲历性体验与真实的理解？也就是说，就像上述引文一样，代替可能的对于现实生活本身逻辑的理解而填充到东山坞青年们的思想里的，是高度纯化的全新浪漫图景。但是无论如何，在不否认当年先驱者们可贵的勇气与创造的热情的同时，我们确实无法否认，生活自身的逻辑依然在各个独立主体间隐秘地冲撞、调和或者殊死搏斗着，它们没有完全消亡，甚至可能也从未减弱。这样的情景所产生的青年人与成年人之间对于现实和未来理解的巨大差异，曾在沈从文那里被称为“思”与“信”的矛盾，它也曾经在延安整风运

---

① 浩然：《艳阳天》（第1卷），人民文学出版社1975年版，第172页。

② 蔡翔：《革命/叙述：中国社会主义文学—文化想象（1949—1966）》，北京大学出版社2010年版，第257—258页。

动前后就有所昭示过[①]。而今，它又再度出现了。

在农业生产进行到一段时期以后的1957年的东山坞，各种旧的、新的历史“记忆”仍然鲜活地在场，它们彼此冲撞搏杀不已，形成了和平时代应该说颇具杀机的驳杂的想象景观：一方面，普通社员们对于物质丰裕及主体尊严的生活涌起不可抑止的期盼；另一方面，作为地主的马小辫仍然残存着“变天”（收回土地）的梦想，富农马斋对于刚过去不久的富裕生活抱有固执的留恋，而中农马同利、马连升等人对于单干致富、做“东家”，又有着本能般的痴迷。显然，这些想象都是同时并存而且彼此冲犯的。但是它们还不是最主要的，如果我们详加审察的话，会发现一些更加隐晦的图景或许存在于别的方面。

其一，是马立本这一人物所蕴含的意味。应该说，马立本是东山坞公认的会计能手，但马立本同时也是一个积极追逐个人前途的农村知识分子。因此，东山坞农业社“高级知识分子”“特殊技术人才”的马立本，似乎可以作为一个当年农村知识分子的寓言来看。由此，马立本的故事，如果去除其政治意识形态的重彩，可否认为就是一个农村知识分子依靠他自身的“知识”和“特殊技术”资本，从而在“集体”内部获得了远高于普通成员（“社员”）的位置和利益[②]，并出于自保意识而与某种“权力”资本（马之悦）形成结盟关系的例子？与这一过程同时发展着的另一面，正是他与劳动以及普通农民群众之间感情和利益关系的日渐疏远。如果这样说并非毫无一点道理，这其中的含意将是较为复杂的，它恰恰证实了知识分子以“知识”为资本上升为社会组织的较上阶层时，可能发生的某种状态及其问题。当然，同样作为乡村知识分子的焦淑红，喻示着知识分子的另一种道路。其二，是马连福这个人物所体现出来的意味。马连福出身贫农但是住在“沟北”，他与沟北边的马姓户可能是族亲关系。这种人脉资源成为马连福在“依靠贫下中农”的年代所兼有的某种特殊资

---

① 傅国涌：《沈从文的“疯”》，耿立：《21世纪中国最佳文史精品2000—2011》，贵州人民出版社2012年版，第69—82页。朱鸿召：《延安日常生活中的历史 1937—1947》，广西师范大学出版社2007年版。

② 有论者认为，20世纪60年代前期“党已为新的专家阶级的出现创造了条件”。[美] 麦克法夸尔、费正清：《剑桥中华人民共和国史·上卷·革命的中国的兴起（1949—1965）》，谢亮生等译，谢亮生校订，中国社会科学出版社1990年版，第399—414页。

本，从而使得这个明显平庸的人做了沟北一队的队长。但是作为乡村基层干部的马连福，其实是有他明显的个人利益考虑的，比如他多次挪用农业社集体的巨额钱物①，等等。其三，是李世丹这一人物所蕴含的意味。小说"第七十九章"这位大湾乡乡长的出场留下了太多令人回味的地方。但小说的确叙述了"平时他不大讲究穿戴，只是愿意骑好车子、使好笔，这是为了工作方便；另外，也喜欢吃一点可口的，这又为的身体健康……"的个人利益，以及相当强烈的支持"革命者"身份传统、也就是"老同志"的意识。如果说，马连福所谓"特殊人才"意味着他拥有某种特殊的"能人"资本，李世丹所谓不能让"老同志"寒心意味着他对农村干部系统的利益维护，兼之他们之间经由马之悦形成的密切的共生关系和个人交情，这些都意味着什么呢？它们或许意味着，在20世纪50年代后期社会生产初步发展之后，原先革命年代因物质匮乏而大致维持着的平均主义公平，可能已经难以为继了。社会上"物"的分配出现了差异，知识、技能、权力、能力等均成为取得"物"的分配份额的可凭借资本。这也意味着一个差异型社会开始诞生，其实它也是迈向多样性、强流动的现代性社会不可避免的开端。但无论如何，它同时也是对于革命时代平均主义公平的一个巨大冲击，毫无疑问，它引起了许多人的担忧和茫然。然而，更加引人注目的还在于，马立本、马连福、李世丹，包括马之悦等人取得社会的"物"的回报，并非全依着合法而公开的途径；不仅这种知识、技能、权力、能人等"资本"不可能为普通农民群众所拥有，他们之间的结盟关系和对于自身利益或者系统的维护，也同时意味着这种利益格局的某种固化和排他性，甚至形成放大效应——这可能进一步意味着，以"物"的分配路径为隐喻的一种等级化的封建性空间，正在隐蔽地生成。这正是20世纪60年代前期的重要问题之一。当然，我们也不得不承认，"青年"话题在当年"革命"和激进浪漫主义的语境下，确实带来了某些全新的想象，从而成为可能引发我们思考的别样的生活内容。不过，这是问题的另外一面了。

颇为吊诡的是，《艳阳天》中的农民生活，或许因为另一种与历史"记忆"之间的纠结关系，反而带来了一个对立的意义拆解过程。

① 浩然：《艳阳天》（第3卷），人民文学出版社1975年版，第474页。

小说《艳阳天》中，以往时代的舒适型生活及其相关劳动模式的记忆，最鲜明地体现在地主马小辫、富农马斋，以及中农马同利、马连升、马子怀等几个人物的身上。或许是出于当年“阶级斗争”凌厉笔法的要求，小说将马小辫描写成乖戾诡异、时刻梦想着“变天”的阶级“敌人”，但按迹追寻，却不难发现其中有着相当多的矛盾之处①。诚然，作家浩然在《艳阳天》里做了更多巧妙的选择，从而可能回避了这一段麻烦历史的讲述的艰难，它们体现在更多的方面：比如，极少提及“三年暂时困难时期”这一词汇；不愿意提到农民的饥饿而只愿提到他们的“集体力量”；不写“大跃进”以后的农村而固执地选择1957年以前的农村作为表现对象；不认为“文革”是“浩劫”；等等②——当然，这些仍然是需要继续讨论的话题。但其中最重要、也是最惊险的，可能是小说将中农，特别是富裕中农上升为思想“宣传”与“教育”的对象这一处理。值得说明的是，土改后的时期，农村里的“新中农”事实上意味着勤勉生产、节俭致富的领头人，他们在乡村生活中有着天然的德行力量。这些即便在当年的中共高层文件中，也曾经屡屡得到过承认。由此，浩然的选择不仅可能罔顾了历史的真实，更可能是出于当年“继续革命”思维下某种深层的无奈：地主、富农已经在历次的人民运动中被反复地清算和管制了，他们早已经溃败和不成气候，那么，对于20世纪60年代更多指向日常生活的“‘物’的焦虑”，即更艰难的生活“革命”而言，由谁来继续承担作为思想批判对象的任务呢？结果，可能就是在这种逻辑下，“中农”被寻找了出来。

---

① 例如，马小辫显然是因为财产而获罪。然而，关于土改前的财产问题，作家浩然本来有着亲身经历。参见浩然口述，郑实采写《浩然口述自传》，天津人民出版社2008年版，第34—43页。但小说《艳阳天》将财产问题（“土地、房屋、劳动工具”等）几乎彻底原罪化了。

② 浩然口述，郑实采写的《浩然口述自传》全本28万字，仅提到“三年困难时期”这一词汇一次。参见《浩然口述自传》，天津人民出版社2008年版，第220—221、227页。其他在极少数创作谈里作者曾经不具有实际意义地提到过，如“三年自然灾害的时期”（《为谁而创作》，1971），“三年困难期间”“三年暂时困难时期”（《〈春歌集〉编选琐忆》，1972）。参见南京师范学院中文系《浩然作品研究资料》（修订本），第36、166、177页等。浩然还表示，“农民只有合成一股劲，才能显示出战天斗地的力量”，但他实际上也有过怀疑。参见《浩然口述自传》，天津人民出版社2008年版，第138、239—240页。另外，浩然的《艳阳天》和《金光大道》，故事时间均截止于1957年。浩然不认为“文化大革命”是“浩劫”事，参见陈徒手《浩然：艳阳天中的阴影》一文，原载《读书》1999年第5期。

我们讨论中农们勤劳、俭朴的生活，除了因为它的意义本身带有劳动的天然德行，同时也因为它指向了小说叙述的更大裂隙。从这方面看，《艳阳天》可能不如周立波同是写高级社的《山乡巨变》那么写实和坦率。小说虽然极力赞美了1957年东山坞极为罕见的麦子丰收，并将这一丰收称之为"农业社的优越性"，但事实是否如此，从内容来看，可能仍存疑。这除了浩然的创作几乎一开始就伴随着"编造的神话""虚假的编造和不真实"等批评[①]，他自己也将对于材料的"取舍"和"改造"视为创作的优先法则[②]，此外的原因，更在于小说自身：《艳阳天》中，不仅中农们对于农业社的生产效率普遍表示着怀疑和消极，一般的社员参加农业社生产，似乎也并不积极。比如在挑泥劳动中，人马来得相对齐全，从东山坞来看，"过去是不常见的"，因为通常"使什么法儿也找不齐"；就是找来了，"也得有一帮子人迟到早退"。小说虽然意指几个富裕中农有怠工倾向，但回顾赵树理谈高级社状况的文章以及周立波小说中的描写，恐怕事实不尽如此。况且退一步说，即便确实是几位中农，那么对于这个原本异常勤勉的阶层，为何要怠工也还需要进行进一步的反思。这种相当普遍的怠工现象，显然与"个人"的生产消极性有着直接关系。小说在近末尾的"第一二六章"，出现了马大炮和马长山对于合作化道路的辩论，可以算做作者对此试图给出的一个阐释。这一"单干"或者"集体"的问题，同样引起过马同利的疑惑[③]。实际上，小说在这里无法解决的，乃是马大炮所谓"比着劲儿把地种得好好的"和萧长春所谓"个体的日子就是你挤我、我挤你"的评价立场，到底哪一个更为正确的问题。当然，这在当年是一个极易触发某种敏感的话题，小说因而在这里表现出了可以理解的含混。我们无法忘记，马之悦向李世丹反映过，"咱们农业社……贫农比起中农是少数"[④]，没有社员们普遍而积极的劳动，在自然条件的惠赐之外，丰收将从何而来呢？这个问题似乎让人凝思不已。

---

① 浩然口述，郑实采写：《浩然口述自传》，天津人民出版社2008年版，第150、158页。

② 浩然：《答〈文学知识〉编辑部问》(1959)，《〈春歌集〉编选琐忆》(1972)，南京师范学院中文系：《浩然作品研究资料》(修订本)，第61、185—187页。浩然：《永远歌颂》(1962)，孙达佑、梁春水：《浩然研究专集》，第34—35页，等等。

③ 浩然：《艳阳天》(第3卷)，人民文学出版社1975年版，第361页；第1卷，第498页。

④ 浩然：《艳阳天》(第2卷)，人民文学出版社1975年版，第318页。

此外，小说的问题可能还在于，中农们的生活愿望其实只是经济的，而并非政治的，尽管从社会发展情势而言，经济的和政治的要求最终确实可能有着千丝万缕的纠葛。但考虑到中农自身作为劳动者，以及以勤恳劳动换取合法收益的正当性，当年《艳阳天》所沿用的高度政治化的“阶级斗争”策略，似乎确实有些痕迹过重了。或许正是因为作家浩然对于中农“合法性”的阐释感受到了困难，我们注意到，与前述大多数以“历史”形式出场的人物不同，马大炮、马同利等极少数中农的出场，并没有连续采用“有一次……”“有一回……”之类的时间形式，而是基本偏向了性格刻画。这到底是作者的一种回避，抑或是一种信任？或者是他的一种内心不知不觉的信任而外表备觉艰难的回避？或许，后一种可能性才是最大的，因为不仅作者在小说中曾多次对于中农家庭发出过“勤俭人家”“勤俭持家”的赞叹，它的反证亦在于：从一个亲历者的角度，浩然对于少年时代温厚地救助过他的“林南仓那边的白大叔”(中农人家；在减租减息运动中被斗倒亡家)，终其一生都保有深沉的感激与怀念：

> 自打那天，我的心里别扭了好多日子，总是暗暗叨念林南仓那边的白大叔一家人。不论怎么掂量比较，我都没办法把白大叔跟反革命的敌人联系到一块儿，跟我参加斗争会亲眼看到的那些恶霸坏蛋们画个等号。报纸上的文章和上边工作人员的演讲，曾经在我耳朵里灌输了许多有关地主老财搞压迫、搞剥削、喝人血、害性命的罪恶事例。所有这些我都不仅相信，而且激起过无数次的愤怒之火，烧得我想跳起来跟那班恶人去拼杀。可惜，这些在白大叔一家人身上全然失去效力，激不起一点我对他们的仇恨。相反，我倒觉着白大叔一家都是好人，斗争他们是好人受了冤屈。砖头他们不该斗争白大叔，更不该把柔弱的大婶和小小的玉子给吓唬跑，将他们一家拆散，背井离乡。那娘儿俩跑出她们的家，在人地两生的北平，肯定不会有舒服的日子过。我把这些想法都告诉了区干部黎明，他却说我被剥削阶级拉拢人的手段给骗了。
>
> 我听了这番话不禁委屈地摇摇头，说，黎明同志，你不知道我当时独自坐在漫荒野地里啥样呢，连肚子都是空的，饿得咕咕乱叫，他

就算是那号剥削人的家伙，他能从我身上得到个啥呢？[①]

浩然为此流下了痛苦的泪水。而且，事实上，作家还对替他们姐弟俩主持公道从他老舅那里夺回一半土地、房屋，最后竟然被悲惨地虐杀的区干部黎明（原地主子弟），终生感怀着其厚德[②]，等等。是否就是因为这种矛盾的心态，浩然遭遇到了对于中农们生活态度的阐释困境呢，甚至某种程度上，也包括了作为"并不太坏的地主"马小辮？或许正是因为这种困境，浩然当年走向了政策化图解的"阶级斗争"策略——即在难以阐释的意义含混之外，小说中挪借了多重等级化的外在处理方式，以形成某种明显的区别或分野：村民有"坐地户"和"外来秧"之别，政治身份有"党内"和"党外"、"党员"和"团员"、"革命者"和"反革命分子"之别，家庭成分有地主、富农、富裕中农、新中农、贫农之别，干部有"自己人"和"敌人"之别，会议有支委会、干部会（社委会）、贫下中农代表会、社员大会之别，等等。需要指明的是，这些都并不是为了同一种目的而形成的现代性层级组织形态，而是每一个层级都有着不同乃至对立目的（或者价值观）的区隔化政治形态。这可能是略显生硬的《艳阳天》与亲切诚恳的《浩然口述自传》之间，"阶级斗争"意识高涨的东山坞高级社与同甘苦共患难的山东昌乐东村之间，坚决支持互助组、合作社与无法直面农民的饥饿和苦难之间，极端反差背后所呈现出来的浩然的思考困境吧。这也使得《艳阳天》里的东山坞农业社的农民们，事实上只能是获得了一种区隔化的解放。

这种区隔化的解放从思想层面上来说，并未达到真正历史化反思的程度。进一步说，是否我们也可以认为，同样可能因为这种阐释困境，浩然对于帮助他夺回生活希望的黎明、对于与他本人有着终生情谊的萧永顺，以及助其成就了文坛声名的萧也牧、巴人等的感激，才最终都落脚到了个人的朋友之情上，而不是将其理解成理想或者思想上的呼应呢[③]？它又与作家本人在多次政治风波中小心翼翼地规避政治风险以保障自己可怜的写

---

① 浩然口述，郑实采写：《浩然口述自传》，天津人民出版社 2008 年版，第 70—71 页。

② 同上书，第 118—119 页。

③ 参见浩然口述，郑实采写《浩然口述自传》；及浩然《我与萧永顺》，《浩然选集 · 五》，百花文艺出版社 1992 年版，第 556 页。

作权利这一面相映衬。我们就此断言浩然实际上面临着艰难的阐释困境，或者并不完全悖谬。

从1977年北京工人体育场文联恢复大会上《我的教训》的检讨，到1998年《环球时报》卢新宇、胡锡进的《浩然：要把自己说清楚》的访谈，浩然曾经两次引起过争议纷出的“浩然现象”，一时间辩护者和质疑者纷纷著文参与了这一话题。但遗憾的是，正如有的文章提到的，批判仍然大都集中在浩然在“文化大革命”时期的命运与行止上，而不是集中在对于其小说本身的分析批评上①。李洁非的《样本浩然》一文，对五十年来浩然研究的雷同与单薄，提出了尖锐的批评②。这样的判断，至少说明了深入讨论和评价浩然创作与当代文学之间的关系的艰难；而正是这种评说浩然的艰难，可以说，至今基本上依然没有太多的改变。但是，浩然又是一个麻烦的现象，包括他在山东昌乐时的作为，的确表现了对于贫苦农民的真诚同情和无私帮助。如果，我们能把20世纪70年代末以后的改革开放时期，一定程度上认定为是对60年代前期某些趋势的延续（这里仅就“单干”或者“个体”而言），也许我们能够更多一点理解浩然对于集体生产制度的固执坚持吧，尽管当年他的表达方式或许有些粗糙和生硬。当然，小说还存在着许多其他的缺陷。譬如，在所有人物的内心独白之间完全随意地转换的全知叙事，本身就可能是一个叙述的神话，它的背后是叙事的极权与暴力主义，也是对于作者之外其他人物主体的全面忽视。《艳阳天》对于农民被征过头粮持歌颂态度，但同时期农民的付出与牺牲却不曾被作者深入地思考和表达；同时，他也通过对这种牺牲的改写（作家本人的创作谈中谓之“改造”）赢得了他个人写作事业的辉煌，这到底是一个关于诚实/真实的话题，还是一个关于思考力的话题呢？浩然坚信他自己是对的，或者深信“永远歌颂”的确是唯一正确的，甚至小说中反复出现了一个不容辩驳的词语“真理”，但是不管怎么说，包括他在“文化大革命”中对于其他作家如老舍、章明等的态度，结果却在相当程度上形成了一种坚硬的“自我确信”的暴力。它也许意味着浩然对“历史”

① 曹鸿涛：《浩然曾分辨：我不是爬虫，我是受了伤的文艺战士》，《中国青年报》2008年2月26日。

② 李洁非：《样本浩然》，《典型文坛》，湖北人民出版社2008年版，第324—349页。

一词的厚重与严肃没有给予足够充分的关注，对于“主体”或者“批判”的复杂与纠结，亦可能没有予以更加深入的反思。小说中充满了各种关于“斗争”“阶级斗争”“整治”“整”“斗”“收拾”等激烈的人身治理的词语，让人为之惊悚。阅读之后，结果却依然让人疑惑不已。

结语

如果将“历史化”理解成主体朝向真实，进而寻求超越性反思，用以刺穿生存处境中某些困厄的认识态度，那么，中国文学里的历史化姿态就是一直存在着的，并且可能是其现实主义传统的一个不死的隐喻。新时期以来，《班主任》以及《伤痕》等依然明显带有重新释读“历史”的冲动。其后对于文学思潮的陆续命名，更可见到隐伏在它们身后的“历史”的面影：无论是伤痕、反思、知青还是改革文学，作为历史的“文化大革命”或者“十七年”都不言而喻地成为其中的前提。但是无论如何，这个“历史”或者“真实”本身，又是非常隐晦的。也因此，无论它被转称为“传统”“过去”“事实”或者“现实”，都注定无法剥离与中国文学之间的与生俱来的联系。

新时期以来文学与历史的关系遭遇的危机还在于：不仅因为新历史主义“文本的历史性和历史的文本性”的指称，“历史”/“真实”走向了似乎可以被改写的错觉；而且，阐释—接受美学的“成见”，以及“视域融合”“期待视野”等说法，也使得“历史”/“真实”更多地走向了个人化飘忽不定的理解。于此，“历史”或者“真实”等语词也随之陷入了越来越深的歧义困境：寻根小说开始了另一种多向、隐晦意义的历史重释（被命名为“传统文化”）；先锋小说与新写实小说更是活跃着改写“历史”的魅影——前者体现了极强的解构整体历史观的冲动，后者则以小人物的卑微生活直接取代了大写“历史”本身。所以，他们中的许多人在20世纪80年代末90年代前期纷纷转向了新历史主义，其实并不让人感到惊讶。这正是韩少功的《爸爸爸》（1985）、格非的《青黄》（1988）、苏童的《妻妾成群》（1989）、王安忆的《叔叔的故事》（1990）、须兰的《宋朝故事》（1993）等作品所隐隐体现出来的逻辑。“‘新历史主义’小说当初登场之时，那副欲同新中国成立初期时代经典历史叙事文本商榷的踌躇满志神情，曾流露出矫正‘历史之真’、澄清历史面目的雄心。然而，很快这种雄心便发生了动摇，变成对于历史认知的狐疑，最后干脆放弃了认知历史的努力。历史本身的话语随之消散，仅剩下一具历史的外壳，由充满现代欲望的话语充塞着。对历史的重新书写，于此时实质上只是对现代欲望的迫切满足。”[①] 最终，历史退化成了似是而非的“舞台”背景，甚至成为20世纪90年代以来消费文化的组成部分[②]。20世纪末以来，还出现了被有的论者称为“后新历史主义”的历史感怀旧小说，情形并无多少大的改变[③]。——实际上，这种认为主人公及其故事可以在不同的背景或者“历史”间进行平滑互换的认识，或可称得上是最为典型的对于“历史”过度化约，并漠视其背后极为复杂的主体、欲望、利益等斗争图景的比较粗暴的态度。这也说明，从晚近以来的小说而言，对历史的反思或许在相当的程度上已经失却了坚实的可由之径，真正的历史化因为无法被询唤也几乎被深度遗忘。然而吊诡的是，另一方面，这却可能正是1949—1966年间社会主义“经典”作品曾不懈努力的“重构历史”图谋[④]，所引起的“报复性叙述”（蔡翔语）。以农民小说为例，无论是互助组、合作化时代农民的故事，还是公社时代关于乡村的叙述，如《不能走那条路》（1953）、《创业史》（1959）、《韩梅梅》（1954）、《山乡巨变》（1957）、《李双双小传》（1959）、《张满贞》（1961）、《艳阳天》（1964）等，都曾经对于农民的“历史”（或者“真实”）处境作出过某些婉曲的改写，从而成为当时人民国家意识形态的合谋者。其中尤以1958年公社

---

① 路文彬：《历史想象的现实诉求——中国当代小说历史观的承传与变革》，百花洲文艺出版社2003年版，第294页。

② 例如，苏童最喜爱的写法是“仅仅将历史当成一件衣服，一个供人物在台前表演的布景”。他直言，“我对历史不感兴趣”；“我对史实完全不感兴趣”，“真实的事件我不感兴趣，我的潜意识与直觉排斥这些。”在被问到《妻妾成群》时，苏童表示：“……我的终极目标不是描绘旧时代，只是因为我的这个老故事要放在老背景和老房子中最为有效。试想一下，如果我把《妻妾成群》改写，抛开外表所有可以剥离的东西，那些院子、宅子等，我可以把它处理成当代生活中四个机关女职员和一个上司之间的关系，这样写也很有趣吗，会变成完全不同的另一篇小说。”苏童、王宏图：《苏童王宏图对话录》，苏州大学出版社2003年版，第68、53、69、51页。在新历史主义作家中，苏童的这一态度应该说具有某些代表性。

③ 参见路文彬《历史想象的现实诉求》第五章《作为修辞的历史感》，第359—424页。

④ 路文彬曾将文学与历史在不同时期的关系大致表述为：古典时期的“拘守史实”、现代时期的“突破史实”、新中国成立初期的“重构史实”，以及“新历史主义”小说的“无视史实”。路文彬：《历史想象的现实诉求》，第362页。

化运动后的小说为最突出[①]——虽然在集体主义威权至上、文化总体上处于“舆论一律”的年代，这一切看起来是可以被理解的；但同时，极有可能就是当年普泛的压抑性叙事所蓄积的反弹力，才导致了“历史”在20世纪80年代以后的文学叙事中整体上的迅速沦落。莫言、余华、格非、苏童、叶兆言、王安忆、赵玫、须兰等纷纷表示了对于大写“历史”的疑惑与厌弃，这种态度还使质疑的声音被带进了对于1949—1966年“经典”小说的阅读之中。结果，兼以更多相关材料的发掘和披露，经常的情形是，它们受到了实证主义或者经验主义的“不真实”的尖锐批评。

然而，虽然这些作品多半因为手法简朴、故事单一、主人公往往是革命意识形态的宣谕者等特征，构成了另一种意义上的阅读的难度，但是以一种“不可能的凝视”的后设态度（《幻想的瘟疫》），来对那一段历史予以简单的欲望化或者权力化的释读，却可能滑过了真正宝贵的“历史化”契机，同时本质上或许也意味着对于历史阐释的某种软弱和乏力。实际上，对于“事实”的新历史主义式的理解并不是新时期才有的。不但李大钊在20世纪20年代前期就有所谓“实在的事实”和“解喻的事实”的精细区分[②]，20世纪30年代胡适在《建设理论集·导言》中对于解释一切历史事实的所谓“最后之因”，也报以过严厉的批评态度[③]。值得警惕的是，历史事实在新历史主义式的理解中还可能因为此类相对轻率的“还

① 由于当年社会主义实践的曲折，保存在同时期文学叙述中的“记忆”，事实上是经过了一定的偏至选择的。原因在于，历来自辩为现实主义格调的文学，其实回避了诸多原本极为“现实主义的”话题，如“1956—1957年农村地区的‘退社’与‘闹社’事件”“1954年湖北特大水灾”“1975年驻马店大洪水”，等等，均未能进入文学的叙述。当然，这其中也必然有文化制度的原因。参见程美东《当代中国重大突发事件（1949—2005）》（上、下），中共党史出版社2008年版。

② 李大钊《史观》（1920）及《史学要论》（1924）。葛懋春：《中国现代史论选》（上），广西师范大学出版社1990年版，第193、236—237页。

③ 胡适对此有一段特别切当的批评。他宣称：“治历史的人，应该……去寻求那多元的，个别的因素，而不应该走偷懒的路，妄想用一个‘最后之因’来解释一切历史事实。无论你抬出来的‘最后之因’是‘神’，是‘性’，是‘心灵’，或是‘生产方式’，都可以解释一切历史；但是，正因为个个‘最后之因’都可以解释一切历史，所以都不能解释任何历史了！等到你祭起了你那‘最后之因’的法宝解决一切历史之后，你还得解释：‘同在这个“最后之因”之下，陈独秀为什么和林琴南不同？胡适为什么和梅光迪胡先骕不同？’如果你的‘最后之因’可以解释胡适，同时又可以解释胡先骕，那岂不是同因而不同果，你的‘因’就不成真因了。所以凡可以解释一切历史的‘最后之因’，都是历史学者认为最无用的玩意儿，因为他们其实都不能解释什么具体的历史事实。”胡适：《建设理论集·导言》（1935），见鲁迅等《1917—1927中国新文学大系导言集》，天津人民出版社2009年版，第15页。

原真实”，反而陷入另一种意义干瘪化的状态。如柯文曾在《历史三调》中说道：“在恢复历史本来面目的过程中，对历史事件的评价存在着从高到低的潜在的下降趋势，舒衡哲……写道：‘如果把五四运动恢复到人的层次……就有把它降低为边缘性事件的危险……即仅仅具有历史内涵而无价值观、忠诚精神和远大理想等追求的事件。’”[①] 带着这样的困难，真正理解过往的历史，包括社会主义“经典”作品中的农民处境，其实远非易事。比如，有作者在1998年曾反思说：我国农村从什么时候开始解决了农民的温饱问题呢？不是浩然在《艳阳天》《金光大道》等小说中描述的“一大二公，穷过渡”的20世纪50年代后期及60年代，也不是他按照“四人帮”的旨意创造出农业学大寨的报告文学《大地的翅膀》之类的“阶级斗争”空前高涨的20世纪70年代中期，而是党的十一届三中全会以后；从1978年到1997年，我国农民的纯收入从134元增长到2090元，增长了15倍……[②]这种阐释有数字支撑，当然看起来言之有据，但是，有些问题仍然是值得提出商榷的。例如，一则，直至2000年有些地区的许多农民仍然需要固定地出远门乞讨方能生存[③]；再则，农民除了温饱，还有其他更为重要的如尊严、公平、幸福等生存要求，岂能不论呢？至今又十多年过去，看看失去“集体”重新被原子化的农民们的生活，上述反思似乎仍然需要被今天的我们继续给予相应的“反思”。

一个可能更为严峻的话题是，如果将“历史”转译为我们的“记忆”，它将不仅是构成我们主体性的原始基础，更是我们展开未来想象的最初起源。对于前者来说，周作人曾坦言“天下最残酷的学问是历史”，虽然“他能揭去我们眼上的鳞”，“但同时将千百年前的黑影投在现在上面，使人对于死鬼之力不住地感到威吓……”[④] 对于后者来说，如果我们失去这一“记忆”，我们将从何处才可以获得考察现实生活那曾经浩繁纠

---

① ［美］柯文：《历史三调：作为事件、经历和神话的义和团》，杜继东译，江苏人民出版社2000年版，第175页。柯文书中第345页注明，此处舒衡哲引文见其《五四运动新探：在民族主义与启蒙运动之间》，自《中华民国》1986年第12卷第1期。

② 吴跃农：《浩然不后悔什么》，原载《中国青年报》1998年12月。转引自陈晓琪《浩然：不能承受的时代之重》，《时代教育（先锋国家历史）》2008年第6期。

③ 陈庆港：《十四家：中国农民生存报告（2000—2010）》，江苏文艺出版社2011年版，第26—27页。

④ 周作人：《历史》，《语丝》1928年第4卷第38期。

结的互文关系的真实契机呢？事实上，如果我们模糊了这样的"记忆"，随之而来的阐释就几乎必然地可能面临着陷入游移或者空洞化的危险①。如此，我们才更应该回到真正历史化的场景中，去重新发现 1949—1966 年社会主义农村小说中的那些曾经成功或者失败的经验与想象——特别是，那些可以补益历史与政治实证性缺陷的诗性和德行力量的想象。如欲望身体的觉察、解放的"形式"想象、间性关系中的个人、"集体"和"集体化"的想象、"个人"的处境、"劳动"的道德化、参与政治、乡村空间与精英的再历史化、封建性空间的疑惧、青年问题与民主政治，等等。端赖于此，我们才依然寄希望于能够从历史的困厄中突围而出。如果我们不去勉力扶微它们所蕴藉的多种复杂面向，我们将如何来保证我们对于未来的畅想或者讲述，不会进一步成为新的神话呢……

① 例如，1958 年赵树理的小说《"锻炼锻炼"》，曾引起次年山东大学中文系一年级学生的热烈讨论。讨论中学生对于干部工作方法的恶劣作风、整风"却是先从群众开始"，以及妇女们的"落后面"，都不乏批评，文章最后说"总之最后的意见没有达到统一，讨论还在继续着"。参见"中文系一年级"《也来讨论"锻炼锻炼"》，《山东大学学报》1959 年第 2 期。无独有偶，2004 年广西大学"文学 02 级 1 班同学"也对这一作品进行了讨论。但讨论不仅从头至尾将这篇小说的名称误为《锻炼》或者《锻炼锻炼》（中国现当代小说史上至少有四五部作品以"锻炼"为名），对于杨小四这一形象，更表示了几乎一面倒的所谓"肯定"与支持，小腿疼和吃不饱等则完全成为反面的形象。有同学甚至说，"我很欣赏杨小四，希望出现更多的杨小四式的'铁腕'人物……我想作家赵树理也有同感。"参见吴宗良、石佳丽《名著重读与历史语境的复活——重读〈锻炼锻炼〉，兼与陈思和先生对话》，《阅读与写作》2004 年第 12 期。时隔近半个世纪，同是大学中文专业低年级学生对于同一部作品的讨论，结果却出现了如此悬隔的变化，本书认为，其间的历史"记忆"如何被遮蔽、改写和转述，实为最应该被考虑的因素。

结束语　重新期待“人民性”文学

1949年新中国成立前夕，新政协筹备会下设的第四小组在起草未来国家《中央人民政府组织法》时，针对原拟的“中华人民民主共和国”的国名，时为清华大学教授的张奚若建议采用“中华人民共和国”。张先生称，“有人民就可以不要‘民主’两字了，岂有人民而不民主的呢？‘人民’这个概念已经把‘民主’的意思表达出来了，不必再重复写上‘民主’二字。”[①] 他的意见也得到了董必武等人的认同。但是，“民主”一词的政治内涵，恐怕并不像张先生所说的那样容易不证自明，个人的倡言是一回事，历史现实所呈现出来的复杂分歧则极有可能是另一回事[②]；而“人民”一词的内涵也在近百年里发生过多次变化，早期曾包含的劳作、平等与尊严等意义最后也大部分被冲淡[③]。由此，对于文学来说，“人民”/“人民性”所指向的“人”的平等，一种内在精神与生活方式的正义，以及反阶级化的“别林斯基—杜勃罗留波夫”式内涵更值得引起我们的注意：一方面，这样的“人民性”文学带上了平等、批判、解放等政治性冲动，它们将引领我们重回反思以及探询未来的诗性想象之路；另一方面，这样的文学也同时定义着真正的“人民的诗人”的要求，它呼唤着知识分子与民众间的承认/认同关系，这正是“集体”或者霍耐特之谓“团结”的真切意义之一。

新时期以来，无论伤痕、反思、改革、寻根，乃至先锋等文学潮流，都以不同方式讲述着中国的农民。但在20世纪70年代末和80年代初，

---

① 袁起、邹国良、文朝利：《60年语录（1949—2009）》，中国发展出版社2009年版，第4—5页。

② 金观涛、刘青峰：《观念史研究：中国现代重要政治术语的形成》，法律出版社2009年版，第252—288页。

③ 王再兴：《“人民性”与“人民性”文学的二律背反》，《中国文学研究》2012年第1期。

关于农民和乡村的叙事就已经发生了某些深层次的变化。一些文本如铁凝的《哦，香雪》、路遥的《人生》、高晓声的《陈奂生上城》等，在主流声音之外，可能同时隐伏了其他"混杂"的话语①。这使得前三十年经由主流意识形态的"叙述"而被建构起来的、城市与乡村外在的平等及后者的尊严，其失衡正在迅速地表面化。到20世纪80年代中期的寻根文学、先锋文学，农民和乡村的叙述发生了近乎反转性的改变，出现了"丙崽"这样的"畸人"形象和鸡头寨这样的诡异之乡②。但是，20世纪90年代以后到21世纪，又出现了一些令人鼓舞的变化。1995年，蔡翔的散文《底层》发表，成为未来"底层写作"热议的最早潜流，但在当时仍是居于"少数"的声音。这或许可以看作当时社会重新"阶级化"的一个文学表征。同时期，农村的改革徘徊不前，近亿的农民被生存和向往驱赶着，奔走在赶往城市的路上。与"底层"概念不尽相同的是，20世纪90年代的文学，"人民性"并没有引起太多人关注，虽然这是一个自19世纪中期以来就非常重要的文学命题，并且在20世纪80年代初及以前的中国文学中也曾多次被讨论过。耐人寻味的是，在20世纪90年代以后，特别是21世纪的中国，20世纪初期潘训的《乡心》、吴组缃的《栀子花》、沈从文的《丈夫》《虎雏》等"农民进城"小说，被再度以几乎相同的模式在叙述着，如刘庆邦的《到城里去》、李铁的《城市里的一棵庄稼》、王安忆的《富萍》、李肇正的《傻女香香》、邓一光的《做天堂里的人》、罗伟章的《大嫂谣》、尤凤伟的《泥鳅》，等等。在这些文本中，农民的形象发生了巨大改变，他们往往不再具有早先文学叙事中的朴实、硬朗和尊严的品质，他们的生活也与往日不再相同。2003年，孟繁华在北京召开的"崛起的福建小说家群体"研讨会上，提出了文学的"新人民性"概念，它向文学的"人民性"重新发出了召唤。2004年、2005年，"底层写作"

---

① 第一个文本中，香雪强烈的对于知识的向往，实际上同时掩盖了城乡地位和文化价值的等级化，农村被隐蔽地表述成了让人想要逃离的前现代之地；第二个文本中高加林的故事，则让人联想到《红与黑》里的于连（事实上，小说中作为类比确实提到于连），他在城市面前的奋斗和失败也非常类似于针对乡村"宿命"的某种训诫；第三个文本里的陈奂生悠悠一趟上城经历，常常出现的笑剧后面有一句曹文轩称为呼之欲出的潜台词——"真是个农民！"（曹文轩：《20世纪末中国文学现象研究》）。

② 参见王德威《畸人行——当代大陆小说的众生"怪"相》，《众声喧哗：30到80年代的中国小说》，（台北）远流出版公司1988年版，第209—221页。

经历长时间的蓄势，成为文学界的醒目主题，关于“底层写作”的讨论吸引了众多的参与者，如蔡翔、南帆、刘旭等；然而，“底层写作”也同时被另一些质疑的学者称为“苦难叙事”或“泪水叙述”，从而使问题呈现出一定程度的复杂化。不过值得注意的是，这个概念确实与“好生活”的观念相关，因为一则它指向了一种价值立场上的贴近，熔铸了浓厚的人道主义同情，而批判性则表现得更谨慎；再则，它也表达了与“好生活”概念相似的内在感知性标准[①]。也因此，这一概念与“人民性”文学还是存在着相当的关联的。同在2004年、2005年，关于“人民性”有了两个小小的讨论热潮，一是2004年《文艺报》上，欧阳友权与黄浩就文学的“人民性”与“公民性”展开的讨论；二是2004年至2005年，方维保、王晓华、张丽军等人在《文艺争鸣》上关于相同问题的论争。陈晓明则在他的《“人民性”与美学的脱身术——对当前小说艺术倾向的分析》中，提出了对“人民性”的某些批评[②]，这一说法也成为“人民性”文学的一个补充诠释。甚至有的讨论者严肃地提出过“内部东方主义”（internal orientalism）和“文化殖民”的话题[③]。

当然，这个问题或许也可以反过来看，与齐泽克在《幻想的瘟疫》中所称的“不可能的凝视”类似：我们这样纠结于这个话题，正因为它已经成为了我们的“匮乏”之源。换句话说就是，我们对于“人民性”与中国农民之间的关联，可能在一个相当的程度上，仍然不自觉地抱有含混、空洞甚至排斥的态度。

但在另一方面，越来越多的人出于对现实“断裂”社会的观察、体验，开始关注起“十七年”农村小说所描写的农村经验与想象。无论从写作还是从批评来看，关于农民的“叙述”似乎已经越来越成为一个被争夺的场所——它已经化作大致有些抵牾或者混杂的图像和话语。也是在这种氛围当中，“十七年”农村题材小说中的农民形象和乡村生活成为核心的

---

① 蔡翔、刘旭：《底层问题与知识分子的使命》，《天涯》2004年第3期。

② 陈晓明：《“人民性”与美学的脱身术——对当前小说艺术倾向的分析》，《文学评论》2005年第2期。

③ 马春媛、王建民：《话语权力与农民形象的建构——以〈哦，香雪〉和〈陈奂生上城〉为例》，《社会科学论坛》2008年第5期（下）。另：城市对乡村的“文化殖民”的提法，见蔡翔、刘旭《底层问题与知识分子的使命》，王晓明《L县见闻》等。

争议焦点之一：一方面，梁生宝们既承担了新生人民国家对于农业中国的“革命”与“现代”想象，并将这些想象转化为实践——其中很重要的一个方面正是梁生宝等人物自身的“解放”（即成为“新人”或者“英雄人物”）；另一方面，这些“优秀农村基层干部”建设社会主义农村的经验，又基本上转化为后续农村政治的想象性起源；又一方面，同时期现实版乡土农村的困境和个人亲历记忆等，却又呈现出另一个互文版本的“民间”中国。看起来，纠结在“农民”和“乡村”上的这些争议使人一时间莫衷所是。

然而这也表明，在1949—1966年的社会主义农村小说中，农民的“解放”历史及其局限印证了农民阶层解放之路的仍未完成，农民作为主体来展现仍然艰难。时代在变迁，今天多数农村小说的写作者不再是20世纪20年代的“侨寓者”，亦不像20—70年代的作者们那样由于某些机缘曾有过亲历的农村生活经验，而90年代以来商业主义的大棒已经横扫所有角落，农村及农民逐渐被视为了“前现代”的寓言。让人震惊的是，后三十年农村小说除了少数篇章，其实仍然隐蔽地延续着前三十年农村小说的诸多“问题”。但是，这些“问题”又似乎已经不被视为问题了。六十余年农村小说中的农民基本上一直“被代言”着，并且这些代言在外观上大多形成了关于农民和乡村的某种闭合而自足的叙述，同时在后续的想象里却往往不自觉地放弃了对于这一叙述起源的凝视与反思，应该说，它是造成今天中国农民与乡村所处境遇的重要因由之一。当然，“被代言”本身并无问题，但根据卢梭的说法，主权者不能被代表，那么过于信赖这种代言的状态则最终也可能导致对农民/农村的了解、情绪乃至利益的真正隔膜。结果，农民的精神在扭曲，传统在失落，美德不再赓续，农民生活在碎片化。相当多的小说读起来让人觉得闪烁其词，也让人倍感困惑和绝望。我们不得不想到，“人民”/“人民性”的概念确实需要被重新镀亮——让农村小说中人物和生活的想象与叙述重返尊严和平等的维度，从象征界回返到实在界，使“问题”得以命名，就文学来说，这或者是农村小说以后的可能出路之一。

无论如何，我们总会想象未来，但必须是依照大多数人的，或者虽是个人但合于理法的“正义”原则（一个耐人寻味的概念，德勒兹直接谓之为“欲望”）。为此，文学应该搜寻那些虽处世间却依然模糊的面影，倾听那些在压抑里被迫沉默的声音，凝视那些喧嚣里的“意味深长的沉默”（马舍雷语）。在文学的想象与叙述里，这种突围似乎特别需要指向这样一个目标：让农民成为新时代“解放”意义上的“人民”，让农村生活，也纳入通常意谓的“好生活”的场域，使“平等”“正义”和“尊严”等原则在想象和叙述里被重新点亮起来。

主要参考文献[①]

一　作品、传记、研究资料集等

茅盾编选：《中国新文学大系·小说一集》（影印本），上海文艺出版社（原上海良友图书印刷公司）1935 年版。

中国社会科学院文学研究所现代文学研究室编：《中国现代短篇小说选（1918—1949）》（第一至七卷），人民文学出版社 1981 年版。

《人民文学》编辑部：《短篇小说选（1949—1979）》（第一、五卷），人民文学出版社 1979 年版；1980 年版。

刘绍棠、宋志明编选：《中国乡土文学大系·现代卷》，农村读物出版社 1996 年版。

刘绍棠、宋志明编选：《中国乡土文学大系·当代卷·下》，农村读物出版社 1996 年版。

中国社会科学院老专家协会编：《学问人生：中国社会科学院名家谈》上册，高等教育出版社 2007 年版。

李岫编：《中国文学史资料全编·现代卷 34：李广田研究资料》，知识产权出版社 2010 年版。

周扬：《周扬文集》（第一卷），人民文学出版社 1984 年版。

葛一虹：《中国新文艺大系·戏剧集》（下）（1937—1949），中国文联出版社 2000 年版。

张庚编：《秧歌剧选集》（一），东北书店 1947 年初版。

华汉：《地泉》，（上海）湖风书局 1932 年版。

丁玲：《太阳照在桑干河上》，人民文学出版社 1956 年版。

---

① 仅涉及本书直接引用过的文献，期刊论文从略。

袁良骏编：《丁玲研究资料》，天津人民出版社 1982 年版。
陈明口述，查振科、李向东整理：《我与丁玲五十年——陈明回忆录》，中国大百科全书出版社 2010 年版。
赵树理：《李有才板话》，人民文学出版社 2009 年版。
赵树理：《三里湾》，人民文学出版社 1964 年版。
赵树理：《赵树理文集》（1—4 卷），人民文学出版社 2005 年版。
赵树理：《赵树理全集》（第 1 卷至第 6 卷），大众文艺出版社 2006 年版。
孙犁：《铁木前传》，谢大光编，花城出版社 2010 年版。
孙犁：《村歌》，人民文学出版社 1961 年版。
孙犁：《芸斋小说》，人民日报出版社 1990 年版。
孙犁：《孙犁文集·续编二》，百花文艺出版社 1992 年版。
孙犁：《孙犁文集·5·杂著》，百花文艺出版社 1982 年版。
冉淮舟：《孙犁作品评论集》，百花文艺出版社 1982 年版。
孙广举：《河南新文学大系·理论批评卷》，河南大学出版社 1996 年版。
郭志刚、章无忌：《孙犁传》，北京十月文艺出版社 1990 年版。
刘金镛、房福贤：《孙犁研究专集》，江苏人民出版社 1983 年版。
艾芜：《百炼成钢》，人民文学出版社 1983 年版。
周立波：《暴风骤雨》，人民文学出版社 1956 年版。
周立波：《山那面人家》，湖南人民出版社 1979 年版。
周立波：《周立波小说选》，湖南文艺出版社 2009 年版。
周立波：《山乡巨变》（上、下），自《周立波文集》（第 3 卷），上海文艺出版社 1982 年版。
周立波：《周立波选集》（第 4 卷），湖南人民出版社 1983 年版。
周立波：《周立波选集》（第 6 卷），湖南人民出版社 1984 年版。
李华盛、胡光凡：《周立波研究资料》，知识产权出版社 2010 年版。
胡光凡：《周立波评传》，湖南文艺出版社 1986 年版。
柳青：《创业史》（第一、二部），人民文学出版社 2005 年版。
柳青：《柳青文集》（第 4 卷），人民文学出版社 2005 年版。
孟广来、牛运清：《中国当代文学研究资料·柳青专集》，福建人民出版社 1982 年版。
马烽：《一个下贱女人》（小说集），天下图书公司 1949 年华北二版。

马烽：《马烽小说选》，作家出版社2009年版。
高捷等编：《马烽西戎研究资料》，山西人民出版社1985年版。
李凖：《李凖小说选》，人民文学出版社2009年版。
卜仲康：《中国当代文学研究资料·李凖专集》，江苏人民出版社1982年版。
韩起祥：《刘巧团圆》，香港海洋书屋1947年版。
鲁迅：《鲁迅全集》（第一卷，第三卷，第十五卷），人民文学出版社1981年版。
戴光中：《赵树理传》，北京十月文艺出版社1987年版。
董大中：《赵树理评传》，百花文艺出版社1986年版。
山西省史志研究院：《赵树理传》，当代中国出版社2006年版。
黄修己：《中国文学史资料全编·现代卷29：赵树理研究资料》，知识产权出版社2010年版。
黄修己：《不平坦的路——赵树理研究之研究》，天津教育出版社1990年版。
高捷、刘云灏、段崇轩：《赵树理传》，山西人民出版社1982年版。
［美］杰克·贝尔登：《中国震撼世界》，邱应觉等译，北京出版社1980年版。
［美］马若芬等：《赵树理研究文集（下卷）（外国学者论赵树理）》，中国文联出版公司1998年版。
中国作家协会山西分会：《赵树理学术讨论会纪念文集》，1982年12月太原（内部出版）。
严文井：《严文井选集》（下），人民文学出版社2004年版。
张庆田：《平原花朵》，新文艺出版社1956年版。
张庆田：《老坚决集》，河北人民出版社1980年版。
浩然：《艳阳天》（全三卷），人民文学出版社1975年版。
浩然：《浩然选集·五》，百花文艺出版社1992年版。
孙达佑、梁春水：《浩然研究专集》，百花文艺出版社1994年版。
南京师范学院中文系：《浩然作品研究资料》（修订本），内部资料，1974年4月印。
浩然口述，郑实采写：《浩然口述自传》，天津人民出版社2008年版。
杨朔：《杨朔散文选》，人民文学出版社1978年版。

杨克:《2000中国新诗年鉴》,广州出版社2001年版。

二 材料、(文学)史论、理论等

毛泽东:《毛泽东选集·一卷本》,人民出版社1964年版。
毛泽东:《毛泽东选集》(第五卷),人民出版社1977年版。
毛泽东:《毛泽东文集》(第四卷),人民出版社1996年版。
毛泽东:《建国以来毛泽东文稿》(第八册),中央文献出版社1993年版。
毛泽东:《建国以来毛泽东文稿》(第九册),中央文献出版社1996年版。
毛泽东:《毛泽东思想万岁》,1967年2月,(内部出版物,编辑出版者不详)。
毛泽东:《毛泽东思想万岁》(共五卷),1968年武汉钢二司版本(内部资料)。
中共中央文献研究室编:《建国以来重要文献选编》(第一册),中央文献出版社1992年版。
中共中央文献研究室编:《建国以来重要文献选编》(第十册),中央文献出版社1994年版。
中共中央文献研究室编:《建国以来重要文献选编》(第十四册),中央文献出版社1997年版。
邓小平:《邓小平文选》(第三卷),人民出版社1993年版。
史敬棠、张凛、周清和等:《中国农业合作化运动史料》(下),生活·读书·新知三联书店1959年版。
于建嵘:《中国农民问题研究资料选编》(第一卷·上下册),中国农业出版社2007年版。
于建嵘:《中国农民问题研究资料汇编》(第二卷·上下册),中国农业出版社2007年版。
于建嵘:《抗争性政治:中国政治社会学基本问题》,人民出版社2010年版。
陈翰笙、薛暮桥、冯和法:《解放前的中国农村》(第一辑),中国展望出版社1985年版。
罗平汉:《农业合作化运动史》,福建人民出版社2004年版。
罗平汉:《农村人民公社史》,福建人民出版社2006年版。

萧鸿麟:《中国农业生产互助合作》,中华书局股份有限公司1954年版。
黄道霞、余展、王西玉:《建国以来农业合作化史料汇编》,中共党史出版社1992年版。
中华人民共和国国家农业委员会办公厅编:《农业集体化重要文件汇编(1949—1957)》上册,中共中央党校出版社1981年版。
中共宁夏区委党史研究室:《宁夏农业社会主义改造专题研究》,宁夏人民出版社2006年版。
《中国现代文艺思想斗争史学习参考资料》下册(一),内蒙古四子王旗印刷厂印,1976年10月(内部出版物,编辑出版者不详)。
中央档案馆:《解放战争时期土地改革文件选编(一九四五——一九四九年)》,中共中央党校出版社1981年版。
中央档案馆:《中华人民共和国出版史料·七》(一九五五年),中国书籍出版社2001年版。
方厚枢:《中国出版史料·现代部分》(第三卷·上册),山东教育出版社2001年版。
方厚枢:《中国当代出版史料文丛》,中国书籍出版社2007年版。
北京师范学院教育教研室编:《教育社论选辑》,1959年7月第一次印刷(内部发行)。
《畜牧战线立功劳》,山西人民出版社1962年版。
《在农业第一线上的知识青年》,河南人民出版社1961年版。
中共平原省委宣传部:《中国农民代表参观团访苏观感》,平原人民出版社1952年版。
中苏友好协会总会资料室:《苏联农业集体化的好处说不完——中国农民代表参观团访苏观感》(全一册),中华书局1952年版。
《争取社会主义文学的更大繁荣》,作家出版社1960年版。
中共湖南省委农村工作部等:《湖南农业合作化纪实》,湖南科学技术出版社1993年版。
黄宗智:《中国乡村研究》(第一辑),商务印书馆2003年版。
黄宗智:《中国乡村研究》(第八辑),福建教育出版社2010年版。
湖南省文联筹委会:《文艺工作者怎样参加土改》,新华书店湖南分店1950年版。

中共中央宣传部办公厅、中央档案馆编研部编：《中国共产党宣传工作文献选编：1957—1992》，学习出版社1996年版。

中华全国妇女联合会妇女运动历史研究室编：《中国妇女运动历史资料（1937—1945）》，中国妇女出版社1991年版。

北京市地方志编纂委员会：《北京志·人民团体卷·妇女组织志》，北京出版社2007年版。

中国妇女管理干部学院：《中国妇女运动文献资料汇编》第二册（1949—1983），中国妇女出版社1988年版（内部发行）。

［美］李怀印：《乡村中国纪事——集体化和改革的微观历程》，法律出版社2010年版。

山西省农业合作史编辑委员会：《山西农业合作史大事记卷》（总卷第三册·1942—1990年），山西人民出版社1997年版。

共青团中央青运史工作指导委员会、中国青少年研究中心、中央档案馆利用部：《中国青年运动历史资料·第十九集·1948.11—1949.9》，中国青年出版社2002年版。

［俄］罗伊·梅德韦杰夫：《让历史来审判——论斯大林和斯大林主义》（上、下），何宏江等译，东方出版社2005年版。

新谷明生、佐久间邦夫、足立成男、原田幸夫等：《苏联是社会主义国家吗：日本留苏学生座谈苏联现代修正主义的实况》（增译本），余以谦译，（香港）香港三联书店1970年版。

《中华全国文学艺术工作者代表大会纪念文集》，新华书店发行1950年版。

湖南人民出版社编辑：《关于共产主义萌芽的评论选辑》，湖南人民出版社1958年版。

大公报社人民手册编辑委员会：《1959人民手册》，大公报社1959年版。

李学昌：《中华人民共和国事典　1949—2009》，世界图书出版公司2009年版。

冯克力：《老照片》（珍藏版·拾叁），山东画报出版社2009年版。

朱鸿召：《延安日常生活中的历史（1937—1947）》，广西师范大学出版社2007年版。

《延安民主模式研究》课题组：《延安民主模式研究资料选编》，西北大学出版社2004年版。

韩延龙、常兆儒：《中国新民主主义革命时期根据地法制文献选编》（第3卷），中国社会科学出版社1981年版。

宋劭文等：《华北解放区财政经济史资料选编》（第一辑），中国财政经济出版社1996年版。

董边、镡德山、曾自：《毛泽东和他的秘书田家英》（增订本），中央文献出版社1996年版。

顾龙生：《毛泽东经济年谱》，中共中央党校出版社1993年版。

中共中央文献研究室：《刘少奇论新中国经济建设》，中央文献出版社1993年版。

蒋伯英：《邓子恢传》，上海人民出版社1986年版。

张晋藩、海威、初尊贤：《国史大辞典》，黑龙江人民出版社1992年版。

薄一波：《若干重大决策与事件的回顾》（上、下），中共党史出版社2008年版。

吕廷煜、韩莺红：《中华人民共和国历史纪实·艰难探索（1956—1958）》，红旗出版社1994年版。

葛懋春：《中国现代史论选》（上），广西师范大学出版社1990年版。

杨奎松：《中华人民共和国建国史研究》，江西人民出版社2009年版。

杨奎松：《开卷有疑》，江西人民出版社2007年版。

杨奎松：《学问有道：中国现代史研究访谈录》，九州出版社2009年版。

魏光奇：《官治与自治：20世纪上半期的中国县制》，商务印书馆2004年版。

《新中国法制研究史料通鉴·第五卷》，中国政法大学出版社2003年版。

［美］杜赞奇：《文化、权力与国家：1900—1942年的华北农村》，王福明译，江苏人民出版社2006年版。

［美］大卫·科兹、弗雷德·威尔：《来自上层的革命——苏联体制的终结》，中国人民大学出版社2008年版。

［美］R. 麦克法夸尔、费正清：《剑桥中华人民共和国史·上卷·革命的中国的兴起（1949—1965）》，谢亮生等译，谢亮生校订，中国社会科学出版社1990年版。

“人民日报”编辑部：《关于胡风反革命集团的材料》，人民出版社1955年版。

刘瑞琳:《温故·之八》,广西师范大学出版社2007年版。
张鸣:《乡土心路八十年——中国近代化过程中农民意识的变迁》,陕西人民出版社2008年版。
张鸣:《乡村社会权力和文化结构的变迁(1903—1953)》,陕西人民出版社2008年版。
王先明:《变动时代的乡绅——乡绅与乡村社会结构变迁(1901—1945)》,人民出版社2009年版。
定宜庄:《中国知青史·初澜(1953—1968)》,当代中国出版社2009年版。
高王凌:《人民公社时期中国农民"反行为"调查》,中共党史出版社2006年版。
《中国共产党历史·第2卷(1949—1978)》,中共党史出版社2011年版。
[美]彭尼·凯恩:《中国的大饥荒(1959—1961)——对人口和社会的影响》,郑文鑫、毕健康、戴龙基译,中国社会科学出版社1993年版。
[法]西尔维·布吕内尔:《饥荒与政治》,王吉会译,社会科学文献出版社2010年版。
贾艳敏:《大跃进时期乡村政治的典型——河南嵖岈山卫星人民公社研究》,知识产权出版社2006年版。
袁起、邹国良、文朝利:《60年语录(1949—2009)》,中国发展出版社2009年版。
孙立平:《断裂——20世纪90年代以来的中国社会》,社会科学文献出版社2003年版。
陈桂棣、春桃:《中国农民调查》,人民文学出版社2004年版。
陈庆港:《十四家:中国农民生存报告(2000—2010)》,江苏文艺出版社2011年版。
程美东:《透视当代中国重大突发事件(1949—2005)》(上、下),中共党史出版社2008年版。
林文光:《陈独秀文选》,四川文艺出版社2009年版。
曹伯言:《胡适日记全编·六·1931—1937》,安徽教育出版社2001年版。
李何林:《中国文艺论战》,陕西人民出版社1984年版。
刘正夫:《青年百科文选》,(上海)中国文化服务社1936年版。

董之林：《旧梦新知："十七年"小说论稿》，广西师范大学出版社2004年版。
唐小兵：《再解读：大众文艺与意识形态》（增订版），北京大学出版社2007年版。
蔡翔：《革命/叙述：中国社会主义文学—文化想象（1949—1966）》，北京大学出版社2010年版。
蔡翔：《何谓文学本身》，春风文艺出版社2006年版。
李杨：《50—70年代中国文学经典再解读》，山东教育出版社2006年版。
薛毅：《当代文化现象与历史精神传统》，广西师范大学出版社2007年版。
王德威：《想象中国的方法：历史·小说·叙事》，生活·读书·新知三联书店1998年版。
王德威：《众声喧哗：30到80年代的中国小说》，（台北）远流出版公司1988年版。
王晓明：《二十世纪中国文学史论（修订版）》（上、下），东方出版中心2003年版。
陈思和：《中国当代文学史教程》，复旦大学出版社1999年版。
严家炎：《二十世纪中国小说理论资料》（第2卷），北京大学出版社1997年版。
洪子诚：《二十世纪中国小说理论资料》（第5卷），北京大学出版社1997年版。
洪子诚：《中国当代文学史·史料选（1945—1999）》（上、下），长江文艺出版社2002年版。
洪子诚、孟繁华：《当代文学关键词》，广西师范大学出版社2002年版。
鲁迅等编选：《1917—1927中国新文学大系导言集》，天津人民出版社2009年版。
於可训、吴济时、陈美兰：《文学风雨四十年——中国当代文学作品争鸣述评》，武汉大学出版社1989年版。
吴矛：《中国当代文学经典文本再解读》，武汉出版社2007年版。
罗钢、刘象愚：《文化研究读本》，中国社会科学出版社2000年版。
［美］柯文：《历史三调：作为事件、经历和神话的义和团》，杜继东译，江苏人民出版社2000年版。

[以色列] 里蒙—凯南:《叙事虚构作品》,姚锦清等译,生活·读书·新知三联书店 1989 年版。
[瑞] 索绪尔:《普通语言学教程》,高名凯译,商务印书馆 1980 年版。
[英] 安德鲁·海伍德:《政治学核心概念》,吴勇译,天津人民出版社 2008 年版。
陈新:《西方历史叙述学》,社会科学文献出版社 2005 年版。
[德] 伽达默尔:《真理与方法》,洪汉鼎译,上海译文出版社 1999 年版。
[德] 西美尔:《时尚的哲学》,费勇等译,文化艺术出版社 2001 年版。
[法] 吉尔·德勒兹、菲力克斯·迦塔利:《什么是哲学?》,张祖建译,湖南文艺出版社 2007 年版。
[斯洛文尼亚] 齐泽克:《幻想的瘟疫》,胡雨谭、叶肖译,江苏人民出版社 2006 年版。
[德] 阿克塞尔·霍耐特:《为承认而斗争》,胡继华译,曹卫东校,世纪出版集团 2005 年版。
应奇编:《自由主义中立性及其批评者》,江苏人民出版社 2008 年版。
费孝通:《乡土中国·生育制度》,北京大学出版社 1998 年版。
[法] 古斯塔夫·勒庞:《乌合之众——大众心理研究》,冯克利译,广西师范大学出版社 2007 年版。
欧运祥:《法律的信任:法理型权威的道德基础》,法律出版社 2010 年版。
[美] 马斯洛:《动机与人格》,许金声等译,华夏出版社 1987 年版。
金观涛、刘青峰:《观念史研究:中国现代重要政治术语的形成》,法律出版社 2009 年版。
李雪山:《商代分封制度研究》,中国社会科学出版社 2004 年版。
何新:《中国文化史新论——关于文化传统与中国现代化》,黑龙江人民出版社 1987 年版。
顾红亮、刘晓虹:《想象个人:中国个人观的现代转型》,上海古籍出版社 2006 年版。
[英] 亚当·斯密:《国民财富的性质和原因的研究·一册》,远方出版社 2006 年版。
[英] 福斯特:《小说面面观》,苏炳文译,花城出版社 1984 年版。
[英] 戴维·洛奇:《小说的艺术》,卢丽安译,上海译文出版社 2010

年版。
［美］杰罗姆·布鲁纳：《故事的形成：法律、文学、生活》，孙玫璐译，教育科学出版社 2006 年版。
［美］詹姆逊：《政治无意识：作为社会象征行为的叙事》，王逢振、陈永国译，中国社会科学出版社 1999 年版。
［美］詹姆斯·C. 斯科特：《弱者的武器》，郑广怀、张敏、何江穗译，译林出版社 2007 年版。
［英］哈耶克：《通往奴役之路》，王明毅、冯兴元等译，中国社会科学出版社 1997 年版。
［日］柄谷行人：《日本现代文学的起源》，赵京华译，生活·读书·新知三联书店 2006 年版。
汪晖、陈燕谷：《文化与公共性》，生活·读书·新知三联书店 2005 年版。
［美］汉娜·阿伦特：《论革命》，陈周旺译，译林出版社 2011 年版。
［英］安东尼·吉登斯：《现代性与自我认同：现代晚期的自我与社会》，赵旭东、方文译，生活·读书·新知三联书店 1998 年版。
［英］安东尼·吉登斯：《现代性的后果》，田禾译，译林出版社 2002 年版。
［英］阿雷恩·鲍尔德温等：《文化研究导论》（修订版），陶东风等译，高等教育出版社 2004 年版。
艾克恩编：《延安文艺回忆录》，中国社会科学出版社 1992 年版。
许纪霖、刘擎：《公共空间中的知识分子》（知识分子论丛第 6 辑），江苏人民出版社 2007 年版。
汪民安：《生产·第 6 辑："五月风暴"四十年反思》，广西师范大学出版社 2008 年版。
汪晖：《死火重温》，人民文学出版社 2000 年版。
［美］王斑：《历史的崇高形象——二十世纪中国的美学与政治》，孟祥春译，上海三联书店 2008 年版。
王富仁：《中国反封建思想革命的一面镜子——〈呐喊〉、〈彷徨〉综论》，北京师范大学出版社 1986 年版。
董学文：《西方文学理论史》，北京大学出版社 2005 年版。
冯定：《冯定文集》（第 2 卷），人民出版社 1989 年版。

巴人：《点滴集》，浙江人民出版社 1982 年版。
姚文元：《在前进的道路上》，人民文学出版社上海分社 1965 年版。
冯健男：《作家论集》，花山文艺出版社 1984 年版。
阎纲：《阎纲短评集》，华岳文艺出版社 1990 年版。
陈涌：《文学评论集》，人民文学出版社 1953 年版。
郝雨：《告别世纪——文学：新的审视与探寻》，河北大学出版社 1997 年版。
黄万华：《战后二十年中国文学研究》，人民文学出版社 2008 年版。
熊培云：《重新发现社会》，新星出版社 2010 年版。
牛运清：《长篇小说研究专集》上册，山东大学出版社 1990 年版。
李延青：《文学立场：当代作家海外、港台演讲录》，河北教育出版社 2003 年版。
朱晓进等：《非文学的世纪：20 世纪中国文学与政治文化关系史论》，南京师范大学出版社 2004 年版。
吴南星：《三家村札记》，生活·读书·新知三联书店 1966 年版。
刘哲：《无名评论》，花山文艺出版社 1986 年版。
茅盾：《茅盾全集·第二十六卷·中国文论九集》，人民文学出版社 1996 年版。
李洁非：《典型文坛》，湖北人民出版社 2008 年版。
路文彬：《历史想象的现实诉求——中国当代小说历史观的承传与变革》，百花洲文艺出版社 2003 年版。
苏童、王宏图：《苏童王宏图对话录》，苏州大学出版社 2003 年版。

后　记

本书是我博士论文的修订本。毕业转眼三年了，如果从入学算起，已经是七年过去了。我真的感叹时间的飞逝，却同时感受到时间的倒错，因为这个七年对于自己来说，好像是没有长度的。一切记忆仿佛还在昨天，上海辛勤忙碌的学习生活，使我常常怀疑几乎是昨天才有过的事。

我来自农村，虽然热爱读书，但由于家庭和个人等多种原因，磕磕碰碰摸索了很多年，差不多是“侥幸”才读了研究生。因为农村的特殊性，最后又考统招，去读这种“无用”的书的人，少之又少，以至当初我去办理调档手续时，经办的区教委领导和人员，都不了解应该如何操作，但据我所知，身边尝试参加全国硕士研究生考试的人，并不在少数。实际上，情形已经与钱理群先生考取北大研究生班的那个“野有遗贤”的时代（1978）不同了，二十多年的教育招考制度下来，在普通的观念里，已经没有人认为农村里工作的人考不上研究生，有什么值得奇怪的了。不过问题的另一面却是：据学者杨东平主持的“中国高等教育公平问题研究”课题组的调研结果，中国重点大学里农村学生的比例从20世纪90年代开始不断下滑；2008年8月，前总理温家宝在国家科技教育领导小组会议上的讲话《百年大计，教育为本》中，也对此发出了感慨。2008年秋我考到上海读博士，在一次读书会上偶然四望，发现座中像我一样真正来自农村的学生，大概仅有十分之一，不由得心中感叹自己读了这个书，着实非“侥幸”无以名之。从一个贫困家庭的成员，转变为一个学习者，曾经的身边世界给予了我什么样的印迹呢？一是耐得辛苦。在骄阳下流汗脱皮累得直不起腰来的日子有过，双手冻疮满布血痂，棉线手套摘不下来，只好和着破棉袄与工友们一起睡在地铺上的日子有过，那时我才14岁，这样比较起来，读书对于我来说，无论如何都算是难得的安宁和幸福了。二是有些忧伤。过去的光阴里，我眼见得农民乡亲，包括我的父母和妹妹们，他们的辛酸和卑微的生活，辗转在冷漠的尘土和别人的鄙视之中。实话说，很多年里我都非常难过，想不明白为什么这些如此辛苦努力的人，却不能得到起码的温饱和最低的尊严。当然，这里面也有我自己的经验和记忆。这个念头一直纠缠着我，至今仍然会时时冒出来。这可能是我最后选择了“十七年农村文学”这个与自己显然有着另一种意义交集的题目，其中的必然原因吧。

原论文开题报告从2010年5月，屡写屡改，直到2010年10月30日才获准正式开题。实际上导师蔡翔先生仍然非常不满意，我自己也特别为之焦虑。然后又遵师嘱补充读了两三个月的书和作品，重新提交提纲。导师总算给予了默认。从2011年初，一直写到2012年9月下旬才终于写完并完成修改工作，中间的每一天，包括春节和其他所有假期，我都在弄这个论文。算起来，我老老实实地写了整整两年（不包括开题报告）。这是到今天为止，自己做得最为认真的一件事了。回想起那些数不清的在电脑旁边度过的彻夜，以及那些经受过的焦灼与疲累，虽然也这样过来了，却依然觉得非常意外。如今它出版了，总算了结了一个心愿。当然，它的完成，也得益于导师蔡翔先生的著作（《革命/叙述：中国社会主义文学—文化想象（1949—1966）》，北京大学出版社2010年版）带给我的启示。书中有些想法更是直接为我借用，如土改中有的干部利用特殊条件占有更多的好地，艾芜关于“个人主义”的通信，赵树理对于苏联小说的思想教育“总是外面来一个人”感到不习惯，“财富”对于中国当代文学的影响，等等，都来源于他授课和讲座时提到的内容。他讲到的中国当代文学作品中的“辩论”风格，当时让我非常震惊。在此一并向导师致以诚挚的感谢。

因为这本书，有许多人是我必须致谢的。感谢我的导师蔡翔先生，他的谆谆教诲，引领我慢慢去学习如何以材料和分析来说话；他教给我的治学路径，确实是我多年来都在费力地追寻着的。感谢王晓明老师、葛红兵老师、朱学勤老师，你们精彩的授课曾经让我一次次地涌生过内心的触动。感谢陈子善老师、王鸿生老师、董丽敏老师，在开题的时候你们为我耐心地提出过非常重要的批评和建议。感谢薛毅老师、曾军老师、郭春林老师，毕业答辩会上你们和陈子善老师、王鸿生老师的分析意见我至今仍然常常想起。感谢华东师大的罗岗老师、倪文尖老师，上海大学的王光东老师、孙晓忠老师，还有我所敬慕和曾经听过讲座或者讨论的许多卓越的老师们，如杨义老师、陈思和老师、董之林老师、张旭东老师、陈晓明老师、李云雷老师、贺仲明老师、李庆西老师、吴晓明老师，我有机会聆听过你们的教诲并读过你们的专著和文章，让我获益匪浅，倍感荣幸。感谢上海大学的李海霞老师，和吕永林、项静、余亮、张帆、王葱葱、高明、张永峰，以及华东师大的林凌等诸位同学，我得到过你们中很多人的热心帮助，并且在和你们的交流中收获了许多良好的提示和建议。感谢湖南怀化学院的谭伟平书记（教授），您的鼓励和支持，是我在工作和生活之路上的温暖之一。感谢我曾经的老同事，邓齐平教授、龙长吟教授、吴大顺教授、肖百容教授、邓立平教授，有时静夜时分想起你们，我仍然会感到离别的忧伤，可惜人生没有无别离的光阴。感谢我的家人，你们一如既往地默默支持着我完成求学的志愿，同时，你们也是我刻苦坚持下去的最后的理由。

本书中部分的内容，曾经在《文学评论》《文艺争鸣》《文艺理论与批评》《中南大学学报·社科版》《现代中国文化与文学》《中国文学研究》《扬州大学学报·人文社科版》和《创作与评论》等刊物上发表过。谬承各位尊敬的责编（主编）老师对于我这个小人物的慷慨鼓励和支持，请让我在此向他们致以衷心的谢忱：何吉贤老师、王双龙老师、李云雷老师、胡兴华老师、周维东老师、赵炎秋老师、刘从富老师、钱澄老师、马新亚老师，等等。感谢中国社会科学出版社郭晓鸿老师惠允出版此书。你们给予我的鼓励带给我莫大的温暖和鼓舞，它将鼓起我微薄的勇气在研习的道路上坚持下去……

最后，我想说明的是，作为一个曾经亲身经历过人民公社农民生活尾声，倾听过父母辈关于他们以及先辈数代人的口述生活记忆，自己也因为平凡的命运像身旁的劳动者们一样挣扎过和感同身受的人，在专业知识的严谨规范之外，我也试图努力将某些经验化的理解和思索融入本书的讨论中去。但是无论如何，书中的谬误和失当之处，都是我不能回避和将会感到惭愧的，并希望能够得到尊敬的阅读者们的原谅。非常感谢。

王再兴，谨识

2012 年 9 月 15 日初稿

2015 年 8 月 20 日修改